クッキング・ママのクリスマス

ダイアン・デヴィッドソン
加藤洋子 訳

集英社文庫

クッキング・ママのクリスマス

主な登場人物

わたし、ゴルディ・シュルツ……〈ゴルディロックス・ケータリング〉の女主人
アーチ……ゴルディのひとり息子
トム・シュルツ……ゴルディの二番目の夫。ファーマン郡警察の刑事
マーラ・コーマン……ゴルディの親友
ハーミー・マッカーサー……教会の婦人部の女性
スミスフィールド・マッカーサー……ハーミーの夫
シャンタル・マッカーサー……ハーミーとスミスフィールドの娘
ドリュー・ウェリントン……前地区検事。地図のディーラー
エリザベス・ウェリントン……ドリューの前妻
パトリシア・インガーソル……減量グループのリーダー
サンディー・ブルー・ブリスベーン……野生生物保護区で行方不明になった女性
ジョン・リチャード・コーマン……ゴルディの亡き夫
ロバータ・クレピンスキ……図書館司書
ジュリアン・テラー……ゴルディのアシスタント
ガス・ヴィカリオス……アーチの異母弟
ニール・サープ……ドリューのアシスタント
グレース・マンハイム……ジュリアンが借りている部屋のオーナー
ラリー・クラドック……地図のディーラー
ヴィクス・バークレー……シャンタルの友だち

キャサリン・グッドウィン・サイードマンに捧ぐ
十九年間におよぶ辛辣な意見と愛情のこもった忠告に、感謝をこめて逃げるかと思えば、追ってきて……

——サー・トマス・ワイアット

図書館職員とボランティアのための
〝ディケンズしばり〟クリスマス朝食会

『大いなる遺産』グレープフルーツ
『マーティン・チャズルウィット』チーズ・パイ
『二都物語』フレンチトースト
『荒涼館』バー
『つらいご時世』ハム
『クリスマス・キャロル』コーヒー・ケーキ
バター、シロップ、ジャム各種
ジュース、エッグノック、シャンパン
コーヒー、紅茶

1

クリスマスの一ヵ月前、わたしは幽霊を見た。

と言っても、ディケンズの『クリスマス・キャロル』に出てくる過去と現在と未来のクリスマスの精霊たちではない。自分が犯した悪行や、行うべきだった善行について、なにも精霊に指摘してもらう必要はないもの。十五歳の息子のアーチが言うところの〝超常現象〟ともちがう。過去は過去のままでいてくれればいい。それだけ。これまでの三十四年間のしくじりを、なにも一年でいちばん忙しい時期に思い出したくはない。なにせ、十二月一日から新年までに、二十五のパーティーのケータリングを請け負っているのだから。

それなのに、悪霊か幻覚か、なんだかわからないけれど、それが、そこにいたのだ。幽霊が現れたのは十一月二十五日、感謝祭の後の金曜日で、わたしはふたつのパーティーの予約をとるために、マッカーサー夫妻の家を訪ねる途中だった。この仕事がとれれば、クリスマスの靴下に〝パン生地〟をどっさり仕込めるから、張り切っていた。〝パン生地〟はあくまでも言葉の綾《あや》、それでシナモン・ロールは焼けない。

秋のはじめに請け負った教会婦人部のランチで、ハーミー・マッカーサーに声をかけられた。四十代なかば、厚塗りの顔にグレーがかったブロンドの髪、偉そうな南部訛り、堂々たる長身はマッキントッシュ・リンゴ（カナダ原産の暗紅色のリンゴ、和名は旭）みたいな体形だ——つまり、豊かに盛り上がった胸に棒みたいな脚。ランチの講演者は、地元の減量グループのリーダー、パトリシア・インガーソルだった。だらだらとつづく彼女の話のおかげで、デザートに用意した無塩バターと擂《す》りおろしたショウガと、隠し味に黒コショウを効かせたジンジャーブレッドに手を出してはいけない雰囲気が生まれつつあった。四年前、わたしはパトリシアの結婚披露宴のケータリングをやらせてもらったし、それからわずか二年半の結婚生活の後、ご主人を癌で亡くしたことはほんとうに気の毒だと思う。でも、食べるのをやめなさい、と人に説教すること以外に、エネルギーのはけ口を見つけてくれたらと願わずにいられない。

　彼女の話を聞かされた婦人部の人たちは、もじもじしながら、パトリシアを講師に招いたのは失敗だったわね、とささやき交わしていた。わたしは会場となったケータリング・イベント・センターの厨房に退散し、誰もデザートを食べなかったらどうしようと途方に暮れていた。

　そんなときだった。ハーミー・マッカーサーがやってきて、わたしを片隅に追い詰めたのは。「ダーリン、お話があるの」首に何重にも巻いた真珠とダイヤのネックレスをまさぐりながら、彼女は語った。アスペン・メドウのリーガル・リッジ・カントリー・クラブ地区に越してまだ十ヵ月しか経たないあたくしたち夫婦が、ご近所の方たちと親交を深めるのにクリスマス休暇はもってこいの季節だと思いませんこと？　ええ、ほんとにそうですね。わたしは手帳に手を伸ばしながら言った。すばらしいお考えですわ。金持ち連中が親交を深めることには、わたしだって大賛成だ。

そんなわけで、十一月に打ち合わせをすることで話がついた。ところが、ハーミーはぐずぐずと厨房に居残った。パトリシアの話をこれ以上聞きたくないからではなさそうだ。それまでに出した料理のお代わりが欲しいのか、それともジンジャーブレッドをここで摘《つま》んでいきたいの？　それもちがった。ようやく彼女が打ち明けたところによると、夫のスミスフィールドのために、ふたつのパーティーを是が非でも成功させたいのだそうだ。クリスマス・パーティーを自分の趣味を披露する場にしようというのは、夫のアイディアだった。

「それで、ご主人の趣味というのは？」ヘビの飼育なんて言われたらどうしようと、恐れおののきつつ尋ねてみた。

「それがね、ダーリン」ハーミーが答えた。「地図の蒐集《しゆうしゆう》なのよ！」

曲がりくねった幾筋もの川を入れて、北アメリカの大陸を象《かたど》ったケーキを作らされるのかと思ったら、思わず喉が詰まった。でも、ハーミーはケーキのことには触れなかった。超がつく金持ち連中がどんなとっぴなことを言い出そうと、対処できるだけの経験を積んできているでしょ、とわたしは自分に言い聞かせた。たとえマッカーサー夫妻に、ミンスミート・パイ（挽き肉、干しブドウ、リンゴ、砂糖漬けオレンジの皮などを混ぜ込んだ種で作るクリスマス用パイ）にランドマクナリーの地図を仕込んでくれと言われても、文句を言える立場？

念のため、ハーミーに言っておいた。アスペン・メドウで一番人気の地図は、山間部を縫うように走る迷路みたいな泥道と舗装道路を網羅《もうら》した『行きたいところに行くための地図』です、と。すると彼女は顔をしかめて言った。事前に地図蒐集についての本を読んでおいてちょうだい。スミスフィールドがスライド上映の手伝いをあなたにお願いするかもしれないから。サウス・ブロンクスとサウス・アフリカをごっちゃにされちゃ困るもの。それに、地図のディーラーを二人お招きするつもりなのよ。一人は前の地区検事のドリュー・ウェリントンよ。彼をご存じ？

ええ。わたしはひと呼吸置いてから答えた。ミスター・ウェリントンなら知ってます。

エレガントな雰囲気も添えてほしいのよ、と彼女はつづけて言い、アーチの古いビー玉ぐらいの大きさのダイヤの指輪がはまった人差し指を振った。エレガントな雰囲気作りならまかせてください、得意技ですもの、とわたしは明るく答えた。むろん嘘っぱちだ。**ゴルディロックス・ケータリング、まかせて安心プロの味！**は、カウボーイのバーベキューぐらい庶民的なのが〝売り〟だもの。でも、ハーミーは納得したようだ。

そんなこんなで、十一月二十五日、わたしはリーガル・ロードをのんびり車で走っていた。アーチの気に入りのスノーボード場が点在する山道で、終点がリーガル・リッジ・カントリー・クラブ地区の入り口だ。アスペン・メドウ・カントリー・クラブ地区が満杯になった後、わりあい最近になって開発された高級住宅地だ。ハーミーの自宅を訪ね、十二月十六日土曜日に催される八人のディナーと、十八日月曜のランチのメニューを決めることになっていた。〝エレガント〟なディナーだから、スープからデザートまでいちいち凝《こ》っていないとまずい。

こちらで用意したのは、カニ団子入りの新鮮なハーブのスープではじまり、カレーをメインディッシュにして、ライム――ミンスミートではないから、念のため――パイで締めるメニューだ。月曜のランチは、ハーミーから、ラムとポテトの料理を、と希望が出ていたので、ペルシヤード（香草とパセリのみじん切りを基にしたソース）で味付けしたラムチョップとポテト・オ・グラタンを提案してみるつもりだ。グラタンはセージと飴色になるまで炒めたタマネギで風味付けする逸品だ。メニューが決まったら、予備契約の条件を詰める作業に移る。マッカーサー家のキッチンの使い勝手や、ダイニングとリビングの間取りも調べておかなければならない。それがすむと、わたしにとっていちばん肝心な段階へと移る。ハーミーが頭金の小切手を切るという段階だ。

アクセルをふかして急坂をのぼりながら、〝ファット〟を嚙み締めていた。これはアーチの口癖だった言い回しで、最近では〝ソー・オーヴァー〟を使うことが多いが、どっちも〝幸せ〟という意味。〝太りすぎ〟の〝ファット〟ではない。まあ、わたしの場合は、〝太りすぎ〟と言えないこともないけれど。それはそれとして、うきうきしているのには理由があった。たてつづけに入っているクリスマス・シーズンの予約は、そのほとんどがすでにメニューも決まり、支払いもすんでいた。予約は六週間前までに、というのがいちおうのきまりだが、ハーミーがあまりにも熱心だったので引き受けることにしたのだ。ほかの予約については、食材の注文も給仕人の手配も終わっていた。幸せな気分になるいちばんの理由は、アスペン・メドウ湖を望むケータリング・イベント・センターがすっかりきれいになり、プロの手で飾りつけもすんでいることだ。人工樹と無数の豆電球が、あの場所をかの名曲『ウィンター・ワンダーランド』の世界に変身させてくれた。

パーティーはここでやりましょう、とハーミーにも勧めてみたが、彼女は自宅で開くことを固持した。蒐集した地図の数はキラキラ光る豆電球をもしのぐほどで、それを持ち出すとなると保険をかけなければならないから。なるほど、とわたしは言った。マッカーサー夫妻の自宅はそこらにある見掛け倒しの大邸宅とはちがうのよ、とマーラ・コーマンは言っていた。マーラはわたしの親友であり、わたしのいまは亡き元亭主の元妻だ。その彼女曰く、その豪壮なこと、リーガル・リッジの山腹に露出した岩の上に築き上げられた要塞化した宮殿。六十キロ以上東にあるデンバーを一望できるというのだからすごい。ただし、屋敷の裏手は三百メートルの断崖に臨んでいる。そこならエルクの群れに庭を荒らされる心配はない。たしかに。

それはべつにかまわない。ただひとつだけ困ったことがあった。どうやってマッカーサー夫妻の屋敷に辿り着くか。スノーボード場を通り過ぎると、道幅は狭くなった。たとえ制限速度以下で走っても難関だった。実際、制限速度以下で走っていたんだから、とわたしは後になって夫のトムに言った。それはコロラドの二車線の脇道によくある、山肌にしがみつくように敷かれた曲がりくねった道で、多くの箇所でガードレールがなくなっている。突然の吹雪に襲われたり、招待客が飲み過ぎていた場合、メルセデスは崖下に転落し、春になって雪が融けないかぎり、どんな地図をもってしても遺体を見つけることはできないだろう。

とりわけ厄介なカーブを曲がるときには、そういうことは考えないようにした。丘をひとつまわり込むと道は急な下りになり、それからまた上りになった。下りでは慎重にスピードを落とし、上りにさしかかったのでアクセルをそっと踏み込んだときだった。

彼女を見たのは。

実際には、ちかづいてくる対向車の助手席に座っている人にまず目がいった。女の子だった。十四、五だろう。両手をしきりに動かしておしゃべりしていた。その顔に見覚えがあった。わたしはアクセルから足を離し、運転手に話しかける女の子をじっと見つめた。運転手はそれほど歳の変わらない女性で、笑っている横顔しか見えない。助手席の女の子は子どもから娘へと成長する年頃で、肩までの黒っぽい髪が弾んでいた。とてもかわいい子なのに、わたしの記憶は名前も苗字も思い出すことを頑固に拒否した。アーチのクラスメイト？　教会のメンバー？　記憶はどこに埋もれてしまったのやら、どうしても手が届かない。だから運転手に目を凝らした。彼女も女の子とおなじように楽しんでる？　おなじぐらいかわいい？

運転手は視線を道に戻した。ほほえんで、うなずいて、黒っぽい髪で、美人だ。**ちょっと待ってよ**。顔に見覚えがある。オーケー、髪の色はちがう。染めたブロンドではなく、茶色で、おでこを出したポニーテールにしている。でも、見間違うはずがない。

そのときわたしがとった行動は、パトカーに気づいたスピード違反者のそれだった。とっさにブレーキを踏み込んだので、タイヤがきしみヴァンが横滑りした。停まろうとしたのが間違いだった。対向車の運転手もブレーキを踏んだが、ほんの一瞬だった。それからさっと背後に目をやった。場数を踏んだ犯罪者が、こっそり見せる仕草だ。

まずいことになった？ その表情が語っていた。**誰かに見られた？**

運転手は笑みを消し、顎を引いた。助手席の女の子になにか言い、斜めに停まったヴァンをよけて通り過ぎ、わたしがいま下ってきた坂をすごいスピードで上っていった。わたしはヴァンを狭い砂利敷きの路肩に寄せた。凹《へこ》んだガードレールのすぐ向こうは崖で、遥か下にインターステート・ハイウェイが走っている。動揺していたので車のナンバーは見なかった。去ってゆく車に目を凝らしながら思い出そうとしても、車種すらわからなかった。ステーションワゴン？ ＳＵＶ？ 色は？ 自問する。憶えているのは、濃い色の車だったということだけ。

でも、車を運転していた女の顔は見間違いようがない。むろんあたしだって間違うことはあるし、絶対とは言えないけれど、と後になってトムに言った。それでも、九十九パーセントたしかだ。運転手はアレグザンドラ、またの名をサンディー・ブリスベーン——六ヵ月前、わたしの元夫を撃ち殺した女だ。

今年の六月、サンディー・ブリスベーンは、わたしと数人の消防士を前に、罪を告白した。それから尾根の向こうの燃え盛る火の中に飛び込んだ。山火事はアスペン・メドウの野生生物保護区の一万エーカー（約千二百万坪）を燃やし尽くして鎮火された。サンディーは二十二歳だった。

彼女は死んだ、と法執行機関は結論づけた。あの大火を生き延びられるわけがない。事件は解決した。

サンディーは死ななかったの？　ヴァンの中で、息を整えながら考えた。死を宣言されてから六ヵ月、彼女はアスペン・メドウに住んでいたの？　震える手で携帯電話を摑み、ファーマン郡警察の捜査官であるトムのオフィスの短縮ダイヤルを押した。わたしが一気にまくしたてると、彼は、ひとつ質問がある、と言った。

最後に視力検査をやったのはいつだ？

すごくおもしろい、とわたしは言い返し、リーガル・ロードを見上げながら心臓がいつものリズムに戻るのを待った。それから早口でサンディーと十代の女の子の人相をもう一度説明し、サンディーはわたしに気づいたにちがいないわ、とトムに言った。彼女は車を停めてわたしの無事を確認しようとしなかった。コロラド人ならたいていそうするのに。それどころか、彼女はわたしのヴァンを迂回《うかい》すると猛スピードで去っていった。

トムがわたしの言葉を信じたかどうかわからないが、わたしが動揺していることには気づいたようだ。わたしの話に真剣に耳を傾けはじめた。それとも、真剣なふりをしているだけ？　いずれにしても、彼はたくさんの質問をし、時間をかけてわたしの答をメモしたので、ハーミーとの約束の時間に遅れそうな雲行きになってきた。詳しいことは今夜話すわ、と言ってこちらから電話を切った。サンディー・ブリスベーンの幽霊——目の錯覚だったんじゃないの、と心の声が尋ねる——は、ひとまず頭から締め出すことにして、リーガル・リッジ・カントリー・クラブ地区の入り口へとヴァンを進めた。

マーラの言っていたとおりなので、思わず笑みがこぼれた。袋小路に入り、豪壮な屋敷を二軒通り過ぎた突き当たりにマッカーサー夫妻の屋敷があった。それは狭間《はざま》を設けた屋根にふたつの小塔のある、現代的な石造りの、まさにお城だ。急勾配のドライヴウェイを下って車を駐め、プロの表情と物腰に切り替えてキッチンに通じる階段を上った。

〝ハーミーと呼んでね、ダーリン〟と相談してメニューを決める作業はまずまずうまくいった。スミスフィールドの最新の蒐集物を祝うカレー・ディナーは、大成功間違いなしですよ、とわたしは太鼓判を捺《お》した。客の流れや配膳の時間について詰めの話をしているところに、スミスフィールド・マッカーサーが飛び込んできた。

「ハーミー！」彼が叫んだ。ハーミーと同様に夫も長身で、グレーの髪はだいぶ薄くなっている。でも、わたしが口をあんぐり開けたのは、その顔が真っ赤だったからだ。もしかしてヴァージニア州の生まれ？　両親がふざけて、スミスフィールド・ハム（ヴァージニア州発祥、長期熟成した赤っぽい色の塩辛い生ハム）にちなんで名前をつけたとか？　だめだめ、そんな意地悪なこと考えちゃ。わたしは口を閉じた。超がつく金持ちはえてしてそうだが、スミスフィールドも服装には無頓着なようだ。しわくちゃの白いシャツに、やはりしわくちゃのカーキ色のズボン、履き潰したローファーは縫い目がほころびている。「ハーミー！」彼がまた叫んだ。

ハーミーは幅広の厚塗りの顎を気だるそうに突き出し、真珠のネックレスをいじくってカチカチいわせた。「どうかしたの、ダーリン？」スミスフィールドは目を細め、頭を激しく動かした。黒い御影石の朝食用カウンターに並んで座るわたしたちが、よく見えないと言いたげに。妻より十歳は上に見えるが、年甲斐もない振る舞いはまるで子どもだ。「ハーミー！」彼が三度目の叫び声をあげた。「ぼくの眼鏡をどうした？」

「ちゃんと頭に載せてあげたでしょ、ダーリン」妻が辛抱強く答えた。

「なんてこった！」スミスフィールドは叫んだ。手を頭にやり、眼鏡を摑んで引きおろし、顎を突き出して尋ねた。「パーティーには、ドリューもラリーも招待したんだろうね？」

「いま、その相談をしているところよ」

「ケータラーが来ているの？」

「あたくしのお隣りに座っているでしょ、ダーリン」

スミスフィールドは緋色の顔をわたしに向けた。「下調べはすんでいるんだろうね？」彼が吠《ほ》えた。

「下調べ？」わたしは鸚鵡《おうむ》返しに言った。

「なんてこった、ハーミー！」スミスフィールドが叫んだ。

「彼女にはあなたのご本を渡しておきますよ」ハーミーが言った。

「ちゃんと代金を受け取るんだぞ」うなるように言う。

それから威張ってキッチンを出て行った。ハーミーがため息をつく。カレー・パーティーの夜、マーラのベイリウム（精神安定剤）を一錠、スミスフィールドの料理に仕込んでやろうかしら。

二時間後、スミスフィールドが自費出版した大書、『代々の地図蒐集』を助手席に置いて、わたしはマッカーサー家の長いドライヴウェイを引き返した。ハーミーが手を振って言った。代金はけっこうよ。暇な時間に――そう言われ、笑いでむせそうになった――読んで、カレー・ディナーの日に返してくれればいいから。言ってくれるじゃない！

ドライヴウェイを上りきると、袋小路でラクロス（ホッケーに似た球技）に興じる少女たちの笑い声が聞こえた。マッカーサー夫妻の屋敷はリーガル・リッジの崖っぷちにあるのだから、ラクロスのボールが崖から転がり落ちたらどうするのだろう。運がなかったと諦めるしかない。

わたしがヴァンを停めると、少女たちはゆっくり左右に分かれて道を空けてくれた。さながらマスクとスティックとスウェットスーツからなる紅海だ。二人の人間が乗った黒っぽい車に出会ってから数時間が経っていた。ラクロスをやる少女たちのなかに、サンディーと一緒にいた子がいないだろうか？　少女たちの顔に目を凝らしたが、いなかったので、袋小路にヴァンを進めた。冬至《とうじ》まで一ヵ月もなく、闇が煙のように山を包んでゆく。曲がりくねった道の途中にリーガル・リッジ・スノースポーツ・エリアがある。人工雪と明るい照明のおかげで、夜の九時までスノーボードを楽しむことができる。アーチもいまここで滑っている？　彼の予定を思い出せず、携帯電話にかけてみた。

彼は家にいた。泊まりにいくなら、少なくとも一時間はかけて本棚の整理をしなさいって言ったのママじゃない、と電話に出た彼は言った。わたしはほっと息をつき、尋ねた。十四、五歳で、長い茶色の髪の女の子を知らない？

「五十人ぐらい知ってる」

「とってもかわいい子」

「それなら二十五人。本棚の整理をさせたいんでしょ。だったら邪魔しないでよ」

いらない本は箱に詰めておくのよ、と念を押して電話を切り、一路わが家を目指した。ようやく玄関を入ると、トムがしっかり抱き締めてくれた。茶色の髪のハンサムな旦那さんは、心が安らぐと同時に浮き立つ抱擁をしてくれるのにちょうどよい背の高さだ。わたしは目を閉じて、山男の体に包まれる幸せを味わった。

「ミス・G」体を離すと、彼が言った。「きみのことが心配になりはじめている。あんな電話をかけてきた後で、今度はアーチに電話をよこした。奴が家にいて、きみにさんざんせっつかれた片付けをやっていることを、きみはすっかり忘れていた。少しは休め。働きづめじゃないか。最近のきみはちょっとおかしい《ナッツケース》ぜ」

「ケータラーを摑まえてナッツケースなんて言わないで。食べ物かと思うじゃない」

「疲れているから、おかしなものを見るんだ」

「あら、そう。つまりこう言いたいわけね。あたしは疲れている。疲労困憊《こんぱい》。くたくた《ホイップド》。だから、あたしが見たのは幻覚だ。そういうこと？」

「ホイップされたジャガイモみたいなもんだ、ちがうか？」

ひっぱたこうとしたけれど、彼は動きが速く、空振りに終わった。彼は笑ったが、こっちは笑う気にもなれなかった。あの幽霊のことが頭から離れない。

2

それでも、できる範囲で、サンディーを――あるいは彼女に似た別人を――目撃したことを頭から締め出そうと努力した。簡単にはいかなかった。そのせいで仕事に支障をきたすことはなかったけれど。クリスマス・シーズンの最初の二週間に請け負った仕事は、予定どおりに運んだ。トムの厳しい監視のもと、わたしは早めにベッドに入るようになった――パーティーが予定の時間をオーバーしないかぎり、十二時までには寝るようにした。あたたかな夫のかたわらに体を横たえ、枕に頭を載せたときにはもう眠りに落ちていた。

ところが……それから四時間後、汗をかいて目が覚める。サンディーのこそこそした様子や、ヴァンを慌てて避けていった様子が頭にこびりついているのだろう。不安が瘴気《しょうき》のようにわたしを包んでいた。彼女はどうして舞い戻ってきたの？　リーガル・ロードでなにをしていたの？　一緒にいた女の子は誰なの？　ジョン・リチャードを狙ったように、わたしを狙うつもり？　最後に彼女の姿を見たのはわたしだったから……彼女が生きていることを、わたしが知っているから？　アーチはどう？　あの子に危険はない？

いくら考えてもわからなかった。トムはわたしの心配を感じ取り、知らない人の車にはぜったいに乗るな、とアーチに口を酸っぱくして言った。上向き加減の鼻に、まだうっすらとそばかすの残るアーチは、分別くさい顔でうなずいた。「乗るつもりはないし、乗ったりしない」

それでも仕事をつづけた。大金が稼げるパーティーもあれば、そうでもないパーティーもあった。注文しておいたオイスターが、ミシシッピ川とサウス・プタット川のあいだのどこかで行方不明になった。牛のヒレ肉を積んだトラックがハイジャックされた。よくあることだ。ケータラーなら対処できてあたりまえ。

でも、なかにひとつ、原価で、というか損を承知で請け負ったパーティーがあった。主催者はアスペン・メドウ図書館だ。

これがすべての発端となった。

図書館から頼まれたのは、職員とボランティアのためのクリスマス朝食会だった。人はおだてに弱い。このわたしだって例外ではない。手間はかかるのに儲からない仕事を引き受けた理由が、それだった。

「みんなの投票で、あなたが圧勝したのよ」ガリガリに痩《や》せた司書のロバータ・クレピンスキが言った。ニンジン色のクリクリの巻き毛をいっせいに弾ませながら、ロバータは仕事への愛を語ったが、わたしは彼女のことが心配になった。満足な食事を摂《と》っていないにちがいない。本をむさぼり読むついでにチョコレートを摘んだらいいのに。でも、人が彼女の、というか図書館の本を読みながらものを食べることを、ロバータは嫌っている。反論はしない。司書と議論しても勝てないことは、とうの昔にわかっているもの。

図書館で特別なパーティーを開くことになり、ロバータの目に留まったのがわたしだった。「それになんて言ったって」十月に打ち合わせをしたとき、彼女はまくしたてた。「みんなで持ち寄るクリスマスの料理には飽き飽きなの」

「それで投票になったわけ?」わたしは尋ねた。「あたしと、料理の持ち寄りとどっちを選ぶか?」

ロバータが眉をひそめた。「ちがうわよ、ゴルディ。あなたの料理が食べたいの」

そんなわけで、ロバータとわたしは計画を煮詰めた。どうしても朝食会でなきゃならないの、みんなの投票でそう決まったんだから、とロバータは言う。だったら、メニューはラムトディ(ラムのお湯割りに砂糖やレモンを加えた飲み物)にトーストでいいんじゃない、とわたしは茶化した。だめよ、そんなの、とロバータ。土曜の早朝に集まって楽しんで、九時半までに後片付けを終え、十時にはいつもどおり図書館を開ける。お祭り気分を出すために、ボランティアの人たちが、書架を緑の葉や赤いリボンで飾り立てる計画だそうだ。朝食会の会場は天井の高い閲覧室だ。ガスストーブがあって、炎がいかにもそれらしい雰囲気を醸《かも》してくれるだろう。司書はときどき子どもたちの関心を集めるため、その炎でマシュマロを焼いたりしている。

十二月の二週目の頭に、トムが難しい顔でわたしを見つめ、ひどい様《ざま》だな、と言った。早めにベッドに入るようにしていたにもかかわらず。引き受けた仕事の量が多すぎることばかりでなく、不眠が顔に出ていることも、彼にとって心配の種だった。あたしの不眠はサンディーが現れたせいなんだから、警察がちゃんと仕事をして彼女を捜し出してくれたら、なんの不安もなく夢の国に漂っていけるのよ、と言ってやったのに、彼は無視し、図書館の仕事はキャンセルしろ、としつこい。料理を持ち寄らせればいいじゃないか。わが町の図書館司書は、あたしが依頼した、絶版になったフランス料理の本を一冊残らず探し出してくれたんだもの、ぎりぎりになって仕事を放り出すことなんてできないわ、とわたしは反論した。

「きみは絶対にノーと言わないんだな」と、トム。「その日は、朝食会の後にランチがあって、夜にはディナーも引き受けている。やりこなせるわけがない」

「そんなことない」図書館で供する予定のチーズ・パイの試作品をオーブンから出す。「ランチとディナーはジュリアンが手伝ってくれるもの」ボールダーに住む意欲的な二十二歳のアシスタントを引き合いに出し、話をつづけた。「十時までに図書館を出られれば、ケータリング・イベント・センターに直行して、ガーデン・クラブのレディたちのために支度する時間は充分にあるわ」

「その集まりだって、きみがやることないんだ。自分たちで料理を持ち寄ればいいじゃないか。自分で作りもしないクッキーの交換会なんて、聞いたことない」

わたしはある。それに、ありがたいと思っている。図書館のパーティーとちがって、アスペン・メドウ・ガーデン・クラブのランチとクッキー交換会は、すごく儲かる仕事だ。レディたちが交換するクッキーはすべて、二人の人間の手作りだ。つまり、ジュリアンとわたし。

ガーデン・クラブのメンバーのなかに、クッキーを自分で焼く人はいないにひとしい。料理の持ち寄りを嫌った図書館職員とおなじで、ガーデン・クラブのメンバーたちにとって、自分でクッキーを焼いたのでは、楽しさ半減というわけだ。せっかくのクリスマス休暇に、誰が好き好んでクッキー種を捏《こ》ねて、形を作って、焼いて、衣を着せて、飾りをつけたりする？

誰もしない。でも、ジュリアンとわたしは、トナカイや雪の結晶や、サンタや木《ツリー》やリースやベルの形のクッキーを、おおいに楽しみながら数時間かけて作り、糖衣をかけて冷凍した。ランチの前に、もうひとつお菓子を作って準備は完了だ。入り口で配るくじの当選者三人に贈るジンジャーブレッド。このランチのためにもう一人、助っ人を頼んでおいたのに、ご主人が思いがけずスキー旅行をプレゼントしてくれたので、行けなくなった、と連絡してきた。ジュリアンが代わりを探すと約束してくれたが、どうなることやら。それに、急に寒くなったら、ジュリアンと二人で、六十人のレディたちに料理をあたたかいまま出せるだろうか。まあ、なんとかなる。いままでだって、なんとかやってきたもの。

でも、その前に図書館のパーティーがあるわけで……時間的にはこちらが先だ。ロバータによれば、職員たちは、ディケンズをテーマにしたパーティーで一年を締め括《くく》りたいと願っているそうだ。予算の削減や本の傷《いた》みやビデオの盗難に苦労し、酒を飲んだりピザを食べたり騒音をたてたり（おもに携帯電話でおしゃべり）する連中を叩き出すのに苦労した一年の締め括りだ。

ロバータと話し合いの末、いくつかの料理が決まった。まずフレンチトースト。図書館の厨房で作り、オーブンに入れたまま保温しておく。ほかにはチーズ・パイとコーヒー・ケーキ、チョコレート・クッキー・バー、新鮮な果物、肉好きのために、骨に沿ってスライスした骨付きハム。料理にディケンズの作品のタイトルを自由に使っていいと、ロバータのお許しももらった。顧客の要望にたいするわたしの返事はこれしかない。ノー・プロブレム！

供する飲み物は、ジュース、コーヒー、紅茶、クリスマスの定番、ラムを垂らしたエッグノッグ、シャンパン。朝食に。それも仕事のある日に。司書だって、たまには羽目をはずしたいのだろう。

フレンチトーストとチーズ・パイは当日の朝に焼くつもりなので、会場の支度は前日に終わらせることでロバータと話がついた。職員二人とボランティアの人たちが手伝ってくれて、長テーブルと折りたたみ式の椅子を閲覧室から出し、リネンや食器を運び込む。金曜の四時からはじめて、閉館時間の五時には終わるだろう。とりわけ忙しい一週間だったので、早くすめばそれにこしたことはない。その日の夜には、ベジタリアン向けの六品のディナー二人分の予約が入っていて、料金は二十人の立食パーティーより高い。相手は二人だから、ジュリアン一人でさばけるだろう。

閲覧室のセッティングが終われば、ひさしぶりに夜はゆっくりできる。わたしがテーブルにリネンや食器を並べているあいだ、アーチは個人用閲覧室で勉強することになっていた。あいかわらず彼の部屋は片付いていないが、仕方がない。今夜は親友のトッド・ドラックマンの家に泊まりにいく。この半年で、アーチと異母弟のガス・ヴィカリオスは大の仲良しになり、トッドがみそっかすの気分を味わうのではと心配したが、三人はとてもうまくやっている。スケートやスノーボードや、たがいの家を訪ねたり、泊まったりするとき――ようするに〝パジャマパーティー〟だけど、クールな男の子はそんな言い方はしない――の送り迎えに運転手がもう一人増えたから、それだけでもありがたい。

このお泊まりは、冬休み前の最後の試験科目であるラテン語の勉強を一緒にするというのが、いちおうの名目だ。試験日の月曜の送り迎えは、トッドのママが引き受けると言ってくれた。ありがたくてキスしたいところだけど、冷凍クッキー数袋に感謝の気持ちを込めた。うちの冷凍庫には売るほど入っている。

トムは差し迫った事件を抱えておらず、金曜の夜は家にいて〝二人だけ〟のためにラグー(肉と野菜の煮込み)を作ると約束してくれた。ほんものの燃え盛る炎の前で食べるんだ、楽しいぞ、と彼は言った。食事のあとも、〝二人だけ〟だからな、覚悟しておけよ、とも言った。もしかしたら、早寝はできないかもしれない。でも、早々とベッドには入っているはず。やったね！

サンディーのことは頭から締め出す……せめて金曜だけは。食材を注文し、顧客と打ち合わせし、パーティーを慌しくこなすあいだも、思いは夫の作るラグーに……それに、彼が目《もく》論《ろ》んでいることに向かった。

ついに十二月十五日金曜日がやってきた。疲れをひきずっていたから、図書館のセッティングはできるだけ早く終わらせたかった。そんなわたしに、アーチが言った。ラテン語で〝できるだけ早く〟は〝クアム・セレリアム〟だよ。ジュリアス・シーザーは、なんでも〝クアム・セレリアム〟にやるのが好きだったんだって——その結果があれだよ。

きょうは十二月の〝十五日《アイズ》〟よね？　シーザーが暗殺される日と予言されたのが、三月の十五日《アイズ》だったことを思い出し、尋ねた。メイン・ストリートに積もった雪をヴァンのタイヤがザクザクと踏みしめる。ちがうよ、とアーチが答えた。三月、五月、七月、それに十月の〝アイズ〟は十五日だけど、十二月も含めてほかの月は十三日にあたるんだ。でも、試験には出ないと思うな。二日前の授業で習ったばかりだから。

試験には出なくても、アーチは理解している。それが大事だ。図書館の駐車場は混んでいた。職員専用の入り口へ向かうと、間の悪いことに入り口の前を図書館のヴァンとSUVが塞《ふさ》いでいた。駐車場を二周もして、ようやく空きスペースを見つけた。ヴァンを降り、大きく深呼吸した。空気は冷たく張りつめ、昼過ぎにちらつき出した雪は本降りになり、横殴りの風に踊っていた。仮免許をとったばかりのアーチも、さすがに雪の中で運転技術を磨きたいとは言い出さなかった。ありがたい。

閲覧室に隣接する個人用閲覧室にアーチを籠《こも》らせ、わたしはロバータと二人の職員と三人のボランティアに手伝ってもらって、セッティングにかかった。図書館のヴァンの運転手に荷降ろしを急ぐよう、あたしから言うわ、とロバータが請け合ってくれた。そうすれば職員専用の入り口にヴァンを着けて、わたしも荷物を降ろすことができる。図書館は混んでいた。

金曜の午後はいつも大忙しなのよ、とロバータが巻き毛を弾ませながら言った。週末に備えて本やCDやDVDを借りに、大勢の人がやってくるからだ。十月末で夏時間が終わって一日が短くなり、日が落ちるのがどんどん早くなると、本を読む時間が増える。それに、わたしにとってありがたいことに、食べる量も増える。

ロバータとわたしが閲覧室の片付けをはじめたとき、居残っていた三人の利用者はみな男性で、ラップトップのキーをしゃにむに打っていた。二人は白髪で、もう一人、禿げの男性は、無線ランが使える場所に陣取っていた。三人とも、あとの二人とはできるだけ距離を置いて座っている。三人とも、調べ物をするために図書館にやってきたのではないようだ。持参したラップトップに屈み込んで、おそらく履歴書を作成しているのだろう。ひそめた眉といい、人目を忍ぶような振る舞いといい、失業者のそれだ。その絶望感を肌で感じる。わたし自身がかつてそうだったから。気の毒にね、とロバータが声をひそめて言った。仕事場から放り出された人たちは、図書館をオフィス代わりに使うのよ。

職員の朝食会のための支度をしたいので、コンピュータをべつの場所に移動させてもらえませんか、とロバータが丁寧にお願いすると、三人とも困った顔をして、閉館までに一時間ちかくあっても、〝仕事道具〟――揃いも揃ってそう言った――を移動して、また立ち上げるだけの時間はない、と言った。時間に追われているんでね、と譲らない。ロバータとしばらく言い争った後、禿げの男性がラップトップを抱えて、足音も荒く出て行った。お土産にクリスマス・クッキーはいかがですか、とわたしが言うと、粘る二人もあっさり折れた。お土産用のクッキーの包みを、たまたま二個余分に持ってきていたのだ。

人は容易に食べ物で釣られる。いつもながら感嘆させられた。

駐車場に駐めたヴァンまで案内し、二人にクッキーの袋を手渡すと、ものすごく喜んでくれた。こんなふうに心から喜んでもらえると、ディナーだって用意してあげたくなる。最初に怒って出て行った男性も、残っていればお土産をもらえたのに。

でも、わたしにはもっと大事な仕事がある。閲覧室に戻り、朝食会の支度にかかった。椅子と長テーブルとデスクを閲覧室から出し終えたのが四時十五分だった。わたしは急いでヴァンに戻った。職員専用の入り口からヴァンはいなくなっていたが、SUVの馬鹿運転手はふたつのスペースの真ん中に駐めていたので、荷物を降ろせる位置にヴァンを着けるのに、何度も切り返しをする羽目に陥った。

これで十分が無駄になった。ボランティアの人たちと一緒に、食器とリネンと給仕の道具一式を慌しく会場に運び込んだ。そうこうするうち、ラウドスピーカーから閉館十五分前の警告が流れ、ぎょっとした。天井の蛍光灯が不吉に点滅して、あすの朝食会の準備がまるでできていないことを、いやでもわたしに教えてくれた。ラウドスピーカーから流れる警告が終わり、蛍光灯の点滅が終わるのを待って、配膳用のテーブルを並べ、テーブルクロスを掛けた。

「困ったわね、思ったより時間がかかってしまって」ロバータが話しながらうなずくと、巻き毛が同意するように弾んだ。「最後まで手伝いたいんだけど、館内を見回って、利用者に閉館時間が迫っていることを知らせて退館を促すのがあたしの仕事なもので」

「あなたがはぐれ鳥たちを駆り集めているあいだ、こっちはあたしたちでなんとかするわよ」わたしはそう応じたものの、利用者を怖がらせて追い出すのに、ラウドスピーカーから流れる大音響の警告と蛍光灯の点滅で充分だろうに、と思った。

わたしの疑問を察知したのか、ロバータは身を乗り出し、耳元でささやいた。「警告を無視されないよう見回るのよ。それに、自分が散らかしたゴミを片付けるのに、十五分の余裕を与えてあげてるってことを、利用者に知らしめるためにね。先週のきょう、誰かがフライドチキンとコールスローとビーンズを持ちこんで、テーブルのひとつにぶちまけていったの。信じられる？　片付けてまた使えるようにするのに一時間かかったわ」わたしはうなずいた。わたし自身、ロバータが知ったら髪の毛がまっすぐに突っ立つほどの、食べ物の散乱現場——本の上にこぼれたのも含め——に出くわしたことがある。「食べ物をこっそり持ち込む人にとって唯一の恐怖は、見つかって摘み出されることなの。だから、たいていばれないよう片付けて帰る」彼女の細いイチゴ色の眉毛がピンクの額をのぼっていった。「図書館の静けさとあたたかさにすっかり癒され、眠り込む人もいるしね。ちゃんと目を覚まさせるのに十五分はかかるわ。電流が通ってる牛追い棒を買ってくれって、要望を出しつづけているんだけどね。はぐれ鳥とこっそりものを食べる連中にほんもののショックを与えてやるためにね」

「なるほどね」牛追い棒を使う場面は想像したくもない、と思いながら、一枚目の白いテーブルクロスを広げた。「こっちは大丈夫だから、心配しないで」

ロバータが閲覧室を出たとたん、大気を引き裂くような叫び声が聞こえた。「なんだと！」男の声だ。つづいて聞こえた。「つべこべぬかすな！」

「やめてもらえませんか？」アーチの声がした。いつもより大声だ。

わたしは鳥肌が立つのを感じた。閲覧室を飛び出し、アーチを残してきた個人用閲覧室の場所を思い出そうとした。

男の声がさらに大きくなった。「ガキのくせに、おれに指図するな！　弁護士と大事な話をしてるんだ！」

「そんなこと関係ない！」アーチは前とおなじ口調で言った。「ここでは携帯電話の電源を切ることになってるんです！」

あたりを見回しても、自分がどこにいるのかすらわからない。アーチはどこ？

「ガキは黙ってろ！」

「やめてください《クール・イット》！」

前方に個人用閲覧席が並んでいるのが見えた。息子を残してきたのはあそこ……でも、彼は勉強をしていない。立ち上がって、頭の薄い男に顎を突き出している。ロバータがよそに移ってくれと頼んだとき、最初に怒って出て行ったあの男だ。大柄でがっしりして、筋骨隆隆だ。それに比べてアーチは、小柄でほっそりして、とても太刀打ちできるとは思えない。

「なんだと！」男が吠えた。「クールってのはどういうものか、教えてやる」禿げの男が空いているほうの手でアーチの肩を突いた。アーチはバランスを崩してよろめいたが、持ち堪《こた》えた。激怒した男は、携帯電話を振りかざした。それでアーチを殴るつもり？　男にはちかづいて行くわたしが見えていなかった。わたしはぱっと向きを変え、両手を握って振り上げた。携帯電話が男の手から離れ、飛んでいった。

「おい！」男は叫び、携帯電話に飛びついたが、携帯電話は滑って書架の下に入った。「いったいなにをするつもりだ？」

　わたしは男を無視した。「アーチ、大丈夫？」

　アーチは少し動揺しているようだ。「大丈夫」大きな茶色の目でわたしに訴える。「ママ、この人、はた迷惑なんだ！　携帯でだらだら長電話して。それも大声でしゃべるもんだから、ヘッドフォン越しにも聞こえて、それで、ぼく、集中できなかった。だから、電話を切ってくれって頼んだら、怒鳴るんだもの。それから、一気に険悪なムードになっちゃって。あっ、まずい」

　男は立ち上がっていた。「なんてことしてくれたんだ？」男が怒鳴る。「すごく高い携帯なんだぞ！　いったいなんだって――」

　だが、男が最後まで言い終わらないうちに、天晴《あっぱ》れロバータが、彼とわたしのあいだに割って入った。「失礼ですが」きっぱりと言う。「いますぐ図書館を出ていただけないでしょうか――」

「十五分の猶予があるんじゃないのか？」男が言った。「それに、彼女のことはどうなるんだ?」携帯電話の破片でわたしを差した。

「あなたが無防備な子どもを押したんでしょ」わたしは言った。

「横から口出すな」男はそれからロバータに向かって言った。「この女のほうを先に図書館から追い出せ」

「この人と息子さんのことは、こちらにまかせてください」ロバータが静かに言う。

「あんたに?」男が信じられないという顔で吠えた。「あんた、いくつだ? あんたにはプードルの世話だってまかせられない。まして女の——」

「そのあいだに」ロバータが相手の言葉を遮《さえぎ》り、きっぱりと言う。「ここにいるハンクが、玄関までお送りします」男性ボランティアの一人、カウボーイハットをかぶった横幅のある猫背の男が、ロバータのかたわらに現れた。

「荷物を持って」ハンクの低音が轟いた。禿げた男の目が細められる。アーチは彼から充分に離れた場所に、腕を組んで立っていた。

「おれはどこにも行かないぞ!」禿げた男が叫ぶ。「彼女を追い出せ!」

ハンクが言った。「荷物はおれが持っていく」個人用閲覧席に屈み込んで、男のラップトップを持ち上げようとした。

「その手をどけろ——」ハンクがやろうとしていることに気づき、男は叫び、ハンクの背中に突撃を仕掛けたがうまくかわされ、よろめいて書架にぶつかった。

館内には、ほかにもまだ勉強している人がいるのだろうか。

ハンクはラップトップのコンセントを抜き、蓋《ふた》を閉じ、机の上の散らかった紙をひとまとめにした。それから、空いているほうの手で禿げ男の腕を握った。ハンクは、あの極端に無口で有名だったクーリッジ大統領から、コミュニケーション術を学んだにちがいない。最後にひと言、「行くぞ」。

玄関へ向けて男二人の珍道中がはじまった。禿げ男は控え目ながら抵抗をつづけ、ハンクは脇目も振らずに玄関に向かっていく。ロバータが物問いたげな視線をよこした。アーチは騒音を遮断するヘッドフォンをつけて勉強に戻っていた。

「警察に通報しましょうか?」ロバータが尋ねた。「あの男が駐車場であなたとアーチを待ち伏せしていたら困るもの」

「あたしたちなら大丈夫。ハンクに玄関で見張っててもらおうかしら。禿げ男が戻ってくる場合に備えて」わたしが言うと、ロバータはうなずいた。「それで、アーチがミセス・ドラックマンのステーションワゴンに乗り込み、あたしがヴァンに乗るのを、ハンクに見届けてもらえれば安心だわ。あたしはまだ仕事があるから」

ロバータはそのことを男性ボランティアに伝え、図書館を空にする使命に戻った。閲覧室にはボランティアの人たちの姿はなかった。それはかまわない。銀器や陶器をどこに置くのがいちばんいいか考えながらセッティングするのが、わたしは好きだから。まず最初に盛りわけ用の大皿を載せる銀の台の位置を決めた。ケータリングでもっとも大事なのは見た目であることを念頭に置いて。半分に切ったグレープフルーツを『マーティン・チャズルウィット』の名を冠したチーズ・パイの隣りに並べて、それから『二都物語』フレンチトースト――こうすれば炭水化物の料理に選択肢があることがお客にわかる――つぎが『荒涼館』バー。チョコレートは朝食にもってこいだと信じている人のために。なんといってもクリスマス・シーズンだから、でしょ？

弁護士と大事な話をしてるんだ！ 禿げ男の叫び声が、不意に耳の奥に甦《よみがえ》った。そんなに大事な電話なら、なぜ車からかけなかったの？ それに、なぜアーチを突き飛ばしたの？ **考えるのをやめなさい。** 自分に言い聞かせる。皿と銀器に目をやった。ボランティアの人たちが、ナイフとフォークとスプーンをひと組ずつ布ナプキンに包んでおいてくれた。わたしはビュッフェ用のお皿を並べればいいだけだ。そのとき、左のほうでなにかが動いた。

閲覧室の大きな窓から外を見ると、雪が勢いを増しているのがわかった。閲覧室だけが建物全体から突き出して立っているので、図書館の東翼もここから見える。窓がいくつか並んでいて、部屋の隅に配された安楽椅子とノンフィクションをおさめた書架の一部が見えた。その書架に隠れるようにして、人が動いている。蛍光灯がまた点滅し、こっそり動いているように見える人にストロボのような影を落とす。それでよけいにこそこそして見えるのだろう。男か女かわからないが、その姿は書架に隠れて半分しか見えない。わたしは震えた。

思わず身を乗り出し、ハムを切るのに使うナイフを摑んでいた。でも、もう一度窓の外を覗き込んだときには、誰の姿も見えなかった。ほんとうに見たの？ トムが言うように、ひどく疲れているせい？ 禿げ男と怒鳴り合って苛立った頭が、幽霊を生み出した？

ナイフを置き、銀器を並べた。人がいるのを見たと思った書架のほうに、ちらちらっと目をやらずにはいられなかった。誰も座っていない安楽椅子を非常口の標示が照らしている。動くものはなにもないようだ。

わたしは目をしばたたいた。向かいの窓のちかくに人が立っている。書架のすぐ右側だ。横顔が見分けられた。その人は椅子が並ぶ部屋の隅を見ている。若い女だ。わたしは閲覧室の窓ににじり寄った。肌が冷たくなった。ああ、どうしよう。彼女がまた現れた。

死んだと思われている人が。

わたしが茫然と立ち尽くすあいだに、女はゆっくりと向きを変えた。もう部屋の隅を見てはいなかった。まっすぐわたしを見ていた。

閲覧室の外から子どもの悲鳴がして、わたしは目を逸《そ》らした。職員の一人が誰かに向かって、苛立たしげな口調でしゃべっていた。視線を戻したときには、女の姿はなかった。

「ぼくが持ってるもん！」子どもが絶叫した。「欲しいんだもん！」

「ジェイミー、それをこっちによこしなさい！」女の声がした。男の子の母親だろう。

「時間です」職員がさっきより大きな声で言った。「荷物を片付けて、出したゴミを捨ててください」

金曜の閉館時間の図書館って、こんなことになってるの？　子どもがクッキーを食べるか、ホットチョコレートを飲んでいる現場を司書に見つかり、母親が〝禁制品〟を取り上げようとしているにちがいない。わたしはもう一度、窓の外に目をやったが、サンディー・ブリスベーンの幽霊は二度と現れなかった。今度もまた、自分がなにを目にしたのか確信がもてない。あの女はサンディーなの？　書架のあいだをうろついていた人と同一人物？

閉館時間が迫っているから、幽霊を追いかけている暇はない。朝食会の支度を終わらせることに意識を集中した。数分後、閲覧室の外で話し声がした。それから、ブザーが鳴った――これも警告のひとつ？　いままでに聞いたことのない音だ。貸し出しの手続きをせずに、誰かが本を持ち出そうとしたとか？

助けを求める声がした。アーチは無事？　心配になって個人用閲覧席に急ぐと、息子はヘッドフォンを両手で押さえて一心にラテン語の勉強をしていた。ブザーの音は、閲覧室の外のほうが大きく聞こえる。受付のカウンターには誰もいなかった。

「まあ、なんてこと！」誰かの叫び声がした。ロバータの声のようだ。

「ジェイミー！」さっきの母親の声だ。「こっちに来なさい！」

「そんな、よしてよ！」ロバータが叫んだ。

「ジェイミー！」

「ママ！」子どもが叫ぶ。「まだ終わってないもん！」

「ジェイミー、ママが呼んだら来るの！」

ジェイミーはほんとうに図書館を出たくないにちがいない。そんなことを考えながら、ブザーと人の声がするほうに向かって進んだ。ジェイミーと母親の確執が、ロバータをこれほど動揺させているとは思えない。

「誰か、助けて！」ロバータがまた叫んだ。建物の奥のほうから聞こえる。サンディーらしき人物がいたあたりだ。だったら行くしかない。

急いでいたので、書架の陰から幼児が飛び出してきたのに気づかなかった。幼児はビデオを何本も抱えて、貸し出しデスクへ走ってゆく。

「ジェイミー！」わたしの背後から業を煮やした母親の声がした。「それみんな、週末に観られるわけないでしょ！」

ジェイミーのほうも、わたしに気づいていなかった。衝突の衝撃で、ディズニーのビデオ全巻のうちの相当数が飛び散った。わたしはバランスを失い、ジェイミーは尻餅を突いた。

「ウッ」

「イタッ！」

膝がカートに当たって前のめりになった。なんとか体勢を立て直し、膝を撫でながら目をしばたたき、ジェイミーの無事をたしかめた。彼はなんとわたしにごめんなさいと言い、散らばったビデオを掻き集め、貸し出しデスクに向かってまた走った。また誰かにぶつからないか、その後ろ姿を目で追った。顔を戻すと、母親が怒りの形相でこっちを睨《にら》んでいた。わたしが肩をすくめて謝ると、注意してくださいよね、と母親は言った。いったいわたしがなにをすると思っているの？　黙ってその場を離れた。運悪くあの女の子どもに生まれていたら、わたしだって週末はテレビにへばりつくだろう。

いっこうにやまないブザーの音に重ねて、奥のほうからうめき声が聞こえた。ロバータがうめいているの？　司書が二人、わたしを追い越して走っていった。ジェイミーと衝突して痛めた膝をかばいつつ、わたしも後を追った。

ロバータは書架や個人用閲覧席の奥の安楽椅子が並ぶあたりにいた。閲覧室の窓からその一部が見える場所だ。アーチが前に言っていた。あの安楽椅子は、図書館でいちばん快適な特等席だよ。でも、ロバータは快適そうには見えなかった。隅の椅子に座る男のかたわらにひざまずいていた。大柄で金髪の男で、椅子の上で体を二つ折りにしている。ロバータがその体に腕をまわしているから、抱えあげようとしているのだろう。

「誰か手を貸して？」ロバータが言った。司書二人は茫然として突っ立ったままだ。きっと彼らも幽霊を見たのだろう。ロバータが、救急車を呼んで、と二人に指示した。さっさとして！　二人は踵《きびす》を返し、わたしの横をドタバタと通り過ぎていった。

ロバータが顔をあげたので目が合った。そのかわいい顔から血の気がすっかり失せていた。「ゴルディ、彼を持ち上げるのに手を貸して。眠っていると思ったんだけど、起きないのよ。お願い。どこか悪いにちがいないわ。ああ、もう、眠っているとばかり思ったのに」

わたしは急いでちかづき、右腕を男の肩にまわした。とても大柄な人なので、うまく抱えられない。「床におろしましょう」わたしは指示した。「それから仰向けに寝かせればいいわ」

二人でそれぞれ頭と足を抱え、なんとか男を椅子からおろした。首筋に手を当てたが脈は触れなかった。

かたわらの床の上に魔法瓶が転がっており、中身がこぼれて絨毯を汚していた。コーヒーの匂いに酒の匂いもする。ロバータが話しつづけた。「眠っていると思ったのよ。起こそうとしたのよ。ああ、もう」

彼女はぐったり壁にもたれかかった。心肺蘇生《CPR》術を施すには男を仰向けにする必要があるが、ロバータに手伝ってもらわないとできない。数人の職員が駆けつけて、どうしたのか、とロバータに尋ねた。それで彼女は気を取り直した。しゃきっとした顔で、誰もここにちかづけないようにして、と職員たちに言った。女性職員三人がもつれ合うように走りながら、集まってきた野次馬に下がれと指示した。

凍えるほどの寒さを感じた。恐怖のせいではなく、寒風が吹き込んでいるせいだとわかり、侵入口を探した。なんということだろう。非常口が開いたままで、雪と寒風が吹き込んでいた。ブザーが鳴ったのもこのせいだ。非常口のすぐちかくにいるので、ブザーの音は耳をつんざくほどだ。

「CPRをやらなくちゃね」ロバータが言った。力を合わせて男を仰向けにすると、ようやく顔が見えた。息をしてはいないようだ。CPRを施すロバータのかたわらに付き添い、携帯電話を開いてトムの番号を押した。ここに横たわる男が誰かわかっていた。トムはこの男に何度呼び出されたことだろう。

前地区検事、ドリュー・ウェリントンがたいへんなことになっていると、夫に連絡する役目がまわってこようとは、夢にも思っていなかった。〝犯罪と戦う人〟として評判がよかったにもかかわらず、ドリューは三年前の選挙で破れた。ある種のスキャンダルが原因だったらしいが、詳しいことは知らない。酔っ払い運転とか？　憶えていない。ドリューは挫《くじ》けることなく、趣味の高額地図蒐集を儲かる商売に変えた。マッカーサー夫妻があすの夜開くパーティーの、招待客の一人だった。

トムのボイスメールにつながったので、大至急連絡して、と伝言を残した。

携帯電話を閉じ、ドリューが座っていた椅子の周囲に目をやった。転がった魔法瓶のかたわらに、開いたままのブリーフケースがあり、書類が散らばっていた。ブリーフケースに入っているのは銀の携帯用酒瓶《フラスク》？　ウィスキーを詰めて持ち運ぶ？　そのようだ。

ロバータは忍耐強くCPRをつづけていた。わたしより上手だ。それでも、ドリュー・ウェリントンは反応しなかった。心臓麻痺か脳卒中でも起こしたようだ。汚れた絨毯に目をやる。小さな魔法瓶に入っていたにしては、液体の量が多すぎるように思えた。

「どうか間違いだって言って」わたしは声に出して言った。

心臓を押して数を数える動作を繰り返すロバータには、わたしの声が聞こえないようだ。

3

郡警察は図書館の隣りに支所を置き、最小限度のスタッフ――男二人に女一人――を配置している。金曜の午後五時はまだ勤務中だ。司書の知らせを受け、彼らは慌てて駆けつけた。その制服姿を見たとたん、わたしは穏やかな心持ちになった。女性警官がロバータと交替してCPRを行った。

男性警官二人は現場の保全に努めた。手順はわかっている。武器を持った者が建物の中や駐車場に潜んでいないか見回ることからはじめる。戻ってきた二人は、居残っていた利用者たちから名前と住所と電話番号を聞き取った。ロバータと二人でドリューの蘇生を行っていたとき、誰も図書館から出ないよう注意すべきだったが、そのときには考えつかなかった。居残っていた数人の利用者は、簡単な事情聴取を受けると、さっさとそれぞれの車に向かった。つまり、手掛かりになるようなものを見た者はいなかったということだ。いたとしても、二人の警官がわたしに教えてくれるはずがない。

友人のアイリーン・ドラックマンが息子のトッドと一緒に、アーチを迎えにやってきたので、先にアーチの事情聴取が行われることになった。アーチは未成年だからわたしが付き添ったが、横から口出ししないでください、と釘を刺された。アーチは動揺しながらも、ミスター・ウェリントンを見ていないし、おかしなことはなにも目にしていない、と語った。むろん、禿げ男と口論になったことも話し、男の人相も伝えた。警官に向かって話をする息子を、わたしはぎゅっと抱き締めてやりたかったが、肩にまわしたわたしの腕を、彼はやさしく払いのけた。もうじき十六歳なのだから仕方ない、と自分に言い聞かせる。どんな状況であろうと、十六の子が人前でママにハグされたいと思うわけがない。

アーチがドラックマン親子と共に去った後、二人の警官は、わたしと図書館職員と三人の男性ボランティアに居残るよう命じた。ドリューにCPRを行っていた女性警官の姿はどこにもなかった。わたしの手伝いや、書架に本を並べる作業をしていたハンクたち男性ボランティアは、うろたえていたものの観念したようだ。雪はあいかわらず激しく降っていたので、警官はわたしたちに、車に戻るルートを指示した。雪が五センチほど積もった非常口のまわりを、わたしたちに踏み荒らされたくないからだろう。鑑識がなにか発見できるかもしれない。

この事件を担当する郡警察の捜査官がやってくるまで、わたしたちはたがいに話をせず、離れて待っているように言われた。捜査官ね。あなたたちに残ってもらったのは、図書館の間取りやセキュリティ・システムに詳しく、どこになにがあるかわかっているからですよ、と警官は少し口調を和らげて言った。館内の張り詰めた雰囲気に耐えられず、わたしはおもてに出た。

あたりは暗くなり、寒かった。白い帳《とばり》がおりるように、雪が絶え間なく降っていた。永遠にも思えたが、実際には十分ほど経ったころ、サイレンが聞こえた。パトカーの接近は、ライトよりもサイレンが教えてくれる。物理が大好きなジュリアンが、前にその理由を教えてくれた。光のほうが伝わる速度は速いが――稲光と雷鳴がずれるように――光は曲がらない。でも、音は曲がる。

どうしてそんなことを考えたのだろう？　不思議に思っているところに、ロバータと職員たちが出て来た。トムから連絡がないし、まだ現実に直面したくないから、それでよけいなことを考えたのだ。

法執行機関の一団がやってくるのはあたりまえだが、ドリュー・ウェリントンがほんとうに亡くなった場合、山間《やまあい》の小さな町にメディアがどっと押し寄せると思うと、いやな気持ちになった。草原の野ネズミに襲いかかる鷹ほどの慈悲ももたない連中だ。十二月の凍えるような夜でも、彼らはやってくる。振り向いて、わが町の小さな図書館に目をやった。煉瓦造りの建物を取り囲む松やポプラ《アスペン》に、風に吹き飛ばされた雪が絡みつき、背後の丘もすっぽりと雪をかぶっていた。新聞のセンセーショナルな見出しが目に浮かぶ。『**前地区検事、図書館で謎の最期を遂げる……**』テレビもラジオも新聞も、すさまじい特ダネ合戦を繰り広げるだろう。そういうことは考えたくもないけれど。

ドリューは心臓麻痺を起こしただけかもしれない。隣りの支所からやってきた警官は、たがいに離れていろ、とわたしたちに注意しただけだ。ドリューは命を取り留めるかもしれない。可能性は低いが。

ロバータ・クレピンスキは、十メートルほど先に立っていた。寒さを見越してダウンのジャケットを着ている。玄関を照らすネオンランプに照らされて、彼女の顔は幽霊みたいに青白く見えた。かわいそうに。彼女にたいして母親みたいな気持ちになるのは、とても若く見え、とても痩せているせいだろう。職員とボランティアの人たち全員に、キルトを配ってくれるよう警官に頼むこと、と頭の中にメモした。善意の人たちが、事故や犯罪の犠牲者や、その家族や目撃者のために無償で作っているキルトだ。

エプロンのポケットから携帯電話を取り出し、トムにかけた……もう一度。この数分のあいだ、何度かけてもお話し中だった。みんながいっせいにかけているせいか、あるいは電波の届かない山襞に入り込んでいるせいか。

「シュルツ」最初の呼び出し音で彼が出た。感情を交えぬこの口調は、犯罪者を竦《すく》みあがらせる。ときにはわたしも。体が震えた。

「ドリュー・ウェリントンの身になにか起きたみたい」挨拶抜きで切り出した。「ロバータが彼を見つけて……」歯がカチカチいい、耳たぶが凍りついていた。

「ゴルディ」彼の口調はぐんとあたたかくなり、ほっとさせられた。「きみはいまどこにいるのか教えてくれ」

「図書館よ。郡警察がこっちに向かっているところ」

「知っている。部下から連絡があった。十五分でそっちに着く」ほんの一瞬の間があった。

「きみは……なにか見たのか？」

「いいえ、でも――」話そうとしたら、風のうなりに邪魔された。

「ゴルディ？」

「ごめんなさい、ただ、その――」サンディーを見たことを話したかった。サンディーにとてもよく似た女を見たことを。図書館で。

「ヴァンの中で待ってたらどうだ？　署の連中がそっちに着くまで」

「警官はもう来てるわ。ほら、図書館の隣りの支所の。あたしたち、待つように言われているの」

「あたしたち？」

頭が混乱していた。「ごめんなさい、要領をえなくて。図書館の職員とボランティアの人たち。それにあたし。捜査官が来て話を聞くから、それまで待っているように言われたのよ。署の捜査官が」歯がカチカチ鳴った。「そのころには救急車も到着するだろうし、警官も――」

「頼むからヴァンに入っていてくれ。文句を言う奴がいたら、おれに連絡するように言えばいい」

「わかった、わかったわ」わたしは言い、ヴァンに向かって歩いた。ヴァンは駐めた場所にそのままあった。下手くそな駐め方をしたSUVはなくなっていた。がっくりと肩が落ちた。

「トム、隣りに駐まっていたSUVが消えていて――」

「ミス・G。ヴァンに乗ってドアをロックしろ。なにがそんなに気になるのか、話すのはそれからにしてくれ。消えた車以外にも、なにかあったんだろう、ちがうか?」

ほんとうになにかあったの? ヴァンの運転席のドアを開けながら、閉館までの十五分にあったことを頭の中で再現してみた。わたしは朝食会の準備をしていた。幽霊をまた見た。今度は書架のちかくで。それから、いろんなことが一度に起こった。

「ドリューが見つかった場所のちかくで、サンディーを見たと思った。彼女はドリューを見張っていたのかもしれない」

「サンディー・ブリスベーンか? また?」

「ええ。それから数分後に、ロバータ・クレピンスキが、隅の椅子に座っているドリューを見つけたの。ロバータは知っているでしょ? 司書の」

「おれは知らない。だが、彼女がドリュー・ウェリントンを見つけたんだな?」

「そうよ、トム。彼女が言うには、眠っていると思ったから、起こそうとしたんだって」

「彼女と話をしたのか?」張りつめた口調だった。これが事件なら、わたしは誰とも話をすべきでなかった、と言いたいのだ。

「ロバータが助けを呼んだので、何事だろうと行ってみたの。彼女は繰り返し言っていた。『眠っていると思ったの』ってね。たぶん責任を感じているんだと思う」

「だが、きみが駆けつけたとき、サンディーは、あるいは彼女に似た誰かは、その場にいなかったんだろう?」

「ええ、トム。そのとおりよ。サンディーだったかどうか、確信もない。髪形もちがっていたし。少なくとも六ヵ月前のサンディー・ブリスベーンとはちがっていた。でも、先月、リーガル・リッジに向かう途中で出会った車の女と同一人物であることはたしか。ほら、憶えているでしょ？　あたしがサンディーだと思った女」長い沈黙があったので、電波が途切れたのかと思った。「トム？」

彼は大きく息を吸った。「ロバータはいまどうしている？」

「元気いっぱいとは言えないわね」わたしは言葉を濁した。愛する図書館が法執行機関に侵略され、ヒンデンブルク号（一九三七年、大西洋横断航路で着陸時に炎上したドイツの巨大飛行船）並みにマスコミの取材攻勢を受けるのだから、彼女にとって大きな痛手だろう。でも、トムにそれを言ってもしょうがない。

「彼女が第一発見者だというのはたしかなのか、ミス・G？」

「ええ。いいえ。非常口が開いていたせいでブザーの音がひどくて、それで、ロバータのうめき声と泣き声を聞いて、あたしは助けに駆けつけた。二人してドリューを床におろして――」

「なんてこった」トムが口調からこう言いたいのがわかった。犯罪現場もなにもあったもんじゃない。

「トム！　あたしたちは、彼が心臓発作か脳卒中を起こしたと思ったのよ。ひどい様子だった。首筋に触ったけど脈は触れなかった」思いついて、言った。「絨毯は血で汚れていたのかもしれない」

「まわりに武器はなかったんじゃないのか？」

「ええ。魔法瓶が倒れてコーヒーが流れ出てて、それから、彼のブリーフケースの中に銀のフラスクが入ってた。それから……すごく寒くて。非常口のこと、言ったでしょ？　開いていたの。それから……お酒の匂いがしたわ、それとコーヒーの匂い」

携帯電話が鳴った――キャッチホンだ。アーチかもしれない。トッドの家に着いたと知らせてよこした？　トムと同様、アーチも心配性だ。

「トム、もう切るわね。アーチからの電話かもしれないから」

「十分でそっちに着く」

電話をよこしたのはアーチではなくマーラだった。わたしの親友は、〝アスペン・メドウのゴシップ通〟を自認している。

「話して」彼女が息せき切って言った。「ドリュー・ウェリントンなの？　彼は、ええと、ファーマン郡の女の半分と関係をもっていた。全員が彼と同年代というわけではなかった。言いたいことわかるでしょ」

「わかりません。ここで起きてることを、なぜあなたがすでに知ってるの？」

彼女は咳払いした。「無罪放免になった利用者が電話してくれたのよ。あたしが知りたいだろうからってね」

わたしは頭を振った。「ドリューが女たらしって、どういうことなの？」

「トムが教えてくれなかった？」

「その手のことは、教えてくれなかった。それに、ドリューが地区検事だったのは何年も前のことでしょ。警察がもうじき到着するから――」

「ちょっと、頼むから」マーラが憤慨して言った。「警察も真相を知りたいのなら、あたしに話を聞きにくればいいのよ」

「警察が到着したらそう言っておくわよ。それで」二十二歳のサンディーが念頭にあった。

「その女たちって、みんなドリューより若かったの？」

「なかには若いのもいたみたい」マーラはそこでためらった。「ほんとうを言うと、詳しいことは知らないのよ。調べてみるわ。誰かが復讐を果したとか、そういうことかもしれないわね」

「事件かどうかもわかっていないのよ」

「ハハン。それで、警察は到着したの？」

まるでタイミングを計ったように、赤と青と白のライトが降りしきる雪を切り裂いた。サイレンがどんどんちかづいてくる。走行中の一般車両が路肩に寄ってパトカーに道を空けたのだろう。電話をしたかったのでエンジンはかけなかったから、わたしはヴァンの中で震えていた。

「なにも教えてくれないつもり？」マーラが詰め寄ってくる。

「警察がじきに到着するわ。話したいことがあるの、ないの？」

「あたしが知ってるかぎりでは、三人の女と関係があった」彼女が早口に言った。「彼は三人とも疫病神って呼んでたわ。その一番手が別れた奥さん」

「なんですって？　別れたのなら、どうして疫病神なの？」

「わからない？」マーラが苛立たしげに言った。「エリザベスはいまだにドリューを憎んでいたそうよ。だったら立派な疫病神でしょ？」

サイレンはほんの一ブロックまで迫っていた。パトカーと救急車のライトがまぶしすぎるので、図書館の裏手の丘に目を向けた。「ほかの疫病神というのは？」

マーラがため息をついた。「恋人のパトリシア・インガーソル」

「パトリシア・インガーソル？　減量グループのリーダーの？」

「それそれ。彼女たちの願いは、いつの日か、〝クリーム熱愛者〟のあなたを廃業させること。かわいそうに、フランクが癌で亡くなってから一年半しか経っていないのよね。パトリシアは、彼を失った痛手からのリバウンドの真っ最中なんだと思う。それでも、ドリューと結婚式の日取りを決めてから、彼女はすっかり明るくなったって聞いてるわよ」

いったい誰から聞いたの？　そう尋ねたかった。でも、サイレンのひとつがとまった。松木立ちを照らしながらちかづいてきたライトも、上下に揺れなくなった。救急車から袋を持った救急隊員二人が飛び降り、図書館に向かって走ってきた。

「話はまたあとで」わたしはマーラに言った。「でも、これだけは教えて。ドリューの愛情生活をどうしてあなたが知ってるの？」

「あたしの友だちの一人が聞いてたのよ。ほかにも二十人ほどの人がね。デンバー国際空港で、ソルト・レイク・シティ行きの飛行機に乗り込む直前に、ドリューが携帯で話をしているのを。別れた女房と問題を抱えているし、ガールフレンドたちとも厄介なことになっているって、彼は話していたそうよ。ガールフレンドたちよ、複数。彼は笑っていたって。そこにいた二十人全員に聞こえるような声で、自分の状況を笑い飛ばしていたそうよ」

「ガールフレンドたちと厄介なことになってる？　その複数のガールフレンドって？　三人目の女って誰なの？」

　窓ガラスを叩く音がして、わたしは飛び上がった。

「ミセス・シュルツですね？」厚い唇にぽっちゃりしたほっぺたの丸顔が、ヴァンを覗き込んでいた。頭をぴったり覆う黒っぽいスノーハットをかぶっている。「ゴルディ？　ニール・サープです。ミスター・ウェリントンの……仕事仲間の。話を伺えないかな？　ちょっと出て来てもらえませんか、お願いします」

「じゃあね、マーラ」わたしは携帯電話を閉じ、ヴァンを降りた。

「ミス・G?」トムが図書館の前庭から声をかけてきた。ようやく来てくれた。ありがたい。ニール・サープは振り向いてトムを見て、唇を舐《な》めた。鑑識の誰かから声がかかった。「シュルツ！」トムは呼ばれたほうに向かっていかざるをえなかった。ニールがさっと帽子を脱いだので、トムに自己紹介するのかと思ったけれど、しなかった。

「われわれはあなたに話があります」彼が切迫した口調で言った。

「われわれって、誰のことです？　警察の事情聴取を受けるまで、あたしは誰とも話をしてはいけないことになってるんですよ、ミスター・サープ」

彼は生気のない顔をしかめ、逆襲してきた。「ミセス・ウェリントンがぜひともあなたとお話ししたいそうです」そう言って黒っぽい四輪駆動車を指差す。

足早にやってくるエリザベス・ウェリントンの姿を見て、わたしは肩を落とした。前地区検事の元妻は、資金集めのプロだ。小柄で胸が豊かで、切れ長の黒い目、黒っぽい茶色の髪は針金のようだ。彼女に突進してこられると、踏み潰されそうな気になる。いつでも寄付を求め、小切手帳を取り出すのをやんわり断ることに罪悪感を抱かせるのが上手だ。彼女が開いた慈善パーティーのケータリングを何度かしたことがあり、おなじ聖ルカ監督教会の信徒でもある。最良の状況で会っても、感じのよい人だと思ったことはない。そしていまは、最良の状況とはとうてい言えない。

「ドリューになにがあったの?」彼女がわたしに尋ねた。

「わかりません」

「わたしの質問に答えてくださらない?」

「いいえ、それはできません」

「あなたは彼と一緒だったと聞いてますけど」彼女はけんか腰だ。「わたしたちに話すべきです」

わたしはニール・サープとエリザベス・ウェリントンを見比べた。この町の人は誰も彼も、どうしてこう耳が早いの? わたしはうんざりして言った。「話すべきじゃないんです」

すよ」

ニール・サープが言った。「そんなに意地を張ると、シュルツ捜査官の立場が悪くなりま

「冗談よしてよ。

ニールはエリザベス・ウェリントンに丁寧な口調で言った。車でお待ちになったらいかがですか。彼女はやってきたときと同様、足早に去っていった。一方のニールは、わたしに突進してきた。背の低い筋肉質の体が、不快なほどそばまできた。むかつく。わたしはトムに会って話がしたいのに、彼に抱き締めて欲しいのに。いまは雪をかぶったまばらな黒い髪を、かすかにムスクの匂いのするなにかで固めている男の来訪など、受けたくもない。


「わたしに話すべきです」ニールがまた言った。

頭を振り、じっと見つめてやったが、彼は目を細め、動こうとしない。これって、互角ってこと？　わたしは横にずれ、まっすぐ前方を見つめ、徹底的に彼を無視した。トムときたら、いつまで鑑識係としゃべってるつもりだろう。

ニール・サープが地図の売買でドリュー・ウェリントンを手伝っていたことは知っている。このところ、古地図――教会婦人部の一人に言わせると、地形の系図みたいなもの――が装飾用としても投資対象としても注目を集めるようになった。家の紋章や紋章付き陣中着の人気がすたれた後、蒐集家たち、その大半がマッカーサー夫妻のようなにわか成金だが、彼らの飽くなき欲望の対象となったのが、山間部に建てたばかりの邸宅にラテン語の入った地図を飾って、それなりに古く見せることだった。ラテン語なんて誰にも読めないのに。アーチ

なら、たぶん、読めるだろうけど。

つぎに流行するのはなに？　貴婦人と一角獣のタペストリー？

聖ルカ監督教会では、日曜の礼拝の後、お茶の時間がある。そのときに、ドリューの後をちょこまかついてまわるニール・サープの姿を、わたしは興味深く見守ったものだった。うちの教区主任牧師のファーザー・ピートは、どんなものであれ、教会でものを売ることを厳しく禁じている。ところが、ドリューはこれを無視した。古い地図は投資的価値があるばかりか、自慢の邸宅のリビング・ルームにこれを飾れば家そのものにますます箔《はく》がつくことを力説し、教区民をせっせと啓発したのだ。

ニールとドリューが二度のお茶の時間に営業活動を行うことだけでも、ファーザー・ピートの眉をひそめさせるに充分だったのに、二人はアスペン・メドウ・ペストリー・ショップのできたてドーナツを持って現れるようになったので、ファーザー・ピートの眉間のしわは深くなる一方だった。ただの食べ物ほど人の購買意欲を掻き立てるものはない。誰よりもわたしがよく承知している。ファーザー・ピートは厳しい表情を浮かべようとしたものの、クリームたっぷりでチョコレートの衣を着たドーナツ二個であっさり敵の軍門に下った。ところが翌週、雲行きが変わった。ファーザー・ピートはあいかわらずドリューとニールを注意深く見守り……それからやおら、ドーナツの誘惑を拒絶したのだ。

あるとき、ドリューが珍しく礼拝に欠席したことがあった。会衆席に座るニールは、聖餐《せいさん》式《しき》を前にしきりと口を動かしていた。恍惚となって意味不明の祈りを唱えているのかしらと思ったら、なんのことはない、携帯電話のイヤフォンで電話していたのだ。全能の神にたいする著しい不敬だ。ロバータ・クレピンスキが図書館で利用者を駆り集めるのに電流が通った牛追い棒が必要なら、教会でだって必要だ。

「ミス・G」ようやくトムの声がした。「いまそっちに行く」

「ミセス・シュルッ」ニールが早口に言った。「シュルッ捜査官がやってくる。どうか話して。あなたが朝食会の支度をしていたことはわかっている。あそこでいったいなにがあったのか知りたいんだ。図書館にいた人間がいったいどうやって――」

「あの、失礼」トムが言い、ニールの胸に大きな左手をそれはそれはやさしく当てた。「いまは女房と話をしないでいただきたい」

「わたしが誰だかわかっているのか?」ニールが早口にまくしたてた。「なにが起きたのか知らねばならないんだ。きみがもし、きみの……その、奥さんと話をするのを許さないと言うのなら、反抗的な態度をきみの上司に――」

「あなたが誰かわかっています」トムの歯切れのいい話し方に、また背筋が寒くなった。彼はわたしに話しかけもしない。ニール・サープの背筋がどうなっているかはわからないが、胸を張ってトムの手を押し上げたことはたしかだ。トムはそれを押し戻した。「これはまた。反抗的? いいでしょう、わかりました。いまは妻と話をしないでいただきたい。どうか、お願いします」

「きみはわかっていない」ニールは言いくるめようとした。「ミスター・ウェリントンは、非常に貴重なものを持っていたんだ──」

「どんなものです？」トムが尋ねた。

「いまは言えない」ニール・サープはそう言うと鼻を鳴らした。「話すとしたら保安官に直接話す。これで失礼する」黒い革靴の分厚い踵を軸に体の向きを変え、反対方向へと去っていった。トムは捜査官の一人を指差し、それからニールを指差した。ひとつだけたしかなことがある。ニールはどこにも行けない。

「あとで後悔するわよ、トム。彼はあなたのことを保安官に言いつけるつもりよ。それで、どうなる？　もっと愛想よくしろって、いつもあたしに言ってるくせに──」

彼が腰を屈め、わたしの頬にこっそりキスした。お返しをしたかったけれど、そのとき気づいた。駐車場のまわりに犯罪現場のテープを張り巡らしていた警官たちが、動きをとめていることに。

わたしはささやいた。「ありがと。でも、本気で心配してるのよ。ニール・サープが保安官に言いつけたら、あなたはどうなるの？」

「まあいい」トムは、ドリュー・ウェリントンのアシスタントに目をやった。捜査官から事情聴取を受けている最中だ。「ニール・サープは、きょうの午後、図書館にいたのか？　きみは彼を見たのか？」

「いいえ」

「彼がこんなに早くやってきたわけもきみは知らない」

「大丈夫、彼のことはなんとかする。それで」――グリーンの目がわたしの目を覗き込む――「きみはどうなんだ？」

「ええ、知らない」

「寒い」凍えそうなことにはじめて気づいた。

「どうしてきみは、ヴァンの中でエンジンをかけてあたたかくしていなかったんだ？」

「携帯で話をしていたから。エンジン音がうるさいんだもの。それに、ニール・サープがやってきて、質問をぶつけてきたもんだから」声がヒステリックになるのはどうしようもなかった。「すごく偉そうな態度で！」ついつい声がうわずっていた。「あなたもわかるでしょうけど、ぐいぐい迫ってきて――」

「ちょっと黙っててくれ」トムが頭を倒した先には、興味津々の顔をした警官たちがいた。犯罪現場を区切るテープをせっせと張るふりをしている。「みんなが聞き耳を立てている」

検死官事務所のヴァンがやってきた。やっぱり。ドリュー・ウェリントンは持ち堪えられなかったのだ。

顔見知りの二人の巡査部長、ボイドとアームストロングが人だかりから離れてこっちにやってきた。みんなしてヴァンの冷たい座席におさまり、わたしはエンジンをかけてヒーターを〝強〟にしたが、噴き出したのは冷たい風だった。

「なにはさておき、図書館の職員にキルトを配るよう手配してちょうだい。みんなたいへんな思いをしているんだもの」

「わかった」ボイドが言った。「『たいへんな思いをしている』と彼女は言う」そこでひと呼吸置いてからつづけた。「いやはや、まったく」警察から支給される上着の内ポケットから手帳を取り出した。「あんたの行くところ行くところ、厄介事がついてまわるな、ミセス・シュルツ、ちがうかい？」

4

ボイドは黒い目でわたしをじっと見つめた。樽型体形の彼が身じろぎすると、座席がきしんだ。車内灯をつけると、流行遅れのクルーカットにした頭の頭皮が透けて見えた。ボールペンを握ったニンジンみたいな指が手帳の上でとまる。「べつに悪気があって言ったんじゃない」彼がちょっと笑った。

「心配するな」トムが口を挟んだ。「彼女は慣れっこだ。つまり、厄介事には」

アームストロング巡査部長が座り直そうと細い体を乗り出すと、ふわふわの赤みがかったブロンドの髪が額にかかった。「それじゃ、ミセス・シュルツ、手順はわかってるだろ。朝起きたときからはじめて、いまこの時点までのことを順を追って話してくれ」

わたしは目を閉じて記憶を辿った。まずアーチがインデクスカードを探して家中を走り回った。午前中のラテン語の授業で練習問題をやるのに必要なのだそうだ。それは見つかったものの、今度はラテン語の教科書が見つからず、自分の部屋を引っ掻き回した。つぎに分厚いノートを探すためにおなじことをした。どういうわけか、アーチはラテン語がえらく気に入っていた。それはそれとして、探し物がなかなか見つからない苛立ちとストレスで、彼は極端に神経質になっていた。彼が混沌の中で暮らしているのは、几帳面な子どもから、乱雑で混乱したティーンエージャーへの過渡期にあるせいだと、わたしは自分に言い聞かせていた。乱雑をきわめた部屋をわたしが掃除することを、彼は許さない。試験が終わったら部屋を片付けなさいよ、とわたしが口を酸っぱくして言うのはそのせいだ。

　でも、そんなことは話さなかった。話したのはこういうことだ。アーチとトムを送り出してから、電話で顧客ときょうの段取りを話し合った。それからジンジャーブレッドを焼いた。図書館の朝食会に使う道具一式を箱に詰めながら、アシスタントのジュリアン・テラーに電話して、ボールダーで開かれるベジタリアン・ディナーと、ほかにふたつのパーティーの打ち合わせを行った。マッカーサー夫妻から頼まれた、あすのディナーと月曜のランチだ。

「ディナーのほうには、ドリュー・ウェリントンも来る予定だったの」わたしは言い添えた。「マッカーサー夫妻が入手したものを祝うための、盛大なパーティーになるはずよ。というか、なるはずだった」

　アームストロングが口笛を吹いた。「オーケー。マッカーサー夫妻のことを話してくれ。どこに住んでるんだ?」

「住所はワイルド・ビル・ウェイ二〇二、リーガル・リッジ・カントリー・クラブ地区の――」

「インターステートの南に開発された広大な住宅地だな。スキー場のちかくの」アームストロングが口を挟んだ。「崖っぷちに立つ家を見るたび、体が震える」

「ごもっとも」〝たぶん〟サンディーと最初に出くわしたときのことを思い出しながら、わたしは言った。「それで、スミスフィールド・マッカーサーは、ドリューともう一人、ラリーという人をちゃんと招待したかどうか、とても気にしていた」

「その連中の名前のスペルを言ってくれ」ボイドが言うので、スペルを教えた。「彼はどうしてドリューをパーティーに呼びたがったんだ?」

「ハーミー・マッカーサーが言うには、そのパーティーが地図蒐集を祝うためのものだから。ドリューは夫妻が取引している地図のディーラーだからでしょ」

アームストロングが鼻を鳴らした。「取引しているディーラーね」

疲労が冷たい波となってどっと押し寄せてきた。昼間のエネルギーも、ロバータのかたわらで悲劇を目撃して噴き出したアドレナリンも、一気に減少したようだ。わが家に帰りたかった。住み慣れた場所でトムと二人きりになりたかった。

「話を早く終えればそれだけ」トムがやさしく言った。「早く家に帰れるんだ」彼がわたしの心を読み取るのは、いつものことだ。

三人に向かって話をつづけた。翌朝の朝食会の支度があるから、ヴァンに荷物を積み込んだ。ロバータ・クレピンスキのことを訊かれたので、彼女と話した内容を手短に伝えた。それから、アーチと禿げ男とのやりとりも。

「そいつの名前は?」ボイドが尋ねた。

「名前はあるだろうけど、名乗らなかったわ。アーチがほかの捜査官に話しているはずよ。

人相も伝えた」

「その男は攻撃的だった?」と、トム。「脅した? アーチを小突いた?」

「ええ、そうよ」

「彼はそれからどうなったか知ってるか?」

口数の少ないハンクが、抗議する禿げ男を図書館から追い出したことを話した。当のハンクが二人の捜査官から事情聴取を受けているのが見えたので、ヴァンの窓越しに指差した。捜査官がクリップボードに書き込む手をとめているところを見ると、ハンクが口にするよりも長い返事を期待しているのだろう。

「ハンクの後は、なにがあった?」

「それは」わたしは口ごもった。「図書館が閉館になった」

三人が先を待っている。

「それから、あるものを、というかある人を見たわ」ここまできても、ためらっていた。「閲覧室の窓から。書架のまわりをうろついている人が見えた。ロバータとわたしがドリュー・ウェリントンを見つけた場所のちかく」

わたしがそこで口をつぐむと、ボイドが先を促した。「オーケー、ミセス・シュルツ。誰なんだ?」

「ゴルディと呼んで」間髪を入れずに言った。

「ミセス・シュルツ」と、ボイド。「見覚えのある人物なのか?」

「そうだと思ったわ。こそこそしていたから、それで目を引かれたの。本を探しているんじゃなかった。その少し前にも、書架のあいだを歩きまわっているのを見たと思う。まるで、誰かの後をこっそりつけているみたいで――」

「もういいから、ゴルディ」トムが言った。「二人にしゃべっちまえ」

「ごめんなさい。サンディーだと思ったの。知ってるでしょ。本名はアレグザンドラ・ブリスベーン、あたしの元夫を殺した女――」

「なんだって?」アームストロングが言う。「あのサンディー・ブリスベーンか? 消防士と警察官を前に、自白した――」

「それに、あたしを前にして」

「それに、あんたを前にして」アームストロングがつづけた。「それから、猛火の中に飛び込んだ。あの山火事で数人が犠牲になった。彼女もその一人だ」

わたしは静かな口調を保った。「でも、彼らは――あなたたちは――彼女の遺体を見つけられなかった。彼女の骨も、なにも」

「彼女のロケットは見つけた」ボイドが横から口を出した。「彼女の遺体は、おそらく、おれたちが捜索していない場所にあるんだろう」

「彼女はドリュー・ウェリントンに恨みをもってたの?」

ボイドが頭を振った。「こんな話をすることになるとは、思ってもいなかった。ジミー・ホッファ(全米トラック運転手組合委員長、公金横領で有罪、出所後失踪)とドリュー・ウェリントンが仲たがいして、それで、ジミーが舞い戻ってきて彼をやったのかもしれない。シュルツ? この郡でトラック運転手組合が問題を起こしたことなかったか?」

「さあね」夫が言った。後部座席でボイドとアームストロングがクスクス笑った。トムがつづけて言う。「サンディーに似た女に、二週間ほど前にも会ったことを二人に話しておけ。正確には三週間前だな」

「ええ、会ったわ」むきになっているとは思われたくなかった。「その女はサンディーにそっくりだった。髪は茶色だったけど。それに、あたしを知っているような素振りだった。彼女を見て、あたし、急ブレーキを踏んだの。そしたら、彼女はスピードをあげて、あたしの車を迂回して――」

「場所はどこだった?」アームストロングが尋ねる。

「マッカーサー夫妻を訪ねる途中だったの。さっき話したパーティーの契約をするために」

二人ともなにも書き留めていなかった。

「ミセス・シュルツ」ボイドが宥《なだ》めるような口調で言った。「そのサンディー・ブルー・カルフーン・ブリスベーンだったか、六ヵ月前にどんな名前を名乗っていたにせよ、彼女があの火事を生き延びられたはずがない」

「サンディーはアスペン・メドウ探検クラブのメンバーだったのよ。彼女にとって、野生生物保護区は自分ちの裏庭みたいなものだった。レスキュー部隊が遺体をふたつ発見したけど、どちらも行方不明のハイカーのものだった」そうは言っても、わたしの中にも疑っている部分はあった。あの火事はいたるところで火の手があがり、すさまじい高温だったから、さすがの彼女も逃げ延びられなかった。おそらく死体は蒸発してしまったのだろう。あるいはコットンウッド・クリークで溺れ死んだか。春になって雪解け水がアスペン・メドウ湖に流れ込めば、死体は発見されるだろう――

わたしはフーッと息を吐いた。この三週間、考えすぎて病気になるのではと心配だった。わたしが見たあの女はサンディーだったの？　彼女は舞い戻ってきた？　もしそうなら、なぜ？　きょうの午後、ドリュー・ウェリントンが死んでいるのが発見される直前に、彼女はなぜ図書館にいたの？

「オーケー、それで、あんたはサンディーを見たと思った」アームストロングが〝さっさと片付けちまおうぜ〟の口調で言った。「それから？」

甲高いブザーの音がして、ロバータの悲鳴、ジェイミーという名の幼児と正面衝突、彼のイライラした母親、それから、ドリュー・ウェリントンを見つけた。職員が救急車を呼ぼうと駆け出してゆき、開いたままの非常口から寒風が吹き込んでいて、野次馬を追い払おうとした。そのあいだに、職員の一人が隣りの部屋から、警察の支所に電話してそこに詰めている三人の警官を呼んだ。みんなが外に出ていると、ドリューの仕事仲間のニール・サープと、ドリューの元妻のエリザベス・ウェリントンがわたしにちかづいてきて、なにがあったのか話せと迫った。

ボイドに言われて、ニール・サープのスペルを言い、彼とドリューが、聖ルカ監督教会のお茶の時間に、金持ちの信者を相手に営業活動をやっていたことも話した。

「金持ち相手に営業活動って、なにを売ってたんだ?」アームストロングが尋ねた。

「ごめんなさい」疲労が全身を這い回る。「彼らの会社の名前は、マイル＝ハイ・マップスよ」そこでひと息。「もうひとつ。ヴァンから荷物を降ろしたとき、職員用の入り口にSUVが駐まっていた」記憶をたぐる。「あたしはSUVだと思ったけど、四輪駆動の大型ステーションワゴンだったかも。ドリューを発見した後におもてに出たときには、もうなかった。訊かれる前に言っておくと、ナンバーは見ていないわ。ごめんなさい。車種すら憶えていない。知っていることはそれですべて」

ヴァンの中で聞こえるのはエンジン音と、ようやく温風を噴き出すようになったファンの音だけだ。

「キャンセルすると思うか?」ボイドが藪から棒に言った。「図書館でパーティーを開くんだろ?」

「なぜ?」わたしはきょとんとして尋ねた。

「なぜなら、おれはものすごく腹が減ってる」恨めしそうな口調だ。

わたしは体の向きを変えて顎を突き出し、彼の背後にあるラップしたトレイを示した。

「今夜、職員用食堂の冷蔵庫に入れておくつもりだったの。ケータリングする場所に料理をしまっておけば、当日楽でしょ。つまみ食いする人がいないかぎり」

ボイドが言う。「冷蔵庫にしまう時間がなくて、おれたちラッキーだったな?」

こんな状況なのに、つい笑ってしまった。「後ろを向いて、いちばん上のトレイを取り出したら？　チョコレート・ラズベリー・クッキーよ。『荒涼館』バーと名付けて——」

「忘れろ！」霧笛みたいによく通る声でアームストロングが吠えた。

「なぜ？」ボイドが哀れな声を出した。「朝からなにも食ってないんだぜ」

「賄賂《わいろ》になるからだ」と、アームストロング。「証人から食べ物をもらったことが知れたら、警部が癇癪《かんしゃく》を起こす」

「あたしは証人じゃないわよ。司書を手伝ってドリュー・ウェリントンを床におろしただけ」

「それを聞けば充分だ」ボイドが言い、後ろに手を伸ばしてトレイを摑んだ。ヴァンのライトを受け、ラップの下で棒状のクッキーが輝いている。お腹がグーッと鳴った。

「警部がおまえの報告書から匂いを嗅ぎ取って、お仕置きするぜ」アームストロングが警告した。

「まあまあ」トムが宥めるように言った。「おれたちはここでは友人同士だ。みんなで食べようぜ」

ボスの許可を得て、ボイドとアームストロングはさっさとラップを破った。紙ナプキンをみんなに配りながら、わたしは問いかけるようにトムを見たが、彼は目を伏せたままだった。なにか思惑があるにちがいない。みんなで食べたら、ファーマン郡警察の捜査官たちが、前地区検事のドリュー・ウェリントンをどう思っていたか探り出せる？

無理だろう。疲れているうえに、お腹もすいていた。『荒涼館』バーにかぶりつき、チョコレートとラズベリーと、クリーム・チーズと炒《い》ったペカンの絶妙な取り合わせに恍惚となった。

ボイドは指を舐め、手帳を取り上げた。「ほかに思い出したことあるか？　サンディー・ブリスベーン以外に、図書館で知っている顔を見なかったかどうか」彼が警官口調に戻って尋ねた。わたしはもう一度考えてから、わからない、と答えた。そのことをじっくり考えてみるべきだ。脳の奥になにかが引っ掛かっているのだけれど、それがなにかわからない。

「ロバータ・クレピンスキがドリュー・ウェリントンを見つけたとき、どんな声を発したか憶えているか？」ボイドが『荒涼館』バーのトレイに名残り惜しげな一瞥《いちべつ》をくれてから尋ねた。

「彼女はうめいて、助けを呼んだ。大声で」ロバータのところに駆け付けてから、彼女の指示でぐったりしたドリュー・ウェリントンを床におろす手助けをしたことを話した。不意にめまいがした。

「そこまでにしておけ」トムが二人に言った。わたしをじっと見つめている。二人が、ドリュー・ウェリントンに対する個人的見解を述べることはなさそうだ。待って——なにが引っ掛かっていたか思い出した。マーラから聞いた話を、ボイドとアームストロングにするべきじゃない？　ドリュー・ウェリントンがデンバー国際空港で電話していたという話。

「さあ、ゴルディ、おれの目を見るんだ、いいな？」アームストロング巡査部長に言われ、そのとおりにした。「前地区検事のことで、おれたちが知らないことを知っているんじゃないのか？」

なんで？　アームストロングもわたしの心を読めるの？

「あんたがためらったから」ボイドが指摘した。

「ごめんなさい」声にやましさが出ていた。仕方ないでしょ？　すべて話したほうがいい。「それは、その、親友のマーラ・コーマンから聞いた話なんだけど。ドリュー・ウェリントンのことで。確証のない話よ」誰もなにも言わないので、仕方なくつづけた。「マーラが言うには、彼は付き合ってたんですって、パトリシア——」

「インガーソルだろ」アームストロングが言う。「ああ、彼女なら知っている」

「マーラによると、ドリューは若い女がお好みだったそうよ。デンバー国際空港で、大勢の人がいるところで、携帯から電話をしていたんですって」前地区検事が女のことで文句を垂れていたことを話した。「それだけよ。あたしが知っているのはそれですべて」

「ミセス・シュルツ、ほかにも知ってることがあるんじゃないかな」アームストロングが言った。あまり感じのよくない言い方で。

ちらっとトムに目をやった。支えか指示が欲しくて。でも、彼は自分の手を見つめていた。いったいどうなっているの？　アームストロングを睨んだ。

「なんのこと？」

「サンディー・ブリスベーンを見たというのはたしかなのか？」アームストロングが穏やか

に尋ねた。「書架のあいだをうろつきまわって、様子を窺《うかが》っていた？　ドリュー・ウェリントンが座っていた場所のすぐちかくで？」

「どうしてその話に戻るの？」つっけんどんな言い方になった。「あたしをまた笑い者にするつもり？」

ボイドが両手を擦《こす》り合わせた。「あんたの元亭主を殺したと思われている人間について、なにか聞いているんじゃないかと――」

「思われている？　彼女が自白したとき、あたしはその場にいたのよ。消防士も数人いたし。たまたま居合わせ、あたしの話を裏付けてくれた。もっとも、あなたたちは、彼女は死んだと言ってるようだけど」

「そのとおりだ」アームストロングが言う。「サンディー・ブリスベーンがあんたの元亭主殺しを自白して、火に包まれた野生生物保護区に姿を消したことは、おれたちみんな知っている」

「彼女が殺したのよ」わたしは言い張った。トムはなぜなにも言ってくれないの？　肩を持って欲しいのに、あいかわらず自分の手を見つめたままだ。どうして？

「いったいなんの話をしているのか教えて欲しいわ」わたしはきっぱりと言った。「それに、ドリュー・ウェリントンとどんな関係があるのかも」それに、どうしてあたしに尋ねるのかも。そこまで訊きたかったが、やめておいた。

アームストロングが大きく息を吸い込んだ。「彼女は生きていると言ってるわけじゃない。

なってくる」

だが、彼女がドリュー・ウェリントンのちかくにいるのをあんたが見たのなら、べつの話に

彼がそれ以上なにも言わないので、わたしは額を揉み、窓の外に目をやった。鑑識係がヴァンのまわりに明るいライトを据えていた。パトカーのライトが夜を染めている。いったいいつになったら家に帰れるのだろう？

「これから話すことはここだけの話にしてくれ、いいな、ゴルディ？」ボイドが言った。

「もちろん」

「ドリュー・ウェリントンは、最近になって、三通の脅迫メールを受け取った。イチモツをポケットにしまって、出て行け。アスペン・メドウから出て行かないと、ひどい目に遭うぞって、きわどい内容のメールだ。送り主は女だと彼は言っていた。まじめに受け取らなかったら、しかるべき手を打つって脅してきたんだ。署では警戒態勢に入り、その女を見張ることになっていた」

「見張るって、誰を？　あなたが死んだと言ってる女を？」

しばらくは誰もなにも言わなかった。「わかっているのは」アームストロングがしぶしぶ言った。「防犯カメラに映った顔の一部だけなんだ。おそらくは女で、おそらくは若い。スウェットスーツを着てフードをかぶっていた。そういう人物を見かけなかったか？」

「どこにでもいそうじゃない。どこの防犯カメラのことを言ってるの？」

「性能がそれほどよくない」ボイドが横槍を入れた。「だが、脅迫メールはすべて、ファー

マン郡の図書館システムから発信されたものだった。それぞれの図書館には、防犯カメラが玄関にひとつ設置してあるだけだ」

まあ、すごい。

図書館の中のなにかを見てくれと、トムとボイドとアームストロングが呼ばれていった。わたしはエンジンをかけっぱなしのヴァンに一人残った。図書館から脅迫メールが発信された？　その女か、あるいは女のふりをした男は、ドリュー・ウェリントンになにをすると言って脅したの？　セックスがらみの脅しだったのはどうして？　ウェリントンが町を出て行けと脅された理由はなに？

トムたちは、くたびれきった様子で戻ってきた。

「なんだったの？」わたしが尋ねても、トムは頭を振るだけだった。ドリュー・ウェリントンがどんな脅しを受けたのか、二人に尋ねた。

アームストロングとボイドは目を見交わした。「殺すという脅しではなかった」ボイドが答えた。「それで、図書館の職員全員に、茶色の髪の若い女に注意するよう伝えてあった。きみが見たと思っている女だ。見かけたらすぐに連絡するようにと」

「三通の脅迫メールが発信されたのはいつなの？」今度はわたしが詰問する番だ。

「先月」トムが言う。どんなときにも冷静さを失わないのには、いつも驚かされる。

「その人物の人相を言えるほどはっきりと見た者はいないわけね」

「ああ」と、ボイド。「彼女、あるいは彼が何者かわからないが、とても変装がうまい」

「電子メールの送信の仕方もな」アームストロングが言った。「ファーマン郡図書館システムは、防犯カメラをあたらしいのに替えるべきだ。前地区検事にまんまと脅迫メールを送った謎のインターネット・ユーザーを特定することが、そんなに難しいのなら、コンピュータもあたらしいのにすべきかも」

窓の外に目をやった。雪はやむ気配がなく、ガラスは雪の結晶で覆われていた。かわいそうなドリュー・ウェリントン。図書館の中なら安全だと思ったのだろう。だって、みんなそう思うでしょ？

それに――わたしが見たのがほんとうにサンディーだったとして、彼女は脅迫メールを発信するためにあそこにいたの？　それとも、脅迫を実行するために？

「いまごろになって、なぜウェリントンに脅迫メールを送ったりしたのかしら？」

「それはわからない、ミス・G」と、トム。「だが、彼が死んだいま、コンピュータの専門家に頼んで調べてもらうことになると思う。フードをかぶった女という以上のことを、調べ出してくれるだろう。それに、おれたちがどんな捜査をするかは知ってるな。ウェリントンの動きを辿り、敵はいたかどうか、そういったことを調べ上げる」

「彼の地区検事時代の仕事と関係あるんじゃない？　彼に刑務所に送られたことを逆恨みした犯罪者が、出所してきて、復讐を企てたとか？　不満をもった投票者が彼に恨みを抱いていたとか。三年前の選挙で、ドリューはなぜ破れたの？」なにも知らないふりをして尋ねた。

警官たちは咳払いした。「公文書に関係したことだ」ボイドが言った。「ウェリントンは酔っ払い運転でチケットを切られ、そいつを揉み消そうとしたんだ」

「それだけ?」

ボイドがため息をついた。「ゴルディ、おれたちにはやるべき仕事がある。あんたの亭主が言ったように、ウェリントンに敵がいたかどうか突き止めるつもりだ」

トムがわたしの手をぎゅっと握った。わたしが顔を向けると、彼は眉を吊り上げ、警告の視線をくれた。深追いするな。

ボイドとアームストロングとトムは額を寄せ合い、郡の監察医はいつごろ検死にかかるだろうと話し合った。わたしはなるべく聞かないようにした。死体がどうされるか、想像したくないもの。

だから、ドリュー・ウェリントンの死以外のことに意識を向けようとした。図書館の催し、わたしが請け負った図書館の催し、あすの朝の予定になっている朝食会。職員たちは、計画を変更するだろうか? キャンセルしてくる? 朝食会の会場が変更になったら、荷物を移さなければならない……となるとガーデン・クラブのランチがおせおせになり、さらには、マッカーサー夫妻のディナーも遅れることになって……

クリスマスの予約がドミノ倒しのようにバタバタと倒れてゆき、**ゴルディロックス・ケータリング、まかせて安心プロの味!** が真っ黒な長方形の板に押し潰される様が、不意に脳裏に浮かんだ。

ボイドの携帯電話が鳴った。彼が話しているあいだ、トムがまたわたしの手を握った。

「大丈夫か、ミス・G? 状況が状況だから」

わたしは唇を嚙み、小さく頭を振った。「ドリュー・ウェリントンの事件が、日々の仕事にどれほどの影響を与えるか考えないようにしている。でも、うまくいかない。それから、気温がぐんぐんさがっているという事実も、考えないようにしている。荷台に積んだお料理は、凍ると味が落ちるの」

「きっとうまくいく」トムがささやいた。

「このヴァンはガス欠寸前よ」

トムがわたしの手を握ったまま、二人の部下に顔を向けた。「このへんでお開きにしよう。ミス・Gを家に連れて帰る」

アームストロングはドアを開けた。ボイドは電話を切り、わたしを見つめ、紛れもなく哀れっぽいため息をついた。

「ボイド巡査部長」運転席の後ろから、ファスナー付きのフリージングバッグを取り出した。「『荒涼館』バーのトレイをこっちによこして。二人にお土産を持たせてあげるわ」

5

帰る道々、雪はますます激しくなった。キッチンに落ち着くと、ドラックマン家に電話して、無事に着いたかどうかたしかめた。無事に着いたどころか人数が増えていた。アーチがアイリーンに頼んで、ガスを途中で拾ってもらったそうだ。ラテン語のおさらいをするなら、二人より三人のほうがいい、とアーチとトッドが言い張ったとか――フフーン。ガスが一緒に暮らしている祖父母は、アーチによれば、お泊まりに大賛成だったとか。アイリーンはハマーの新車に乗っているので、試験の日の朝、ガスをクリスチャン・ブラザーズ・ハイスクールに送ってもらえれば助かる、とも言っていたそうだ。

「それで、誰が運転するの?」アーチが十月に起こした車の事故を思い出し、わたしは尋ねた。

アーチはため息をついた。「心配しないで、ミセス・ドラックマンが運転するから」そこでちょっと口ごもる。「図書館にいた男の人、大丈夫だったの?」

「それが、大丈夫じゃないみたいなの。警察が来たわ」

背後で少年たちの呼ぶ声がして、アーチは電話を切った。必要とするときに仲間がそばにいるのは心強いことだ。

わたしも必要としていることを、トムはわかっているようだ。片手で上手に火を熾《おこ》しながら、もう一方の手の親指で携帯電話の数字を押した。話の内容は四分の一しかわからなかった。ヴァンに荷物を取りにいったので、トムの会話の半分しか拾えなかったからだ。でも、興味深い話を仕入れるのに、それで充分だった。

捜査チームはその晩の九時に署に集まり、情報交換をするらしい。荷物を運び込みながら思った。なにも雪嵐の真っ最中に、全員に招集をかけなくったって。監察医が、いま抱えている仕事をすべて後回しにして、検死に取り掛かるとは思えない。検死が行われないなら、それに凶器が見つからないなら、いったいなにを話し合うつもりだろう。ドリュー・ウェリントンのまわりには、ナイフもサイレンサー付きの銃もなかった。

べつに関係ないけれど。降りつづく雪の中を歩きながら思った。わたしに招集がかかったわけじゃないし。でも、いくら考えまいとしても、ドリュー・ウェリントンを蘇生させようとしていたロバータの姿が頭から離れない。なにがあったの？　なぜサンディーは――彼女らしき女は――あの場所にいて、ドリュー・ウェリントンを見張っていたの？　それに、保安官はなぜ今夜、全員を署に集めるの？

荷物を運び込むのに二、三往復したら体が冷え切ったので、ホットチョコレートを作った。トムはまだ電話中だったので、一人で考えてみることにした。被害者のドリュー・ウェリントンは、再選されなかったとはいえ、いまも法執行機関の一員だ。在職中、彼は〝カリスマ地区検事〃と呼ばれていたから、支持者や友人たちは、事件がすぐに解決しなければ保安官の首のすげ替えを求めるだろう。メディアも警察のあらゆる動きに目を光らせる。州知事や郡の行政委員会や、ほかにもいろんなところから圧力がかかるだろう。そういったことを考え合わせれば、今夜のうちに監察医が呼ばれ、署の全員に招集がかかるのも無理はない。警察は迅速に捜査を進めなければならない。

ホットチョコレートを飲み終えてカップを洗いながら、自分に言い聞かせる。まだグレープフルーツとコーヒー・ケーキを運んでこなきゃならないのよ。それに、ほかにも問題があった。

現実的な話だが、ドリュー・ウェリントンが死体袋に入って図書館を出たことを知らない職員たちに、朝食会の会場が閲覧室以外の場所になることを知らせる責任を、いったい誰が負うのだろう？　なにも知らない職員たちは、あすの朝早く出勤してきてはじめて、愛する本の聖域に事件現場を示すテープが張り巡らされているのを知るのだろうか？　どうすればいいのだろう。いくらなんでも、死体を扱った直後のロバータ・クレピンスキに、電話をかけるわけにはいかない。**ハイ、ロバータ！　このチーズ・パイ、どうしたらいいの？**　世の中には無神経な人間がいるけれど、わたしはそうじゃない。

トムが受話器を耳の下に挟んで、キッチンに入って来た。手についた薪の粉を払いながらささやく。「もう少し待ってくれれば、残りの荷物はおれが運んでくる」

大丈夫よ、とわたしは声に出さずに言い、最後の荷物を運び込むためにヴァンに戻った。

寒風が松木立ちを揺らしていた。コーヒー・ケーキのトレイの上にグレープフルーツのトレイを重ね、足元に注意してガレージからデッキに通じる敷石道を戻った。もとは泥道だったのを、トムが板石を敷いてくれた小道だ。

トムが〝ペットケア・エリア〟のドアを開けていたので、デッキのドアから入ると猫のスカウトが脚に絡みついてきた。十二個のグレープフルーツがキッチンの床に転がる前に、トレイをしっかり押さえる。ブラッドハウンドのジェイクもわたしを歓迎しようと必死だ。大声で吠えて、そのことを近隣の住人とトムに知らしめた。トレイを置いてからドアを開け、風の音に負けじと声を張り上げてジェイクを呼んだ。彼はしぶしぶキッチンに入ってくると、カウンターからハムのトレイを払い落としかけた。

慌ててトレイをウォークイン式の冷蔵庫にしまい、二匹に餌《えさ》を与え、もう一度外に出してやった。数分後、二匹を呼び寄せようとドアを開いたときには、風はさらに激しくなっていた。気温が急激にさがっていたから、二匹ともそそくさと戻ってきた。トムはまだ電話をしていた。わたしに向かって目をクルッと回し、メモを書いた。「もうじき終わる」それから二匹を追いたててリビング・ルームに向かった。わたしはキッチンのドアを閉め、手を洗い、小さなオークのテーブルに座った。

すると恐ろしい事件の記憶がどっと甦った。助けを呼ぶロバータのうめき声と叫び声が聞こえるようだ。彼女に向かって走っているつもりなのに、鉛《なまり》の中を泳いでいるような感覚だった。ロバータがドリュー・ウェリントンを床におろそうとしている。彼の分厚い胸が持ち上がってわたしを迎える。

　オーケー、そこまで。料理をしなさい。

　ガーデン・クラブのランチ用のチキン・ディヴァイン――伝統的なチキン・ディヴァン（鶏肉の薄切りにブロッコリー・チーズ入りクリームソースをかけ蒸し焼きにしたもの）より軽めの一品――は、すでにバターミルクに浸けてあるので、ランチの直前に焼くだけでいい。感謝祭の翌日、ジュリアンがポテトのニョッキを大量に作って冷凍することにエネルギーを注ぎ込んでくれたので、あとはケータリング・イベント・センターで焼いて融かしバターを塗ればでき上がりだ。デザートはジュリアンがボールダーで買って来てくれる。彼の気に入りのベーカリーのガナッシュを載せたチョコレート・カップケーキだ。ほかにアスパラガスも手に入ったら、それとベビー・アーティチョークを茹《ゆ》でる役目も彼に頼んである。イチゴは刻んで、ドレッシングも作ってあるから、テーブルに出す直前にアボカドを切って混ぜればいい。クッキーは小分けにして袋に入れてある。それもたくさんの袋に。賞品のジンジャーブレッドはこれから焼かなければ。でもその前に、トムと二人分の夕食をなんとかしなくちゃ。彼は七時半には家を出なければならないから、手早くできるものにかぎられる。ラグーを食べてゆったりと過ごす夜は夢のまた夢だ。

　ウォークイン式冷蔵庫には、トムが買ってきてフリージングバッグに入れ、〝みんな用！〟のラベルまで貼っておいてくれた鶏の腿肉が六枚入っていた。肉をやわらかくするためのバターミルク入り塩水を作り、家禽を扱うとき使用することを州が義務付けている外科手術用の手袋をはめた――家族のための食事作りでも、手袋をはめることが習慣になっているので破りたくない――腿肉を洗ってからバターミルク入り塩水に浸けた。つぎに鍋でたっぷりのお湯を沸かし、トムが隠しておいたフィンガーリング・ポテト（指のように細くて小さなジャガイモ）を洗い、シャンパン・ヴィネグレット・ソースを攪拌《かくはん》し、これもトムの埋蔵物であるルッコラを軽く水洗いした。彼はこういう貴重品をどこで見つけ出してくるのだろう？　さぞ高かっただろうに。わたしが心配することではないけれど。わたしを驚かせることが生き甲斐という人だもの……でも、今夜、驚くのは彼のほうだ。自分で作る夕食の材料にと買っておいたのだろうから。

テーブルをセットして、蠟燭も置いた。ほんの短時間でも、ロマンチックな展開になるかもしれず……停電にも備えて。けさ作っておいたパン種を取り出した。味見のため焼いたら、ガーデン・クラブのランチには風味が強すぎることが判明したので、あすは冷凍してあるロールパンを代わりに出す。酸味のあるこのパン種はべつのなにかに使えばいい。なにに使うかはおいおい考えよう。

パン種を叩いてガス抜きし、捏ねながらドリュー・ウェリントンのことを考えた。コロラド人種の例に洩れず、彼も初対面からなれなれしく接してきた。それでいて、わたしの肩越しにちらちらと視線を配った。もっと重要な人間がやってきたら、すかさず声をかけられるように。警察のピクニックでトムから紹介されたとき、彼は「ドリューと呼んでくれたまえ」と、うわの空で言い、その九十秒後には、会いたかった人の姿を見かけたらしく、さっさと行ってしまった。またいつか、地区検事殿！

パン種に手を突っ込みながら、思い出すのは二年半ほど前の夏、教会のお茶の時間でのことだ。その前年の十一月、ドリューは再選をめざして地区検事の選挙に臨んだが敗北した。その直後にエリザベスが離婚を申請し、弱り目に祟《たた》り目とはこのことだった。結婚生活が終わりを迎えた原因を探り出そうと、マーラは必死になったが、残念ながらなにも摑めなかった。

わたしはいらぬ詮索はしなかった。エリザベスも地区検事夫人として世間の注目を浴びつづけてきたのだから、それぐらいのプライバシーを守って当然だ。離婚後も、彼女が開く寄付金集めのランチやディナーやカクテル・パーティーのケータリングを請け負ってきた。彼女は充血した目を濃い化粧で隠して平静を装い、懸命に働いていた。ドリューは教会に来なくなった。エリザベスは、わたしたちが〝八時組〟と呼んでいる早いほうの礼拝の常連だから、顔を合わせるのがいやだったのだろう。

ところが、その六月の朝、ドリューが珍しく姿を見せた。といってもわたしが行く遅いほうの礼拝だった。満面の笑みを浮かべ、カリスマのオーラは健在だった。見るからに高そうなグレーのスポーツコートにスラックスでお洒落にきめていた。五十代の前地区検事にうらぶれた様子は微塵《みじん》もなく、元気いっぱいおしゃべりして愛嬌を振りまき、選挙で歴史的大敗を喫した人間とは思えぬはしゃぎぶりだった。きちんと櫛目《くしめ》の通ったブロンドがかった茶色の豊かな髪が、染めたものか自然のままかはわからなかったが、頬骨の高い彫りの深い顔から前髪を掻きあげる仕草が堂に入っていた。

礼拝の後のお茶の時間はわたしの当番だったので、レモネードとあたらしく開発したレシピのピニャコラーダ・マフィンを用意してあった。このときのことをよく憶えているのは、トレイを持って教区民のあいだを回っているとき、エプロンをつけたままだったからだ。心臓発作を起こして休んでいたファーザー・ピートが復帰したばかりのころで、ドリュー・ウェリントンは牧師と熱心に話し込んでいるのを、わたしは見るともなく見ていた。

ドリューは、マーラにあらためて紹介してくれ、とファーザー・ピートに頼んでいたのだ。わたしはたまたまマーラの隣りに立っていた。エプロンをつけ、トレイを手に持ったまま。ファーザー・ピートがわたしたちに、前地区検事のドリュー・ウェリントンを憶えているかと尋ねた。ドリューはわたしを無視して、言った。「これは、ミス・マーラ、地図蒐集の話をぜひ聞いていただきたい」わたしは黒子《くろこ》だから、彼をじっくり観察することができた。目のまわりのしわと意味ありげにひそめた眉が、こう言っていた。**わたしに関心があるんだろ、マーラ？　わたしに金を預けてみたらどうだい？　儲けさせてやるから。**

マーラは後じさって言った。「あたし、地図は必要ないの。自分がどこに向かっているかよくわかっているから。あなたはどうなの、ドリュー？　目的地がわかっているの？」

「長年この教区に暮らすゴルディ・シュルツにも、いまお引き合わせしたつもりだが。たしかご存じのはず」ファーザー・ピートが気分を害したのはあきらかだったから、わたしのほうが赤くなった。

ドリューはきょとんとした顔でわたしを見て、言った。「ええ。たしか郡警察の捜査官と結婚した人でしょ。前に会ったことがある」それからまたマーラに言った。古いバーミューダの地図をご友人たちに見せたら、羨ましがられること請け合いですよ。

すると、マーラは言った。「アンティグアの古い地図ならどうかしら？」ドリューは訳知り顔でクスクス笑った。マーラにおちょくられたって、わかっているのかしら？　たぶんわかっていない。そう思いながら、わたしはその場を離れた。

わたしはパン種をせっせと捏ねながら、さらに記憶を辿った。あの日、お茶の時間の後でマーラがスクープを教えてくれた。聖ルカ監督教会婦人部のあるメンバーによると、エリザベス・ウェリントンはどういうわけか、ドリューに二百五十万ドルちかい金を渡すことに同意してしまったらしい。二百五十万ドルでは悠々自適の老後は送れないと気づいたドリューは、その金を不動産に投資し、地図売買の事業に乗り出した。標的としたのは金をたんまり持っている女たちだ。むろんマーラもその一人。

事実、パトリシア・インガーソルは――〝減量クイーン〟が十月に聖ルカ監督教会婦人部のメンバーにつまらなそうに語ったところでは――ドリュー・ウェリントンと結婚の約束をしていたらしい。きょうの午後、マーラから聞いたばかりの情報だ。結婚するっていつごろの予定だったの？　長い付き合いだった？　それとも短かった？

そのあたりのことを、マーラはいま懸命に探り出しているにちがいない。

記憶の中でパトリシア・インガーソルの顔に焦点を当ててみる。四年前、パトリシアは、二十代の娘のいるやもめのフランク・インガーソルと結婚した。二人の結婚披露宴のケータリングをわたしは喜んで引き受けた。シリコン・ヴァレーのIT企業を早期退職したフランクが、パーティーの費用を払ってくれたからではない。金持ちのフランクとゴージャスなパトリシアが、とても幸せそうだったからだ。披露宴はフリッカー・リッジ地区の豪勢な新居で大々的に行われた。それからほどなくして、まだ四十代半ばだったフランクが、進行性の白血病で亡くなった。愛らしく、ほっそりして、いまや――ゴシップによれば――フランクの四千万ドルの遺産を手にしたパトリシアは、魅力的な地図ディーラーに転身した検事にころっとまいった。

ああ、魅力的な女たらし。その一人と、わたしは七年間不幸な結婚生活を送った。とっても人当たりのいいドリュー・ウェリントンに、わたしは騙されないし心を動かされもしない。それどころか、大昔のピクニックでも、もっと最近のお茶の時間でも、わたしの〝危険な男シグナル〟はセントメアリー大聖堂の鐘のように鳴り響いた。だからウェリントンを避けた――彼のほうも、わたしと知り合いになりたがらなかったし。

指の下でパン種がやわらかくなってきた。そういえば、ドリュー・ウェリントンが選挙のとき掲げた公約は〝法と秩序〟だったが、わたしはそれにも心を動かされなかった。なんという皮肉！　彼は酔っ払い運転を隠そうとしたわけで、公約を掲げた本人が法と秩序に従う気などなかったわけだ。新聞記事によれば――

ちょっと待って。

ドリュー・ウェリントンは、つねに世間の注目を浴びることがうまかった。先月の新聞に彼のインタビューが掲載されていた。選挙の敗北から三年経ってはじめて、彼は自分の事業について誇らしげに語った。「ミシシッピ川より西でもっとも大きく、もっとも評判のよい地図販売代理店」を営んでいるとか。**そう、そのとおり。多少の誇張は大目に見てあげないと。**ところがそれにつづけて、訊かれもしないのに、ファーマン郡警察批判をぶちあげた。サンディー・ブリスベーンが山火事に身を投じたことを引き合いに出し、警察は「殺人者を取り逃がした」と述べたのだ。わたしはそこでも思った。**そう、そのとおり！**

なんとなんと、サンディーが炎に身を捧げるのを、警官と消防隊員が見ていたことを、新聞は敢えて指摘しなかった。前地区検事は、どうすべきだったと思っているのだろう？　彼女の後を追って火に飛び込む？　母がよく言っていた。「もし親友が峡谷に飛び込んだら、あなたも後を追って飛び込む？」ニュージャージー州の自宅ちかくの渓谷が死ぬほど怖かったわたしは、そう訊かれるといつも頭を振った。どんな裂け目であろうと、飛び込んだのが誰であろうと、後を追って飛び込んだりしない。五歳にしてわたしは心に決めていた。

パン種を十二の塊に切り分ける。前地区検事はカリスマ性のある魅力的な女たらしだった。マーラとわたしが〝げす野郎〟とあだ名した、暴力的で残酷な元夫も同類だった。ナイフを正確に動かす。考えてみれば、〝げす野郎〟を思い出しながらものを切るときには、鋭くてよく切れる道具を使いたくなる。わかってる、わかってるってば。乗り越えなくちゃ。でも、それには時間がかかるときもある。正直に言うと、〝げす野郎〟に繰り返し殴られた経験を乗り越えられるとは思えない。アウディの車内で撃ち殺された彼を見つけたときの衝撃を、乗り越えられないのとおなじぐらいに。

サンディー・ブリスベーンに撃たれたのだ。そのおなじサンディー・ブリスベーンが、ドリュー・ウェリントンのちかくにいたことは、誓ってたしかだ。彼が亡くなる直前に。

あれがサンディーだったとして、いったい全体どうして舞い戻ってきたの？　彼女がドリュー・ウェリントンを殺した？　彼女を逮捕できなかった郡警察を、ドリュー・ウェリントンが馬鹿にしたので、潜伏場所から出て来た？

火に飛び込む前に捕まるべきだったと前地区検事が言ったとしたって、誰がのこのこ現れて言うだろう。「ハイ、あたし、死んでないわよ！　殺人罪で起訴したらどう？」

誰かが執拗《しつよう》に玄関のベルを鳴らしていることに気づき、はっとした。今度は手か拳《こぶし》でドアをドンドン叩いている。ロバータがおぞましいものを発見したとき、わたしも図書館にいたことを、メディアがすでに嗅ぎ付けた？　絶え間なくドアを叩く音がトムの電話の邪魔になるから、手を洗って玄関に急いだ。わざわざ夕食時に訪ねてきたのが誰か、覗き穴からたしかめてからでないと、玄関のドアを開けたりしない。

リポーターではなかった。マーラがわたしを見つめ、口だけ動かして言った。「開けて！」だから、開けた。

「こんなとこに突っ立ってたら、お尻が凍り付くじゃないの」玄関ホールに入ってくるなり、彼女が言った。「怖いお化けでないことを、あなたはご丁寧に確認してるし」動物保護団体の主張を平然と無視して、くるぶし丈のミンクのコートにミンクのトリミングのあるブーツという装いだ。コートを脱いで階段の手摺りに掛け、リビング・ルームに気取って入り、凍り付いたお尻を暖炉に向けた。

「まったくもう！」彼女は言い、豊かな巻き毛を揺らした。髪を押さえているのは、ルビーとエメラルドのバレッタだ。そう、クリスマスカラーの赤と緑。「ドリュー・ウェリントンって奴は！　もう、信じらんないわよ！」茶色の目でわたしを疑わしげに見つめる。「それで、あなたが彼を発見した」

「実際には、ロバータが――」最後まで言えなかった。

「レディース？」ダイニング・ルームの隅っこにいるトムが、受話器を手で塞いで言った。「会話はべつの場所でつづけてもらえないかな？」

マーラと二人、おとなしくキッチンに移動し、ドアを閉めた。

「トムは誰と電話しているの？」マーラに尋ねられ、わたしは肩をすくめた。「〝あなたには関係ない〟とは言わせないからね。署の誰かでしょ？　警察はどう見てるの？　誰を疑っているの？　彼のフィアンセのパトリシア？　元妻のエリザベス？　二人で共謀したとか？　それとも、ドリューの下で働いてた、なんとなく気持ちの悪いニール・サープ？」

「マーラ、よしてよ。あたしは手掛かりなんて摑んでないし、それは彼もおなじ。警察は署員全員に招集をかけて、どこから手をつければいいか話し合うの。戦略を立てるとかそういったこと」

マーラはバレッタで留めた髪を手で膨《ふく》らませた。「つぎの話を聞いたら、あたしに感謝するわよ。図書館の朝食会がどこで開かれるか、気を揉む必要がなくなるんだから」

「いったいなんの話をしてるの？」

マーラが得意そうな顔をした。「図書館の理事の一人に電話して、職員とボランティアの朝食会をわが家で開くことを申し出たのよ！　あすの朝、八時から。神よ助けたまえ。そんな罰当たりな時間から活動するなんて冗談じゃないけど、でも、申し出ずにはいられなくて……」彼女は言い淀み、口を引き結んだ。つい最近、ファーザー・ピートが〝七つの大罪〟について説教して、話のはじめに、八つ目の大罪があり、それはゴシップを広めることです、と言ったのだ。マーラはその教えにしょぼんとしていた。「あたし、なにも……」眉をひそめ、〝ゴシップ好き〟の遠回しな言い方を考え出そうとした。「あたしはただ、あのときあの場にいた人たちから話を聞きたかっただけよ。あなたがなにも話してくれそうにないから」

「あら、あなたが知りたいことはなんでも話してあげるわよ。ロバータが彼を見つけ、あたしと彼女とで彼を床におろした。彼女がCPRをやった。それだけ」

「ちょっと、なによ」彼女が口を尖らせた。「それだけのわけないじゃない――」

玄関のベルがまた鳴って、話の腰を折られた。いったいどうなってるの？　図書館でなにが起きたか、町中の人が知りたがっているの？　トムがミーティングを開くなら、うちでやったらいい。わたしがそんなことを思っているあいだに、トムが応対に出た。

「それだけじゃないって、あなた、なにを知ってるの？」わたしは声をひそめて尋ねた。

「サンディー・ブリスベーンに関係あること？」

「サンディー・ブリスベーンに？　いったいなんの話？」

そのとき、トムがパトリシア・インガーソルをキッチンに案内してきた。

「マーラ・コーマンは知っているね」トムが言った。「それからこっちが妻のゴルディ。ケータラーをしている。ゴルディも知っているんだったね？」

「フランクとわたしの結婚披露宴のケータリングをやってもらったわ」パトリシアの声は掠《かす》れ、目の縁が赤くなっていた。「ハイ、ゴルディ、マーラ。わたし……辛くて」

わたしは彼女を抱き締めた。「パトリシア、お気の毒に」

「ほんと、お気の毒」マーラが言った。

「ありがとう」パトリシアは言い、体を離した。「ここに伺ったのは、なにも、その……取り乱すためじゃなかった」

「座って」ほんとうに取り乱したときの用心に、やさしく言った。「マーラ、ティッシュを持ってる？」

マーラはなんでも入りそうなプラダのバッグからポケットティッシュを取り出し、キッチンチェアにへたり込んだパトリシアのかたわらに置いた。前地区検事の恋人というよりいいこと見まがうほど、パトリシア・インガーソルは、ほっそりした体つきといい、ブロンドの髪といい、すっきりした顔立ちといい、彼に似ていた。でも、細かなウェーブのかかった髪は根本が黒っぽいから、ほんもののプラチナブロンドのはずはない。トムが片方の眉を吊り上げてわたしを見るので、お手上げというように肩をすくめると、彼はリビングに戻っていった。

パトリシアの訪問の理由がわからない。オーケー、いくら恋人だかフィアンセだかが、傲慢でいやな奴だったとしても、彼女には充分に同情の余地がある。

「パトリシア」ためらいがちに声をかけた。「なにか作りましょうか？　あったかい飲み物はいかが？　きょうはいちだんと冷え込んで――」

パトリシアは頭を振り、マーラのティッシュで涙を拭《ぬぐ》った。頬の内側を噛み、山盛りのフィンガーリング・ポテトや塩水に浸けた鶏の腿肉やシャンパン・ヴィネグレット・ソースがごたごたと並んだカウンターに目をやる。長引く沈黙を破ったのは、マーラの携帯電話のベルだった。マーラが失礼と言って席をはずしたので、わたしは鍋に水を張って火にかけた。廊下でひそひそ話をするマーラが、キッチンに顔を覗かせた。

「ちょっと町はずれまで出かけなくちゃ」マーラが言う。「失礼するわね、パトリシア、ゴルディ。お気の毒に、パトリシア、ほんとうにお気の毒」マーラが鋭い視線をよこした。**彼女の話を逐一報告してよね**、と言っているのだ。そそくさと出て行ったところをみると、町はずれに住むゴシップ雀から、緊急の話があると呼び出しがかかったのだろう。

パトリシアはわたしを見て、目をしばたたいた。細く角張った顔は悲しみで強張り、唇は緊張で色を失っていた。

「友だちから電話があったの」わたしを見ずに話をはじめた。「彼女のお隣りさんが図書館に居合わせて。ドリューが発見されたとき。彼女が言うには」――そこで声をひそめた――

「あなたもその場にいて手伝っていて、彼は持ち堪えられなかったって」

「警察から現場に戻ることをとめられたんだけど、だめそうな感じだったわ。お気の毒に」

「ああ、ゴルディ」彼女がつぶやいた。「彼を愛していたの。こんなことになるなんて、信じられないわ」ティッシュに顔を埋めてシクシク泣き出した。

わたしはもう一度彼女を抱き締めた。気持ちが少しおさまったのか、もう大丈夫、と彼女が言ったので、沸騰したお湯にフィンガーリング・ポテトを入れ、彼女のかたわらに座った。

「なんと言ったらいいのか、パトリシア。フランクを亡くした痛手から立ち直ったと思ったら、またこんなことになるなんて」

彼女はこめかみを揉んだ。「フランクのことは言わないで、おねがい。わたし……またあんな思いをするの、とても耐え切れない」また涙がどっと溢れた。

「パトリシア、あなたの気持ちはドリューもよくわかっていたと――」

「ちょっと待って、あなた、まだ聞いていないのね。友だちと電話で話している最中に、警官が二人訪ねてきたのよ。ドリューのことを告げに来たのだと思った。でも、そうじゃなかったの」

「そうじゃなかった?」

パトリシアは大きく息をついた。「ええ。警官の話では、わたしの車とよく似た車が図書館から走り去るのを見た人がいるんですって。だから言ったわ。『ええ、たしかにきょう、図書館に行きました』警官が訪ねてきたわけが、それでもわからなかった。わたし、ただもうぼーっとしてて。警官の一人が家宅捜索令状を見せたわ。わたしの家の。それでわかった。警察は、わたしがドリューを傷つけたと思っている。だから、ドリューを愛していましたって、言ったわ」

「ねえ、パトリシア、警察が事件の可能性ありと判断してまず最初にやるのが、ドリューを知っていた人に話を聞いて回ることなのよ」

「話を聞くですって？　犯人だと疑うんでしょ？　自宅を引っ掻き回すんでしょ？」わたしはかける言葉を失い、彼女が先をつづけるのを待った。「だから……どうぞご勝手にって言って、裏口から出て裏手の丘を登って車に向かったの。恐ろしかった。携帯から弁護士に電話をしたわ」血走った目でキッチンを眺め回す。「ブルースター・モトリーよ。彼があなたのところに行けって言ったの、ゴルディ。こっちで落ち合おうって」

「なんですって？」

パトリシアはまた泣き出した。「弁護士に電話しちゃいけなかった？　テレビのドラマじゃそうするじゃない」

「いけなくなんかないわ」慰める口調に努めながら、内心では思っていた。**ブルースターはいったいなにを考えてるの？　どうしてうちなの？**

「わかってるわ。ブルースターにもう一度電話すべきかしら。それより、トムに話をすべきかしら。ああ、わたし、どうしたらいいのかわからない」

「ちょっと考えさせて」わたしは途方に暮れ、カウンターの上の十二等分したパン種に目をやった。これをさらに切り分けて発酵させ、また切り分ける。そうやって増殖する様はまるでアミーバだ。

「お隣りさんに電話して、窓から様子を見てもらったの。警察はわたしの家をめちゃめちゃにしてるって！」パトリシアは陰鬱に叫び、プラチナブロンドの髪を掻き毟《むし》った。「家に戻ったほうがいいみたい」自分を納得させようとしている。「でも、警察がうちの中をめちゃめちゃにするところなんて、とても見ていられないわ。愛してた人のことを話すのもいや」目からまた涙が溢れた。「愛してたのに死んでしまった人のことを」

わたしは受話器を取り上げて彼女に差し出した。「警察に電話をしてみたら？　家に戻っていいかどうか尋ねるの。トムに電話してもらいましょうか？」

パトリシアが頭を振ると、細かなウェーブが一緒に揺れた。「うちで顔を合わせることができなかったのに、電話で話せるわけないでしょ？」

パトリシアはいくつだった？　三十、三十五？　わたしより若いはずだ。それとも、そう見えるだけ？　そう振る舞っているだけ？

「だったら……お隣りさんの家で待たせてもらったら？」なんとか力になりたくて、そう言った。パトリシアは頭を振った。トムはまだリビングで電話中だ。くたびれたぬいぐるみみたいなパトリシアの様子に、わたしは肩を落とした。「なにか飲み物を作るわ、いいでしょ？　なにがいい？」

彼女の視線がキッチンをさまよう。「お湯をいただけるかしら？」

「お湯を？　なんのために？」

「飲むため」

　わたしはぶるっと震えたが、ボトル入りの湧水《ゆうすい》を鍋に注ぎ、火にかけた。ただのお湯？　いいでしょう。わたしもなにか飲むことにした。エスプレッソを飲むには時間が遅すぎる？　ええ。ブランデーは？　フム。ちょっと強すぎる。

「わたしはドリューを傷つけたりしない」パトリシアは自分で自分を抱き締めながら、さめざめと泣いた。「家宅捜索令状を突きつけられて思ったわ。いったいどういうこと？」

「わかった、わかった！　あたしにそういう話をされてもね」お酒をしまってある戸棚を覗いて、数分もすればシェリーを飲みたくなるだろうと思った。それより、ロールパンをオーブンに入れなければ。「パンを焼きたいんだけど、かまわない？」

　パトリシアが鼻をすすりながらうなずいたので、オーブンを予熱し、彼女のためにお湯を注いだ。茹で上がったポテトのお湯を捨て、卵を攪拌してロールパンに塗り、オーブンに入れた。それからパトリシアのかたわらに戻り、話をつづけた。

「いままで刑事専門弁護士に相談したことは？」

　彼女はティーカップに視線を落としたまま頭を振った。「あるわけないでしょ。いいこと、ゴルディ、警察が家宅捜索令状を持ってやってきたのよ。誰かがドリューを殺したと警察は考えているのよ。やったのはわたしではないけど、ドリューは殺されたにちがいない」

　わたしは口元を引き締め、窓越しに見たサンディーの顔を思い浮かべた。「詳しく話してくれない?」

「彼には敵がいた。ひどい連中よ」彼女がきつい口調で言う。「その筆頭が元妻。ああ、もう、彼が死んだなんて信じられない!」カップを置き、頬の涙を拭った。「それに、仕事上の問題を抱えていたし、ほかの女とも……問題が——」不意に口をつぐんだ。

「ほかの女と問題?」たとえばサンディー・ブリスベーン? 彼女のことをパトリシアに言うべき? いいえ、言わないでおこう。サンディー・ブリスベーンがなんらかの関わりをもっているとしたら、わたしはもっていると思っているが、警察がパトリシアにそのことを尋ねるだろう。

パトリシアはまた頬の内側を噛んだ。「まずミスター・モトリーと相談すべきなんでしょうね」彼女は両手に顔を埋めた。「ああ、彼が苦しまなかったことを願ってるわ! ドリューは言っていた。ぼくを理解し、心から案じてくれるのはきみだけだって——それなのに、彼はもういない」

わたしは耐え切れなくなった。「ちょっと失礼するわね、パトリシア」

シェリーのボトルを掴んでダイニング・ルームに行き、数個を残すだけになった祖母の形見のクリスタルのグラスに黄金色の液体をたっぷり注いだ。元夫の浮気相手がうちに押しかけてきて、おたくのご主人があなたのことを愚痴ってたわよ、と言ったことがあったっけ。

女房はおれのことを理解してくれないが、おまえは理解してくれる。もう彼女に愛情はない。おまえのおかげで若返った気分だ。おまえを愛している。おれを心から案じてくれるのはお

まえだけだ。だから、どうかおれを捨てないでくれ……この時点で二人は結びつく。彼がつぎの女に乗り換えるまでは。それからまた、女房は理解してくれない、と愚痴るまでは。実際のところ、彼をほんとうに理解していたのは、このわたしだ。サンディーが現れて、彼に愚痴るのをやめさせるまで、ほんとうに彼を理解していたのは……

深く息を吸い込み、心を鎮めるためにシェリーを飲んでからキッチンに戻った。

「ゴルディ、どうかしら」パトリシアは両手でティーカップを摑んでいた。「エリザベス・ウェリントンを知ってる？　彼女のためにケータリングしたことある？」

「彼女とはおなじ教会に通っているから。それに、ええ、彼女が開く寄付金集めのパーティーのケータリングをしたことあるわ」

彼女のブルーの目がじっとこちらを見ている。「ほんとうにひどい人間だと思う？」

「実を言えば、あたしはかねがね――」気の毒な人だと思っていた、と口まで出かかった。わたしはドリューを好きではなかったが、哀れなお馬鹿さんのパトリシアは、あきらかに彼を崇拝していた。

「夕食の邪魔をしてたみたいね」パトリシアが申し訳なさそうに言った。「ブルースターはどうしてわたしをここによこしたのかしら」

「うちはちっともかまわないのよ」すきっ腹にシェリーを飲んだのでふらふらしてきた。なにか食べたほうがいい。ブルースターがやってきたら、彼も夕食に誘おう。

ロールパンが焼きあがった合図のブザーが鳴ったので、オーブンから出して冷ました。鶏の腿肉を塩水から出して水洗いして天板に並べ、思いついてシェリーを振りかけ、塩コショウをしてオーブンに入れた。フィンガーリング・ポテトにバターとクリームを加えて潰し、できたマッシュポテトをバターを塗った別の天板に広げた。マッシュポテトのほうが火の通りが早いので、焼き上がりが一緒になるようにするには時間をずらす必要があるから、マッシュポテトを入れる時間にタイマーをセットした。ガーデンクラブの賞品用のジンジャーブレッドを作る作業がまだ残っていた。

「いいこと」パトリシアが意固地になって言った。「ドリューは常々、自分に恨みをもっている連中を警戒していたわ」

コンピュータを立ち上げ、仕事のスケジュールを画面に出した。「トムをここに呼んでくるから、知っていることを彼に話したらどう？」

「だめ、だめ、だめ、まだ心の準備ができていないわ。あなたに助けて欲しいの」彼女は覚悟を決めたように、オークのキッチンチェアの上で背筋を伸ばした。「ドリューになにが起きたのか、知りたいのよ。誰の仕業か」

わたしはコンピュータの画面を睨んだ。オーケー、わたしはまず母親で妻だ。二番目にケータラーで、三番目にまわりから頼られる人間だ。愛する人が犯罪の被害に遭った人たちから、なにが起きたのか突き止めてくれ、と頼まれる。残念ながら、いまこの瞬間、わたしは二番目の自分だ。ケータラーの仕事に集中しなければならない。

それに、考えなければならない。ジンジャーブレッドのレシピを画面に出し、〝印刷〟のボタンを押した。ランチとクッキー交換会の後には、マッカーサー夫妻のカレー・ディナーとデザートが控えている。デザート用のパイは、すでにクリーミーなライムをパイの皮に包んであった。ジンジャーブレッドのレシピのプリントアウトが終わったので、パトリシアに顔を向けた。

「パトリシア、あなたを助けてあげたいのは山々だけど、いまは料理をしなくちゃならないの。あなたに付き添ってくれる人を呼びましょうか？　マーラに電話して戻ってきてもらってもいいし。彼女はわたしの親友——」

パトリシアは鼻を鳴らした。「よしてよ。マーラ・コーマンはご免だわ。彼女が帰ってくれてせいせいした。彼女と話したら、そっくりそのまま〈デンバー・ポスト〉に載るもの」

「いくらなんでもそれは——」

トムがキッチンに顔を覗かせた。「まだしばらくここにいるつもりかな、パトリシア？」やさしく尋ねた。「あと何本か電話したら、おれは出掛けるけど」

パトリシアは鼻をすすった。「ええ、しばらくいるわ。ゴルディが料理するのを手伝うつもり」

トムはキッチンを後にし、すかさず携帯電話を耳に当てて会話を再開した。手伝いにならないから、とパトリシアに言いたかった。足手まといになるだけだから。でも、彼女の話を聞きたい気持ちは否定できない。ドリュー・ウェリントンとたくさんの敵の話。それに、パトリシアの精神状態も心配だった。ひどいショックを受け、崩壊寸前だ。ここにいさせて話をさせたほうがいい。彼女がその気になれば、トムにも同席してもらおう。それがだめでも、ブルースターになら話をするだろう。ところが、パトリシアは、わたしに助けを頼んだ後、すっかり静かになり、キッチンテーブルに座ってお湯をすするだけだ。携帯電話が鳴って彼女が電話を受けたときには、苛立つと同時にほっとした。

意識をジンジャーブレッドのレシピに向ける。城の型三個分の分量だ。板状にしてロイヤルアイシング（卵白と粉砂糖で作るケーキの硬い糖衣）で固めるふつうのジンジャーブレッドではない。糖衣で固めるタイプはクッキー種で、いろいろ面倒だ。とくに高地では厄介だから、ここではもっとやわらかくてケーキにちかい、レモンソースやバニラ・アイスクリームをトッピングしたくなるジンジャーブレッドを作る。それとももっと気取って、生クリーム《クレム・フレッシュ》を載せるとか。

丸いボール紙に載せてセロファンで包み、メタリックなリボンで飾れば、クッキー交換会のすてきな賞品になる。材料——無塩バター、糖蜜、サワークリーム、乾燥ショウガ、根ショウガを擂りおろしたもの、それに挽きたての黒コショウ——に目を通したら、まためまいがした。それとも、ドリュー・ウェリントンの死体を思い出したからめまいがしたの？

なにも考えないこと。パトリシアを気遣うことはやめなさい。料理をしなさい。ウォークイン式の冷蔵庫から無塩バターとサワークリームを取り出してカウンターに置き、引き返して卵とオレンジジュースも取り出した。冷蔵庫から出ると、パトリシアがバターとサワークリームを見つめていた。バターを融かすためにフライパンに入れ、サワークリームの入ったプラスチック容器は無漂白小麦粉と、それに、ええと、砂糖の袋の陰に隠した。

「ちょっと待って」パトリシアが携帯電話に向かって言い、わたしのカウンターを見つめた。「これ全部、ひとつのレシピに入れるの？」

「ええ」言ってやりたかった。パトリシア、あなたは自分のダイエットのことだけ考えてなさい、料理はわたしが受け持つから。でも、言わなかった。黙って料理器具の入った引き出しを引っ掻き回した。

パトリシアが電話を切ったので、またおしゃべりさせることにした。「ドリューのことはほんとうにお気の毒だと思っているのよ、パトリシア。あなたの力になりたいけれど、あたしにできることはあまりなさそうだし」小麦粉をスプーンで掬《すく》って計量カップに入れる。

「ドリューが警戒していたって、あなた言ったわね」

「ええ」彼女はまた鼻をすすった。「彼のビジネス・パートナー、知ってるでしょ、ニール・サープっていういけすかない男。ニールが追い出しにかかっているって、ドリューは思っていたの」

彼女がそれ以上なにも言わないので、こちらから水を向けた。「追い出しにかかるって、どうして？」

彼女はティーカップを見つめた。「あの二人、信頼し合っていたとは思えない」

どうして、とまた訊きたかったが、三歳のときのアーチみたいなのでやめた。風船を買ってやれなかったときのことだ。どうして？　お金に余裕がないからよ。どうして？　パパがだめって言うからよ。どうして？　パパは守銭奴だからよ。最後のこれはさすがに言わなかった。

「彼を恨んでいる人間はほかにもいたんでしょ？」わたしは尋ねた。

「ああ、彼が地図を売った相手の気が変わって、買値で引き取ってくれって言い出して、それでもめたとか。それから、図書館ともめているとも言ってたわ。詳しいことはわからない。ドリューが話してくれなかったから。引き取れと言った男の名前はマッカーサーよ、彼の噂、聞いたことない？　わたしは奥さんのハーミーと知り合いなの。ご主人の名前は……プロシュート？　いえ、待って。スミスフィールド。誰もスミスフィールド・マッカーサーに教えてやらなかったみたい。小売価格で買ったものが、売る段になったら卸値になるんだってことをね。ときどき不思議になるわ。ああいう馬鹿な連中が、どうして金持ちになれたんだろうって」

「それはいつごろのこと？」慎重に尋ねた。

「さあ、いつだったかしら」

「ほかにドリュー・ウェリントンを恨んでいた人間は？」

彼女はティーカップを両手で握っていたが、ぬくもりを求めてもとっくに冷えているだろう。「いまも言ったように、仕事上のトラブルがあったのよ」

「地図販売の？　弁護士の仕事もやっていたんでしょ？」

「彼は弁護士だった。趣味ではじめた地図の売買が商売に発展したの。彼を妬んでる人もいたわ。なかには……彼をつけ回す人もいた」彼女は眉を吊り上げた。

「彼をつけ回す人？　彼を妬んでる人？」

「こういうことは言うべきじゃないんだろうけど」

「なぜいけないの？」

「だって……いい気持ちしないでしょ。彼を妬んでいる人と言えば、エリザベスね。彼が大儲けしたので、ものすごく頭にきてたみたい」

こう言いたかった。**彼女が、そうなの？　彼をつけ回してたって、彼女のこと？**　ところが、玄関のドアをやさしくノックする音で会話は妨げられた。どういうわけか、ノックの音はわたしを不安にする。気のせいではすまされず、深刻に受け止めてしまう。アーチになにかあったのでは？

「ブルースターだと思う？」パトリシアが期待をこめて言い、立ち上がった。玄関から十メートルと離れていないキッチンのドアにあかるい顔を向けた。

でも、刑事弁護士のブルースター・モトリーではなかった。足音は重々しく、ドアはさっと開き……トムが姿を現した。背後にはファーマン郡警察の刑事が二人。キッチンに入ってきた刑事二人は、手錠を取り出した。

「パトリシア・インガーソル」一人が言った。「ドリュー・ウェリントン殺害の罪で逮捕する。あなたには黙秘する権利があり――」

彼女が落としたティーカップが砕け散った。「ゴルディ！」絶望の叫び声をあげた。「助けて！　わたし、なにを言えばいいの？」

「なにも！」刑事二人に連行される彼女の後ろ姿に向かって、わたしは叫んだ。パトリシアは激しく抵抗していたので、聞こえたかどうかわからない。「ブルースターを待つのよ！」

トムが怒鳴った。「ゴルディ！　なにをしてるんだ！」

わたしはむきになって声をさらに張り上げた。「パトリシア、聞こえたの？」

でも、彼女は行ってしまった。

6

トムが顎をあげ、わたしを睨みながらキッチンに入ってきた。後ろ手にドアを閉めたので、わたしは思った。あら、ま。

「ゴルディ、自分がなにをやったかわかっているのか?」

「あたしがなにをやったかって? パトリシアを助けようとしたのよ」

「座れ」

誰が。ブザーが鳴ったので、オーブンにマッシュポテトを入れ、おしゃべりのおつまみにクラッカーを用意しようとした。でも、背後でトムが言った。「いらない」

わたしは手持ち無沙汰のまま座り、彼と目を合わさないようにした。彼の考えていることはわかる。郡警察のピカイチ捜査官の妻は被疑者——拘置された被疑者——に向かって、法執行機関が投げかける質問のすべてに口を閉ざせ、と叫ぶべきではない。警察の連中が言うだろう。ゴルディ・シュルツはいったいどっちの味方なんだ? トムの立場が悪くなる。上司の警部補に呼び出され、警部も出て来て、トムは懲戒処分になり……

「これから言うことは、きみの胸ひとつにしまっておいてくれ。いいな? マーラには言うな。ジュリアンにもだ。それにむろん、パトリシア・インガーソルにも言ってはならない。わかったか？　おれを見てくれ、頼む」

「わかったわ」彼の深い海の色の目を見つめ返した。「ごめんなさい、でも……」言いたいことはまだ残っていた。「ねえ、情報を掴んだのよ、パトリシアから。ドリュー・ウェリントンには敵がいろいろいて――」

彼が手をあげたので、わたしは口を閉じた。「知っている。それに、パトリシアに不利な証言も得ている。シルバーのBMWのX-5が、図書館から飛び出してゆくのを見た者がいるんだ。パトリシアが運転しているのとおなじ車種だ」

「ナンバーはわかってるの？」

「ゴルディ、ずっと雪が降ってたんだぞ。つまり視界が悪い」

「彼女が言ってた。きょう、図書館に行ったって」

トムは頭を振った。「彼女はドリューの恋人だった。彼女の車に似た車が、図書館から飛び出していくのを目撃されている。彼女は利害関係のある人間だから、判事に頼んで超特急で家宅捜索令状を出してもらった。ほかにもおれがまだ知らないことを掴んでいるんだろう。いいか、よく聞いてくれ。彼女の家のダイニング・ルームのテーブルにエクサクト製のナイフがあった。スクラップしていたらしく散らかっていた。そのナイフに血がついていた」

腕に鳥肌が立った。「トム、あたしが見たのが血だったのかどうか――」

「図書館には血痕があった。大量にではないが、たしかに血痕があった」

わたしは顔をしかめた。シルバーのBMWのX-5が図書館から飛び出していった？　何者かが――誰なの？――それをパトリシアの車だと思った。雪が激しく降っていたのに？　アスペン・メドウの住人の半分がX-5を所有している。誰かがパトリシアをはめようとしているの？　もしそうなら、なぜ？　混乱してきた。シェリーを飲んだせいだ。思考力に活をいれるにはカフェインが必要だ。眠れなくなってもかまうものか。「トム、エスプレッソを淹《い》れてもいい？　パトリシアは、凶器を人目につく場所に放置しておくような、箸にも棒にもかからない大馬鹿者じゃないと信じる理由を、あなたに説明する前に、脳味噌を奮い立たせる必要があるから」

背後でトムがため息をつき、わたしは顔をしかめた。「コーヒーを飲めばきみの耳と心が開くのなら、どうぞ淹れればいい」

エスプレッソ・マシーンをセットするあいだに、疑念の波に襲われた。警察になにも言うなとパトリシアに言ったのは、間違っていた？　彼女は取り乱してはいたけれど、わたしにしゃべりたくてしょうがなかった。刑事弁護士がやってこないうちに、警官の前で感情をあらわにするのは、いちばんとってはいけない行動だ。刑事弁護士の立会いのもと尋問が行われ、彼女の供述が記録された後、彼女が最初に口走ったこととそれとを照合されかねない。

シェリーの残りをシンクに捨て、カフェイン入りの黒い液体がエスプレッソ・カップに流れ落ちるのを見守った。それにしても、ブルースターはなぜパトリシアに、わたしの家に行けと言ったのだろう？　自宅で待っていろとなぜ言わなかったのだろう？　あの忌々《いまいま》しい

〝弁護士依頼人の秘匿特権〟があるから、彼が理由を話してくれるわけがない。パトリシアは話してくれるかも……面会に行ったら。ぶるっと体が震えた。

エスプレッソを一気に飲んでカップをドーサーの下に据え、ダブルショットのボタンを押した。まだトムと口論を再開する気になれず、キッチンの窓の外に目をやった。七時をまわったところで、トムはじきに出掛けなければならない――わたしが頑張らなければ、夕食抜きで出掛けることになる。外は漆黒の闇だ。コロラドは冬より夏のほうが断然好きだ。でも、現実には忙しいホリデー・シーズンのど真ん中にいて、来週にかけてパーティーの予約がぎっしりだ。これまでに片付けた仕事量を思えば、疲れ果てていても当然だし、これからやらなくちゃならない仕事量を考えればうんざりして当然なのに、そうではなかった。二杯目も飲み干し、二分ほどじっと立っていたら元気が湧いてきた。

トムの隣りに腰をおろした。「いいわ。それじゃまず最初に、パトリシアはかつてのお得意さんで、友だちと言ってもいい」

「これは意外なことを。パトリシアはきみの友だちじゃないだろう。四年前、彼女の披露宴のケータリングをやったとき、彼女にはまったく頭にくると言ってたじゃないか。それからこの秋、監督教会婦人部のランチを請け負ったときには、人を見れば太っていると言う彼女の喉に、なにか詰め込んでやりたいって言った。彼女は偽のマーガリンを使うことを提唱してるんだぜ。それが今夜、藪から棒に彼女はきみの友だちになった。彼女が助けを求めてきたからか?」

「ちょっと、よしてよ。偽のマーガリンなんていう代物は存在しません。存在するのは偽のバターで、それがつまりマーガリンなの。わたしは使わないけど」トムが目をくるっと回した。「言いたいことの二番目は、彼女がここに来ようと思って当然ってこと。あたしに話をしにね。だって、あたしは評判だもの。ほら、その、あなたに協力して――」

「警察の捜査に首を突っ込んで、話を訊き回ることを言いたいのか？　彼女がここにやってきたのはそのため？　きみに容疑を晴らしてもらうためか？」

「トム、彼女はブルースター・モトリーに言われて、それでやってきたのよ」

「へえ、そうなのか？　それで、ミスター・モトリーはいまどこにいるんだ？　教えて欲しいもんだな」

わたしはうなった。「彼がいまここにいないからって、こっちに向かっていないとは言えないでしょ」

「だが、彼女がブルースターに電話したってことは、彼が必要だと思ったからなんじゃないか？」

「警察が自宅に押しかけてくる前に弁護士に電話したから、彼女が疑わしいと言うの？」

「たいていの場合はな、ミス・G。憶えてるだろう？　きみが元亭主殺しの容疑をかけられたとき、おれはきみに弁護士をつけた。あれできみを逮捕した連中の心証が悪くなったが、おれとしては、きみがベラベラしゃべるのをなんとしても阻止したかった」

「あたしを信頼してくれてありがと」

「どういたしまして」

「トム」彼に主導権をとられる前に、慌てて言った。「BMWを見たっていう証人だけど、そんなに信用できる人なの？」

トムは頭を傾げた。「それはわからない、だろ？　だから名前を伏せるんだ」

血が出そうになるほど下唇を嚙んだ。「彼女ははめられたの、わからない？　何者かが前地区検事を亡き者にしようと思った。その人は、パトリシアが脆《もろ》いことを知っていた。パトリシアが彼を愛していても結婚に踏み切らないのがその証拠。それで、その人は凶器をパトリシアの家に置いた。それから、警察に通報した。しごく簡単。フード業界では、簡単なものの喩《たと》えに、アップルパイやピーチコブラー（深皿で焼いたフルーツパイ）や――」

トムが手をあげた。「よし、こうしよう。おれたちは意見が一致しないということで、意見の一致をみている、そうだろ？　おれは言うべきでないことまできみに話した。きみはそれをぜったいに口外しないこと――」

「しないわよ、トム。でも、検死報告でも手掛かりでも証拠でも、パトリシアの無実を証明できるようなものが手に入ったら、あたしに教えてくれる？　誰かにはめられたと思ったからこそ、彼女はあたしに助けを求めたのよ、そう思わない？　どっちにしても、ブルースターと彼のチームに手の内をすべて曝《さら》さなきゃならないんだし」

トムは舌打ちした。でも、なにか言う暇はなかった。玄関のベルがまた鳴った。車のサイドライトに照らされて、並外れた刑事弁護士、ブルースター・モトリーが見えた。最初がマーラでつぎがパトリシア、そしてブルースター。コーヒーを淹れるより、大鉢にパンチを作っておけばよかった。

「やあ、ゴルディ」ブルースターは玄関を入ってくるなり言った。いつもながらくつろいだ様子で、スキー焼けした若々しい顔にいたずらっぽい笑みを浮かべた。小学四年生が担任のお小言から逃げ出してきたばかり、という感じだ。ちょっと長めの髪を指で梳《す》き、ダークグレーのカシミヤのコートを広い肩から滑り落とす。サーファーが肩にかけたタオルをはずように。コートの下は黒いVネックのセーターにジーンズだ。「急いで出て来たものだから」申し訳なさそうな口調で言い、当惑の表情を浮かべた。「いったいどうなってるんだか。その……パトリシア・インガーソルと名乗る女性が電話をしてきて。あなたの自宅で待ち合わせしようと言うものだから」

わたしは彼をまじまじと見た。「彼女は、あなたにここで待つように言われたって。でも、理由は言わなかった」

「彼女はここにいるんですか？」

ソファーの脇に立つトムは、身じろぎひとつせず、ブルースターに説明しようともしなかった。三人のあいだに沈黙が生じ、わたしはむずむずしてきた。ブルースターは、ブリーフケースを持つ手にコートを掛けた。わたしに向かって眉を吊り上げる。「いったいどういうことなのか、誰か話してくれないかな？」

わたしは唾を呑み込んだ。「ねえ、ブルースター……」そこで口ごもる。「パトリシア・

インガーソルは、前地区検事、ドリュー・ウェリントン殺害の罪で逮捕されたの。警官が来て、彼女を署に連行していったところよ」

ブルースターが幅広のハンサムな顔をしかめた。いまの状況は、まるでロシアの入れ子式人形みたいだ。開いても開いてもおなじ人形が現れる。「彼女は逮捕された。ほかには?」

「とても動揺していたわ」わたしはまくしたてた。「すっかり取り乱してね。悲嘆に暮れていたわ。だって、その……彼はフィアンセだったんだもの。それで、それで、警察が令状を持って自宅にやってきたものだから、びっくり仰天して――」

「令状?」ブルースターが尋ねる。「なんの令状?」

「家宅捜索だ」トムが無表情で言った。

「誰かが彼女をはめようとしてるんだと思うわ」

わたしの意見に、ブルースターは目を細め顔の表情を消した。〝ロシアの人形的状況〟からは、これで脱却できそうだ。彼はブリーフケースを床に置き、さっとコートを羽織った。

「拘置所に直行したほうがよさそうだ」踵を返す。「ゴルディ? トム? おやすみ」

「でも、待って」玄関を出ようとするブルースターを呼び止める。「なにが起きているのか、どうやって知ればいいの? 誰か電話をくれる?」

「それはパトリシアに訊けばいい」ブルースターが顔だけこっちに向けて言い、氷の張った小道を足早に去っていった。

トムもコートを羽織り、ミーティングがあるから署に出掛けなければならない、とぶっきらぼうに言った。

「でも、じきに夕食の支度ができるわ」

「仕方ないだろ」彼はそう言うと、裏口から出て行った。

そんなわけで、パン種が膨らむか心配していたのが、告知なしの自宅開放パーティーに突入し、最後は一人で侘《わび》しく食事をする羽目に陥った。気分は失敗者だ。パトリシアを助けてくれるようトムを説得することに失敗した。パトリシアがさらなる窮地に陥るのを防ぐことに失敗した。ドリュー・ウェリントンを助けることにも失敗したのかもしれない。サンディーを、あるいはわたしがサンディーだと思っている女を見かけたとき、すぐに飛び出していって助けを求めていれば、彼女がまた男を殺すのを防げたかもしれないのに。

鶏の腿肉とポテトはあすの夕食にとっておくことにして、お城形のジンジャーブレッドを焼いた。オーブンから出すと、キッチンはショウガとシナモンの芳ばしい香りに満ち満ちた。使ったボウルや鍋や天板を洗い、残り物で夕食をすませ後片付けをした。

時間が経つのがあまりにゆっくりなのでマーラに電話をした。彼女は約束どおり〝ゴシップ収集作業〟を行っていたが、収穫なしだそうだ。あすの朝、あなたがうちに来るときまでには、なにか仕入れているかも、と彼女は言った。実のある情報がえられるとは思っていなかったし、エクサクトのナイフのことは誰にも話さないとトムに約束したから、パトリシアが逮捕されたことも話せない。話したら最後、マーラのことだから詳しいことを教えろといってきかないもの。彼女に電話をしたのは、淋しかったからだ。不意に体も心も寒く感じられて、彼女に会いたくてたまらなくなった。でも、これから訪ねていくと言う前に、キャッチホンが入り、彼女は電話を切ってしまった。

つぎにアーチに電話した。「ぼくなら元気だよ、ママ。トムはドリュー・ウェリントンの事件の捜査をしているの?」

「ええ」

「ひどいことになったね。いい人だったのに」

「どうして彼のことを知ってるの?」

「アメリカの歴史のクラスに来て、地図を見せてくれたんだ。多色刷りの地図で、すっごくクールなんだ。年号とかいろいろ詳しくて、おもしろい授業だったよ。退屈しなかった。どうしてそんなに詳しいのかって尋ねたら、〝オートダイダクト〟だって言った」

「なにそれ、ラテン語?」

「ちがうよ、ママ、ギリシャ語だよ。〝独学〟って意味」

「それで、どうして彼を、その……いい人だって思ったの?」

「どうしてかな。いろんなことを学んだけど、いちばんおもしろいのは密輸だって言ってた」

「密輸? 独学で密輸を学んだってこと? ラムの密輸はどんなふうにやったかとか?」

「国が地図の売買を規制したこととか。十五世紀、十六世紀、それに十七世紀に入ってからも。ポルトガルやスペインの政府は、最高機密の地図をインドに密輸しようとした外国人を処刑したんだって。戦時中には、反逆者が陣地や防御施設を記した地図を密輸したんだ。下着やブーツの中に隠して、敵に売り飛ばしたの」

「反逆者が地図の密輸ですって？」

「そうだよ、それに、この国に移住したメノー派信徒のなかには、ウクライナで育てていた秋蒔《ま》き小麦の種をこっそり持ち込もうとした者がいたんだ」

「でも、秋蒔き小麦は中西部で盛んに栽培しているじゃない」

「いまはね」アーチが辛抱強く言った。「メノー派信徒が身につけて持ち込んだからだよ。みんながみんな隠し持ってきたわけじゃないけど、なかにはそういう人もいたんだ」

「それで、どこに隠してきたの？」

「服の中だよ、ママ。ねえ、そろそろ勉強しなくちゃ」

試験、頑張ってね、と言って電話を切った。なるほど、スパイは地図を密売し、戦時中、反逆者は地図を下着に隠して持ち出し、メノー派信徒は種を服に隠したですって？　あるパーティーで、牛のテンダーロインを丸ごと盗み出そうとした客を捕まえたことがある。彼はそれをズボンに突っ込んだのだが、歩き出したらするっと床に落ちてしまった。わたしはテンダーロインを拾い上げ、どうぞお引き取りください、と言った。同席していたマーラが、彼を呼び止めて言った。「ジョージ、ズボンの前の膨らみが上げ底だったことはバレバレよ」

あのパーティーやマーラのきついジョークを思い出したら、ますます孤独を感じた。時計を見ると八時半だった。どうしたら気分がよくなるかわかっている。少なくとも、どうしたら体があたたまるかわかっている。料理。

　あすの下ごしらえと言っても、ガーデン・クラブのランチ用のストロベリー・サラダに敷くレタスを洗うぐらいだ。それを終えてもまだ九時。時間がいくらあっても足りないと思っていたのに、いまはなんてのろのろ過ぎるのだろう。

　仕方ないから、ガーデン・クラブのビュッフェに一品追加することにした。女性が集まるランチに、ゼリーで固めたサラダは付き物だもの、でしょ？　教会の婦人部の友だちから教わった、パーティー用のレシピがある。材料はライムのゼリー、マヨネーズ、ホースラディッシュ、スライスしたバナナ、それに潰したパイナップルだ。えっ、と思うかもしれないけれど、とてもおいしい——それに、お祭り気分を盛り上げてくれる。材料を掻き集め、まずパイナップルの缶詰の汁にゼリーを加えて煮詰め、ほかの材料もすべて入れて油を塗った型に注ぎ込み、冷蔵庫にしまった。トムが美しく仕上げてくれた大理石のカウンターをぼんやり見つめる。時計を見るのは、トムが出掛けてからこれで六回目ぐらいだ。十時半。彼はまだミーティングの最中だろう。

　いつもなら電話をくれるのに。一人でやきもきして、いやになる。げす野郎と七年間の結婚生活は喧嘩が絶えなかったから、夫婦の気持ちのすれちがいにとても臆病になっている。どう対処したらいいのかわからない。わたしがなんとかしようとする前に、げす野郎は手をあげ、黙れ！　と怒鳴った。

　気を紛らわすためコンピュータをチェックした。ランチの準備でやり残していることはない？　なかった。いずれ警察の許可がおりて、図書館に置いたままの食器と銀器とリネンを回収できるだろう……でも、その〃いずれ〃がいつになるかわからない。ありがたいことに、商売道具だから予備はいくらでもある。

カレンダーをクリックすると、マッカーサー夫妻のディナーが現れた。十二種のスパイスを使った正統派カレーを作ると、ハーミーに約束した。ところが、メインディッシュをまだ仕上げていなかった。それに、薬味もあと何種類か作る必要がある。

前夜に、チキンストックを作って、漉《こ》して冷蔵しておいた。今朝、脂肪分を取り除く作業を行った。ストックを作るのに使った鶏の腿肉がカレーのベースになる……そのためには皮を剝《む》き、骨を抜かなければならない。ゴム手袋をはめて、さっそくその作業にかかった。

鶏の腿肉の皮を剝いで骨を抜くのに、意識を集中する必要はない。ただ退屈なだけだ。サラダ・コンポーゼを作るのに必要な美的センスや技も、スフレやタンバル（肉や野菜をドラム形の型に入れて焼いたもの）を作るのに必要な料理のノウハウも必要とされない。だから図書館で目撃した出来事を、頭の中で再現してみた。これでたぶん五十回目だ。

ビュッフェの準備をしていたとき、アーチと禿げ男が口論をはじめた。それから、書架のあいだをこそこそ歩く人影を見た。その直後、窓越しにサンディーか、あるいは彼女に似た誰かを見た。こそこそ歩いていた人影は彼女だったのだろうか？　おそらく。数分後、警報ベルが鳴り響いた。ロバータの助けを呼ぶうめき声を聞いた。二人でドリュー・ウェリントンを床におろした。脈は触れなかった。

それから、ドリューのアシスタントだかビジネス・パートナーだかのニール・サープが、情報をよこせとわたしに迫った。エリザベス・ウェリントンも一緒だった。わたしはなにも話さなかった。

これまでに耳にしたことも思い返してみた。マーラが言うには、ドリューは女の問題を抱えていて、サンディーは死んだと警察はいまだに考えている。ドリュー・ウェリントンが選挙で破れたのは、ある種のスキャンダルが原因だと、警察はわたしに思い込ませようとした。それはたんに彼が酔っ払い運転のチケットを揉み消そうとしたことだけではない。オーケー、あくまで憶測だけれど……でも、ほかになにかあるのでは？　表沙汰になるとまずいなにかが？　残念ながら、家に戻ってすぐに、トムにそのことを尋ねる気分ではなかった。

それから、ドリューは電子メールで脅迫状を受け取っていた。パトリシア・インガーソルとドリュー・ウェリントンは噂になっていた。ところが、どういうわけか、ドリューは携帯電話でぼやいていた。元妻や複数のガールフレンドと面倒なことになっている、と。ガールフレンドって誰のこと？　それとも、もてるってことを吹聴《ふいちょう》したかっただけ？

それから、パトリシアが訪ねてきて、さめざめと泣き、怖いと言って助けを求めた。ドリューの敵のことをいろいろと話した。ドリューは何者かに後をつけられていた、と彼女は思っていた。ドリューとパートナーのニールはうまくいっていなかった、とも言っていた。でも、詳しい話をしてくれる前に、彼女自身が逮捕されてしまった。

それにしても、早すぎる逮捕と言うしかない。パトリシアの家から血のついたエクサクトのナイフが見つかったから？　ドリュー・ウェリントンの死体が冷たくなる前にパトリシアが逮捕されるよう、何者かがいろいろと画策したのだろう。

皮と骨を取り去った鶏の腿肉を大きなバットに入れ、ラップをして冷蔵庫にしまった。つぎにリンゴとタマネギを刻み、バターとカレー粉で炒《いた》めた。刺激のある芳ばしい香りがキッチンを満たす。小麦粉を加えてルーを作り、たっぷりのストックを加えて濃厚なソースを作った。ここでホイップクリームの出番だ。パトリシア・インガーソルは眉をひそめるだろうけど、わたしは頭の中で叫んだ。このこってりが、たまりません！

冷蔵庫から鶏の腿肉を取り出してソースに加え、火からおろして冷ましておく。コンピュータであたらしいファイルを開き、タイトルを単純に〝ドリュー〟とし、いままでにわかったことと、これから知りたいことをすべて書き込んだ。リストのトップはこれだ。わたしが出会ったのは、ほんとうにサンディー・ブリスベーンだったのか？　わたしの元夫を殺し、罪を告白した後、彼女は山火事から脱出できたの？　もしそうなら、いったいどうしてアスペン・メドウに舞い戻ってきたの？　なぜなら、サンディーあるいは彼女のそっくりさんは、ドリュー・ウェリントンに大事な用があったから。もしそうなら、大事な用って、なに？

スクリーンを睨み付ける。

サンディーの両親は亡くなった。トムによれば、彼女のボーイフレンドはさっさとナッシュヴィルに戻り、べつの女と暮らしているそうだ。サンディー・ブリスベーンはアスペン・メドウ高校の卒業生だ。卒業アルバムで彼女の写真を見た。それればかりでなく、彼女はレインボウ・メンズクラブという名のストリップクラブで働いていた。だから、警察以上にサンディーのことを知っている人間が、町にはきっといるはずだ。

外で物音がして、わたしは飛び上がった。いったいどうしちゃったの？　防犯システムをチェックする。すべて〝オン〟になり、ちゃんと作動している。ドリューのことで動揺しているから、被害妄想がぶり返したの？　そんなことない、と自分に言い聞かせた。これまでにだって死体を見たことはある。再婚した相手は殺人課の刑事だ。彼の仕事がどういうものかわかっている。でも、サンディーの一件は個人的な問題だ。彼女は患者として入院していたときに、わたしの元夫にレイプされ、復讐のため彼を殺した。そしていま、彼女は舞い戻ってきた。そのことがわたしを不安にする。

真夜中になり、さすがに頭も体も音をあげたので、シャワーを浴びてベッドに入った。だいぶ経って、トムが風呂の湯を流す音で目が覚めた。時間は二時ちょっと前。彼がベッドのシーツをかさこそいわせたので、話をする気があるかどうか尋ねた。彼は、ノー、と言い、あすの朝いちばんで署に出るつもりだ、とかなんとかつぶやいた。郡の監察医と検死官は徹夜だそうだ。

「あたしたちのあいだにこの事件を割り込ませたくない」ライトが消えると、わたしは言った。

トムが抱き寄せてくれた。彼の冷たくてちょっぴり湿った肌が、わたしのあたたまった体に触れている。すばらしい感触に思わず体が震えた。彼がつぶやいた。「おれたちのあいだになにも割り込むものか」そうして、眠りに落ちた。

翌朝、五時に目覚ましが鳴る前に、トムは起きていた。五時半、わたしは充血した目とぼうっとした頭でキッチンに立ち、エスプレッソ・マシーンがコーヒーを噴き出すのをいまかいまかと待っていた。

「この二十四時間に、きみがこいつをどれぐらい摂取したか尋ねるのが怖いぜ、ミス・G」トムの声にびっくりした。「署のコーヒーを飲んで欲しい。きみの依存症はいっぱつで解消だ」

「勇気づけるお言葉、ありがと」ようやくエスプレッソが二筋、わたしのカップに流れ落ちた。「重要なことがなにかわかったら、話してくれる約束でしょ」

「〝重要〟をどう定義するかによるだろ、奥さん？　図書館の非常口の外には雪が降り積もっていて、何人がそこを通ったかすらわからないんだ」

「あたしが知りたいのは、ほんとうに図書館でサンディー・ブリスベーンを見たのかどうか。彼女はジョン・リチャードを殺した。へたをすると、アーチもやられていたかもしれないのよ」

トムがスキーパーカを着ると、衣擦れの音がした。「おれが言いたいのもそこだ。ドリュー・ウェリントンを狙っていたときみが思っている人間を捜すのは、きみの役目じゃない」彼が真剣な眼差しをよこした。「ドリューは検事だった。おれたちは徹底的に捜査する。つまり、きみはする必要がないってことだよ、ゴルディ」

「きょう一日、携帯をオンにしておくつもり？」

「上司とミーティングの最中に、電話をよこすつもりか？　あるいは、検死官から報告を聞いているときに？」

「わかった、わかった」エスプレッソを飲み、両方のほっぺたに彼のキスを受けた。

出しなにトムが言った。「いいか、ゆうべのうちに気温がぐんぐんさがって、マイナス二十度にはなっている。きみのヴァンのエンジンがかかるかどうかたしかめておく」

「きょうはマーラの自宅に行くの。図書館の朝食会の会場がマーラの自宅に変わったこと、みんなに連絡がいってるといいんだけど」

「エンジンがかからなきゃ、どこにも行けないだろう、ミス・G。鍵をよこせ、ほら」

「はい。よろしく」バッグを掻き回して鍵を取り出した。ホイップクリームをあたため、二杯目のダブルのエスプレッソを淹れ、ふたつを混ぜて熱々の泡立つ飲み物を作った。外がそんなに寒いなら、荷物を積むのに余分なエネルギーを消費することになる。

　仕事に戻りなさい。飲み物をすすりながら、きょうのメニューをプリントアウトした。冷蔵庫からラップに包んだグレープフルーツと、チーズ・パイの材料とハムを取り出し、フレンチトースト用のホテルパン（ホテルでビュッフェに使う金属製の深皿）と一緒に箱に詰めた。グラン・マニエを効かせたフレンチトーストは、マーラの家のキッチンで焼く。『クリスマス・キャロル』コーヒー・ケーキと『荒涼館』バーは、ボイドの略奪に遭ったけれど、なんとか間に合いそうだ。いつも人数分より多めに作っておくから、こういうときに助かる。もっとも、トムが言うように気温がぐんぐんさがっているなら、マーラの家にやってくる人間はあまり多くないかもしれない。気温がマイナス二十度以下になると、アスペン・メドウの住人は家でぬくぬく過ごすことを選ぶ。

おもてに出て、身を切る風に息を吞んだ。デンマーク北部だってここまで寒くないだろう。ドライヴウェイでは、エンジンのかかったわたしのヴァンが待っていた。排気ガスが白く見える。感謝しようにも、トムは愛車のクライスラーで出掛けた後だった。グレープフルーツとパイの材料が入った箱を抱えているのに、先を急ぎすぎたため、足を滑らせ石の壁にぶちあたり、いまは白い雪をかぶっているが、トムが丹精こめて育てているオドリコソウの花壇にあやうく突っ込むところだった。なんとか体勢を立て直し、澄み切った冷気を吸い込んで目をしばたたいた。あたりの木々は枝の一本一本まで雪をかぶっていた。歩き出すとまた滑り、雪が口の中に吹き込んできてつい悪態をつき、ようやくヴァンの荷台に箱を積み込んだ。

七時十五分までには、奇跡的に荷物を積み終え、高級住宅地にあるマーラの家に向かって出発することができた。土曜の早朝だから道は空いているとはいえ、メイン・ストリートを慎重に進んだ。視界が悪く、いつ前方から、あるいは後方から車がぬっと現れないともかぎらない。横殴りの雪に車がすっぽりと包まれてしまうこともあった。背後の車がどれぐらい迫っているかわからないし、もっと怖いのはいつ横から車が飛び出してくるかわからないことだ。一度など、配送トラックが不意に視界に入ってきて、慌ててブレーキを踏んだ。バックミラーに迫ってくるピックアップ・トラックのラジエーター・グリルが見え、衝突を覚悟したこともあった。コロラドではよく見かける、五〇年代から使われているボロトラックのようだ。この半世紀のあいだに、運転手がブレーキをチェックしてくれていることを、願うしかない。

「よかった、無事に着いて」階段をあがり、〝マーラの家《シエ・マーラ》〟と書かれた真鍮《しんちゅう》の表札のさがる玄関のベルを鳴らすと、親友が出迎えてくれた。「さあ、入って。もうコーヒー・マシーンのスイッチを入れてあるのよ」

玄関から堂々と入れて、女主人が、どうぞ、ひと休みして、と熱い飲み物を勧めてくれるのは、マーラのところだけだ。けさの熱い飲み物は、ダブルのエスプレッソにクリームと高級店のファッジソース添えだ。友と抱き合い、出された飲み物をひと口飲み、残りはあとでいただくわ、と言った。ヴァンに戻ってガレージの入り口へと動かした。マーラが荷物を運び運び込む手伝いをすると言ってくれたが、図書館の職員が問い合わせてくるかもしれないから、電話番をしてくれるよう頼んだ。朝食会が開かれるのかどうか、開かれるなら会場はどこか、知らせがいってないかもしれないから。

「すでに六人から欠席の知らせが入ったわよ」マーラが沈んだ声で言った。

「それ以上あたしの耳に入れないで。がっくりくるから。なんにしても荷物を運び込み、料理をはじめるわ」

赤と緑の縞のタフタのホステスガウン（親しい客を自宅でもてなすときの長い部屋着）を着たマーラは、わたしが荷物を持って裏口に現れるたびに、持ってあげると言ってきかなかった。キッチンに荷物を運び込み、あらためて設備のすばらしさ――バイキング社製のレンジが二台、オーブンがふたつ、シンクが三つ――にため息が出た。白精石の筋が入った黒花崗岩のカウンターは言うにおよばず。彼女はこの前の改装でキッチンを一新したのだけれど、この贅沢さは妬ましいと同時に腹がたつ。だって、マーラは料理をしないのだもの。もっとも、わたしがケータリングする家はたいていそんなものだ。キッチンが広く豪華になればなるほど、その家の主が使用する頻度《ひんど》は低くなる。せいぜいコーヒーを淹れたり、カクテルを作るぐらいだ。わたしにとってはありがたいことだ。その分、ケータラーの需要が増すのだから。

　エプロンをつけ、手を洗い、オーブンを予熱した。マーラがわたしに向かって指を振った。

「パトリシア・インガーソルが逮捕されたこと、話してくれなかったわね」

「あなたが尋ねなかったから」

「ふざけないでよ、ゴルディ。それで、サンディー・ブリスベーンのことで、あなたが言いかけたこと、あれはなんだったの？」

　わたしはチーズ・パイの材料のラップをはずした。「リーガル・リッジのちかくでサンディー・ブリスベーンを見たと思ったの。数週間前のことよ。そしたらゆうべ、図書館でまた彼女を見かけた」マーラが目を見開き、口をぽかんと開けた。キッチンに沈黙が訪れた。マーラがそばにいるのに静かだなんて、めったにないことだ。「あなたが呼ぶところの〝カントリー・クラブ人種〟からは、こんな情報は聞き出せなかったでしょ？」

「サンディーが野生生物保護区の火事を生き延びたって言うの？　どうやって？　もしそうだとして、この六ヵ月、彼女はどこにいたの？　なぜ戻ってきたかは言うにおよばず」

「質問のすべてにたいして、まだ答は見つかってないのよ、マーラ」パイの材料を合わせてオーブンの片方に入れ、ロースト用の焼き皿にハムを並べ、別のオーブンに入れた。つぎにフレンチトースト用のホテルパンに目をやる。卵液に加えたグラン・マニエは、冷蔵庫にひと晩入れっぱなしにして、味わいやアルコールが飛んでしまっていないだろうか。「これからすぐにフレンチトーストを焼くから、味見してくれない？」マーラの質問を棚上げにして、わたしは頼んだ。

「あたりまえのこと、わざわざ訊かないの」

あたりを見回し——あった、あった——一度も使われておらず、目の玉が飛び出るほど高かったにちがいない銅製のソテーパンを火にかけた。バターがジュージューいいだしたところに、グラン・マニエ入り卵液に浸したブリオッシュ二個を入れた。マーラはそのあいだも尋問をやめない。警察はサンディーが舞い戻ったと思っているの？　ところで、パトリシア・インガーソルを逮捕するにいたった根拠はなに？

「なにも話してくれないのね」彼女は文句を言いつつ、丸のままのブリオッシュの端っこをむしり取った。

「すっかり話してあげるわよ。あなたが話す時間を与えてくれさえすれば」

「それはそうと、ルイーズ・マンシンガーが、けさ電話をよこしたわよ。ドリューは本気でパトリシアと結婚するつもりだったけど、問題があったんですって。エリザベスに関係することだろうって、ルイーズは思ってるみたい。そのあたりのこと、あなた知ってる？」

「いいえ。詳しいことはわからないの？」

「ええ、ルイーズも知らないって」マーラが不機嫌な声で言う。

「あなたが情報を仕入れてくれたら、パトリシアを助けられるかもしれない。それに、サンディー・ブリスベーンについて、できるだけ情報を集めないと――」

「そのフレンチトースト、もう焼けてるんじゃない？」

　グラン・マニエはひと晩置いても、香りを失っておらず、アルコールも飛んではいなかった。マーラの発するムム音を聞きながら、香り豊かなトーストにかぶりつく。そとはサクッとして中はしっとり。ケータリングをしていてよかったなと思うことのひとつは、食べる喜びに始終浸れること。

「シロップにもグラン・マニエを加えてみたらどう」マーラが食べ終わって、言った。「ついでに生《き》のままで出したら？　司書たちもほろ酔い気分になれば口も滑らかになって、ドリュー・ウェリントンの死についてあれこれしゃべってくれるかも。防犯カメラになにか映っていたとか」

「防犯カメラになにが映っていたにせよ、警察がさっさと押収してってたはずよ」お皿を洗いながら、マーラに訊き忘れたことがなかったか考えた。「いったいどうしてルイーズ・マンシンガーがあなたに電話をよこしたの？　彼女は図書館にいなかったわよ」

「そうよ、でも、彼女は携帯を持っている。ゆうべ、図書館の前を車で通った人が、あなたのヴァンを見て、事件のことを知り、彼女に電話してきた。それで彼女は、あなたの親友の誉《ほま》れ高いあたしに電話をしてきて、きょうのガーデン・クラブのランチのケータリングを、あなたがちゃんとしてくれるかどうかたしかめた」

「なぜあたしに電話してこなかったの?」わたしはむっとして尋ねた。「予約を受けた仕事は、むろんちゃんとやるわよ」朝食会の料理がちゃんと揃っているかどうか見回してみる。フレンチトースト、チーズ・パイ、コーヒー・ケーキ、ハム、チョコレート・バー。〝脂肪が客を呼び戻す〟は、ケータラーのあいだでひそかに流布している金言だ。冗談ではなく。スキムミルクと低脂肪チーズを使ったポテト・オ・グラタンを喜ぶ顧客がいるとは思えない。考えただけで気分が悪くなる。

そんなとりとめのない考え事を、マーラが遮った。「ルイーズ・マンシンガーとは、そんなに親しいわけじゃないのよ。でも、彼女、思いがけず情報の宝庫だった。あたしに電話してくる前にハーミー・マッカーサーとしゃべっていて、ハーミーはひどくうろたえていたそうよ。ニール・サープが今夜のパーティーに自分から出席するって言い出したんだって。亡くなったドリュー・ウェリントンの代わりとして」

わたしはため息をついた。亡くなったボスに敬意を表して、少しは悲しんだらどうよ。

ハムの焼け具合を見る。ジュージューいって、マーラのキッチンをおいしそうな匂いで満たした。ハムの下の段に、ブランデーを吸ったブリオッシュを入れる。これでもかって感じだ。

「そういうことってはじめてじゃないけどね。誰かが亡くなると、パーティーの空いた席を埋める人がかならず出てくる。なんだかいやな話よね。一人欠けたままでいこうって、なぜ言えないのかしら？」

「あたしに訊かないでよ」マーラは言い、まっ白な綿のナプキンでフォークとナイフとスプーンを丁寧に包んだ。「地図の蒐集なんて、ウヘッよね。あたしが地図を必要とするのは、ナビの付いてないレンタカーを運転するときだけ」包んだ銀器を、ナプキンを敷いたバスケットに並べてゆく。「それでも、大きなお金が動くんでしょうね。自由に動かせる多額のお金が」

「儲かる投資ならなんにでもまわせるお金ってこと？」

「そう」マーラはキッチンを軽く踊り回った。「ハーミーも、ドリューの穴埋めならあたしを招待してくれればよかったのに。そしたら一緒に楽しくやれたのにね。退屈なスミスフィールドの地理の講義や戦利品についての話を聞かされなくてすむもの。ウヘッの二乗」ツーステップを踊りながらステレオ・クロゼットの前に立つ。「音楽を流しましょ」マーラはキッチンを使っていないかもしれないが、フランク・シナトラが隣りの部屋で歌っているように聞かせる術は知っている。

オーブンを覗いてみた。フレンチトーストは黄金色になり、チーズ・パイは膨らんできた。図書館の職員はまだ誰もやってこないので、オーブンの温度をさげた。見事に膨らんだパイを持って、ドラマチックに登場したいもの。すぐに萎《しぼ》んでしまうという厄介な代物なのだ、これが。フレンチトーストとハムが焼きあがったら、オーブンを〝グリル〟に切り替えて、ブラウンシュガーを振りかけたグレープフルーツを入れて炙《あぶ》る。玄関のベルが鳴った。みんな一緒に到着してくれたら、熱々の料理を出せるのに。それがケータラーの願いだけれど、めったにそううまくはいかない。

マーラの電話も鳴り出し、出なくちゃ、と彼女は言った。

「あたしがドアを開けましょうか?」わたしは尋ねた。

「いいの!」マーラが言った。それから、玄関のドアに向かって大声を張り上げた。「開いてるわよ!」

すごい。

マーラの優雅なビュッフェ・テーブルにハムを置く。磨きぬかれたアンティークのサクラ材でできたこの家具を、トムが見たら嫉妬で青ざめることだろう。マーラはこれを白いリネンとヴェルサーチの陶器で飾り、中央にはヒイラギと蔦《つた》を盛り込んで赤と金色のリボンを掛けた巨大なバスケットを据えていた。ひと括りにしたトウヒの枝がいたるところに置かれ、窓辺では豆電球が揺れて、家全体がゴージャスなお祭りムードだ。毎年この時季になると、アスペン・メドウ・フローラルに飾り付けを頼み、細部にまで目を光らせる。そのせいで、フローリストが引き揚げるとうちに電話してきて、こう言うのだ。「クリスマス・シーズンってどうしてこうくたびれるの!」

玄関のベルがまた鳴った。マーラは出られないから、わたしが声に出さずに悪態をつきながら玄関に急いだ。廊下に飛び出したとたん、ロバータ・クレピンスキと鉢合わせしそうになった。

「ロバータ！」

「はい？」司書の目は縁がピンクになり、頰はむくんでいる。赤い髪は綿菓子みたいなふわふわのポニーテールだ。けさ、櫛を入れる暇もなかったのだろうか。満足に眠ったようにも見えない。コンタクトレンズを使っていたとは知らなかった。けさはコンタクトが見つからなかったか、目に入れる暇がなかったか、仮装用の仮面ほどもある長方形のレンズの眼鏡をかけていた。そのせいでいつもより老けて見え、貫禄がある。

「あまり気分がよくないの」彼女が言った。

「わかったわ。座って、コーヒーでもいかが？　あなた、ほんとうに——」

「警察は図書館を日曜まで閉鎖したわ。この雪なのに、マスコミがあちこちから押し寄せてきて、閲覧室の裏手の丘を滑り降りてきて」彼女はひと言言うごとに息を整えた。「けさになったら、胸が痛くて、気分がよくなくて——」

そこで彼女は前のめりになり、わたしの腕の中で気を失った。

7

ろくな食事をしてないからよ、と文句を言いながら、棒のように細くて極端に軽いロバータが、マーラの家の石敷きの廊下に頭をぶつけないよう必死で抱きかかえた。妙に扱いにくい体だ。気付け薬かアンモニアを持ってきて、とマーラに向かって叫んだ。廊下に飛び出してきたマーラは、手に漂白剤の瓶を握っていた。

「これしかないのよ」彼女が申し訳なさそうに言った。「ロバータはどうしたの?」

「気を失ったの」ロバータを抱き締めながら、漂白剤の瓶を見つめる。匂いがきつかった? よく憶えていない。「さあ、マーラ、瓶の蓋を開けてちょうだい」

「髪を漂白するつもり? ゲロみたいな色になっちゃうわよ」

「マーラ、おねがいだから!」ロバータをそっと仰向け、細い東洋の敷物の上に横たえ、頭を持ち上げた。「オーケー、瓶の口を鼻の下にあてがって、いいわね?」

「なんの匂いもしないわ」マーラは蓋を開けた瓶を試しにひと嗅ぎした。

「だったらアンモニアを探して、いいわね、おねがい」

「お掃除のおばさんの道具入れを引っ掻き回すわけにいかないわよ! どういう瓶に入って

いるのかもわからないもの」わたしがロバータの鼻の下にゆっくりと瓶の口をあてがうのを、マーラはじっと見つめた。「カーマンの絨毯に一滴でもこぼしたら、あなたを訴えて全財産奪ってやる」そう言い残し、アンモニアを探しに走った。

彼女はアンモニアとショットグラスを手に戻ってきて、自らショットグラスに中身を注ぎ、漂白剤の瓶とショットグラスを交換した。脳天を直撃する臭いの液体を鼻の下にあてがうと、ロバータは今度こそむせた。

「あら、まあ、何事?」ロバータが弱々しい声で尋ねた。目をしばたたいてわたしを見て、きょとんとした顔でマーラを見た。「恐ろしい夢を見ているの――」わたしたちが頭を振ると、彼女は言った。「ああ、わかってる、夢じゃなかった」うめく。「起き上がらせて」

アンモニアを差し出すと、マーラはそれを持って消えた。わたしは立ち上がり、それからロバータに手を貸して起こした。彼女はちょっとよろめき、顎を突き出して口元を引き締めた。とても若く、とても無邪気で、とても傷ついているように見えて、胸が締め付けられた。彼女が言う。「まるでヴィクトリア朝の貴族の娘みたいね。気絶するなんて。なにも食べてなかったもんだから。それに、とても動揺してたし……」

「まずなにか口に入れましょう」わたしはキッチンに向かった。まだ仕事が残っている。「コーヒーはいかが?」

ロバータは後からついてきて、黒花崗岩の朝食用アイランド（キッチンの中央にある調理台）の椅子にしぶしぶ腰をおろした。「二人の刑事がうちに来たの。ドリュー・ウェリントンは亡くなった、彼は、その、殺されたって言ったわ」

　わたしはうなずいた。

「その後でニール・サープが電話してきた」張り詰めた声が震え出した。「パトリシア・インガーソルがドリューを殺した罪で逮捕されたって」わたしがもう一度うなずくと、彼女はつづけた。「図書館でパトリシアを見たかどうか教えてくれって、彼は言ったわ」

「それはどうかしら――」

「警察は、パトリシアがそんなことをしたという証拠を摑んでいるの?」ロバータが執拗に尋ねた。

「だろうと思うわ。でなきゃ、彼女は逮捕されない。でも、じきに潔白が証明されると思っているわよ」

「どうしてそう思うの?」ロバータは顎を震わせた。「それはつまり、警察がさらなる証拠を探すことになって、粗探しするあいだずっと図書館は閉鎖されたままってこと?」セーターのポケットからくしゃくしゃのティッシュを引っ張り出した。ベルト付きのだぶだぶのグレーのニットは、そうとう年季が入っている。ロバータは鼻をかみ、充血した悲しげな目をわたしに向けた。「パトリシアは図書館にいたけど、午後のもっと早い時間だったわ。ドリュー・ウェリントンのビジネス・パートナーのニール・サープもいたわ。エリザベス・ウェリントンがいたかどうかはわからない。警察に彼女のことを尋ねられたけど」不意に後ろめたくなったのか顔を赤くした。ポニーテールのまわりの縮れ毛に手をやり、目をそらした。

「ああ、どうしよう、利用者がいつやってきたかとか、その時間に誰が図書館にいたかとか、そういうことを密告してしまった」

卵液に浸したブリオッシュの第二弾を取り上げ、オーブンに入れた。「知っていることを話しただけじゃない。それも警察に話しただけでしょ」

「それはそうだけど」二人きりなことにそのとき気づいたように、彼女はキッチンを見回した。「ほかの人たちはどうしたの？　ボランティアの人たちは？」

「あたしが訊きたいぐらいよ」

マーラの優雅な革張りのスツールに腰掛けたロバータは、がっくりと肩を落とした。くたびれたセーターの端を捏ねくり回し、顔をあげてキッチン――きょうはお休みのお掃除のおばさんのおかげでしみひとつない――を見回し、戸棚から参加者たちが飛び出してくるのを期待するかのように、眉を寄せた。

「けさ早くに、ニール・サープが電話してきたことは話したでしょ？」いかにも気分が悪そうな口調だ。「それで、パトリシアが逮捕されたって言って、彼女が図書館にいたかどうか尋ねた後で、こんなことも言ってたわ。ドリューの死体のまわりに書類が落ちてなかったか、エリザベス・ウェリントンが知りたがっているって。彼女の代わりに尋ねているんだって。それから、防犯カメラになにが映っていたか教えてくれとも言った。あたしが落とし物の書類を拾って、うちのビデオシステムから警察がダウンロードしたものを見せてもらってるとでも思ってるのかしら？　そんなわけないじゃない。図書館のことが心配で、夜も眠れなかったっていうのに」

ロバータは声をあげずに泣き出した。ニール・サープってなんなの？　どうしてエリザベス・ウェリントンと手を組んだの？　ドリューはニールを信用していなかった、とパトリシアは言ってたけど、彼がエリザベスと共同戦線を張ったことが原因だったの？　ドリュー亡きあと、会社を守ろうとしているだけ？　エリザベス・ウェリントンの寄付金集めのコネを使えば、捜査の進捗《しんちょく》状態を探り出すことぐらい簡単だろうに。どうしてわたしにつきまとうの？　満足に食事を摂らないからすぐに気を失うような、か弱い図書館司書を狙うことないのに。

できるだけやさしい口調で言った。「ロバータ、エスプレッソかコーヒーか淹れさせてちょうだいな」

彼女は鼻をすすり、ティッシュをしまった。「ご面倒でなければ、紅茶のほうがいいのだけれど。もしあれば、ハーブティーを」

飲み物を詰めた箱からティーバッグを探し出し、お湯を沸かし、ロバータのかたわらに座った。「ニール・サープに知ってることを話していないわよね？　きのう図書館で目にしたことは、誰にもなにもしゃべらないほうがいいと思う。警察の捜査官からそう言われなかった？」

彼女はうめいた。「ええ、もちろん言われたわ。だから、ニール・サープなんかには、なにも話していない。でも、問題は彼じゃないの」縁が赤くなった目が、わたしの目を捉えようとする。「問題なのは図書館よ。すでにはじまっているもの。なにか知りたくなったら、みんながあたしに電話をしてくるわ。あたしのデスクに電話してくるの。受話器を取ったら、相手はこう言う。『うちの四年の担任を、金曜に図書館で見かけましたか?』いっそ看板を作って張り出そうかしら。『捜査のことはわたしたちに尋ねないでください』そう書いてね。でも、できない。ドリュー・ウェリントンのことを知らない人たちが、こう言うにきまってる。『捜査ってなに?』もうひとつの問題は、ゴシップ好きの連中にどう対処するか。『彼はどこで死んだの? どこに座っていたの? 絨毯についているの、彼の血?』きっと質問攻めにされる」ロバータは息を吸い込み、わたしが差し出した紅茶の礼を言った。

「あなた、血を見たの?」

「ええ」

わたしはためらった。「あたしはなにを見たのかはっきりわからない」

「あなたは彼の胸を間近に見ていないから」彼女は紅茶をすすった。「図書館がしばらく閉鎖されるなら、電話や物見高い連中のことを心配する必要もないのね」問いかけるようにこっちを見る彼女の血走った目は、長方形のレンズの奥ですごく大きく見えた。「ゴルディ、あたしたち、頼りにされてるの。ふつうの生活を取り戻したら、仕事に復帰したい。利用者がよその図書館から本を取り寄せる手助けをしてあげたい。古本セールの準備もしなくちゃならないし。CDやDVDを含めて持ち込まれたものを整理して、値段をきめなきゃならない! うちでぼうっとしてられないの!」

マーラがキッチンにそっと入ってきて、ロバータの背後に立った。眉を思い切り吊り上げ、わたしを指差し、声に出さずに言った。**ちょっと来てちょうだい。**

「ロバータ」わたしは言った。「心配いらないわ。すべてうまくいくから」マーラがいまやってきたばかりというように、足音をさせた。ロバータはまたティッシュで鼻をかんだ。わたしは言った。「じきに図書館を再開して、仕事を片付けられるわ。それから、おねがいがあるの。主人がいたらきっと言うと思うけど、きのうの午後でも午前中でも、図書館で誰を見たか、誰を見なかったか、そういうことはいっさい口外しないでね。警察に話さなかったことでなにか思い出したら、書き留めておくといいわ。警察が関心をもつだろうから」

「あたしも関心をもつわよ」マーラがあかるく言った。

ロバータはセーターのポケットからあたらしいティッシュを取り出した。わたしはばつの悪い思いで彼女の背中を叩いた。まるでわたしの言うことなど聞いていなかったように、ロバータは話をつづけた。「すべてを一人で背負ってる気分よ。結婚してないし、子どももいないし、ペットすら飼ってない。話し相手が一人もいないの」彼女はまた泣き出した。

マーラとわたしは目を見交わした。マーラが肩をすくめる。わたしはため息をついた。「わかった、わかったわ。だったら少しおしゃべりしましょう。あなたの気が晴れるかもしれない」わたしは言った。「ドリューはどれぐらいの時間、図書館にいたか知ってる?」

ロバータは唾を呑み込んだ。「彼は毎週金曜日に図書館に来るわ。来ていたわ。クライアントに会うために」

「どうして？」ロバータがわたしの質問に答える間もなく、マーラが尋ねた。

ロバータの眉が吊り上がった。「ドリューが言うには、フリッカー・リッジ地区の自宅で商売をすることを、近所の人たちが快く思わないからだって。クライアントが近所の家の前に車を駐めたら、そこの住人が文句をつけてきて、オフィスか店をよそに借りたらどうかって、弁護士を通じて言ってきたんですって。彼にはそこまでする余裕がないから、図書館でクライアントと会ってもいいだろうかって、尋ねられたの。厳密に言うなら、図書館で営利目的の事業を行ってはならない」ロバータはそこでため息をついた。「でも、彼はクライアントに講義もしているわけで、それもただでね！　彼はとってもいい人だったし、魅力的だったから、いいですって、あたし、言ってしまったの」

「それで」わたしは言葉を挟んだ。「きのうは何時ごろにやってきたの？」

「正確な時間まではわからないけれど、地図帳を探す手伝いをしてくれって言われたのが三時ごろだった。なぜ憶えているかって言うと、まだ学校はひけてなくて、そのころ時計を見るのが癖になってるから。学校帰りの子どもたちが週末に読む本を求めて、どっと押しかけてくるもので」

「それで、ビデオのことは？」マーラが熱心に尋ねた。

「マーラ！」

「あまり話すことないわ」ロバータが申し訳なさそうに言う。「うちに一台だけ設置してある防犯カメラの映像を、警察はＤＶＤに落としていった。ドリューが図書館に着いた時間から、警察が到着した時間までの記録のすべてをダウンロードしていったわ」そこでうめく。「食料雑貨店に行けば、そこにいる人たちに尋ねられるにきまってる。『ドリューはなにを読んでたんだい？　児童ポルノ？』」

会う約束をした人たち。それに地図帳。フムム。マーラとおなじで、わたしも好奇心に負けた。その人たちって？　地図帳ってどこの地域？　でも、そういうことを司書に尋ねることを、トムは喜ばないにちがいない。くそったれ。ほかにどうしても尋ねたいことがあった。ロバータはサンディーを知っていたの？　知っていたとして、きのうの午後にサンディーが図書館にいたのを、彼女は見ているの？　ドリューが会う約束をしていた人たちの一人は、サンディーだったんじゃないの？　防犯カメラに彼女は映っていたの？

ひとつだけたしかなことがある。サンディーが図書館でなにをしていたか突き止めるためには、そして、パトリシアを助けるためには、ドリューが図書館でなにをしていたかを知らなければならない。会う予定だったクライアントって誰？　それに、地図帳の件を調べるようトムに言わなければ。

玄関のベルがまた鳴った。ロバータはティーカップの中身を見つめている。マーラがわたしに向かってまた眉を吊り上げた。前よりも執拗に。わたしにはグレープフルーツを焼くという仕事が残っている。つきっきりで見ていなければならない仕事だ。それに、フレンチトーストの第二弾からも目を離せない。マーラはわたしにどうして欲しいの？　玄関に出ろって？　そうじゃないなら、いったいなにが言いたいの？

「みんながあたしに群がってくる」ロバータがうめいた。「気の休まるときがないんだわ」

マーラが大きなため息をついてキッチンを出て行った。わたしはオーブンを〝グリル〟に切り替えて予熱した。玄関から人声がしたので、『大いなる遺産』グレープフルーツを並べた焼き皿をオーブンに入れた。ロバータ・クレピンスキはティーカップを覗き込んでいた。

「ロバータ、食料雑貨店とかジムとかで、人からあれこれ尋ねられたら、こう言えばいいのよ。『金曜の午後のことはなにも話すなと、警察に口止めされてます』あなたがショックを受けるのはわかるけど、じきに気持ちも晴れるわ、大丈夫。バスルームに行って、顔を洗ったらどうかしら？　それから、職員やボランティアを出迎えたらいい。わざわざ雪の中を朝食会に来てくれたんだもの」

「犯罪現場はどうなるの？」彼女がわたしに顔を向けて尋ねた。「誰が掃除するの？」動揺がぶり返したようだ。「ドリューの胸には血がついていて、染み出していた……警察は現場を消毒してくれるの？」

「血が染み出していた？」ロバータが答えないので、アドレス帳を取り出し、マーラのライラック色のメモ用紙を一枚破り、フロント・レンジ・クリーンアップの番号を書いた。

「いいこと」われながら自信たっぷりの声だった。「警察が引き揚げた後、あの隅っこが汚れたままだったら、椅子と床に丈夫な不透明のビニールをかぶせ、ダクトテープでしっかり留めて、特大の〝触るな〟の標示を出しておく。それから、この番号に電話するの」――メモ用紙を指で叩く――「プロがやってきてすっかり片付けてくれるわ」

ロバータは紅茶を飲み干し、メモ用紙を摑んだ。心もとない様子だ。清掃業者に電話して、やってきた白いトラックの脇に黒い文字で書かれたモットー〝あなた汚す人、ぼく洗う人〟を見たとき、彼女はどんな気分になるのだろう。

図書館の理事たちが、律儀《りちぎ》に全員に電話して会場が変わったことを連絡してくれたのに、やってきたのは職員五人とボランティア一人だけだった。驚くことはない。彼らが外出をしぶったのは、悪天候のせいばかりではないのだ。暴力犯罪によって地域社会の平安が乱された場合、とりわけ小さな町では、住人は家に引き籠りがちになる。怖《お》じ気《け》づいてあたりまえだ。殺人に深い雪と除雪されていない横道が合わされば、パーティーをぶち壊すレシピの完成だ。

いろいろあったけれど、まずまずの朝食会だった。自分で言うのもなんだけれど、料理は申し分なかったし、職員たちはけなげに不幸に立ち向かおうとした。それでも、陰鬱な沈黙が長引くのはどうしようもなく、みんなの食も進まなかった。閲覧室に置いたままの皿や陶器や銀器は大切に保管しておく、と職員が約束してくれた。わたしはなんとかみんなを元気づけたかった。警察も図書館を早期に再開できるよう動いてくれるわ。主人が力を尽くしてくれるから、そうしたらまたパーティーをやりましょう。最初に計画していたようなパーティーになるわ。そう言ったものの、彼らは頭を振るばかりだった。残り物を詰めた容器を持って、最後の一人が車に戻るのを見送った後、わたしはマーラに顔を向けた。ロバータが思いのたけをぶちまけて以来、マーラとおしゃべりする時間はまったくなかった。

「さっきロバータを元気づけてたとき、あなた、なにを話そうとしていたの？」

マーラは腕を組んだ。「セシー・ローリーから電話があったのよ。パトリシアとドリューのことで情報を集めてくれるようたのんであったの。二人は大晦日にバハマで結婚する予定だったそうよ」

「それは興味深い話ね。トムに電話して伝えるわ」

「セシーから話を聞こうとするでしょうね、ぜったいに」

わたしがトムのボイスメールに伝言を残す間に、マーラが片付けをはじめていた。電話を切り、残り物を箱に詰めた。

「そのままにしといていいわよ」マーラが言った。「デザートだけ持って帰って。パイは保存がきかないから。ハムは冷凍する。あした、パンに挟んで聖ルカ監督教会に持っていってもいいし。こう言って配るわよ。『〝不運に祟《たた》られた図書館転じて殺人現場朝食会〟の残り物はいかが』ってね」

「そんな、やめてよ」彼女がなにも言わないので、さらに言った。「マーラ？　ねえ、まさか、そんなことしないわよね」

「あなたったら、ほんとに頭がかたいんだから、ゴルディ。あたしがきょうなにをしたと思ってるの。『ほんとに、マーラ』」わたしの声音を真似る。「『図書館の朝食会に自宅を提供してくれて、ほんとうにありがとう！　あなたがいなかったらもうどうなっていたことか!』」いたずらっぽい視線をよこす。「ほかにも仕事が控えてるんでしょ? じゃ、つぎの会場でね」シッシ、と言って、わたしをケータリング・イベント・センターへと追い出した。

彼女の言うとおりだ。ガーデン・クラブのランチの時間が迫っていた。

ありがたいことに雪はやみ、晴れ渡った青空を小さな雲が流れてゆく。マーラがお金を払って除雪をしてもらっているドライヴウェイをヴァンに向かった。ジュリアンとはケータリング・イベント・センターで待ち合わせている。もう一人の助っ人が見つかっているといいのだけれど。今夜のディナーも、彼が手伝ってくれることになっていた。ディナーのケータリングをしているあいだに、時間を見つけて睡眠薬を呑むつもりだ。今夜も八時間睡眠をとれるように。

携帯電話が鳴ったのは、湖からロウワー・コットンウッド・クリークに注ぎ込む滝に差しかかったあたりだった。滝の上部は流れ落ちる先から水が凍り付き、まるで抽象主義派の彫刻のようだ。

「もしもし?」わたしは大声で言った。ドリュー・ウェリントン殺人事件の情報をよこせという電話なら、ロバータ・クレピンスキよりはるかに冷ややかに応対するつもりだ。

「ミス・G?」トムの穏やかで心強い声が、わたしの心をぬくもりで満たした。「司書たちの朝食会はうまくいったか?」

「出席者はほんのひと握りだったけど、うまくいったわ。あたしの伝言、聞いた?」

「ドリューとパトリシアのことか？　噂があれこれ飛び交ってる」セシー・ローリーの情報を伝えると、トムは言った。「聖ルカ監督教会で結婚式を挙げて、アスペン・メドウ・カントリー・クラブで披露宴をやるという話もあったぜ。郡の裁判所で式を挙げて、バハマで披露宴をやるってのもあった。フリッカー・リッジ地区のドリューの隣人によると、二人はすでに結婚していて、いまはハネムーン中だそうだ。家のキッチンの窓がドリューのお屋敷に面している、ある詮索好きなレディによれば、毎朝、早くに、パトリシアが玄関から出てくるそうだ。それで、見送りに出たドリューが玄関先で彼女に長いキスをする。きのうの朝もそうだったとか。この隣人がさらに言うには、パトリシアは両手で彼の顔を挟んで頬を撫で、笑いながら言う。『さあ、ひげを剃って！』それが別れの挨拶だってさ」

「その隣人、よくそこまで見たり聞いたりできたわね」

トムがうなった。「しかも、得々として話してくれた。彼が図書館でクライアントと会わざるをえなくなった、排斥運動の先鋒《せんぽう》をつとめたのが彼女だったんだぜ。彼がよそで商売をやるようになってからも、双眼鏡でドリューをスパイしつづけてたわけだ。声を拾うための特殊な機械を電気屋から買い込んでな」

湖の混んだ駐車場から出て来て道を渡ろうとする賑やかなスケーターの一団がいて、わたしはブレーキを踏んだ。地元のレクリエーション・センターが、アスペン・メドウ湖にレイク・ハウスというスケート場を運営していて、滑走が許される区域は駐車場から一キロ以上も離れている。ということは、レイク・ハウスの駐車場はいっぱいということで、とりもなおさず、スケーターたちが、レイク・ハウスから数百メートルしか離れていないわたしのケータリング・イベント・センターの駐車場に車を乗り捨ててゆくということだ。ガーデン・クラブの女性たちの車を駐める場所がなかったら、レッカー車をたのんで侵入者の車を撤去してもらわなければならない。うんざりして額を揉んだ。

「ゴルディ？　聞いてるのか？　朝食会でなにか聞き込んだのか？」

「ドリューを見つけた司書のロバータ・クレピンスキが、いろいろ話してくれたわ。今度のことでひどく動揺していた。でも、彼女の話は、あなたもすでに耳にしていることばかりだと思う。パトリシアもニールも、きのうの午後、たしかに図書館にいたんですって――二人は防犯カメラに映ってたの？」

「まだわからない。ほかには？」

「そうね、ドリュー・ウェリントンがロバータに語ったところでは、図書館である人たちと待ち合わせしていたそうよ」

「ある人たち、複数か？」

「彼はそう言ったらしい。それから、地図帳を探す手伝いをしてくれってロバータにたのんだ。それが三時ごろだったと、彼女は思っている」

「地図帳のことも、彼が会う約束をしていたことも、彼女は話さなかった。あの日の午後、図書館で彼を見たと言っただけだ」

「大事なことだと思わなかったのか、忘れていたのか。体調がいいとはとても言えない状態

か?」

「地図帳だって、ええ? 彼が探していたのはどんな地図帳だったか、彼女は話したの

だもの」

「いいえ、でも、あなたが尋ねれば、思い出すと思うわよ」

「ほかになにか手掛かりになるようなことは?」

「図書館がいつまで閉鎖されるのか、絨毯についた血はどうなるのか、とっても心配してい

たわ。でも、ビッグニュースと言えば、けさ早くに、ニール・サープが彼女に電話してきて、

エリザベス・ウェリントンの代わりに尋ねたいって言ったこと。ゆうべ、わたしにもおなじ

ことを言ったわ。彼がロバータに尋ねたのはふたつのこと。図書館でドリューのそばに書類

は落ちていなかったか、それから、防犯カメラになにが映っていたか」

トムはひと呼吸置いてから言った。「なるほど。地図帳のことと書類のことは、耳にして

なかった。こうみんなが防犯ビデオのことを知りたがっているようじゃ、大々的なパーティ

ーでも開いてみんなを招待するか。みんな、おれたちに話すより、きみとマーラに打ち明け

たがってるようだからな」

「どういう意味?」

トムは大きく息を吸った。「まだなんとも判断がつかない状態なんだ。いま検死解剖が行

われていて、入手したものをすべて写真におさめて、そういった段階だ」

「入手したものをすべて写真におさめる? なにを入手したの?」

「ミス・G」

刺激を受けていまや全開となった好奇心は、そう簡単におさまるものではない。信号が青になったので、アクセルを踏み込んだ。ヴァンは凍り付いた滝を通り過ぎた。「なんの話をしているのか教えてちょうだい。なにを見つけたの？　サンディーが図書館にいたことの説明になるもの？　パトリシアの無実を晴らすのに役立つもの？」

「無実を晴らすのに役立つとはね、畏《おそ》れ入った。だが、おれにはわからない。意味のあるものかどうかもわかってないんだ」そこで口ごもる。「おれがアンティークを集めているのは知ってるだろ」

「もちろんよ」苛々してきた。

「ドリュー・ウェリントンの上着の内ポケットに入っていたもののひとつが、地図だった」

「地図？」

「ああ。おれにはとっても古くて、値打ちのある地図に見えた」

8

「古くて値打ちのある地図って、たしかなの？」

「ただの落書きかもしれない。上下を逆にしてもおなじように見える、抽象絵画の類かもな」

「トム」わたしはヴァンをケータリング・イベント・センターの駐車場に入れた。勝手な場所に駐められた十五台ほどの車を縫って進むことに意識を集中した——どれも、湖でスケートをする連中が駐めていったにちがいない。まったくもう。「ドリューはその地図を、会う約束をしていたクライアントに売るつもりだったのかしら？」

「彼が図書館で誰かに会う予定だったことがわかったんだから、その線で調べてみる。地図のほうも、ドリューがどうやって手に入れたか調べているところだ」

わたしは大きく深呼吸した。「サンディーのことでなにかわかった？　彼女を見た人はいないの？」

「そっちも調べているが、いまのところなにも掴んでいない」

「パトリシアはどうしている？」

「ミス・G。拘置所はホテルじゃないんだぜ。どんなふうに過ごしているか、いちいち知らせちゃくれない」

「トム」ふと思いついて言った。「酔っ払い運転を揉み消そうとしたこと以外に、ドリュー・ウェリントンにはほかにスキャンダルがあったんじゃない?」彼がまた黙り込んだ。「トム? 聞いてる?」

「あるにはあった。それがなんなのかは知らない」

「あなたはどう思うの?」

またしても沈黙。「調べてみる。彼一人に関係することなら、みんながあれほど口を閉ざしはしなかったはずだ。ミス・G、これで切るぞ。地図のことは誰にも言うなよ、いいな?」

「もちろんよ」

電話を終え、ケータリング・イベント・センターを眺めた。六角形の古いログハウスで、わたしは――というか、トムとわたしとで――あちこち手を入れたが、直すべきところはまだいろいろある。傾斜した屋根は葺き替える必要があり、雨樋《あまどい》も一緒に付け替えなければ。土台のまわりの雪をかぶった地面は傾斜している。ゴルディロックス・ケータリングの稼ぎのおおかたを注ぎ込んで配管をし直した名残りだ。そしていま、ガーデン・クラブのパーティーで儲けるためには、無断駐車した車を駐車場から撤去してもらわなければならない。

それでも、いまこの瞬間、この場所を眺めるだけで、誇りが胸に湧き上がってくる。いまだに自分のケータリング・イベント・センターだという実感がないのだが、多少の心配事ではわたしの楽観主義はびくともしない。携帯電話のベルの音にぎょっとした。

「ミス・G？」

「てっきり話は終わったと思ってた」

「さっきはばたばたしててごめん。たいした用事じゃなかった。きみは大丈夫なのか？」

「駐車場が不法駐車の車でいっぱいなのを眺めているにしては、大丈夫なほうよ」

「話は後にしようか？」

「いいえ、ちょっと考えさせて。ドリュー・ウェリントンにいったいなにが起きたのかがわかれば、サンディーがここにいる理由がわかるかもしれない」

「ドリュー・ウェリントンになにが起きたのか、おれたちみんな知りたいさ」

「地図のことを話してくれない？」

「〝海賊の宝〟のありかを教える類の地図じゃないぜ。きみが考えているのがそれだとしたら。鑑識がウェリントンの上着のポケットの中身を出しているときに、ちらっと見ただけなんだ。うちの連中の一人が、値打ちがありそうだと言ってたが、おれもそう思った。専門家に鑑定してもらわなければ、たしかなことはわからない。地図には血がついていたから、どういう地図なのかわからないかもしれない」

「それで、地図はどうなったの？」

「まずうちの連中が目を通して、それから写真を撮り、地図の専門家に鑑定を求めた。いま、うちのチームは通常の捜査を行っている。ウェリントンの身辺調査を行い、敵対していた人物の事情聴取をやっている。心配するな、この地図が重要なものかどうか調べるから」

「見てみたいわ」

トムはクスクス笑った。「冗談だろ?」

「ねえ、トム、憶えてるでしょ? あたしは今夜、スミスフィールドとハーミー・マッカーサー夫妻の家でカレー・ディナーのケータリングをやるのよ」

「それがどうかしたか?」

「マッカーサー夫妻は地図の蒐集家なの。本格的にやってる。自営業で金持ちで、リーガル・リッジ・カントリー・クラブ地区の広大な屋敷に住んでいるの。あなたにも話したでしょ。ドリューは今夜のディナーに呼ばれていた。スミスフィールドが手に入れたものを祝うパーティー。予定どおり開かれるはずよ。キャンセルの連絡は入ってないもの。スミスフィールド・マッカーサーは派手な見世物をやるつもりで、あたしはディナーを提供する以外にもいろいろ手伝うことになってる。ニール・サープがドリューの代わりに出席するって、自分から言い出したわ」

トムがなにかつぶやいた。

「ドリューが内ポケットに地図を入れていたのは、パーティーに持っていくつもりだったからよ」

「わかった、うちの連中に調べさせる。ちょっと待っててくれ」

アスペン・メドウ湖に目をやる。釣り人が氷に開けた穴の横で、じっと待っている。いまは雪に覆われている湖は、六ヵ月前、おぞましい犯罪現場だった。サンディーの母親のセシリア・ブリスベーンが、湖水に沈んだ車の中から発見されたのだ。獣《けだもの》の父親から自分を守ってくれなかったから、それに、げす野郎のレイプを告発する手紙を揉み消したから、サンディーは母親を殺した、と警察は考えた。

ちょっと待って。ドリューは図書館で、自分の後をつけるストーカーの正体を暴こうとした、あるいは接触をもとうとしたのでは、と前にわたしは考えた。でも、もしかしたら、これは大きな〝もしか〟だけれど、ドリューはきのう、クライアントではなくサンディーに会う予定だったのでは？　サンディーの事件についての警察の見解を新聞で読んで、彼は疑いをもった。あの記事のせいで、ドリューは直接サンディーから話を聞こうと思ったのでは？　おそらく二人は連絡をとった。わたしが目撃したとき、サンディー、あるいはサンディーによく似た女は、図書館でドリューを探していたのだ。でも、マッカーサー夫妻と現場でみつかった地図を結び付けようとするわたしの説を、トムが想像の産物と片付けるとしたら、ドリューがストーカーに会うつもりだったと話しても、彼は妄想だと一蹴《いっしゅう》するだろう。

「ごめん、ミス・G。今度はほんとうにもう切らなくちゃならない」

「いいわよ。ドリュー・ウェリントンは自分の手でサンディーを捜し出そうとしていたんじゃないかって思うんだけど、どう？」

トムはフフンと言った。「ありえない。警察が彼女を見つけられなかったんだから、もう法執行機関とつながりをもたない前地区検事が彼女の居所を突き止めるなんてことはありえない。いくらいい地図を彼が持っていたとしてもな」

がっかりだ。「でも、彼が持っていた地図のことでなにかわかったら教えてね」

「できるだけそうする」

愛しているわ、と言って電話を切った。つぎにゲーリーズ・ガレージに電話して、スケーターの車を牽引《けんいん》するレッカー車をたのんだ。ヴァンから出ると、古いトヨタらしき車が駐車場に入ってきた。わたしが立っているほうに向かってくるので、時計を見た。九時？　アスペン・メドウ・ガーデン・クラブのメンバーが、ランチを待ちきれずにやってきた？　はじまるまでに三時間もあるのに？　迷惑そうな顔はしないようにして、こんなに早くおいでになっても中に入っていただけません、と言おうと身構えた。トムが指摘したように、わたしにはすべき仕事がある。

でも、早く着きすぎたメンバーではなかった。この夏に知り合ったグレース・マンハイムだった。車から降り、軽やかな足取りでちかづいてきた。ふわふわの白髪が取り巻く小妖精のような顔に笑みを浮かべ、彼女が手を振った。

わたしはグレースが好きだ。彼女のいとこがアスペン・メドウで轢《ひ》き逃げ事故で亡くなった。その事故と関係する犯罪を調べているうちに、グレースとわたしは友だちになった。彼女は独身でボールダーに住み、シニア・ソフトボール・チームでプレーしている。グレースを尊敬していた。ボールダーの彼女の家を訪ねたとき、彼女は通りをやってきて、道端に駐めたわたしのヴァンとナンバープレートを注意深く観察し、わたしの仕事や家族のことまで言い当てた。わたしは彼女を〝シャーロック・ホームズの娘〟だと思った。

感謝祭の後、ジュリアンはグレースの家のガレージの上の部屋に移り住んだ。彼女には刺激を受けるんだ、とジュリアンは言った。シニア・ソフトボール――グレースは五十八歳――に身を捧げているから、一年中、肉体の鍛錬は欠かさない。二十歳以上年下のわたしよりも、グレース・マンハイムははるかに健康だ。

わたしの見解を、腕を振って足早にやってくる歩き方が裏付けてくれた。シンプルな白いシャツにスキーベストを羽織り、黒いパンツに黒いタイツ、黒い厚底の靴という装いだ。風がやわらかな髪をふわふわに立たせる。一、二、一、二。彼女を見ていると、なんだかこっちが疲れる。

「グレース！　どうしてここに？」

「ジュリアンから聞いたのよ。ガーデン・クラブのランチの手伝いを探しているって」

その瞬間、わたしを襲った安堵《あんど》の大洪水には、ノアでさえ恐れをなしただろう。「ありがとう、ありがとう、ありがとう」彼女を抱き締める。「さあ、中に入って」

わたしが先に立って、ダイニング・ルームに通じるフレンチドアから入った。鍵を回しながら、ちょっと不安になった。グレースの自宅は掃除が行き届き、広々としている。ここはきちんと片付いていた？　ま、いっか。自分のイベント会場をもっていることを、誇りに思っているのだから。でも、ときどき思うことがある。もとレストランだった奇妙な形の古いログハウスを、イベント・センターと呼ぶのはちょっとおこがましいんじゃないか、と。足を踏み入れると、グリルされた肉や繰り返し燃やされた薪の匂いが、いまも残っているのを感じる。消臭スプレーをいくら振りかけても消えはしない。でも、人造のクリスマス・ツリーが並ぶ小さな森に煌《きら》めく豆電球をつけたら、グレースは息を呑んだ。

「まあ、すてきだこと！」

嬉しいことに、室内の匂いはいつもより新鮮だった。ガーデン・クラブのメンバーが作って、前日に搬入してくれた十二個のトウヒとヒイラギと松ぼっくりのアレンジメントのおかげだ。

「美しい仕事場ね」グレースが賞賛をこめて言った。

ええ、まあ。グレースと二人で厨房に向かいながら、わたしはまた誇らしくなって肩をそびやかした。ダイニング・ルームの中央にある旧式の暖炉も、平らではない木の床も、すべてをひっくるめてこの場所を愛していた。この床のせいで、料理を載せたトレイを運ぶのが危険な冒険になるけれど、いまのところ大惨事は免れている。通りすがりに大きな丸テーブルに目をやる。金の縁の白い陶器を借りたのは正解だった。緑をたっぷり盛り込み赤いリボンを飾ったバスケットと並べると、白が映えてとてもきれい。前夜に図書館で大混乱が起きる前に、すべてを手配しておいてほんとうによかった。

厨房に入り、トムが見つけてくれたシャンデリアをつけ、コーヒーはいかが、とグレースに尋ねた。彼女は厨房を眺め回した。レイアウトを頭に入れているのだろう。ステンレスのエスプレッソ・マシーン、ウォークイン式の大型冷蔵庫、フリーザー、シンク、ガラスの瓶やメタルの缶がずらっと並ぶ戸棚。すべてがシャンデリアの明かりを受け輝いて見える。

厨房の真ん中に据えてあるのは、トムが結婚前に住んでいた山小屋から持ってきたオークのファーム・テーブルで、これに合わせて梯子《はしご》状の背の椅子をトムが探し出してくれた。グレースがその一脚を引き出した。「ええ、おねがい。ダブルショットでね。それから、ジュリアンお得意のファッジがあれば、それもいただきたいわ」

わたしはフーッと息を吐き、エスプレッソ・マシーンをセットして、エスプレッソ・カップをソーサーに載せ、ファーム・テーブルにクリームと砂糖、ナプキン、お皿二枚、それにファッジの入った缶を並べた。缶には二種類のファッジが入っている。ジュリアン特製の日干しチェリー入りのファッジと、わたしの特製、砕いたペパーミント・キャンディ入りのクリスマス用ファッジだ。さあ、朝食！

エスプレッソをテーブルに置くと、ファッジを頬張ったグレースは、ありがとうの代わりにウーとかアーとか言い、クリームを入れずに飲んだ。わたしは、どういたしまして、と言って、カフェインの摂取に努めた。無言のまま、クリスマス用のファッジをじっくりと眺めた。ペパーミント・キャンディがまるで氷のように光っている。口に入れて目を閉じた。融けだしたダーク・チョコレートが、歯ごたえのいいキャンディを包み込んで絶妙な味わいだ。どうしてみんな、朝一番にキャンディを食べないのかしら？　アーチが扁桃腺を取ったときには、せっせと食べさせたものだ――

「わたしがここに伺ったのは、もちろんジュリアンにたのまれたからだし、あなたのお手伝いをしたかったからよ」グレースがようやく口を開いた。「でも」そこでひと呼吸。「パトリシア・インガーソルと彼女を告発した人たちを知っているからでもあるの」彼女を告発した人たち？　グレースの口調がきつくなったように感じるけど、わたしの思い過ごし？　それはそれとして、わたしのアンテナがビュンと立ち上がった。

「オーケー」さりげない口調に努めた。「ドリュー・ウェリントンのことは、大きなニュースになってますものね――それに、パトリシアが逮捕されたことも。でも、事件について、あたしはなにも話してはいけない立場なの」

グレースが口調を和らげた。「話したくなければ、話さなくていいのよ、ゴルディ、でも、わたし、どうしてもドリュー・ウェリントンの家に入りたいの」

プッと噴き出したら、コーヒーが鼻に詰まった。オーケー、わたしはサンディー・ブリスベーンのことを知りたい。パトリシア・インガーソルは逮捕された。ドリューは亡くなったとき地図を携帯していた。そしていま、グレース・マンハイムが被害者の家に入りたいと言っている。

「冗談でしょ、グレース？」わたしは落ち着きを取り戻して、言った。「警察が捜索中ですよ。手掛かりになりそうなメモやファイルや手紙の類がないか、虱潰《しらみ》しに調べてます。ウェリントンの行動を辿って、彼に電話をしてきた人間や、彼が電話をした人間をチェックしてます。家の電話と携帯電話の両方の通話記録をね。警察があなたを家に入れてくれるはずがないわ。もし、特大の〝もし〟だけど、もし入れてくれたとしても、あなたに重要な証拠を探し出せるとは思えない」

グレースがこともなげに言った。「わたしがなにを探そうとしているか知らないのに、どうして探し出せないと言えるの？」

「なにを探すつもりですか？」

「わたしの友人のものであるなにか」

「なんですか？」

「彼女から口止めされているの」

わたしはファッジをもう一個口に入れ、噛みながら考えた。「捜査妨害とか公務執行妨害に問われる可能性があるわ」

「どちらもやるつもりはないわよ」

べつの方向から攻めてみよう。「それで、あなたはパトリシアをご存じなんですね？　それとも、あなたが協力しようとしているお友だちが彼女をご存じなの？」

グレースは口を引き結び、ダークブルーの目でわたしを値踏みするように見つめた。なにを考えているの？　はじめて彼女を訪問したときもそうだったが、なにを考えているのか表情からは読み取れない。

「わたしはパトリシアを知っている」彼女はそう言ったきり黙り込んだ。

グレースと話していると主導権を握られている気になるのはどうしてだろう？　「どうか

あたしをいじめないでくださいな。あたしだってパトリシアを助けたいんです。でも、いまは冷静にならなければ」

「わたしに話すことに不安を覚えているのでしょ」しばらくして彼女が言った。「なぜ？　わたしのパトリシアにたいする思いや好意が、その、わたしの考えを歪《ゆが》めると思っているの？　あなたが事件の解決に手を貸すのは、愛であれ憎しみであれ、あなたの感情がそこに絡まっているからだと、わたしは思っているのだけれど」

「ええ、でも、あたし――」

「いいわ、わたしの話をさせて」彼女は首を傾げた。「わたしは感情的になってはいない。それどころか、問題を解決しようとするときには、血も涙もなくなるわよ」

「血と涙があろうがなかろうが、ウェリントンの家に入ることはできませんよ。ファーマン郡警察が見落としているものを、どうして自分なら見つけられると思うんですか？」

「ものを見る目があるから。調べることが得意だから」彼女の口元を引き締めた繊細な顔を見ていたら、つい笑みがこぼれた。「冗談で言ってるんじゃないのよ、ゴルディ。たしかにジュリアンとあなたのお手伝いを申し出た。でも、それはパトリシアが逮捕されたと聞いたから」

みんなどうしてこう耳ざといの？　ゴシップ網は警察の無線よりすぐれているの？

グレースが言葉をつづけた。「彼女の恋人のドリュー・ウェリントンが、ゆうべ、アスペン・メドウ図書館で殺されたことを知った。あなたもその場にいたそうね。もっとも、死体た。ドリューの右腕のニール・サープも図書館に出入りしていた。ドリューの前妻のエリザベス・ウェリントンもいたのかどうかはわからない。でも、なによりも重要なことは、ラリー・クラドックがそこにいたということ」

「ラリー・クラドックって誰ですか?」

　彼女は腕を組んだ。「頭が禿げていて、態度が悪くて、喧嘩っ早い。彼は地図のディーラーよ。ドリューは以前、彼と仕事をしていたんだけれど、仲たがいしたの。ドリューが彼を業界から追い出したそうよ。ドリューのほうが、商売がうまくいっていた」アーチをいじめた男のことを思い出し、顔が火照《ほて》ってきた。「あらあ、あなたは彼に会っているのね」

「たぶん。あの晩、とても扱いにくい男がいましたから。頭の禿げた男でした。図書館から追い出されました」

「おそらくラリーね。あの男は地図にとり憑かれていたみたい。それに、自分の地図販売店をとても愛していた。立ち行かなくなった店をね。自分ならラリーがつける値より安く売れるって、ドリューはいつも自慢していた。わたしの意見を聞きたい? ドリューはお金のために地図を蒐集していた。多少おおげさな言い方をすれば、ラリーにとってそれは人生そのものだった」

「よくわからないんですけど。図書館から防犯ビデオを手に入れたんですか? だって、どうしてそんなに詳しいの? 警察しか知らないはずのことを——」

「そうね。でも、ドリューの死はビッグニュースで、大変な噂になっているわ。電話をかけ、古い友人を訪ねたの。ゆうべはあまり眠っていない」

「あまり眠っていないなら、これからケータリングをやるのは無理なんじゃ」

「夜明けごろに短時間だけど熟睡したわ」グレースがほほえんだ。なにを考えているのかわからない眼差しには、面食らわされる。ファッジをじっと見つめる。あと二個ぐらい食べれば、観察力が増すかしら？「わたしのことは心配しないで」グレースがやさしい口調で言った。「ぜひあなたのお手伝いをしたいし、突き止めたいと思っているの……パトリシアになにがあったのか」

わたしは大きく息をついた。もっとコーヒーが必要だ。マーラからもっと情報を得たいし、防犯カメラからなにがわかったか、ドリュー・ウェリントンにはほかにも秘密があったのかどうか、トムから――教えてくれればだけど――聞き出さなければ。ドリュー・ウェリントンの死体が発見されてから、まだ二十四時間経っていないし、グレース・マンハイムはあのとき図書館にいた人の半数と知り合いだ。そう見える。マーラは〝ゴシップ・クイーン〟の王冠をグレースに譲るべきかも。

「いいこと、ゴルディ」グレースが言った。「わたしがパトリシアと知り合ったのは、彼女の亡くなったご主人のフランクを通してなのよ。フランクがあんなふうに急に亡くなってから、パトリシアは体重を減らしたい人たちのための自助グループのようなものを立ち上げた。そのボールダー支部を作ったときに、会場探しに苦労していると、彼女がわたしに泣きついていった」

てきたの。そこで、わたしが自宅を提供したわけ。それで……彼女を好きになっていった」

「あなたは体重を減らす必要ないんじゃありません？」エスプレッソのお代わりを作った。

「ミズ・シニア・ソフトボールのあなたが？　そんなまさか」

「自分を向上させようとしている人たちに異議を唱える必要はないでしょ。フランクが亡くなって、ドリュー・ウェリントンと付き合うようになったと、彼女から聞いていたわ。あんなに若くて未亡人になった彼女が、また人と交わるようになるのを見て、嬉しかったわ。二度ほど、ドリューは彼女の送り迎えでわが家にやってきたわ」

わたしはエスプレッソを一気飲みした。けさはこれで十二杯目だ。「ドリューは仕事の話をしましたか？　地図の値段のことで自慢していたって、いまおっしゃいましたよね。彼はどんな地図を売っていたんですか？」

「古い地図よ。旧世界の地図。新世界の地図。蒐集家が珍重する類の。アンティークね。いまの時代、そういうものが高く売れるのよ」

「ええ、そのようですね。ドリューはアスペン・メドウ図書館でクライアントと会っているというようなことを、話してましたか？」

グレースは目を細めてわたしを見つめた。「殺されたとき、彼はそうしていたの？　クライアントと会っていた？　地図を持っていたの？」

頬がまた火照るのを感じた。「わかりません」ええ、わかってる。ここにいるグレースは、わたしがファッジ大好きな太った食いしんしん坊だとお見通しだ。「ラリー・クラドックも地図業界にいたとおっしゃいましたよね？」

「ドリューが地区検事の選挙に負けてから商売をはじめたときに、彼が手伝ってやったのよ。ラリーは、言うなればドリューの師匠ね。でも、ラリーにはセールスマンとしての才能がなかった。一度、わが家で、パトリシアがドリューの迎えを待っていたときに、この禿げたごろつきが玄関先までやってきたことがあったの。わが物顔で芝生の上に立って、苛立たしげに足踏みしていたわ。なにを苛々しているの？ ここはわたしのうちなのよって、そのとき思ったわ。思ったほど体重が減らないから？ パトリシアに文句をつけに来たの？ わたしは、クッキーの缶に入っているメースを摑んだわ――メースと言ってもスパイスのメースじゃないわよ、わたしが言ってるのは催涙ガスのスプレーの――」

「知ってます」

「そこへドリューのベントレーがやってきて、うちのダイニング・ルームの窓から様子を窺っていたパトリシアが、玄関から走り出たの。それで、ラリーが待っていたのはパトリシアではないとわかった。彼はドリューを待ち伏せしていたのよ。ドリューは、家に戻れ、って叫んだ。自分が片をつけるからって。彼女は踵を返し、駆け戻ってきたわ。そのとき、ラリーがドリューに向かって怒鳴ったの。おれの店を潰したんだからおまえには貸しがある。いま扱っている取引に一枚嚙ませろ、さもないと後悔することになるぞってね。ドリューがなにか話しかけて、それでラリーは怒りが鎮まったのか去っていった。わたしは警察を呼ぶべきだと思ったけど、ドリューがその必要はないって」

「へぇえ」カフェインがようやく効いてきた。「ラリーがきのう図書館にいたというのは、誰から聞いたんですか？」

「わたしがかけた電話の一本が、ファーマン郡拘置所だったのよ。収容者に伝言を残すと、折り返しかけてくれる。パトリシアもそうしてくれた。図書館でラリー・クラドックを見かけたって、彼女が言っていたの」

また心配になってきた。ラリー・クラドックのことが心配なのではない。アーチと言い争った禿げ男が彼だったとしても、そのことが心配なのではない。ガーデン・クラブのランチ用の鶏肉とサラダとパンの入った箱を運び入れなければならない。テーブルもセットする必要がある。〝罪と罰〟にまつわる問題で、二日つづけてイベントをぶち壊しにされたらたまらない。

「ところで、ランチの手伝いをして欲しいの、どうなの？」グレースが顎を突き出して尋ねた。「捜査の助けになるようなあれこれを、教えてあげるわよ。わたしたち二人なら、事件を解決できるかもしれない」

「手伝ってください」わたしは少し考えてから言った。「でも、ドリュー・ウェリントンの事件のことを、話し合っていいものかどうか」

グレースは足早に厨房から出て行こうとし、振り向いて言った。「どうしてだめなの？」

「だって、捜査官である主人がかんかんに怒るもの」

それからの二時間、グレースはわたしになにも尋ねず、準備に邁進《まいしん》した。ゲーリーズ・ガレージのレッカー車が九時半にやってくると、不法駐車の車の撤去作業を彼女が監督してくれた。ジュリアンが約束どおり十時に到着した。グレースと知り合ったことを喜んでいるらしく、彼女にほほえみかけながら言った。「臨時の給仕人の役を引き受けてくれたんだ。クールじゃない」野菜の入った箱を置き、にっこりしてグレースをハグした。

「ねえ」わたしは、彼が買ってきたベビー・アーティチョークを早速洗いながら、からかい気味に言った。「あたしにはしてくれないの?」

ジュリアンはちかづいてきてわたしの肩を抱き、それからベビー・アーティチョークに目をやった。

「そいつの下ごしらえをやってくれるの?」彼が尋ねる。

「やっていただけるのならありがたいですわ、ビストロ・マン」

「いいとも、ボス。それから、いいアスパラガスが見つかった。チョコレート・カップケーキもすごくうまそうなのがね」ジュリアンは引き締まった体を動かして、材料を厨房に運び込んだ。それがすむと手を洗い、手ごろなナイフを選び、気に入りの野菜切り用の俎板《まないた》を取り出した。野菜を刻む作業開始だ。わたしはため息をついた。ジュリアンの年頃には、わたしは若い母親で、洗濯と掃除と炊事と子どもの世話に明け暮れ、なにをやりだすかわからない夫の扱いに四苦八苦していた。その結果、完璧主義は窓から投げ捨てた。それに比べてジュリアンは、周到で念の入った仕事をすることに喜びを感じているようだ。健闘を祈ってるわよ、と心の中で思いながら、鶏肉を焼くために大きなフライパンにバターを引いた。

グレースはフォークとナイフとスプーンをきちんと並べながら、ドリュー・ウェリントンについてなにか知らないか、とジュリアンに尋ねた。

ジュリアンは刻む作業に集中していた。「ドリューが会っていたことは、その、パトリシア・インガーソルと付き合っていたことは知っている。マーラが教えてくれた。パトリシアって減量グループを率いてる女で——」

「彼女なら知ってるわよ」グレースが、プリントアウトした鶏肉の下ごしらえに目を通しながら、言葉を挟んだ。それからわたしに、鶏肉を漬け汁から出し、洗って水気を拭う作業をやらせてもらえないか、と言った。面倒な仕事なので、代わってくれるなら願ってもないことだ。鶏肉を扱うのに使うゴム手袋のしまい場所を教えようと思ったら、わかっている、と彼女が言う。調理器具から食材にいたるまで、厨房のどこになにがあるか、直感でわかるのだろうか。それとも、わたしが来る前に透視していたとか？　被害妄想気味の脳味噌に休憩を命じ、パンの数を数えた。

「ボールダーの教会でパトリシアの減量グループが集まりをやったとき、低脂肪、低カロリーのディナーを請け負ったことがあるんだ。おもしろくもなんともなかった」ジュリアンはアーティチョークとアスパラガスを刻み終え、大きな蒸し器に水を張った。それを火にかけ、話をつづけた。「下ごしらえにえらく時間がかかった。パトリシアが注文したのは、前菜が五十種の野菜を入れたフリタータ（刻んだ野菜とチーズ入りのオムレツ）で、主菜はオヒョウのグリルに野菜炒めを添えたもの、デザートはファッジ・スフレ。たしかにすべて低カロリーだけど、二度、三度とお代わりをしたんじゃ体重が落ちるわけがない。何人かはそうしたけどね」ジュリアンは顔をしかめた。「メンバーの女たちときたら、厨房にやってきて下ごしらえをした野菜を片っ端からつまみ食いするんだぜ！　腹が減って死にそうだって。おれがグリルしているオヒョウの端っこを切って食うし。早くしろ、早くしろってうるさくてさ。卵を流し込んで蓋をしたら、メンバーの一人がその蓋を持ち上げて、おれのフリタータの真ん中にフォークを突き刺す始末さ」ジュリアンは呆れ顔でプリントアウトに目を通した。「ちょうど教会にいたから、ディナーが終わる前に、彼女がサルモネラに感染しますようにって祈った。シェフはなぜああカリカリしてるんだって、素人は思うだろうけど、身を守るためだって言いたい。厨房から出て行け、料理を台無しにするな、おまえらは馬鹿だ、倍の料金を払ってくれないならいますぐ出て行くって、怒鳴りたくもなる。そうこうするうち〝ビッチスラップ〟部門で名をあげることになる」

「ジュリアン！」わたしは非難の叫びをあげたが、グレースは笑っていた。それから顔をしかめた。

「ジュリアン」グレースが尋ねた。「ドリュー・ウェリントンにたのまれてケータリングしたことある？」

「今度はナルシシストの登場か」ジュリアンが言い、テニスシューズをキュッキュッといわせて歩き回り、ウォークイン式の冷蔵庫を覗き込んで無塩バターを取り出した。「ドリュー・

ウェリントン。いやな奴の典型」

「彼は亡くなったのよ、ジュリアン」敬意を表して、というか、そう聞こえるよう低い声で言った。

「やっぱりね」ジュリアンが間髪を入れずに応えた。

「ジュリアン！」

でも、グレースが手をあげてわたしを制した。「どうしてそう思うのか、理由を教えて」

「チップをけちりやがったんだ！」ジュリアンは声を荒らげた。「わざわざフリッカー・リッジ地区まで出向いたのは、ゴルディとトムが釣り旅行に行って留守だったのと、いま働いてるビストロのオーナーがドリューの古い友人だったから。ドリューには古い友人がたくさんいるみたいだった。前地区検事だからって、いつまでも偉そうにしなくたっていいのに。しかも、選挙に負けてるんだぜ、だろ？」

「彼を憎んでいたみたいな口調ね」わたしは言った。

「チップをまったくよこさなかった。一セントもね。パトリシア・インガーソルの仲間たちだって、おれが後片づけしてたら心付けをくれたぜ。つまみ食いしたから、気が咎《とが》めてたのかもな。でも、ドリュー・ウェリントンはそうじゃなかった。気が咎めるという概念を持ち合わせていないんだ」

グレースが静かに言った。「それが理由だって言いたいの？」

ジュリアンは頭を振った。「『ディナーは何時にはじめますか、ミスター・ウェリントン』

って尋ねると、六時からという返事だった。だから準備のために四時に行った。ドアは開いているのに、家には誰もいなかった。六時になって、客が現れはじめた。六時半になり、七時になり、七時半になった。料理は冷めるし、客たちはそろそろ失礼するって言い出すし、なのにミスター〝身勝手〟の姿はどこにもない。ようやく八時になって、彼が威勢よく戻ってきた。謝罪の言葉ひとつないんだぜ。自分のパーティーなのに、なぜ六時に家にいなかったんですかって、おれは尋ねた。そしたらこうだぜ。『きみがいるとわかってたからさ。客たちの世話をしてくれたんだろうね?』殴り飛ばしてやりたかった。それでも、チップぐらいよこすと思った」

「ごめんなさいね、ジュリアン」

「あんたのせいじゃないさ、ゴルディ」ジュリアンは熱い口調でつづけた。「こんなこと言いたくないけど、みんなが彼をちやほやするのが耐えられなかった。おれにはできなかった。ニール・サープ——ほら、彼のアシスタント——が電話をよこして、ドリューのためにまたディナー・パーティーをやってくれって言ったとき、おれは言ってやったさ。『あなたのボスも含めて出席者全員がテーブルについたところに伺って、料理をはじめるのでよければ』そのとたん、電話は切れた。それがドリュー・ウェリントンにケータリングした華々しき幕切れさ」

わたしは頭を振りつつ思った。わたしだって、ドリュー・ウェリントンに〝ビッチスラップ〟を食らわしているだろう……ビッチスラップがどういうものかわかれば。ただの

〝平手打ち《スラップ》〟ではなさそうだから。「ビストロのオーナーはなんて言った？」

「ああ、それがね、そういう人間だと思って、諦めるしかないのさ、って言った。『いい勉強しました！』っておれが言うと、オーナーはすまながって、身銭を切って心付けをくれたんだ。それでめでたしってわけ」

グレースが顎を引き締めた。「ビストロのオーナーは、ほかに彼を恨んでいる人とか、彼とうまくいってない人がいるとか、そういう話はしなかったの？」

「そうだな、おれの印象では、ニールは彼のことが好きじゃなさそうだった。いかにもいい人ぶって、『みんなでドリューを愛してやろうぜ、ああ見えてもいい奴なんだし、大目に見てやらなくっちゃ』って態度とってたけどね。大目に見てやってて、そのうち寝首を掻くにちがいない、そんな印象を受けたな」

「ジュリアン！　彼は亡くなったのよ！」

「わかってるって！」

「ニール・サープは彼を好きじゃなかった」と、グレース。「なんでまたそう思ったの？」

気がつくと三人とも手をとめていた。いけない、いけない。洗った鶏肉をペーパータオルでせっせと拭いて水気をとる。ガーデン・クラブのレディたちに、誰かが食事を出さなきゃならないんだから。

「それは」ジュリアンが言う。「ニールがドリューに不満を抱いているように見えたから」

「どんな不満？」グレースがすかさず尋ねた。

「そこまではわからない。ドリューのためにケータリングしたのは一度きりだからね」ジュリアンはそう言って頭を振った。「あのパーティーで、ドリューがようやく姿を現すと、ニールは彼の様子をじっと窺っていた。まるで、われらがヒーローがミスを犯すのをいまかいまかと待っているような。そうなったらぼくの出番だ、尻拭いはまかせろみたいな。ニール・サープって、ディケンズの『デヴィッド・コパーフィールド』に出てくるユライア・ヒープみたいだ。こそこそしてて、油断も隙もなくて、誰かの後釜にすわる機会を窺っている」

「誰かが後釜にすわることになるわよ」わたしが横から口を出した。「三人揃って準備をさぼっていたら」ジュリアンが眉を吊り上げ、作ってきた冷凍ニョッキを取り出した。グレースは下ごしらえのプリントアウトに目を通し、鶏肉の上から乾燥タラゴンを細かくして振りかけた。わたしはガナッシュを載せたチョコレート・カップケーキを、冷やしたデザート皿に並べた。

　ガーデン・クラブのメンバーの一人が、早めにやってきたのではなかった。ジュリアンもグレースもわたしも、仕事に没頭していたので厨房のドアが開く音に気づかなかった。「ヘイ、ゴルディ・シュルツ！」と叫ぶ男の声に、最初、トムが裏口を開けっ放しにしていたことを咎めに来たのかと思った。というか、それは後から思ったことだ。顔をあげるなり、大股でちかづいてくるラリー・クラドックの姿が目に入り、とっさにこう思った。**ガーデン・クラブのメンバーたちがやってくる前に、この男をなんとか追い出せるだろうか？**

「図書館で会ったときには、あんたが誰だか知らなかった」クラドックが言った。「あんたがあんな無礼な振る舞いをしなければ、おれだって頭に血が昇ることはなかった！」

「息子は」頭に血が昇ったのはこっちだ。「あなたに携帯電話を使うのをやめろと言っただけじゃない。図書館では携帯の使用を控えろという標示があちこちに出ているでしょ。それなのに、あなたは息子に襲い掛かった！」

「ガキには指一本触れていない」ラリーが言い訳する。「おれの携帯を壊したのはあんただろう。なにも警察をよこさなくたっていいじゃないか！」

「警察は、ドリュー・ウェリントンがいた時間に図書館に居合わせた人全員に事情聴取してるのよ、ミスター・クラドック。彼の知り合いならとくにね。それに、あの事件のことは誰にも話しちゃいけないことになってるの」

ラリーは血走った目で厨房を見回した。喧嘩腰だ。「あんたと話がしたい。重要なことなんだ」

遠回しに言っても、ラリーには通じないようだ。厨房には武器になるものがいくらでもあるけれど、この男のような粗野で気のきかない相手と口論する場所としては、あまりにも狭すぎる。そのうえ、彼は裏口に出る道を塞いでいた。

「あたしたち、仕事があるんです。邪魔しないでください」ジュリアンとグレースのほうに身を乗り出し、小声で言った。「ここを出て、さあ」二人はしぶしぶわたしについてダイニング・ルームに移動した。ここなら大きなフレンチドアがあるから、必要ならおもてに飛び出すことができる。

「おい、待て。話があるんだってば。おい、三ばか大将、戻って来い！」

へえ、そう。いまはただ、逃げ出してどこかに隠れたい。でも、そんなことできるわけがない。だから踵を返し、クラドックに向き合った。

「話にならないでしょう」はっきりと告げた。「そんなに怒鳴ってばかりいたら」

ラリーの肩が少し落ちた。さっきまでは収穫したばかりの赤カブそっくりだったが、いまや禿げ頭は青ざめ、ダイニング・ルームの天井の灯りに輝いていた。「おれが知りたいのは、警察がドリュー・ウェリントンのことで手掛かりを得たかどうかだ」彼はしゃべりながら、借り物の金と白の食器を親指で叩いた。

「なんの話をしているのかわからないわ。食器から手を離していただけないかしら？」

彼は聞く耳をもたない。「いいか、地図の蒐集はおれの血であり肉なんだ。親父も集めていたし、じいさんもやっていた。だが、彼らにとってそれはただの趣味だ。おれは地図のことを知っている。愛している。だが、おれは商売人だ。取引をするのに吝《やぶさ》かじゃない」

「ラリー――」

「いいから聞け。きのうの午後、ドリュー・ウェリントンは、死体で見つかる前に、おれに見せた。二枚の」――咳払いする――「珍しい地図を。おれに売ってもいいと言った。地図の出所がはっきりしないので、出所というのは、つまり――」

「出所の意味ぐらいわかるわよ」グレースがきびきびした口調で言った。

ラリーは声を少し大きくしたが、怒鳴ることはなかった。「ドリューには、満足な説明ができなかったんだ！　そこでおれは奥の閲覧室に行った。無線ランが使えるからな。インターネットで調べがつかなかったもんだから、知り合いの地図に詳しい弁護士に電話した。彼も趣味で集めている口だ」ジュリアンが口を開こうとすると、ラリーが慌てて話をつづけた。

「いいから口を挟まないでくれ。弁護士の秘書は体《てい》よくおれをあしらおうとした。いま会議中で取り次げないって言ってな。緊急な用件だと言うと、折り返し電話をするって言うんだ。それで、ドリューと待ち合わせをした場所に戻った。あの部屋の隅っこだ。だが、彼はいなかった。おれはひたすら待った」

「いつのこと？」わたしは尋ねた。「どれぐらい待ったの？」

「おいおい、あんた、まるで警官みたいに厳しいんだな。あんたがやってくる前のことだ。二十分ほど待って、彼に裏切られたと思った。ほかの奴に売ろうとしているんだと。ところが、彼のブリーフケースが床に置いてあった。それで、中を覗いた。だって、鍵がかかってなかったんだ！　二枚の地図のうちの一枚だけ入ってた」

「ラリー。そのことを警察に言うべきよ」

「言ったさ！　だが、地図のことなんて取り合っちゃくれなかった。奴らにとって大事なのは、おれがドリューの敵かどうかだ。だから言ってやった。『問題はもっと複雑なんだ！』」

そうでしょうとも。こっちだって複雑だ。ガーデン・クラブのメンバーが一時間もしないうちにやってくる。腕時計を見てもいいと思う？　**待って、いい考えがある。**「もっと複雑?」わたしは尋ねた。ラリー・クラドックは憤慨しながらうなずいた。「問題が複雑になったのは、サンディー・ブリスベーンという名の女のせいなんじゃない?」ドリューは彼女のことを知ってたんじゃない? あなたにそう言わなかった?」

ラリー・クラドックは広い額いっぱいにしわを寄せ、当惑の表情を浮かべた。「サンディーって? 彼には女の知り合いが大勢いるが、そういう名前の女はいなかったと思うが」

「大勢? どういう意味なの、女の知り合いが大勢って」

「それは」ラリー・クラドックは皮肉たっぷりに言った。「彼には男の知り合いが大勢いたって言ったら、言葉どおりに受け取るんじゃないのか?」そこでひと呼吸置いた。「いいか、おれが知りたいのは、彼が持っていた地図がどうなったか、それだけなんだ。ニール・サープに巻き上げられてなるもんか。ドリューが最初に話をもちかけたのはおれなんだからな。あんたは刑事と結婚してるんだろ? 地図のことで亭主はなにか言ってなかったか?」

「ちょっと、あんた」ジュリアンが低い声で相手の言葉を遮った。「おれたちはここでイベントを開くところなんだ。いますぐ出て行ってくれ」

「黙れ!」彼はジュリアンに歯を剝き出した。「横から口出すな!」

「おねがいだから」なんとか宥めようと必死だった。「どうか興奮しないで。いいこと。あたしは地図のことはなにも知らないのよ。警察に直接問い合わせてみたらどうなの?」

ラリーはうつむいて口をへの字にし、頭を振った。とてつもなく愚かな子どもを相手にしているといいたげに。喉が詰まった。ガーデン・クラブのメンバーたちがやってきて、ストロベリー・サラダが並んでいるはずの部屋が、ダンテの地獄図と化しているのを目の当たりにしたらどうなる？

ラリーはおおげさなため息をついた。「警察に問い合わせる気はない。地図をないがしろにするような連中とは口もききたくない。あんたに尋ねたのは、そういうことをあんたなら知ってると思ったからだ」

「なんですって？」

「とぼけんなよ。あんたが警察の捜査に協力してることは、耳にしてるんだ。知ってるんだろ！　だったら話してくれないか？」

「ラリー、耳にしたことは間違いよ。あたしはなにも知らない。ドリューがあなたに地図を売るともちかけたことだって、ほんとうかどうかわからない」

ラリー・クラドックはまた少し声を大きくした。「おれを嘘吐《つ》き呼ばわりするのか？」

「いいえ」冷静な声で答えた。「あなたを不法侵入者呼ばわりならする。出て行って、さもないと警察を呼ぶわよ」

「いいかげんにしてくれ！　ドリュー・ウェリントンのことで、警察はなにを掴んだんだ？　この質問に答えてくれさえすりゃ、すぐに出て行く！　警察は地図を見つけたのか？　それとも、犯人が盗んでいって、ブラックマーケットに流すつもりか？」

わたしは頭を振った。ラリーはようやく食器から手を離し、代わりにわたしの腕を掴んだ。背後でグレースが息を呑んだ。

「彼女から手を離せ」ジュリアンが爪先立ちでバランスを取り、水泳選手の引き締まった体を前傾させた。「さもないと、あんたを殴るのにころあいのものを探してくる。もっとも地図じゃないけどな！」

「若造はひっこんでろ！」ラリーがわたしから手を離して殴りかかると、ジュリアンはさっとよけて拳を繰り出した。それがラリー・クラドックの顎の下に命中し、つぎに繰り出した拳は喉仏をとらえた。ラリー・クラドックは潰れた悲鳴をあげてよろっとなり、倒れまいと必死で摑もうとしたのが椅子であり、テーブルであり、ダイニング・ルームの柱であり……

仰向けに床に倒れたとき、その手に絡まったテーブルクロスをひしと摑んだ。あれよあれよと言う間に、皿と銀器とクリスタルと、塩とコショウの容器と、バターを入れた深皿と、大きな緑と赤のバスケットが、そこらじゅうに飛び散って、ガチャンバリンと割れ、転がった。唯一転がらなかったのは、松ぼっくりとトウヒを盛ったバスケットの下敷きになったラリー・クラドックだけだった。

「しまった！」ジュリアンが叫んだ。「ゴルディ、ごめん！」

「片付ければいいわ」グレースが何事もなかったように言った。この女《ひと》の落ち着きはどこからきてるの？

クラドックにとりあえず声をかけてみた。返事がないので、バスケットをどけた。喉仏への一撃のせいか、テーブルか床に頭をぶつけたせいか、クラドックは半ば意識を失い、意味不明のことをつぶやいていた。グレースとジュリアンとで彼をフレンチドアから引きずり出して放置し、ドアに鍵をかけてから警察を呼んだ。哀れバスケットは、クラドックのズボンに落ちて弾んでから逆さになって顔にかぶさったのだった。そんなわけで、パトロール巡査を引き連れたボイド巡査部長が、うめくクラドックを連行していったのだが、その罪状は不法侵入と迷惑行為、それにもうひとつ。ラリーのズボンの前が濡れていたものだから。

「仕返ししてやるからな、ゴルディ・シュルツ！」パトカーに乗せられたとき、クラドックは叫んだ。どうやら怒りっぽさは健在のようだ。

ボイドが言った。「しでかした罪のリストに脅迫を付け加えられたくないだろ、大将」

9

「ゴルディ、ほんとうに申し訳ない」ジュリアンは松ぼっくりやトウヒの枝や、それらの破片を片付けながら、そう言いつづけた。「メンバーは何時に来ることになってる?」

腕時計に目をやる。十一時十五分前。まだ一時間はあるからなんとかなるだろう。グレースがいてくれてよかった。彼女は俊敏で自信に満ちている。さっさと箒《ほうき》をかけ、わたしのあたらしいモップで床を拭きはじめた。どこからか黒いエプロンを見つけてきて、ほっそりしたウェストに巻いている。わたしのウェストは、もうちょっと細くする必要がある。厨房のシンクで手を洗いながら思った。でも、クッキーを一人分ずつ入れたビニール袋を運び出すうちに、そんなことは忘れた。もうじきあたらしい年がやってくる。なにか決意するならそのときでいい。メンバーたちがお土産を持ち帰るのに使ってもらう、ツヤツヤのグリーンの小さな買い物袋を並べた。

「すごい、ボス、クッキーをそれぞれ袋詰めしたんだ」ジュリアンが言う。彼もクラドックとの一戦からすでに立ち直り、手を洗ってケータリング・モードに戻っていた。

「そうよ」

「たいしたものね」グレースが感心して言った。「さあ、なにをしたらいいのか言ってちょうだい」

じきに鶏肉はローストされ、ニョッキには火が通り、上からかけるバターがレンジの上でジュージューいいはじめた。サラダ用の皿を並べ、パンをあたため、カップケーキの皿に花を飾った。アレンジメントを作ってくれたメンバーたちが、余ったからと置いていってくれた花だ。ジュリアンはストロベリー・サラダにかける甘酸っぱいドレッシングを作り、ゼリーで固めたパーティー用サラダを上手に型から抜き、最後にアボカドを切る作業に取り掛かった。

厨房に引き返そうとしたとき、携帯電話の音が聞こえた。マナーモードにしてある携帯電話がたてる振動音だ。ぶつぶつ言いながらコート掛けへと急ぎ、上着のポケットから携帯電話を取り出した。アーチの苛立った声が耳に飛び込んできた。「ママ！　もう！　つながんないかと思った！」

「いまガーデン・クラブのランチの準備をしているところなの」穏やかな口調に努めた。アーチが興奮しすぎたり、動揺しているときの鎮静剤だ。「ラテン語の試験はどうだった？」

「ボーナス」

「単位を余分にもらえたとか？」

アーチがうめいた。「ちがうよ、ママ。うまくいったってこと。大丈夫。トッドとガスと、スノーボードをやりに行くつもりなんだけど。でも、ぼくだけ置いて行かれちゃうかも」

「親友と異母弟があなたを置いて行くわけないでしょ。いまどこ？」

「うちだよ。ミセス・ヴィカリオスに送ってもらったの。スキーの道具がどこにあるのかわかんない。廊下のクロゼット？　いろんな物がごちゃごちゃ詰まってる」

「すべてあなたの物よ」穏やかな口調で言った。「ミトンやらなにやらが見つからないなら、そこを片付けることを考えたらどう。使わない物は捨てることも」

「いまは無理でしょ、ママ、そとでみんな待ってるもの。スノボーの道具、二階のぼくの部屋のクロゼットの中だと思う？」

「その可能性は高いわね。中身を全部出して探してみたら？　まだ切らないで、あなたの予定はどうなってるのか教えて」

「もう、ママ」ドシドシと階段をのぼる足音が聞こえた。バタンバタンという音と悪態がそれにつづく。アーチが十五年半の人生の間に溜め込んだ本やノートや玩具が引っ張り出される様子が目に浮かぶ。物が見つからないことに、なぜ彼はいちいち驚くの？「オーケー、あったよ」彼が言う。「ミトンと帽子」引っ掻き回す音とうめき声。「よし、スノーパンツもあった。行くよ、ママ」

「どこでスノーボードをやるつもり？」

「リーガル・リッジの先。許可書にサインしてくれたでしょ、忘れたの？　あっ、そうだ、ヴィカリオスさんちのヴァンを運転してもいい？」

十一月に、インターステートをリーガル・リッジでおり、曲がりくねった山道をのぼっていった経験があり、しかもそのときは道に雪は積もっていなかった。だから、答はわかっている。「いいえ、だめよ」インターステートに隣接するスキー場も、そのときに目にした。かつてそこは、小さくてリフト一基だけとは言え、れっきとしたスキー場だった。経営者が責任保険を払えなくなり、売りに出された。使われないまま放置されたスキー場に、スノーボーダーが勝手に入り込んで、その場しのぎの安全ではないロープをコース沿いに張った。子どもがそこで脚を折ってヘリコプターで運ばれる事故が何度か起き、保護者たちがファーマン郡オープン・スペースに圧力をかけて買い取らせ、スキーとスノーボード場として営業を再開させた——古いコースは柵で囲って入れないようにして。

リーガル・リッジ・スノー・スポーツ・エリアとして再出発したスキー場は、いまやたいへんな人気だ。地元のスキーヤーやスノーボーダーが詰め掛けたスキー場を目にして、わたしは胃が縮む思いだった。コースの西側に張られたロープを、まともに見られなかった。大のスノー・スポーツ好きたちと、昔の林間コースや九十メートルの断崖絶壁とを隔てるのは、あの細いロープだけだ。あたらしくロープが張られてから怪我人は一人もでていない、とアーチが言うのを聞き、わたしは唾をごくりと呑み込んだ。アーチはわたしを説得にかかった。「みんなが行くのに、ママが許してくれないからって、ぼく一人行けないわけ？」そう言われると折れないわけにいかず、友人たちとそこでスノーボードをする許可を与えた。

「ママ、もしもし？　聞いてるの？」

「ええ、わかった、行ってらっしゃい。帰る時間がきたら、あたしの携帯に連絡をいれるのよ、いい?」

アーチはまたうめき、そうする、と言った。電話を切りながら思った。アーチがいくつになれば、わたしは親業が楽にこなせるようになるのだろう。ひょっとして、四十?

「探し物が見つからないって?」ジュリアンが尋ねた。かたわらに来るまで気づかなかった。

「前はきれい好きだったのにね。潔癖すぎるほどだった。でも、いまじゃすべてが中途半端。なんでも溜め込むモリネズミになりつつあるわ」

「あのさ、おれもそうだったんだ。グレースが治してくれた。ガレージの上の部屋に引っ越したとき、彼女が片付けを手伝ってくれて、気づいたら、荷物の半分は寄付していた。部屋を広く使えるし、恵まれない人たちの役に立てた。それに、体を使うことでエネルギーが体に満ちてくる」

「アーチを助けるためのエネルギーは残ってない?」ラリーがめちゃめちゃにしたテーブルを、セットしなおした。ジュリアンがきれいなテーブルクロスを広げ、グレースが小さなグリーンの蠟燭三本を、アレンジメントの代わりにテーブルの真ん中に置いた。この人には、たしかにミニマリズムの才能がある。

「最初の客が到着したみたいよ」フレンチドアの前にいたグレースが声をあげた。「賞品を並べましょうか?」

ジンジャーブレッドのお城! ジュリアンとわたしは厨房にすっ飛んでいった。セロファンで包んだジンジャーブレッドを摑んで、玄関に向かう。グレースがテーブルを引きずってきて、チケットを入れるバスケットまで用意してくれた。

間一髪だった。階段をのぼってくるのは、アスペン・メドウ・ガーデン・クラブのあたらしい会長、ルイーズ・マンシンガーだった。七十の坂を越えても、疲れを知らぬ人だ。しわ深く細長い顔、漆黒に染めた髪をすっきりと後ろに流し、うなじで束髪にしている。ブルドックのようなしかめ顔といい、長いセーブルのコートで包んだブロックのような体といい、スターリンを彷彿《ほうふつ》とさせる。でも、去年、〝在来品種至上主義〟のこのグループが分化した――彼女たちの言い方では――後、アスペン・メドウ・ガーデン・クラブに必要なのは独裁者だった。ルイーズは、園芸界からの追放をちらつかせて反乱分子を同調させ、クラブの再統合に成功したのだ。

「誰か一人が、チケットを受け取ってくれるわね？」彼女は言い、毛皮のコートを脱いでジュリアンに放った。運動神経抜群のジュリアンは、見事に受け止めた。「チケットには番号がふってあり、ミシン目がついている。そこから千切って半券をかならずメンバーに返すこと。いいわね。くじ引きのときに必要だから」ルイーズが細く黒い眉を吊り上げたので、わたしはうなずいた。

「かならず返します、ミセス・マンシンガー」

彼女が氷のような眼差しでダイニング・ルームを見回したので、わたしの胃袋がでんぐり返った。彼女は鼻を鳴らし、言った。「ダイニング・ルームは見苦しくないわね」

ああ、よかった。そのとき、毛皮がわたしの顔を打った。わたしは喘ぎ、それを摑まえた。

猫のスカウトが木陰から不意に飛びついてきたときのように。「失礼ですけど！」気を取り直し、すぼめた口から毛皮を引っ張りだしてから、つい声をあげずにいられなかった。

「ハンガーに掛けておいてちょうだい」エリザベス・ウェリントンが言った。黒い目の縁は赤くなっており、ゆうべは満足に眠っていないようだ。かたい髪はツンツンに突っ立っている。ドリューがあんなことになったのに、ランチにやってくるとは驚きだ。

「あの」わたしは咳き込み、唇についた動物の毛を数本ペッペッと吐いた。

「さあ、ボス」ジュリアンが言う。「おれによこして」わたしからストールを取り上げ、二枚の毛皮を持ち去った。

「あとで話があるの、ゴルディ」と、エリザベス。

すてき。話があると言う人とおしゃべりするの、大好き。彼女の後ろ姿に目をやり、スーツの深紅が、もっと年配の女性に好まれる色合いであることに気づいた。マーラとわたしはそれを〝更年期の赤〟と呼んでいる。

エリザベスのことは頭から追い出し、グレースと二人で厨房に戻った。鶏とニョッキの焼け具合を見て、もしもの場合を考えて予備の分も取り出しておいた。ジュリアンはと見ると、毛皮をこのために並べたラックに掛け、やってきたメンバーたちからチケットを受け取り、丁寧に千切っていた。こっちを見て小さく肩をすくめる。**ほら、玄関の番はおれがする。**わたしは、ありがとう、とうなずいた。

メンバーたちが席についたので、グレースとジュリアンとわたしは、鶏と野菜とニョッキを盛った大皿を運び、各テーブルにサラダと並べて置いた。ルイーズから、各自が大皿から取るファミリー・スタイルにして、と指示されていた。「ビュッフェに並ぶ馬鹿げた長い列」を避けるために。熱々のパンを出したところで、ルイーズが水のグラスをナイフで叩いて、静粛に、と合図した。口をすぼめてうなずき、ランチのあいだに自分が短い挨拶をし、最後にくじ引きを行うと告げた。テーブルを囲むメンバーたちが、大皿を回してゆく。会話がおおいに弾むのを見計らい、わたしたち三匹の働きバチは小休止のため厨房に引き揚げた。

「ワインがないなんて言わないでよね」背後からマーラの声がした。わたしは飛び上がり――彼女はいつだってわたしをぎょっとさせる――ないわよ、と言った。ルイーズが酒を禁じたのだ。クリスマスの化身となった彼女の装いは、鮮やかな赤の流れるようなシルクのドレスに、ヒイラギ色のカマーバンド。「ルイーズはしみったれ」マーラが言う。「クリスマスだっていうのに。まったく、しけたクリスマス」

ジュリアンが言う。「景気づけになにか持参したんだろ」

「当たり」マーラが大容量のルイ・ヴィトンのバッグ――ここにまで赤と白のコサージュを飾っている――から、ワインのボトルを取り出した。「開けてちょうだいな、ジュリアン。シュペートレーゼのリースリングよ。めったに手に入らない逸品。鶏とニョッキにぴったり」

思わず笑ってしまった。ジュリアンがワインの栓抜きを探すあいだ、グレースがチャリンと音をさせて、オークのファーム・テーブルにワイングラスを四つ並べた。

「グラスを四つも並べてどうするの?」わたしは穏やかに言った。「ここにいるスタッフは」

――グレースとジュリアンと自分を指差す――「仕事中だから飲めないの、ごめんなさい」

「お言葉だけれど」グレースが陽気に言い、マーラとグラスを合わせた。「報酬はいらないわ。ゴージャスなワインをいただければ充分」

飲み仲間ができて大喜びのマーラは、たっぷり口に含んだ。「ルイーズが、あたしたちの――というか、彼女の――植林キャンペーンの成功についてべらべらしゃべるのを、これ以上聴いてらんないわよ。まるで南極大陸を緑に変えたみたいな言い様。あたしたちが植えたのは在来の松とトウヒだから、文句も出ないでしょうけどね」

「でも」ジュリアンが口を挟む。「野生生物保護区の山火事で大量の樹木が焼失したんだから、有意義なプログラムだと思うな。ガーデン・クラブはすばらしい仕事をしたよ。彼女の話を聴くのはいやだとしてもね」

「ええ、いやよ」マーラはキラリと目を光らせて、わたしたち三人を見つめた。「エリザベス・ウェリントンがミンクのストールでゴルディを叩くのを見て、高慢ちきの隣りに座ってやろうと思ったの。あの怒りはどこかほかに原因があるにちがいない、でしょ?」そこでワインをゴクリとやる。「かわいそうに、彼女、別れた旦那を心底愛していたのよ。それがすっかり騙されていた。彼はそりゃいい男で、おなじ歳なのに、彼女より十歳も若く見えた。つまりね、彼女は夫にぞっこんだった。でも、彼にあんな仕打ちをされて、一気に冷めたって、彼女言ってたわ」

「どんな仕打ちをされたの?」グレースが尋ねた。その口調に、わたしは引っ掛かりを感じた。無邪気な質問ではない。ドリューが元妻になにをしようが、グレースには関係ないんじゃない？

　マーラはお代わりを注いだ。「ドリューが酔っ払い運転を揉み消そうとしたことは、知ってるわよね」わたしたちがうなずくと、彼女はつづけた。「お葬式で飲み過ぎた、というのが彼の言い訳だった。弁護士の友人が亡くなって、悲しくて度を過ごしたってね。でも、誰も信じなかった。逮捕されたことを秘密にしようとして、選挙に負けた。スキャンダルの火種もそれで消えた？　ファーマン郡の人たちはそう思った。ところが、ところが」またひと口飲んで、話をつづけた。「車を停められたとき、ドリューは十五歳の女の子を乗せていたのよ。若い子が好みだって話は聞いてたけど、詳しいことまでは知らなかった。それはそれとして、ドリューは警察とエリザベスにたいして、女の子を家まで送る途中だったと主張した。でも、女の子の家はとっくに通り過ぎていたし、袋小路を行ったり来たりしているところを、警官に停められて酒気検知器にかけられた。それで引っ掛かった」

「その女の子というのは？」わたしは尋ねた。

　マーラは肩をすくめた。「エリザベスはそのことには口を閉ざしたまま。でも、彼女がトイレに立つと、おなじテーブルの女たちが口々に教えてくれたわ。女の子の両親が、プライバシーの問題だとか言い張って、身元は誰も知らないんですって。だから、彼が女の子となにをやろうとしていたのか、わからずじまい。でも、エリザベスはなにか知ってるにちがいないわ。選挙の後で離婚の訴えをしたんだから」マーラとグレースはまたグラスを合わせ、飲んだ。

「どのテーブル?」わたしは尋ねた。「まだドリューの噂をしている?」

「八番のテーブルよ。ええ、ドリュー・ウェリントンを解剖するのに余念がないわよ。エリザベスが彼を憎むようになった肝心な理由があるのよ。二百五十万ドルのこと、聞いてるでしょ?」

わたしはうなずいた。

「あたしは離婚調停でそうきまったんだとばかり思ってたんだけど、そうじゃなかったの。結婚していたあいだに、エリザベスはかなりの遺産を相続したの。離婚する前に、彼はその一部を受け取っていたというようなことを、エリザベスはほのめかしていた。詳しいことはまだわからないし、エリザベスは話してくれないだろうけどね。だって、それがほんとうだったら、彼女が馬鹿みたいに見えるじゃない」

「それで、ドリューの財産は誰が相続するの?」グレースが尋ねた。やけに早急だったようにわたしには思えた。

「わからないわ。二人に子どもはいなかったから、ドリューは誰にでも遺そうと思えば遺せた。まだ全部の調べがついてないのよ」

「それだけのこと、どうやって調べ上げたんだ?」と、ジュリアン。

マーラの目がまた光った。「あたしがワインのボトルを一本しか持ってこないと思う? あたしの見たところ、エリザベスはランチがはじまる前からだいぶ酔ってたわよ。ところで、ゴルディ、おなじテーブルにハーミー・マッカーサーがいたわ。彼女の自宅で開かれるカレー・パーティー、ニール・サープがちゃっかりドリューの後釜にすわったことを、彼女、まだぼやいてた。さて、そろそろ戻らなくちゃ！」

マーラはさっさと厨房から出て行った。グレースとわたしは眉をあげて見つめ合い、わたしは氷水のピッチャーを、彼女はお代わりのパンのバスケットを摑んだ。

「おやおや、ゴシップ・パトロールか」ジュリアンの言葉に送り出されるように、グレースとわたしは厨房を後にした。「ほかのテーブルはおれが受け持つから、八番テーブルで耳にしたことを後で教えてくれよ」

グレースとわたしがダイニング・ルームに足を踏み入れたとき、マーラはなに食わぬ顔でテーブルに戻ったところだった。エリザベス・ウェリントンはフレンチドアから出て、携帯電話でしゃべっていた。どこかの寄付金集めで緊急事態が勃発したにちがいない。

「エリザベスはあれで後悔してるのよ」セシー・ローリーが低い声で言う。セシーとは教会のいくつかの委員会で一緒なので、彼女がわたしに会釈《えしゃく》した。「後悔してるにちがいない。だって、ドリューは選挙に負けた後、大金を摑んだのよ。投資物件を売却して、地図のディーラーとして会社を興した。数百万ドルは儲けたって噂よ」

女たちが、あら、とか、まあ、とか言う。数百万ドル！　それだけのお金を稼ぐのに、地図を何枚売らなきゃならないの？　マーラがわたしを見て眉を吊り上げた。彼女、地図の売買がそんなに儲かるとは、彼女もわたしも思っていない。

「地図のディーラーですって、あの食わせ者」ロージー・バートンが言った。この人も聖ルカ監督教会で一緒だ。その声はサイダー・ビネガーより酸っぱかった。「ドリューがうちの主人に言ったのよ。東海岸のマサチューセッツからニューヨーク港までの特別な地図をいま買えば、一年後には一万五千ドルになるって。それで、一年が経ち、玄関に私立探偵が現れた。スタンフォード大学の〝特別収蔵図書〟からたのまれて来たって。地図を見せてくれって言うのよ……それで、紛れもなく図書館の収蔵品だって！」

テーブルに沈黙が訪れた。わたしはハーミー・マッカーサーの様子を窺った。分厚い化粧の下の顔は、マーラのドレスより赤かった。

セシーが言った。「なんてことでしょ！　払い戻しを求めたの？」

ロージーは笑った。「あたりまえでしょ。払い戻しはしないって、ドリューは言ったわ。弁償することも拒否したのよ。私立探偵がやるべきだって言ってね。それで、弁護士を雇う羽目になって、けっきょくこの買い物は高くついたわ。死者を悪く言いたくないけど」――マーラがまた眉を吊り上げた。そう言う先から、死者を悪く言うくせに――「でも、ドリュー・ウェリントンはろくでなしよ」ロージーは視線をあげ、エリザベスがまだおもてで電話していることをたしかめた。「エリザベスが離婚したのも無理ないわね」

それが合図であったかのように、エリザベスがフレンチドアから入ってきて、毛皮のストールを取りにゆき、誰にも挨拶せずにまたフレンチドアから出て行った。フムム。わたしたちのおしゃべりもこれでおしまい。

気まずい沈黙が流れた。やがてマーラが言った。「ねえ、ロージー、リビング・ルームの壁に飾るものを探さなきゃね」

ロージーは鼻を鳴らした。「コロラドの地図を飾ったわよ。現代の地図」

会話は金を儲ける、あるいは失うほかの方法に移っていった。どちらもアスペン・メドウでは熱のこもった議論になる。グレースとわたしは水を注ぎ、パンのお代わりを置き、さっさと厨房に退散した。

「ドリューはペテン師だって、ラリー・クラドックが言ってたの、憶えてますか?」わたしはグレースに尋ねた。「彼の言うことは信じられなかった。つまり、ドリューはとかく噂のある偽善者だったかもしれないけど、でも、これはまったく次元のちがうことみたい」

グレースは首を傾げた。白髪が輝いて見える。「ペテン師ではないのかも。でも、地図に投資するなら、信用しないほうがいい人間であったことはたしかね」

「そろそろデザートを出そう」ジュリアンが厨房の戸口から言った。大急ぎでダイニング・ルームから大皿やボウルや皿を片付け、ガナッシュを載せたチョコレート・カップケーキを運び出した。デザートについてケータリングの鉄則がある。女性客を相手に鶏か魚の主菜を出したら、デザートにはかならずチョコレートを出すこと。それで彼女たちは得した気分になる。

デザートの皿が空になったところで、ルイーズ・マンシンガーがくじ引きの結果を告げ、勝者たちは喜んでジンジャーブレッドのお城を受け取った。それからジュリアンとグレースとわたしは、〝交換〟用のクリスマス・クッキーを配って回った。ガーデン・クラブのメンバーたちは、おお、とか、ああ、とか言った。クッキーを焼かずにすんで、みんな幸せそうだ。わくわくしている。マーラ曰く、クリスマス・シーズンってどうしてこうくたびれるの。

閉会となってメンバーたちが引き揚げた後、ルイーズ・マンシンガーがちかづいてきた。わたしの心は冥界《めいかい》まで落ちた。彼女はどんな落ち度を見つけたの？　でも、眉を吊り上げてるんだから、笑ってるんじゃない、と自分に言い聞かせる。

「よかったですよ。余ったクッキーは公平に分けることができないので、あなたが持って帰ってね」

「ありがとうございます、ルイーズ。使い道を考えます」

彼女は最後の小切手を差し出し、グレースのほうに片方の眉を吊り上げた。「年配の女性には酷な仕事なんじゃない？」

「ご心配なく」わたしは慌てて言った。「グレースはあたしよりよっぽど元気ですから。それに、あなたがたがアスペン・メドウ野生生物保護区に新たに植林したことに、彼女はとても感銘を受けていました」嘘ばっかり。「それで、なんとか少しでもお役に立ちたいって」

ルイーズは肩をそびやかした。さも偉そうに。「わたくしたち、すばらしい仕事をしましたわ。感銘を与える仕事をね、ゴルディ、実を言えば、ファーマン郡警察の署長が、署を代表して、わたくしたちの徹底した仕事ぶりに感謝の意を表してくれました」

「署長が感謝の意を？」わたしは面食らった。トムから聞いていない。

「当然でしょ」ルイーズがにべもなく言う。「だってほら、セシリア・ブリスベーンの不良娘、ストリッパーだったあの女が、山火事で亡くなっただろうと、警察は考えているんですもの」

「サンディーのことですよね」

ルイーズは鼻を鳴らした。「名前は存じません。わたくしが知っているのは、警察が彼女を見つけられず、わたくしたちに依頼したことだけですわ。山火事で焼失した部分を四分の一エーカーずつに区分けしてくれ、と。わたくしたちで費用を出して、測量技師に協力してもらいました。署長が言うには、夏になって、カブスカウトやらそういった団体の子どもたちがハイキング中に、女の遺体を発見するようなことになったら困るからって。彼女は警察の手を逃れたんですってね、その……ええ、あなたの元のご主人を殺した後で、そうでしょ？」

わたしはうなずいた。「ええ。彼女は自白し、それから火に飛び込んだんです」

「わたくしたち、徹底してやりましたよ」ルイーズが顎を突き出して言った。「火事にやられた部分を区分けして、土を均《なら》して木を植えました。失踪したストリッパーの遺体はどこにもなかったわ」

「はあ」

「逃げ延びたにちがいないわね」ルイーズはまた鼻を鳴らし、意気揚々、フレンチドアから出て行った。

グレースとジュリアンとわたしは、後片付けをしてダイニング・ルームをもとの状態に戻した。銀器やグラスを洗ってしまい、アレンジメントに水をやり、借り物の陶器を箱に詰め、床を掃除するのに二時間ちかくかかった。それが終わるとクリスマスの飾りの豆電球を消し、厨房で二人のスタッフをねぎらった。

「二人ともよくやってくれたわ」二人に現金を手渡す。「なにも言わないで、受け取ってくださいな、グレース」

「これは寄付することにするわね」グレースが言う。「あなたたち二人は、報酬に見合う立派な働きをしたわ。わたしはくたびれた」グレースが細長い指でふわふわの白髪を梳くのを見ながら、ルイーズの言葉を思い出していた。「あなたは今夜もケータリングの仕事があるんでしょ?」

「おれたち二人とも」ジュリアンがにこっとして答えた。

「それまでのあいだ、ひと眠りするの?」グレースの口調が心配性の母親みたいになったので、ジュリアンがプッと吹き出した。

「エスプレッソを十杯も飲めばしゃきっとする、そうだろ、ゴルディ? そしておれは、自分の分にたっぷり砂糖を入れるから、さらにハイになる」

「すばらしい考え」わたしは言った。「さあ、戸締まりをしましょ」

ルイーズが取っておいてと言った、クッキーの余った袋六つに目をやる。家にはまだたくさん残っているから、ジュリアンとグレースにひと袋ずつあげ、ふと思いつき、残りはファーマン郡拘置所に届けることにした。ゆうべ、パトリシアが必死でした懇願が耳にこびりついて離れない。彼女の涙声や警官の手を振り払おうとした様子を思い出すと、気が咎めてならなかった。彼女は、助けて、と言った。それで、わたしはいったいなにをした？　ケータリング・イベントでいくつか質問して、トムからなんとか情報を引き出そうとした。

「これを拘置所に届けるつもり」わたしは言い、余ったクッキーの袋を大型バッグにしまった。

「拘置所？」グレースが尋ねる。「なんのために？」

「パトリシアに差し入れができるかもしれないから」考えてみれば、パトリシアが拘置されている階の責任者が、わたしの考えに賛成してくれるとは思えない。冷凍したサンタ・クロース・バーに麻薬や禁制品をどうやって隠したらいいのか、わたしにはわからないけれど。

「パトリシアは減量グループのリーダーだったよな」三人で厨房を出ようとしたとき、ジュリアンが言った。

雪と氷に覆われた道を慎重に駐車場まで進んだ。「彼女が食べなくても、警察の誰かが食べてくれるわよ」署の休憩室に置いておけば、サンディー・ブリスベーンが姿を消したよりも早くなくなるにちがいない。

ジュリアンはわが家の合鍵を持っているので、先に戻ってシャワーを浴び、服を着替えるそうだ。グレースも誘ったら、マーラの家に招待されているという返事だった。お風呂に入って、ひと眠りするわ。疲れていてボールダーまで運転する気になれなければ、泊まらせてもらうつもり、と彼女は言った。ケータリングはグレースには酷な仕事だと心配したのは、ルイーズ一人ではなかったわけだ。

「パトリシアを助けるのに役立つような情報、得られましたか？」わたしは尋ねた。「彼女に会ったときに、伝えられるようなこと」

グレースのダークブルーの目に、一瞬、驚きの表情が浮かんだ。「パトリシアを助けるのに役立つ情報？　いいえ、でも、なにか摑んだらあなたに知らせるわ」彼女がドリューの家に入りたいと言い出さなかったので、ほっとしていた。彼女は短く手を振り、古いトヨタを繰って駐車場を後にした。

インターステートに乗るころに、ようやく車内があたたまってきた。それにしても、この寒さはなに？　また雲が出て、空は不吉なほど暗い。まだ午後の二時だというのに気持ちが落ち込む。

アーチから携帯電話に伝言が入っていた。リーガル・リッジに四時に迎えに来て。それから、ガスとトッドを夕食に呼んで、今夜、泊めてもいいかな？　わたしはうめき、トムに電話をかけて伝言を残した。子どもたちを家に連れて帰って、夕食を作って、監督してもらえるかしら。それがポップコーン作りでも、DVDをセットするのであっても。ほんとうはこう言いたかった。言わなくても察知してくれることを願っていた。十五歳の少年たちがやりたがることをやらせないように、つまり、ママとパパのお酒に手をつけないよう見張ってて欲しい。

「シュルツ」伝言を伝え終わったとき、彼の声がした。

「子どもたちの面倒をみてくれる？」

「きみの伝言は聞いてた、ミス・G。ああ、喜んで面倒をみるよ。夕食も作ってやる。そればかりじゃない。食前酒に白ワインを勧め、ディナーには赤、デザートにはコニャックを添えてやるさ」

ため息が出た。「やけに陽気ね」

「おっと、きみをからかうこともできないのか。もう行かないと。でも、いいか、今夜、ガーデン・クラブのレディたちの話を聞かせてくれよ」

電話を切り、聞いた話を思い返してみた。ドリューはペテン師だったかもしれないという話。拘置所の玄関に面した駐車場に車を進めながら、トムもそのことを調べ出したのだろうか、と思った。

冬になると、ファーマン郡警察は、まるでシベリアの奥地の軍事基地みたいだ。五階建てのコンクリートの壁は、階を区切る線がないのでもっと高く見える。日射しを取り込むための波状ガラスの窓も、まるで氷の塊のようだ。

雪がまた降り出した。携帯電話に目をやり、アスペン・メドウ高校に電話してみることにした。サンディー・ブリスベーンのことでなにかわかるかもしれない。両親以外に親戚はいるのか？　親しかった友人はいたか？　おそらくいなかっただろうが、取っ掛かりにはなる。

ファーマン郡の公立学校の冬休みがいつからか知らないし、土曜日に誰かいるかどうかもわからない。

番号案内にかけたら、アスペン・メドウ高校の代表番号につないでくれた。耳に飛び込んできたのは、ファックスのピーッという音だった。もう一度番号案内にかけたら、べつのオペレーターが出て、アスペン・メドウ高校の番号はもうひとつだけだと言われた。こっちもファックスにつながり、耳鳴りがおさまったところで、番号案内に再度かけ、オペレーターに、切らないで、とたのみ、高校の誰か特定の人と話がしたいのではなく、ボイスメールにつないでもらえば助かる、と言った。登録された番号はこのふたつだけで、これ以上どうしようもありません、とオペレーターはにべもない。どちらの番号もファックスにつながってしまう。

こんなオペレーターに給料を払うなんて、税金の無駄遣い！

雪が激しくなってきた。ヴァンの速度をゆるめ、今度はカルフーンで探してもらった。サンディーのかつてのボーイフレンド、ボビーの苗字だ。今度は前より時間がかかった。デンバー都市圏には、ロバート・カルフーンもボビー・カルフーンもボブ・カルフーンもいなかった。最後にレインボウ・メンズクラブに電話してみた。サンディーがストリッパーをしていた店だ。今度は生身の女が出たので、サンディー・ブリスベーンを知っていた人を探している、と告げた。サンディー・ブルーかサンディー・カルフーンの名前でそちらで働いていたんですけど。

「申し訳ないけど、そういう名前の人はいないわ」女が言う。

「だったら、ラナ・デラ・ロビアかダニー・ボーイはいませんか?」わたしは必死で食い下がった。「二人とも彼女を知っていたから、彼女と親しかった人のことを知っているかもしれない――」

「ラナとダニーはマネーローンダリングの罪で塀の中よ!」女が叫んだ。「二人を探してるってことは、あんた、デカか犯罪者ね!」そう言って女は電話を切った。

サンディーの人生をほじくり返すには、べつの方法を考えなければ。

電話を切るころには、降りしきる雪で郡警察の建物もよく見えないほどだった。トムはどこ? だめだめ、これ以上彼に迷惑はかけられない。わたしがパトリシアに面会することを、彼は許さないだろうし、そのことで口論したくなかった。大きく息をつき、クッキー二袋を摑み、雪でぬかるむ道をいかつい拘置所の玄関へと向かった。

パトリシア・インガーソルに面会したい、と受付の巡査に伝えると、こう言われた。「彼女の弁護士ですか?」疑わしげな口調で。フライパンやソテーパンの絵がプリントされ、サラダのドレッシングやほかの諸々で汚れたケータラーのシャツとパンツでは、どう見ても弁護士には見えない。

「友だちです」

受付の巡査は電話をかけ、低い声で話した。それから二本電話を受け、永遠とも思える時間、席をはずし、ようやく戻ってきた。デスクの上のスイッチボードが鳴り、どうぞ四階まであがってください、と巡査が言った。そこが女子収容棟で、受付の巡査に言えば電話機が並んでいる場所に案内してくれて、ガラス越しにパトリシアと話ができるそうだ。彼女に差し入れはできますか、と尋ねたら、ぜったいにだめです、という返事だった。そこでクッキーの袋を差し出すと、驚いた顔をしたので、こう言った。わたしはシュルツ捜査官の妻で、ふさわしいと思う人にお菓子を配ってるんです。

「シュルツの奥さん?」巡査の喉仏が上下した。彼の口調から恐怖を聞き取ったのは、わたしの思い過ごし?

うなずいて、階段をあがった。ケータラーは、厨房を駆けずり回り、ローストビーフやポテトやチョコレート・ケーキを満載した皿を配って歩く以外、ほとんど運動をしない。体形を維持するのにそれで充分だと思うが、実際にはそうではない。牛の肉汁を味見し、ポテトにもっとクリームを入れる必要があるかどうか味見し、チョコレート・ケーキにちゃんと火が通っているかどうか端っこを摘んで食べていればなおさらのことだ。なにしろわたしのモットーは、まさにこの味、だから。四階まで階段をあがったぐらいでは、充分な運動とは言えないが、四階に辿り着いたときには心臓麻痺を起こしそうだった。

四階の受付の巡査に電話ブースへ案内されると、じきにパトリシアが現れた。まちがいなく、彼女にオレンジ色は似合わない。

「まあ、ゴルディ。ごめんなさいね、あなた……でも、わざわざ来てくれて、ありがとう。あなたが弁護士だったらよかったのに」そこで涙を拭《ぬぐ》った。「あの馬鹿な警官ったら! わたしはなにもやってないのに。ドリューを愛していたって言っても、まともに聞いてもくれない」

「ありがとう」彼女の目からさらに涙が溢れた。いつもは完璧に波打っているプラチナブロンドの髪が、脂《あぶら》まみれで絡まり合い顔に垂れている。泣き腫らした顔は斑《まだら》だ。「これからどうしたらいいのかわからない」

宥める口調で話しかけた。「逮捕した理由を、警察はどう言ってるの?」

彼女は目を見開いたけれど、眉は額をのぼっていかなかった。フムム、しわ伸ばしのボトックス注入ね。ゆうべと同様、懇願口調だ。「わたし、記録魔なの、わかる? 減量グループの全員の、減量前と後の写真をスクラップブックに貼ってあるの。みんな喜んでくれている。何者かが警察に通報したのよ。ドリューの事件でわたしを調べるべきだってね。ゆうべも言ったように、お隣りさんが言うには、警察が家宅捜索令状を持ってうちにやってきた。わたしは家を抜け出してきたけど、警察はテーブルをひっくり返し、書類をばらまき、スクラップブックの中身をぶちまけていたって。ブルースターに電話したら、あなたの家で待てと言われた。警察が家宅捜索したときに、エクサクトのナイフを見つけたの。スクラップブックに資料を貼るときに使っているナイフよ。そのナイフに血がついていた、と警察は主張している。もしそうなら、わたしの血だって、ブルースターに言ったわ。わたし、よく怪我するから。ナイフに血がついていたとしたら、古いものにちがいない。乾いた血よ。それに、わたしはＡＢ型のマイナスなの。ドリューの血液型は知らないけど、わたしの血液型は珍しいものよ。でも、警察は信じようとしない。これっぽっちもね」ぐっと涙を堪える。「ここの警察はめちゃくちゃよ。あなたのご主人は、無能の集まりの組織で働いているのね」

わたしはそれを無視した。「それでいま、あなたのナイフについていた血を調べているのね？」

「ええ、ゴルディ、あなたに言いたかったのはそこよ」パトリシアが叫んだので、わたしは受話器を耳から二センチ離した。「鑑定結果が出たら、わたしはここから出て、そして――わたしたちを隔てるプレキシガラスをバシンと叩いた――「不法逮捕で警察を訴えてやる。ざまあみろよ」

「あなたの血だったら」わたしは自信をもって言った。「むろん自由の身よ。ねえ、あなたがゆうべ話してたことだけど。ドリューが何人かと面倒なことになってたって――エリザベスにニール・サープ、それからスミスフィールド・マッカーサー。彼らとなにがあったのか、もっと詳しく知らない？　ほかにも、ドリューに恨みをもっていて、彼を殺す動機のある人間を知らない？　あなたとブルースターとで、妥当な説を警察に提示できれば、あなたの潔白を証明するのに役立つわ」

ドリューのストーカーのことを話してくれないかと期待した。わたしはサンディー・ブリスベーンだと睨んでいる。でも、肩透かしを食らった。「ニール・サープね。彼はドリューの会社を乗っ取ろうとしていた。ドリューが彼を雇ったのは去年のことよ。手を広げすぎて一人では捌《さば》ききれなくなったから。投資家と連絡をとって、その要望にすぐに応え、探している地図を見つけてくれる人が必要だったの。金持ちを相手にするのがどういうことか、あなたもわかるでしょ。いつもご機嫌をとってやらないと、へそを曲げる。蒐集家が癇癪を起こしそうになると、宥めるのがニールの仕事だったの」

「スミスフィールド・マッカーサーも、癇癪もちのクライアントだったの？」

「彼もほかの連中とおなじ、赤ん坊よ。電話を受けてやって、おだててやって、かならず儲かる、損はしないって安心させてやるの。図書館の防犯カメラに、ドリューの投資家たちの誰かが映っていたのかどうか、あなた知らない？」

「防犯カメラになにが映っていたか、あたしは知らないわ。いま調べているところでしょうけど」怒りっぽい禿げ男のラリー・クラドックのことを考えた……それにサンディーのことも。「あなたがきのうの午後、図書館にいたって、司書のロバータ・クレピンスキが警察に言ったそうね」

「もう、あの女ったら、なんでよけいなことに首を突っ込むの？　自分の仕事をやってればいいじゃない」パトリシアは肩をすくめた。「わたしは減量グループの人と会ってたの。ラルフ・シェルトン。警察が調べればわかることよ」わたしはうなずいた。ラルフなら知っている。太り過ぎにはとても見えないが、どういうのが健康的で元気かは、人それぞれの考えがあるし。

「図書館にいるあいだに、ドリューと話をしたの？　彼はクライアントと会っていたと警察は考えているけど。彼はそのことでなにか言ってた？」

「ドリューがあそこにいたことも知らなかったし、話もしていないわ。図書館でドリューと待ち合わせする可能性のある人間は一人も見ていない。あのラリー・クラドックを除けばね。わたしにとっては絶対に避けたい人間」

その男と二度も不愉快な出会いをしているから、彼女の気持ちは理解できる。でも、尋ねてみた。「どうして？」

彼女は目をくるっと回した。「ラリー・クラドックはいつだって泣き言たらたら。地図蒐集のすべてをドリューに教えたのは自分なのに、ドリューのほうがはるかに成功したとか、自分をパートナーにすべきだったのにとかね。彼はすごくへんてこな名前の店をやってたの——ラリーの地図の巣《ラリーズ・マップ・レアー》。そんな名前の店でなにか買う気になる？　それで、まあ、彼は店を畳まざるをえなくなった。そのことでもドリューを恨んでたのよ」

「どうしてドリューのせいだと思ったの？」

「ドリューが安い値をつけるって、ラリーは文句を言っていた。でも、実のところは嫉妬してたんだと思う」そう言って手をひらひらさせた。「この世の誰よりも、自分は地図を愛しているって、ラリーは言ってる。おれは偉大なディーラーだ、自分のやっていることに誇りをもっている。だから、みんなおれから買うべきだとか、もう聞いてられないわよ。大口の地図蒐集家が開くカクテル・パーティーで、ラリーに出くわすことがときどきあった。一緒に仕事をやろうって、しつこく言ってドリューを困らせてたわ。わたしもさんざん聞かされた。地図をどれほど愛しているかとか、生まれたときから地図を崇《あが》めてきたとか、いろいろね。そういう話を聞くのは死ぬほど退屈。疫病にかかったほうがよっぽどまし。あっと言う間だし、痛みも少ないもの」

「もう、そんなこと言って」

「きのう、図書館でラリーを見たことも、ラルフと会っていたことも、刑事たちにすっかり話したわ。それから、図書館の古本セールに古い料理本を寄付した。たしかそれって罪にはならないわよね」そこでしばらく口をつぐんだ。「ゴルディ」

わたしは意気消沈していた。「なに?」

パトリシアが身を乗り出したので、形のいい小さな鼻がプレキシガラスにくっつきそうになった。「ドリューを殺した犯人を捜し出すのに、手を貸してちょうだい」

「いいこと、パトリシア、あたしがドリューのことを尋ねているのは、あなたを助けたいからなの。でも、ナイフについていた血の検査が終われば、あなたの無実は証明されるわ。警察はちゃんと仕事をやってくれるわよ、パトリシア、まかせればいいわ」

「なに言ってるのよ。警察はちゃんと仕事をしてやしない。ちゃんとしてるなら、なんでわたしがここにいるのよ!」

「あなたが動揺するのも無理ないと思う。でも、警察は手掛かりをひとつひとつ調べていかなきゃならないの」

彼女は大きく息を吸った。「ねえ、ゴルディ、わたしほんとうに怖いの。ドリューにはたくさんの敵がいたって話したでしょ……ゆうべ、その話のつづきをしようとした」わたしが黙っていると、彼女はつづけた。「もっとひどいことが起きていたのよ。誰かがドリューをつけ回していたの。女よ。彼女は電子メールで脅迫状を送ってよこし、彼の家の玄関にネズミの死骸を置いた」口をへの字にした。「その、正確に言うとハタネズミだったって、ドリューが言ってた」

肌がチクチクした。「女が彼をつけ回して、玄関にネズミを置いていった?」

パトリシアはうなずいた。「若く見えるけど、おそらく二十代後半で、ブルネット」彼女は顎を突き出した。「オーケー、このことは持ち出したくなかったんだけど、でも、あなたも知ってる人よ」

なんとか表情を取り繕おうとしたが、パトリシアはすぐに見抜いた。ダイエットする人たちのごまかしを、表情から読み取ることに慣れているのだろう。

「それが誰か、あなた知ってるのね?」彼女の顔には怒りと、勝ち誇った表情が浮かんだ。

「わたしが誰の話をしているのか、あなたにはわかっている。ドリューの家の前の道に車を駐めていたのを、見たことがある。わたし、思ったわ。フムム、あの顔には見覚えがある」パトリシアがマニキュアをした人差し指の爪で、ガラスを強く叩いた。「わたしはブロンドのお馬鹿さんじゃないの、ゴルディ。人並みに新聞ぐらい読むわ」

受付の巡査がパトリシアのかたわらに現れた。「ミス・インガーソル?」くぐもった声が聞こえた。「血痕鑑定の結果が出ました」

「それは早いこと」わたしはつぶやいた。

「疑いは晴れました、ミス・インガーソル」巡査が言った。

パトリシアが言う。「そう、べつに驚くことじゃない、そうでしょ、巡査？　謝ってくださらない？」だが、巡査は行ってしまった。パトリシアはわたしのほうに振り向いた。「ゴルディ、あなたが警察にしゃべったんでしょ。ドリューのストーカーのことは、警察から聞いたのね。わたしがゆうべ、あなたに話したから」

「あなたは匂わせたのよ。それにしても、血痕鑑定の結果が出るのがやけに早いじゃない？」

「ブルースターがせっついたの。そんなことより、このストーカーが何者か、どれほど危険か、あなたもわかってるんでしょ。もし彼女が、つぎにわたしを狙ったら？　それとも、ほかの誰かの仕業だったとしたら——エリザベスかラリーか、ニールか、あるいはスミスフィールドが変装してやったのだとしたら？」

「それは、あたし——」

「そういつもいつも、背後に注意してるわけにはいかない。この殺人鬼が襲ってくるのをただ待っているわけにはいかない。ねえ、ちゃんとお金を払うから、ドリューを殺した犯人を突き止めてちょうだい」

「調べるのにお金をもらうつもりはないわよ、パトリシア。私立探偵を雇ったらどうかしら。そういうことを生業《なりわい》にしている人を」

「減量グループの新年の晩餐会のケータリング、あなたにやってもらうことにするわ」パトリシアの勢いはとどまるところを知らない。「新年を迎えると、誰でもダイエットを決意するでしょ。だから、低カロリーのご馳走で祝うの。一人から百ドル取るから、ケーターラーの儲けは四十パーセントにはなる。それに、現金で払う」

「パトリシア、よしてよ。あたしに話したこと、刑事たちに言ったの？　ドリューのストーカーのこと、話したの？　ストーカーの正体とか、ハタネズミのこととか、すっかり話したの？」

「もちろん話したわよ。でも、信じたとは思えない。だって、サンディー・ブリスベーンは死んだことになってるんでしょ？　警察から見れば、わたしは幽霊に罪を着せようとしているのよ」

わたしは眉間を揉んだ。ひどい頭痛がしてきた。「ドリューが電子メールで脅迫されたと訴えたら、警察は真に受けた。ストーカーは、あなたが考えている人物じゃないかもしれない。彼女を見たと思い込んでいるだけかも」

「サンディー・ブリスベーンはあなたの元のご主人を殺したんでしょ。思い込みじゃないわよ。彼女がわたしの婚約者を殺したのかもしれない」また目から涙が溢れた。「ドリューとわたしはクリスマスに結婚するつもりだった。たがいへのプレゼントとして」彼女は下唇を噛んだ。「わたしが見た女はたしかにサンディーだった。彼女は火事で死ななかった。舞い戻ってきて、ドリューを狙った。あなたの元のご主人を狙ったようにね。つぎの狙いはわたしだったら？　あなたかあなたの息子をつけ回したら？　助けてちょうだいよ、ゴルディ。わたしたち二人とも危険なのよ！　そのことを考えてみて」

そう言うと、パトリシアは電話を切った。さっと椅子から立ち上がり、女子収容棟に通じるドアへと向かった。わたしは座ったまま、彼女が言ったことの意味を考えていた。サンディーはわたしを傷つけるために、舞い戻ってきたのかもしれない。アーチを傷つけるために、舞い戻ってきたのかもしれない。

十一月二十五日以来、その可能性を考えると悪夢にうなされる夜がつづいていた。

どうしても頭から離れない大きな疑問があった。サンディーはなぜアスペン・メドウに戻ってきたの？

10

わたしは茫然とし、数分間、なにをすべきか考えようとしていると、巡査が、そろそろ時間です、と言った。

「犯罪者のせいですね、そうでしょう?」階段に向かうわたしに付き添ってきた巡査が言った。「犯罪者に会うと、ひどい気分になるものです」

パトリシアは犯罪者ではない、と言い返したかった。わたしは彼女の披露宴のケータラーをやったのだ。彼女が低カロリーのエンゼルケーキを、フランク・インガーソルの口に運ぶのを見守った。彼がケーキを呑み込むと、彼女はプッと吹き出してわたしにウィンクした。サンディーがドリューをつけ回していることを知り、不安な気持ちで過ごしてきたとしても、それは彼女が悪いのではない。巡査は彼女に、疑いが晴れたと告げた。それで……彼女は釈放される。刑事たちとしてはおもしろくないだろう。疑ってかかるのが商売だから。巡査にありがとうとだけ言い、重い足取りで階段をおりた。考えをまとめたかった。一階までおりるあいだに気持ちが落ち着き、パトリシアともっと話をしたいと思っていることに気づいた。受付の巡査に、パトリシア・インガーソルを家まで送っていってもいいかと尋ねた。締まりのない顔に笑みを浮かべ、電話をして拘置者の状況を尋ねてみませんと、と言った。お役所仕事につきものの面倒なやりとりがあり、だいぶ待たされて、ようやく巡査が言った。すべて手配したので、輸送の必要はありません。〝輸送〟とは、まったく。彼女が出て来るのを玄関で待っていてもかまいませんか、と尋ねると、すでに帰られました、と言われた。

「ずいぶん早いこと」

「ええ、一刻も早くここから出たいんでしょう」巡査がまたにっこりしたので、わたしも笑みを返した。クッキーをあげたせいでぐっと友好的になっており、ブルースター・モトリーの事務所の人間二人が、パトリシアの車を拘置所の駐車場に置いていったのだ、と教えてくれた。そこまでのサービスにたいし、ブルースターの事務所はパトリシアにいくら請求するのだろう。アーチとガスとトッドとスノーボードの道具とでぎゅうぎゅう詰めのヴァンで送るとなると、パトリシアには窮屈な思いをさせることになる。男の子三人はあたりかまわず大声でしゃべり、わたしに**音楽をかけて！**と命令する。その合間を縫って、パトリシアはドリュー殺しについて自分の推理をわたしに聞かせるのだ。

パトリシアが独自の輸送手段をもててよかった。

ハラハラと舞う雪を縫ってヴァンへ向かった。パトリシアに面会しても気持ちは晴れなかった。自分を、ケータリングのお得意さんであり、わたしを必要としている友人を訪ねる親切で善良な人間とは思えなかった。朝食会とガーデン・クラブのランチをこなした後、パトリシアと言葉を交わしたことで、へとへとになっていた。ただの疲れではない、骨の髄まで疲れきっていた。一日か二日、ベッドで過ごしたいぐらいだ。パトリシアからドリューのストーカーの話を聞いたせいだ。これでサンディー・ブリスベーンが生きていて、前地区検事の事件になんらかの形で関係していることがはっきりした。

パトリシアが恐れているように、つぎの標的はわたしたちなの？　ジョン・リチャードの撃たれて血まみれの死体、ぜったいにああはなりたくない。考えるのもいやだ。それに、今夜はケータリングが入っていて、しゃきっとしていなければならない。それなのに、ヴァンにもたれかかり、冷たい雪混じりの空気を吸い込んでいた。

気を取り直してヴァンのエンジンをかけ、駐車場を後にしながら考えた。いま必要なのはカフェインだ。チョコレートでもいい。両方ならもっといい。男の子たちも、融けかかったマシュマロが浮かぶ湯気の出るココアを飲みたいにちがいない。高級コーヒーショップに寄って、多少の贅沢をするぐらい許されるんじゃない、と自分に言い聞かせた。

十五分後、車の頭金になるぐらいの大金をはたいたせいで、手が震えないよう自分を激励しながら、ずしりと重いボール紙のトレイをヴァンに運んでいた。あたらしく蓋付きの保温マグを四個買うという贅沢をすると、コーヒーショップの店員はにこにこしながらそれを洗ってくれた。三個には熱々のココアを注いでふわふわのマシュマロを載せ、残る一個には熱々のモカ——わたくしめのために——を注いでもらった。

ひと口目は熱すぎた。マグをトレイに戻すと、不意に涙が込み上げた。道に出てアクセルを吹かし、サンディーがどこかとてつもなく寒いところにいますようにと願って、自分の心をあたためた。信じられないことに、これが効いた。ヴァンのエンジンに無理をさせて丘をのぼり、リーガル・リッジ・スノー・スポーツ・エリア、略してＲＲＳＡに向かうあいだ、ぬくぬくしていた。

まだ四時だというのに、あたりはベルベットのコートのような闇に包まれていた。ＲＲＳＡの巨大なライトが、渦巻く雪の厚いベールを照らし出し、その向こうをスキーヤーやスノーボーダーたちが元気いっぱい滑り降りてくる。アーチと仲間の姿が見えないので、スロープに面した駐車場にヴァンを入れ、エンジンをかけたままの車の列に並んだ。車の中には、わたし同様、過保護な母親たちが乗っているにちがいない。どうして母親というものは、こうして子どもたちを案じて見守っていれば、彼らが傷つかずにすむと思うのだろう？

トムに電話をするとまたボイスメールにつながったので、わたしの居場所を言い、パトリシア・インガーソルに面会に行き、いっそう謎が深まったことを手短に伝えた。サンディーのことでなにかわかった？　ラリー・クラドックといやな出合いをしたんだけど、詳しいことはボイド巡査部長に訊いて。それから、ラリーが言うには、ドリューは貴重な地図を二枚持ってきて、彼に買わないかともちかけたらしいけど、ドリューが持っていたのは上着の内ポケットに入っていた一枚だけよね。誰かがもう一枚を盗んで、内ポケットに入っていたのは取らずに去ったか、二枚とも盗んでいったのか。ドリューがラリーに二枚の地図を見せたとき、内ポケットにもう一枚入れていたのかもしれない。

トムはどう考える？

ドリュー・ウェリントンの死がどんな意味をもつのか、警察の見解は？

そんな疑問のあれこれを携帯電話からボイスメールに吹き込んでいると、ひときわ素早い動きのスキーヤーが目に留まった。ほっそりした肩と長髪から女のようだ。帽子はかぶらず、カールした髪をなびかせている。恐ろしいことに女はスピードをいっそう速め、麓《ふもと》にちかいリフトに並ぶ子どもたちの列に突っ込んでいった。子どもたちが悲鳴をあげて飛びのいても、女はスピードをゆるめない。いったいどうしたの？　競走でもしてるの？　だとしたら、誰と？　麓まで滑りおり、リフトに向かおうとするスキーヤーの一団にちかづきながら、女が助けてと叫ぶのが聞こえた。スピードのコントロールがきかずに、猛然と滑るだけだ。

まるで手榴弾のように、女はスキーヤーたちの動く列にぶち当たった。体とスキーとストックが吹っ飛ぶ。助けを求める叫び声。わたしがヴァンから飛び出すのと、ほかの母親たちが飛び出してくるのがほぼ同時だった。誰が怪我したか、どれぐらいの怪我か、見極めようと必死で走った。残念なことに素早くは動けない。寒風が上着を突き抜ける。雪が踏み固められた道で、スニーカーが滑る。スノー・スポーツを呪いながら、アーチと仲間たちが〝ガレージセール〟と呼ぶ衝突事故現場に辿り着いた。心配で胸が張り裂けそうだった。息子が、積み重なって倒れた人たちの下敷きになっていたらどうしよう。

でも、アーチはそこにいなかった。ほかの母親たちはわが子に飛びつき、雪を払い落とし、怪我はないかと調べ、無謀な滑りをした女に刺すような一瞥を投げかけた。女は雪の上に仰向けに倒れたままワーワー泣いていた。彼女の怪我がいちばんひどそうだ。

その横で、母親が息子を抱き締めていた。息子は十歳ぐらいだろうか、怪我よりも周囲の騒ぎに気を取られている。母親は女に向かって怒鳴った。「スキー・パトロールにチケットを取り上げてもらうから！　今シーズンはもう滑れないようにしてやる！　ここには出入り禁止よ」

「もうそのぐらいにしたら」わたしは怒れる母親に声をかけ、泣きじゃくる女に屈み込んだ。「事故だったんだから」あら、まあ。スキーヤーはロバータ・クレピンスキだった。

あたりを見回す。怒れる母親は車に戻っていった。離れた場所で、母親たちがわが子の世話を焼き、カップルたちはそれぞれの無事をたしかめあっている。RRSAでは、監視にあたるスキー・パトロールはたいてい二人しかおらず、いずれの姿も見当たらなかった。雪の上を滑りながら進み、出合ったスノーボーダーを摑まえ、リフト小屋に手の空いている人がいたら、助けにきてくれるよう頼んでくれ、と告げ、ロバータのかたわらに戻って膝を突いた。

「ゴルディよ」声をひそめた。「どこか折れていたら教えてね。動かないようにして」

「まあ、ゴルディ、ごめんなさい」ロバータはうめき、起き上がろうとした。

「だめよ！　よけいひどいことになるだけだから」

「あたしなら大丈夫よ、ほんとに。なんて馬鹿なこと」またおいおい泣きはじめた。わたしの警告を無視し、右を下にして寝返りを打ち、スキーに悪態をつきながらブーツからはずした。ひどいうめき声をあげながら、なんとか起き上がった。「誰かに怪我をさせた？　ああ、おねがいだから、させてないって言って」

　居残っている母親や怪我をしたスキーヤーはいないかと、あたりを見回した。「させてないと思うわ。重傷を負った人はいない」彼女はまたうめきながら、両手と両膝を突いて立ち上がろうとした。「どうかそのままにしてて、ロバータ、よけい悪くなる――」

「なんともないわ！」彼女は仰向けに崩れおち、両手で顔を覆った。衝突で手袋が片方なくなり、髪は濡れて絡み合っていた。

「ロバータ、さあ。アスピリンを呑む？　車に入ってるわ。そうそう、車に熱い――」

「アスピリンは欲しくない……どうか構わないでちょうだい。ちょっとめまいがしただけ。けさ、気を失ったのとおなじよ。あたし……スキーのコントロールがきかなくなって。もともとスキーはうまくなかったし。来なければよかった。いろんなことがあって、気晴らしがしたかったの」

「わかったから、気持ちを鎮めて」赤いウェアを着たがっちりしたスキー・パトロールがかたわらにいた。足音に気づかなかった。スキーをはずしてひざまずいた。「具合を調べるあいだ、しばらく静かにしててください。いいですね？」

「だめ！」彼女は叫んだ。「調べてなんか――」

「ここは痛みますか？」スキー・パトロールの男はロバータの足首を摑んで尋ねた。

「どうか、あたしなら大丈夫だから。うちに帰してください。たしかに爪先はかじかんでます。でも、車に乗せてもらえれば、じきにあたたまるから、そしたら――」

「ここはどうですか?」ロバータの抵抗をものともせず、男は怪我の具合を調べつづけた。どこも折れたり挫いたりしていないことがわかると、ロバータに手を貸して立たせ、わたしにスキーとストックを持ってくれとたのんだ。「彼女が自分の車を運転できるようになるまで、あたためてあげてもらえますか?」男がわたしに尋ねた。しわ深く日に焼けた顔を、そのときはじめてじっくり見た。「こんなふうに震えたまま、運転して欲しくないのでね」

「ええ、もちろん」

スキー・パトロールの男は、ほっとした表情を浮かべ去っていった。わたしはロバータのスキーとストックを持ち、彼女を助けてヴァンに向かった。エンジンをかけっぱなしにしておいてよかった。飲み物のトレイを助手席からどけてロバータを座らせ、モカのマグを渡して飲むように言った。ちょうどよいあたたかさになっている。彼女はぐっとひと口飲み、マグをトレイに戻した。

「ほんとうに気分がよくなったわ。風邪をひいたかも。インフルエンザに罹《かか》ったかもしれない。うちに帰って寝たほうがいいみたい」

「誰にとっても辛い経験だったわね」わたしは同情して言った。「拘置所に行って、パトリシア・インガーソルに面会してきたところ――」

「彼女がドリューを殺したんだと思う?」

「いいえ、警察もそうは思っていない。釈放されたわ。彼女の犯罪を裏付けると思った証拠が、役に立たないものだと判明したの」

ロバータはマグに手を伸ばし、もうひと口飲んだ。難しい顔になる。「彼女はあなたの友人らしいけど、でも……あなたが考えているほどいい人間じゃないかも」

「へえ？　どういうこと？」

「彼女は年がら年中図書館にやってくる。減量グループのミーティングを開いてるのよ。ほとんど毎週のように、ヘアドレッサーと話をしているのを見かけるけど、べつに髪のことで会ってるんじゃないみたい」

「そうなの？　その人がヘアドレッサーだって、どうしてわかるの？」

「わたしも彼女に髪をやってもらってるから。このありさまを見たら、疑いたくなるだろうけど」彼女はつぶやき、絡まった髪を指でほぐそうとした。「そのヘアドレッサーについていろんな噂があるのよ。リタリンみたいな処方薬を裏で売っているとか。リタリンを不法に手に入れたがる人は多いの。元気を回復するためや、集中力を高めるため、それに、体重を落とすために。運動とダイエットだけでは充分じゃないのよ。ほんとうに細くなりたければ」

「つまり、パトリシアが図書館でヘアドレッサーからリタリンを買っているって言いたいの？」信じられない思いで尋ねた。リタリンは依存性が高く乱用が問題になっている向精神薬で、鬱病や睡眠障害の治療に使われる。

「わたしだって確信があるわけじゃないの。あったら警察に通報しているわ。でも、いつも図書館で会っているっていうのが妙だと思わない？　二人とも一冊の本も借りていかないのよ」

　図書館では、殺人に加えて麻薬取引まがいのことまで行われているわけだ。世の中、どんどん悪くなる。

　ロバータがわたしのモカを飲むあいだに、わたしは時計を見た。まだ大丈夫。アーチと仲間がやってくるまで十分ある。ロバータは落ち着いたようだ。わたしの脳味噌には疑問が食らいついている。ロバータは図書館でサンディーを見たことがあるの？　どういう状況で？　サンディーは元ストリッパーだし、薬の違法取引ぐらいやりかねない――それを言うなら、なんだって。

「ロバータ、この夏にあたしの元夫が殺されたとき、あなた、町にいた？」

　彼女はモカを飲んだ。「ええ。なぜ？」

「知ってるかしら」ゆっくり言う。「というか、知っていたかしら、サンディー・ブリスベーンを。セシリア・ブリスベーンの娘だった」ロバータがなにも言わないので、わたしはぐっと唾を呑み込んだ。「サンディーはあたしの元夫を殺したことを自白して、それから炎の中に身を投じた。夏に起きたアスペン・メドウ野生生物保護区の山火事」

　ロバータは頭を振った。「セシリアのことは知っていた。でも、サンディーのことは知らないわ。セシリアは彼女をアレグザンドラと呼んでたけど。アレグザンドラ――つまり、サンディー――が、あの火事で焼け死んだことは新聞で読んだわ。でも、なぜあなたが彼女のことを気にするの？」

わたしは唇を噛んだ。「彼女が生きている可能性があるのよ。サンディーは、ドリューとパトリシアの後をつけ回していた。パトリシアはそう思ってるわ。ドリュー・ウェリントンに図書館から電子メールで脅迫状を送った若い女を、警察が追っていることは、あなたも知ってるでしょ」

ロバータは半信半疑だ。

「いいこと、ロバータ、あたしはきのうの午後、図書館でサンディーを見たの。確信があるわ。あなたがドリューを見つける直前のことよ。彼女は……まるで彼を見張っているようだった。あるいは、彼と会う約束をしていたか、それとも、なにか企んでいたか。あたしはサンディーが怖いのよ、ロバータ。彼女はジョン・リチャードを殺した。アーチを襲うかもしれない。あるいは、あたしを。あなた、彼女を見ているんじゃない？　そうとは気づかずに。なにか気づいたことない？　そのときは大事なこととは思わなくても、どんな小さなことでもかまわない。サンディーがどうして図書館にいたか、ドリュー・ウェリントンとどういう関わりがあるのか、解き明かす助けになるわ。彼女は若くてほっそりしてて、ブルネットの長い髪。もし見かけていたら、教えてちょうだい」

ロバータは長々と白い息を吐き、窓のそとに目をやった。「いいえ、見かけていないわ、ゴルディ。でも、その電子メールの脅迫状の一通は、たしかにうちの図書館から送られたものだった。悔しいことにうちの監視システムはデジタルなので、映像を二日間しか保存できないの。だから、その日にコンピュータを使った人物の顔を照合できないのよ」彼女は頬の内側を噛んだ。「きのうの午後、ほかにも妙なことがあったわ。三時半ごろだった。ドリュー・ウェリントンが見るからによろよろした足取りで、貸し出しデスクにやってきたの。そのときデスクにいた司書は、彼がどこか……怪我でもしたのかと思ったそうよ。でも、ドリューはなにも借りず、司書がほかに気をとられていたあいだにいなくなっていたんですって」

「彼が本を借りなかったというのはたしかなの？　返しにきたんじゃないの？　誰かと口をきいた？」

「いいえ。あたしが知っているのはそれだけ。ねえ、もう行かなくちゃ。いろいろと親切にしてくださってありがとう。モカのお礼は今度するわね、ゴルディ、かならず」

「そんなこと気にしなくていいから。でも、まだ無理なんじゃない。あたしはちっとも構わないんだから」彼女にしがみついてでも引き止めたかった。わたしの情報源、わたしの司書。彼女はああ言ったけれど、サンディーがアーチを見張っているのを、彼女は見ていたのかも。頼りになるのは彼女しかいない。「ロバータ、おねがいだからまだ行かないで！」でも、彼女は華奢《きゃしゃ》な体を滑らせてそとに出て、後ろ手にドアを閉めた。スキーとストックをヴァンから引っ張り出し、もごもごと礼を言って去って行った。遠くから、リフトの運行終了を知らせるくぐもった鐘の音が聞こえた。もう上へは行けない。滑りおりるだけだ。スキーヤーの人波の中で、巻き毛が絡まって海藻のようになったロバータの赤毛が跳ねるのが見えた。わたしはダッシュボードを拳で叩いた。

「ハイ、ママ、めちゃ寒い！」アーチが助手席のドアを開けたが、その声ははるかかなたから聞こえるようだ。ちらっと彼を見る。頭にゴーグルを載せたアーチは、汗にまみれた顔にしわをいっぱい寄せて、いかにもせっかちだ。「サイドドアを開けるボタンを押してくれなくちゃ」わたしはまたダッシュボードを叩いた。「ママ？　どうかしたの？」

「なんでもない！」わたしは叫び、両手でハンドルを叩いた。

「怒りをそうとう溜め込んでるんだね？」

なんともはや、選択科目で心理学をとってる高校生から、厳しいご指摘。「あたしなら大丈夫だから」サイドドアを開けるボタンを押した。「スノーボードを荷台に載せて、早く乗りなさい」

「わかった、ママ。ダッシュボードとハンドルを叩いていたのは、頭にくることがあったからでしょ」

深呼吸する。アーチは始終わたしのことを心配しているくせに、ときにその心配を小生意気な台詞で隠そうとする。「ほんとに大丈夫だから。ほら、あなたとトッドとガスの分のココアを買っておいたわよ。ドアを開けっ放しにしてたら、車内がどんどん寒くなるじゃない」

アーチがつぶやいた。「ママったら、まったく」それでもおとなしくわたしの小言を聞き入れ、五分後にはスノーボードやほかの道具は荷台におさまり、男の子たちはそれぞれの席におさまっていた。飲み物を渡すと、ありがとうの合唱が起きた。踏み固められた雪をザクザクいわせて、ヴァンは長い車の列に並んだ。凍るような大気の中で、排気ガスの雲がキラキラと光る。家に向かう車内で、子どもたちは熱いココアを飲みながら興奮した口調でしゃべりつづけた。シュレッディングとかクルージングとかスノーボード用語が飛び交い、例の事故のことも話題に出た。わたしの世代なら、〝衝突〟は〝ワイピング・アウト〟と言うが、この子たちはどういうわけか〝ガレージセール〟と言う。なにはともあれ、とても楽しそうだ。

インターステートに入っても渋滞はつづき、夕暮れの薄闇をブレーキライトが赤く染めた。携帯電話が鳴ったので、スピードをゆるめ、とりあえず電話を受けた。雪のインターステートで、しかも後部座席に騒々しいティーンエージャー三人を乗せているときに、携帯電話で話す気にはなれない。

でも、トムからだった。全身の筋肉の緊張がとけ、ロバータにモカを飲まれてしまったこともどうでもよくなった。トムの声がモカのように心をあたためてくれたから。「やあ、ミス・G。拘置所に面会に来たのに、声もかけてくれなかったんだな」

「ごめんなさい。パトリシアに面会して、それからアーチたちを迎えに行かなきゃならなくて。パトリシアはひどく動揺していて――」

「ああ、あの、〝ミス・AB型マイナス〟な。彼女がきみに自白しなかったのは残念だ。おれたちはしくじったからな。早々にお引き取りいただくことになった」

わたしは声をひそめた。「彼女が話したことについて、どう思うの？　サンディーがドリューをつけ回していたとか。サンディーがハタネズミの死骸をドリューの家の玄関に置いたとか。ゆうべ、うちに来たときには、どうして話してくれなかったのかしら」

「さあ、どうしてかな。でも、きみはこの事件を調べるつもりでいるんだろ、ええ？　パトリシアのことを心配し、サンディー・ブリスベーンのことを心配している」

「ええ、まあ」

「わかった。もしパトリシアが、ドリューの後をつけるサンディー・ブリスベーンを映したビデオでも持っていて、ハタネズミを置いていった人物の写真をこっちで入手できれば、彼女の話を信じることに吝かではない。おれたちにわかっているのは、きみもパトリシアも、サンディーに似た誰かを見たと言っていることだけだ。ただし、短いブロンドではなく、長いブルネットだけどな」

　なんだか自信がなくなってきた。「それで、ハタネズミは？」

「なあ、いいか、ゴルディ。もしそれがたしかに脅迫だったなら、ドリューが通報しないと思うか？　例の曖昧《あいまい》な三通の電子メールで、すでに強迫観念にとり憑かれていたんだぜ。ハタネズミの死骸の件も、通報するにきまってる。ハタネズミはたまたま年寄りで、ドリュー・ウェリントン家の玄関先の階段で命尽きたのさ」

「もういいわよ」車の流れが滞ってきた。「今夜は、マッカーサー家でカレー・パーティーを請け負ってるでしょ。だから、帰りは遅くなるわ」子どもたちがおしゃべりに夢中なことをたしかめてから、ささやき声で言った。「あなたが恋しい」

ドッと笑い声があがった。もしかして、聞かれた？　フムム。強迫観念にとり憑かれているのは、ドリュー・ウェリントンだけじゃないらしい。

「おれもだよ、ミス・G。ところで、ラリー・クラドックをパトカーで送り込んでくれてありがとう。奴はきみやジュリアンや、誰だか知らないがきょう手伝っていた人間のことが、好きじゃないらしい。でも、ドリューが彼に見せた二枚の地図のことを話してくれた。そのうちの一枚は、ドリューのブリーフケースに入っていたそうだ」

「どんな地図だか説明したの？」

「もちろん。ドリューの上着の内ポケットから見つかったやつとはちがった」

「だったら、あたしが捜査を手伝うこと、喜んでくれてるのね？」

「恍惚となってる」

「ほかにもあるのよ。ロバータの考えでは、パトリシアは図書館でヘアドレッサーからリタリンを買っているらしいわ」

トムは笑い出した。「ドリューの体内からリタリンは検出されなかった。だが、彼の死因がなにかわかり次第、きみに知らせるという約束だったからな。彼は毒殺された。血液からシアン化物とロヒプノールが検出された。ロヒプノールはデートレイプ・ドラッグで、むろん違法だが、どこでも手に入る。ロヒプノールは、彼のフラスクのバーボンに混入されていた。シアン化物は魔法瓶のコーヒーに入っていた。エクサクトのナイフで刺された痕も見つかったが、それが死因ではない」

「なんとまあ」

「三時半に、ドリュー・ウェリントンの姿を防犯カメラがとらえている。貸し出しデスクに歩いていく姿がな。まるで酔っ払いのような歩き方だ。姿を消して数分後、またよろよろと戻ってきた。助けを求めていないのが、なんだか妙だ。クスリを盛られたことに気づいていなかったのか？　ただの飲みすぎだと思っていたのか？　酔っ払い運転で捕まったことがあるぐらいだからな」

ロバータの話と符合する。「クスリを盛られ、酔っ払い、毒を盛られ、刺された。どうもよくわからない」

「彼には飲酒問題があった。昔からだ。ブリーフケースにバーボン入りのフラスクを入れてたんじゃ、立ち直れるわけがない」

「ええ、そのフラスクはあたしも見たわ」

「彼は酒を飲んでフラフラになり、カフェインを摂り込めば気分がよくなるかもしれないと思った。それが仇《あだ》になった。おれたちはそう見ている」

「ちょっと整理してみるわね。彼は三時前に図書館にやってきた。おそらくそのときすでに飲んでいた。ロバータに地図を探す手伝いを頼み、クライアントに会う約束があると言った。それからラリー・クラドックに二枚の地図を見せて買わないかともちかけた。ドリューにはほかにも会う約束の人物がいたらしい。おそらく隅っこの椅子に座ってウィスキーをちびちびやった。三時半ごろ、よたよたと歩いて貸し出しデスクへ行ったが、なにもしなかった。

ラリー・クラドックが言うには、ドリューのいた場所に戻って二十分ほど待った。そのあいだ、ドリューはやはりなにもしていない」

「トイレに行ってたんじゃないか」トムが言った。

「やけに長いトイレタイムね。それはそれとして、ラリーは諦めて閲覧室に戻った。そう本人は言っている。それから、ドリューは助けを求めることをせず、隅っこの椅子に戻ってシアン化物入りのコーヒーを飲み、それから刺され、死んだ。これじゃますますわけがわからなくなる」

「わかった、あと二つほど教えてやる。カレーを客に配るあいだに考えてみるといい」

「どうぞ」

「二ヵ月ほど前のことだ。ニール・サープはガールフレンドにロヒプノールを与えた。正確に言うとガールフレンドではなかった。バーで拾った女の子で、自宅に連れ帰った。このクスリを呑むとリラックスして、誰とでもセックスしたくなる。だが、この女の子はちがった。ニールの自宅から飛び出し、警察に通報するだけの理性が残っていた。むろんしょっぴいたさ、心配するな。だが、彼は血液検査を要求した。その結果、彼の体内からもロヒプノールが検出された。ハイになってばか騒ぎをするために、二人で呑んだんだって彼は言い張った。もっとも、彼とばか騒ぎをやりたい人間がいるかどうか疑問だがな。きみなら言いそうだな、ゲーッて」

「わかった。つまり、ニールならそのクスリを手に入れられるし、前にも使ったことがある。

もうひとつってのは?」

「ドリュー・ウェリントンは、貴重な地図帳の一部を切り取った罪で告発されたことがある。大学の図書館の稀覯書室《きこうしょしつ》に置いてあるようなやつだ。スタンフォード大学の図書館の職員が、ドリューが座っていた席のちかくでエクサクトのナイフを見ている。大学は私立探偵を雇い、なくなった地図の一枚を探し出した。だが、ドリューは逮捕手続きに問題があったと主張し、うまく罪を免れた」

「ドリューは盗んだ地図を売っていたの?」そう尋ねたものの、答はすでにわかっていた。ロージー・バートンがそういう話をしていた。もっとも、地図は盗品ではない、とドリューはあくまで言い張ったそうだ。

「彼が盗品を売っていたかどうかはわからない。ここもだが、カリフォルニアも家宅捜索令状をとるのはそれほど簡単ではない。彼のブリーフケースの中身を調べ、身体検査をする前に、釈放せざるをえなかった。図書館の稀覯書専門の司書やボランティアが、たんねんに蔵書を調べたところ、たしかに貴重な地図が地図帳から切り取られていた。そのうちの何冊かはウェリントンに貸し出されていた。だが、それらの地図がいつ盗まれたかわからない」

「ねえ、トム、ガーデン・クラブのメンバーのロージー・バートンが、ドリューから盗品を売りつけられたって言ってたわ」わたしが立ち聞きしたロージーの話をトムに伝えた。

「わかった、ありがとう、彼女から話を聞いてみる」

「ほかの人を行かせてよ、いいわね? ガーデン・クラブのメンバーたちに、ケータラーは会話を立ち聞きしていると思われたくないから」

「でも、きみがやってるのはそれだろ」わたしがなにも言わないと、トムはクスクス笑った。

「わかったよ、ミス・G。べつの情報源から聞き込んだと言うさ。ただし、ウェリントンの家からは、帳簿の類も、売渡し証書の受け取りもほとんど見つからなかった。この五年間、彼が支払った所得税の額からすると、年収は——ええと——わずか五万ドルだ」

「五万ドル？　でも、彼はエリザベスからお金を受け取り、それを元手にものすごく儲けたはずよ！」ちょっと考えた。「ニール・サープは帳簿をつけてなかったの？」

「いや。つけていなかったと、本人は言っている」

「ドリューが地図を盗んだことを、サープは知っていたの？　彼があなたにそのことを話したの？」

「そのとおり。彼がさっき言ったべつの情報源だ。ロージー・バートンが口をつぐんでも大丈夫。ドリューは盗品を売りつけた相手に殺されたんじゃないかって、サープは考えている。盗難届が出ている品を売りつけたら、ＦＢＩに睨まれてえらい目に遭う」

「オーケー、その相手は、ドリューがＦＢＩに睨まれることを知って気が動転したのかも。でも、盗品を買った人間は、誰に売りつけられたか、ＦＢＩに話せばすむことじゃないの？　あとはＦＢＩが売人を逮捕して——」

「いい質問だ。だが、自分より頭のいい人間にカモにされたことを、法執行機関に言いたがらない人間もなかにはいるんだ。さて、そろそろ行かなきゃ。ドリュー・ウェリントンと取引のあった連中のリストが手に入ったので、事情聴取に行かなきゃならない」

「待って。騙されたことを、法執行機関に言いたがらない人間がいる？　それからどうなるの？」

「それからって、ミス・G、なかには自分を虚仮《こけ》にした相手のところに出向いて、決着をつけようとする人間もいる。ときには殺すこともある」

11

電話を切ると、無性にトムに会いたくなった。彼の分別や、愛情のこもった眼差しや、包み込んでくれる大きな体が恋しい。ちょっと待って……やるせなくなる必要ないんじゃない？　だって、わたしたち結婚してるんだもの、でしょ？　だからまた電話した。

最初の呼び出し音で彼が出た。「おれ、なにか忘れてたか？」

ああ、発信者番号通知サービス。わたしはささやいた。「あなた、言ってくれなかったでしょ、ほら」――さらに声を低くする――「愛してるって」気恥ずかしくなって、後ろを向き、子どもたちが聞いていないかたしかめた。アーチがうなりながら激しくキーを叩く掌サイズのビデオゲームに、ほかの二人も見入っていた。

「おれに言って欲しいのか？」

パトリシアのことが頭をよぎった。彼女の悲しみが、孤独が。「あの、たぶん」

「いまそばに人がいるんだ」トムがそっけなく言った。電話の奥からざわざわと男たちの声がした。奴を一人にしてやろうぜ、とか、あとでまた、とか、電話する、とか言っている。

自分の声に必死さが出ているのがわかったが、かまうものか。拘置所に怒れる女を訪ねた後だもの、しょうがない。「だったら、早く帰れそう? カレー・パーティーに出掛ける前に顔を見られたら嬉しい」

「わかった」電話を切っても、今度はそれほど感情的に切り離された気はしなかった。ため息をつき、トムが話してくれたことをじっくり考えてみようとした。きのうの午後、前地区検事が図書館にやって来た。表向きはクライアントに会うためだ。ラリー・クラドックは、貴重な地図を見せてくれる約束だった、と言っているが、どうも信用できない。ドリューは、人と待ち合わせをしている、とロバータに言ったそうだ。ラリー以外の——ドリューが実際にラリーに会っていたとして——誰と会う約束をしていたのだろう? それとも、隅っこの席で、ブリーフケースに忍ばせたフラスクのウィスキーをこっそり飲むためだけに、やって来た? ロヒプノールはすでに混入してあったのだろうか、それとも、ドリューが、そう、ロバータに地図帳のことを頼みにいっていた隙に、何者かが注ぎ込んだ? シアン化物は? ドリューのコーヒーに仕込まれた毒物についても、おなじ疑問が残る。

いずれにしても、千鳥足で貸し出しデスクにちかづいていく前に、彼はすでに酒を飲んでいた。その時点でコーヒーは飲んでいたのだろうか? それはないだろう。シアン化物は即効性があることで知られている。それに、刺されたのも三時半前ということはないだろう。エクサクトのナイフで襲いかかられたら、ふつうなら気づく。

つまり、彼は酔っ払い、クスリでふらふらになり、貸し出しデスクに向かった。本は借りなかった。痛みがあっただろうに、助けを求めなかった。どうして? 彼の中のマッチョが頭をもたげた？　それとも、飲酒問題を抱えていることを、人に知られることを恐れた？　ひどく酔っ払っていたので、気分が悪いのはアルコールのせいだと思ったのかもしれない。

サンディーは彼を見張っていた。それはたしかだ。サンディーがたしかに生きていて、ドリューをつけ回していたと、パトリシアも言った。きのう、パトリシアとニールも図書館にいた。わが町の本の貯蔵所は、人気スポットのようだ。でも、防犯カメラは玄関に一台あるきりで、不埒《ふらち》な行為は記録されていない。公立図書館からドリューに電子メールで脅迫状を送ったサンディーは、防犯カメラを避けることに熟達している。

ロバータとわたしが発見したとき、ドリューは上着の内ポケットに地図を入れていた。売るつもりだった？　売ったのは一枚だけ？　ドリューは二枚の地図を買わないかともちかけたと、ラリーは警察に言っている。その一枚が内ポケットに入っていたのだったら、ほかの一枚はどうなったの？　ほかの誰かに売った？　どうして彼は一枚だけ身につけていたの？　彼は「調べたいことがある」ので、地図帳を探してくれとたのんだ。そういう癖のある人だから、図書館から地図を盗んでどこかに隠すつもりだった？　アスペン・メドウ図書館に貴重な地図があるとは思えない。そのことをロバータかトムにたずねてみなければ。

ドリューをつけ回していたサンディー・ブリスベーンは、アスペン・メドウ探検クラブのメンバーだった。野生生物保護区のなかの抜け道を知っていたのはそのおかげだ。サンディーが探検に興味をもっていたのなら、地図にも興味をもっていたのでは？　彼女も貴重な地図の売買に手を染めていたのでは？

でも、それでは理屈に合わない。サンディーが山火事を逃げ延びたということは、保護区の現在の地図を持っているということでは？　アンティークの地図や希少な地図ではなく。いずれにせよ、図書館に貴重な地図があるとは思えない。せいぜい、アスペン・メドウとファーマン郡の測量図ぐらいだろう。

インターステートをはずれるとすぐにスピードをゆるめた。町に向かう脇道にはすでに雪が積もっていた。除雪はもっぱら幹線道路を中心に行われる。**オーケー、いまわたしはどこにいる？**　迷子になったときには。そうそう、近隣市街地の地図……ジェシー・ジェイムズが金の入った箱を埋めたと言われる場所を示す古い地図を見つけたという話は、そこらじゅうで耳にする。それを売りたがる……高値で。そこでもっともな疑問が生まれる。莫大な富が眠る場所を示す地図を持っているなら、どうして自分で掘り出して億万長者にならないの？　どうして地図を売ろうとするの？

わからない。答を見つけようとしつつヴァンを運転していたら、頭が痛くなった。

「ぼくが運転しようか、ママ？」背後でアーチが言った。

あら、そうね、雪が降り積もるなかで、未経験のティーンエージャーに運転を代わってもらう。それも、ほかに二人のティーンエージャーを乗せているのに。「大丈夫よ、ありがと」わたしは答えた。「もうじきだから」

「でも、スピードを落としたじゃない。どこか悪いんじゃないの？」

ライトを点滅させているパトカーを慎重に回り込む……警官が誰かにチケットを切ってい

た。こんな道でスピード違反をする人間がいる？　たしかにいたのだ。

わが家のある道に曲がると、ゆうに十五センチは新雪が積もっていて、むろん除雪はされていなかった。二度試みたが、ヴァンはメイン・ストリートからわが家まで坂をのぼることを拒否した。そしてわたしは、今夜仕事がある。マッカーサー夫妻の屋敷まで、どうやって行ったらいい？

ヴァンが後退するのに任せ、なんとか縁石に寄せて、ほぼ平行に駐めた。

「駐車の仕方、うまいじゃん、ママ」アーチが言った。わたしは自分の問題に気をとられていたので、それが褒め言葉なのか皮肉なのか考えなかった。

「みんな、ここで荷物をおろしてくれる？」

「ワオ！　ここでもう一度スノーボードやろうよ！」ガスが叫び、アーチとトッドはすぐに支度をはじめた。ニュージャージーで過ごした子ども時代を思い出してみる。あたしもこんなふうにアドレナリン依存症だった？　いいえ、ぜんぜん。とぼとぼとうちのドライヴウェイへと向かった。依存症のなかには男の子に特有のものがある。

ドライヴウェイにジュリアンのたよりになるレンジローバーが駐まっているのを見て、ほっとし、肩の力が抜けた。彼の車に荷物を積み込んで先導してもらえばいい。ジュリアンに感謝。料理の腕前以外に、ケータラーがアシスタントに望むこと。たより甲斐。

キッチンでは、ジュリアンが作業に没頭していた。いま現在の作業は、十数個の磁器のボウルにカレーの薬味を詰めることだ。刻んだチャツネ、固茹で卵の黄身と白身、レーズン、ココナッツ、その他諸々。カレーは作り置きしておくほうが断然味がよくなるから、ソースを作っておいてほんとうによかった。たとえそれが、ゆうべ、くたびれきっているときに作ったものであっても。

「ハイ、ボス」ジュリアンがわたしを出迎え、顎を突き出してほほえんだ。「無事でよかった。坊主たちは？」

ヴァンを坂の下に置いてきたことと、アーチたちが除雪されていない道でスノーボードをやっていることを話した。スノー・スポーツとしてはまるで魅力的じゃないと思うが、ジュリアンはひと言こう言った。「クール」

手を洗い、ウォークイン式の冷蔵庫からチキンカレーの入ったホテルパンを取り出す。ラップをはずしてスプーンで少し掬って味見した。冷たくても極上の味。スパイスを自分で擂ることもあるが、新鮮なカレー粉を擂るのは、ボールダーにある店のオラサというタイ人の店主に任せていた。オラサの年齢は推定四十から六十のあいだで、コロラド大学のちかくにスパイス専門店を開いて二年間は苦労したそうだ。彼女はそこで手作りのお香や石鹸や蠟燭も売ることにした。いまでは小さな店内は、いつ行っても学生や旅行者でいっぱいだ。マリファナ常用者が常連なのは、カレーの匂いでマリファナの匂いをごまかすためらしい。

「きのう、ボールダーの地ビール醸造所を二軒訪ねて、ビールを買ってきた」ジュリアンが薬味にする塩味のピーナッツを猛然と刻みながら言った。「カレーにはビールが合うからね。でも、マッカーサー夫妻はどう言うかな。なんにでもワインを合わせりゃいいと思ってる、食通きどりの俗物なんじゃない？」

「そのものずばりよ」ホテルパンに蓋をし、ライスを取りに冷蔵庫に戻る。「あたしもオランダとドイツとカナダの高いビールを買っておいたわ。みんなが好きなのを選べるように」ライスの入った器を取り出してから、ビールを取りに戻った。「それに食前酒には、高級ワインを好きなだけ飲んでもらえばいいし」カウンターに六本詰めパック三個を置き、心配顔をジュリアンに向けた。「オードブル、どうしよう！」

「心配しないで、忘れてないから」ジュリアンがハンサムな顔を輝かせた。携帯電話に若いお嬢さんたちからしょっちゅう電話が入るのも無理はない。彼はウォークイン式冷蔵庫から、ラップをしたトレイを二枚出してきた。それぞれのトレイには、三角のものがきれいに並んでいる。「ワイルド・マッシュルームのリゾットをパイ皮で包んだフィロ。ビストロのために作ったおれの最新作。三ダースある。どうぞご自由に。熱々を出せば、白でも赤でもワインに合う」彼はトレイをカウンターに置き、冷蔵庫に戻ってトレイをさらに二枚出してきた。ラップの下に並んでいるのは、小さなレタスに包まれたアスパラガスの食用芽とスライスしたアボカドだ。「ジュリンプサラダ・ロール」彼が言う。「冷たくして出す。こっちもワインにぴったりさ」

「あなたは神さまよ。お礼はたっぷりするわ」

ジュリアンは鼻を鳴らした。「そんなに気にするなよ」彼は片方の眉を吊り上げ、シンクの上の窓に目をやった。「雪はまだ降ってるな。道路は雪が積もって凍り付く。こんな天気でもパーティーはやるのかな？」

「アッ、しまった」留守番電話をチェックしていなかった。ライトが点滅している。ボタンを押すと、ハーミー・マッカーサーの声がした。「パーティーは予定どおりに開きます」これを聞いて、わたしたちはキッチンを飛び回った。「みなさんご近所にお住まいだし、雪道で四輪駆動車の威力を試すいいチャンスですもの」接続が悪く彼女の声が途切れ途切れになった。「あっ、それから、一人追加になりました。かまわないわよね」ジュリアンはうめき、わたしは冷や汗をかいた。「ドリュー・ウェリントンの代わりだって、自分から言ってきたので、それで……こちらとしてはどうしようもなくて。それから、ベジタリアン用になにか用意してくださる？　娘に外出禁止を言いわたしてて、それで」――ハーミーが咳払いすると、留守番電話から雷鳴のような音が響いた――「お友だちを家に呼んでしまって、彼女もベジタリアンだと思うの。心配しないで、お代は払いますから」ハーミーの口調が横柄になった。「そこまでする必要ないとは思うんだけど――」そこで留守番電話が切れた。ありがたい。

「あんたが自腹を切ることになりそうだな」ジュリアンがつぶやき、冷凍庫からグリュイエール・チーズのキッシュを取り出した。「おっと、誰かが玄関のドアを叩いてる」

トムだった。思ったより遅い帰宅だったが、笑顔で迎えた。鼻は赤くなって輝き、髪もパーカも雪をかぶり、袋をたくさん抱えた姿は、まるで若くてハンサムなサンタだ。

「ホッ、ホッ、ホッ」わたしの姿を見て、彼が楽しげに言った。この人はいつでもわたしの心を読めるの？　そうみたい。この瞬間、サンタと一緒に階段を駆け上がり、愛をささやいてもらえたら、ほかになにもいらない。

彼にちかづいて荷物の半分を受け取り、しっかりハグして長いキスをした。体が震えたのは、彼の体が冷たかったからばかりではない。

「道路はどんな状態、サンタ・クロースさん？」

「ひどいなんてもんじゃないな、ミセス・クロース。マッカーサー家のパーティーをやるのか？」

「ええ、残念ながら」

「だったら寝袋を持っていったほうがいい。本降りになってきた」彼は包みを取り上げ、わたしのかたわらを通ってキッチンへ行き、大理石のカウンターに置いた。「坊主たちに、邪魔だからあっちにいってと言われたよ。飽きもせずにスノーボードをやってる」

「危ないことはないって言ってちょうだい。メイン・ストリートに出ていったりしてないわよね？」アーチが嫌う〝旋回するヘリコプターみたいな過保護ママの声〟が、つい出てしまう。

「あいつらなら大丈夫」トムはコートを掛けにいった。「坂をのぼれなかった車が下に溜まってるからな。あの車を撤去しないかぎり、誰もこの道に入ってこられない。きみたちもここから出るには回り道しないとな」わたしにウィンクする。「坊主たちが心配か？　だったら、テキーラの瓶を隠しておかなくちゃな」

「トムったら!」

彼は笑いながら階段をあがっていった。ジュリアンがわたしに念を押した。マッカーサー夫妻の屋敷に遅くとも七時には着いていないと、八時からはじまるパーティーの支度が間に合わないぜ。ヴァンは諦めておれのローバーだけで行こう。わたしはしぶしぶ承知した。

トムに、行って来ます、と声をかけ、パーカを着てあたらしいブーツを履いた。グッドイヤーのスノータイヤより雪面をしっかりとらえるブーツだ。最初の荷物を運び出したところに、アーチとガスとトッドが戻ってきて手伝いを申し出てくれたので、レンジローバーに荷物をすべて積み込むのに十五分もかからなかった。子どもたちに感謝。でも、彼らが人助けのつもりでやったとは思えない。ジュリアンが〝クール〟とみなすものはなんでも、彼らにとってかっこいいことなのだ。

そしてジュリアン自身がとってもクールだ。そんなことを考えながらローバーの革のシートの端を握り締め、ジュリアンのハンドルさばきを見守った。インターステートに通じる道に出るまでに、うちの前の坂よりもっと急な坂を、しかも凍った坂をくだらなければならない。スピードを出して坂をのぼってきた四輪駆動車が、下りに差し掛かると派手に滑った。コロラドにやってきたばかりの連中に、誰か言ってくれないだろうか。SUVの運転手に警告する。**四輪駆動は雪の上では威力があるが、氷の上ではそうでもない。**ジュリアンは悪態をつきながら坂をのぼりきり、〝駐車禁止〟の標識とビャクシンの生垣を擦るように通り過ぎ、必死で坂をくだった。それからはゆっくりながら安定した走行で進んだ。心臓が喉元までせり上がる経験をすることもなく、最後ののぼりに差し掛かった。

リーガル・リッジに向かう道は除雪されていなかったが、車の往来はあったので、ローバーは一定のスピードで坂をのぼっていった。リーガル・リッジ・カントリー・クラブ地区にはガードレールがない。住民たちが、ガードレールは美観を損ねると反対したためで、代わりに巨岩が並んでいる。その向こうは断崖で、下のほうをインターステートが走っている。雪をかぶった巨岩はまるで凍った動物がそこにうずくまっているように見え、わたしは震えた。マッカーサー夫妻の石造りのお城に通じる袋小路にようやく辿り着き、ほっとため息をついた。

「まあ、来てくれたのね。あらまあ、どうしましょう」ハーミー・マッカーサーがほとんど色のない眉毛を吊り上げ、わざとらしく驚いた顔で裏口のドアを開けた。わたしたちが彼女を見捨てるとでも思っていたの？　口には出さずにほほえみかけた。グレーがかったブロンドの髪はフワフワにカールして、幅広の顔を縁取っている。明るいブルーの目で、なにひとつ見落とすまいとわたしたちを上から下まで眺め回した。前に会ったときには、彼女の南部訛りがほんものかどうか判断がつかなかったが、いまはっきりした。ほんものだ。

「スミスフィールドと話してたところなの。もしあなたが現れなかったら、いったい誰に連絡したらいいのかしら、お客さまがやってきて……」彼女はしゃべりつづけ、わたしはうなずき、礼儀正しくほほえんだ。荷物を運び込みながら、なんとか彼女のおしゃべりを聞き流せるようになった。履いているのがブーツでもスニーカーでも、わたしよりずっと素早く動けるジュリアンも、おなじことをやっていた。「カナッペを持ってきてくれてるといいんだけど」トレイを覗き込みながら、彼女が言う。「スミスフィールドがお客さまに話をすることになってて、あら、バークレー夫妻が見えたみたい――」

ありがたいことに、彼女はいなくなった。

「ハーミー?」スミスフィールド・マッカーサーの〝ハム顔〟はいつも以上に赤かった。「妻はどこに行ったんだ?」彼が尋ねる。

「さあ、なにもおっしゃいませんでした」ジュリアンがきっぱりと答え、バイキング社製のレンジに屈み込んで予熱した。「お客さまにカクテルをお出ししますか?　料理はいつごろお出しすればいいか――」

「ぼくの地図、その、手伝ってくれないか!」スミスフィールドが叫んだ。「ほかのことはどうでもいい」

「あたしが手伝います」かたわらでジュリアンがうなるのを無視し、両手をエプロンで拭ってスミスフィールドの後を追った。主人の要望は最優先しなくちゃ。おっと、それで思い出した。わたしは急いでキッチンに戻り、戸口から顔だけ突き出した。「ベジタリアンのティーンたち用のキッシュをあたためるの、忘れないで――」

「いまやってる。あの親父の問題はなんなのか、見にいってやれよ」

スミスフィールドの問題は、コロラド・スプリングズの地図をどのように展示すればいいか、だった。正確に言うとそれは、雪を戴《いただ》いたパイクス・ピークや、まさに名前どおりのガーデン・オブ・ザ・ゴッズや、丘の麓に広がる町を描いたパノラマだった。スミスフィールドは苛立たしげに地図の片隅を指差した。地図は不定形な板に張ってある。

「そこをそっと持ち上げて、ビュッフェテーブルの上に置き、壁にもたせかける」

わたしは唾を呑み込み、あたりを見回した。問題のビュッフェテーブルは、カレーのホテルパンとライスを載せる湯煎鍋《バンマリー》を置くつもりの場所だ。もはや存在しないけど。スミスフィールドはそこにあった湯煎鍋の台——ハーミーが約束どおり出しておいてくれた——を、洞窟のようなリビング・ルームの巨大なクルミ材の家具の間に置かれたベージュの四つのソファーのうちのひとつに移していた。やってくれるじゃない。

「おい、おまえ《ガール》、ちゃんと聞いてるのかね?」スミスフィールドがきつい声で言った。「ビュッフェテーブルのちょうど真ん中に置くんだ」

言われたとおりにやりながら思った。〝ガール〟って最後に呼ばれたのはずっと昔のことだった。パノラマが所定の位置におさまると、スミスフィールドはわたしに、地図を押さえていろ、と命じ、オーバーヘッド・ライトを調節して明るくした。まぶしさに思わず目をしばたたいた。ディナー向きの灯りとはとても言えない。

「ああ」彼がようやく言った。「よくなった」わたしに笑みをよこす。「どう思う? すばらしいじゃないか?」

目を細めないと彼の姿が見えない。「すてき——」

スミスフィールドはぽっちゃりした手をあげてわたしを黙らせ、もじゃもじゃの眉の片方を吊り上げた。「ウィリアム・J・パーマーは、悪のはびこるオールド・ウェストでコロラド・スプリングズを模範となるべき町にしようとしたことを、きみは知ってるか？　飲酒を許さなかった高潔なる人格者の一人だ」わたしが目を丸くすると、スミスフィールドはワハハと笑った。カレーをあたためなければならないし、薬味も並べなければ。それに、ビュッフェの場所をあたらしく確保しなければ。それなのに、コロラド・スプリングズの高潔なる人格者について講義を受けている。

「いいえ、知りませんでした、でも――」

「それで、今夜のスペシャルゲストのバークレー夫妻は、コロラド・スプリングズの出身だ」得意げに言い、揉み手をした。「二人はきっと喜んで――」

「まあ、スミスフィールド、なんてことしたの？」ハーミーがダイニング・ルームの入り口に現れ、叫んだ。背後に客を従えている。おそらくバークレー夫妻。「そんなガラクタ！」

「ハーミー！　これは一万ドルもするパノラマだぞ！　よくもガラクタだなんて。こんな美しいもの――」

「もう、なんとかしてちょうだい」ハーミーはぶつぶつ言いながら足早にやってきた。「一万ドルもするのなら、その値段で売ったらどう？　それとも、そんな高い値はつかない？　ああ、もう、忌々しいったらありゃしない」彼女はわたしを睨んだ。まるで夫がガラクタを集めるのはわたしのせいだと言わんばかりに。それからせっかちにパノラマの片隅を持ち上げる。「ゴルディ、手伝って、ビュッフェテーブルからこれをどけるから」

「やめろ！」スミスフィールドが命じた。「ぼくが手伝う。勘弁してくれ、ハーミー、どうしてきみはそうでしゃばりなんだ？　わかりもしないのに、なんでも自分で取り仕切ろうとする」足早にちかづき、パノラマのもう一方の端を持ち上げた。「わかった、暖炉の上に置こう」

「スミスフィールド！」ハーミーが叫ぶ。「暖炉の上になんて置かせません！」

「だったら、ビュッフェテーブルしかない」

パノラマの両端を摑んだまま、二人は袋小路に突き当たったようだ。長身で細身で松の樹皮のような灰色の髪のミスター・バークレーが足踏みする横で、ずんぐりした妻が唇を舐めていた。なにをすればいいかヒントをくれ、と言いたげにわたしを見ている。

「ビュッフェの支度をするあいだ、カクテルでもいかがですか」わたしはにこやかに声をかけた。パーティーの主人役二人は、ぶつぶつ言い合いながら横歩きで暖炉に向かった。長い木のマントルピースには、ネイティブアメリカンの装飾品がごたごたと並んでいた。

「ドクター・ザック・バークレーです」長身の男が手を差し出した。わたしが、〝ドクター〟はファーストネームですか、と訊きたくなるのを堪えていると、彼はかたわらの女のほうを向いた。二人とも濃い色のスラックスに鮮やかなシルクのシャツという、わたしが〝コロラド・カジュアル〟と呼んでいるスタイルだ。「妻のキャサリン。勝手にワインを開けて飲みますから。仕事に戻りたいのでしょう」

「仕事場にね」キャサリン・バークレーが訳知り顔でほほえんだ。「たとえばキッチンとか。

どうぞお構いなく。湯煎鍋はわたしがセットしますよ。わたしもお料理が好きなの」弁解がましく言う。「料理道具が多すぎると、ザックにいつも文句を言われてるのよ。フランスの名前がついているだけで二倍はするって、彼は文句を言うの。さあ、行って、こっちはわたしがやるわ」

お役ご免になり、ほっとしてキッチンに駆け戻った。芳《かぐわ》しい匂いに尖った神経がほぐれる。ケータラーはパーティー会場でいろんなことをたのまれるが、高価なパノラマを動かすのははじめての経験だ。これが最後でありますように。

「オードブルはじきに仕上がる」ジュリアンが言った。「それから、この家の娘がさっき、二階から大声で叫んだ。友だちと二人分のベジタリアン・ディナーは四十五分後に用意してくれって。カナッペとスープは二人でやろう。あんたがそれでよければ。それからあんたかおれのどっちかが、お嬢さんたちのためのカナッペとキッシュとデザートを用意する。サラダもつけよう。マッカーサー家の冷蔵庫からなにか見つかれば――」

「そして、どっちかがカレーと薬味を出すわけね？」

ジュリアンがうなずいた。「どっちをやりたい？　二階のヤングレディが言うには、せっかく招いた友だちだから、ちゃんとやってくれって。二人分の食器をトレイに用意しておいた」

「あら、まあ、子どもたちはあたしが引き受ける。主菜をあなたに押し付けるのは気がひけるけど」背後で玄関のベルが鳴った。まいった――客たちがつぎつぎにやってくる。ハーミとスミスフィールドは諍《いさか》いを解決しただろうか。「湯煎鍋がちゃんとセットされているか見てこなくちゃ。この家の主がソファーに移したのを、客の一人のキャサリン・バークレーがもとの場所に戻しておくって言ってくれたんだけど。彼女が扱い方を知っているかどうかわからない」

「おれがなんとかする」ジュリアンが請け合ってくれた。むろん彼ならなんとかできる。彼は自信に満ちた足取りでキッチンを出てゆき、わたしはティーンエージャーに出す追加の料理の材料を探して冷蔵庫を漁《あさ》った。ホウレンソウを見つけたので、洗って水気を切ってサラダを作り、ワイルド・マッシュルームのリゾット入りフィロを軽くあたため、ロールパン六個とバターを用意し、ジュリアンが用意しておいてくれた大きなトレイにすべてを並べた。最後にキッシュをオーブンに入れた。

　ジュリアンが戻ってきて、客は一人をのぞいて全員集まった、と告げた。図書館の朝食会のメンバーたちとちがい、この人たちは、犯罪が起ころうと、悪天候だろうと、家にぬくぬくしていようとは思わないらしい。ハーミーが言っていたように、寒さと雪は喉の渇きを助長するらしく、すでに高価なワインのボトルをまわし、バーボンやスコッチやウォッカやジンを呷《あお》っていた。

　やってくれるじゃないの。冷たいオードブルの大皿を掴む。ジュリアンが急いでフィロの第一弾をオーブンに入れ、冷たいオードブルのべつの大皿を掴み、二人一緒にリビング・ルームに出て行った。すきっ腹に酒を飲んだ客たちが、まるでロケット推進式手榴弾のように突進してきた。凍えるような寒さは食欲も助長するようだ。大皿を持って回りながら、ジュリアンのビストロのボスに感謝した。前菜をたっぷり持たせてくれてありがとう。

ニール・サープがバークレー夫妻の間に体を押し込み、シュリンプサラダ・ロールを三つ摑んだ。

「もっとどうぞ、ミスター・サープ」わたしはにこやかに言った。

彼は肉のついた顎を突き出した。「あとでまた」でも、その口調は少しも嬉しそうでなかった。

熱いオードブルを持って回っていると、ハーミーがわたしをかたわらに呼んだ。「ラリーを待っていられないわ。スープを出してちょうだい」

「わかりました」ラリー・クラドックは車で崖から転落したのだろう。はたしてそれはいいニュースなのか、悪いニュースなのか。そんなことを考えながら、あたためたボウルに湯気のたつカニ団子入りのスープをよそった。カレーがグツグツいいだした。うまくゆけば、ラリーが禿げ頭と怒った顔を見せないうちに、パーティーはお開きになるかも。

スープを出し終えるころ、キッシュが焼きあがった。

「ボス、女の子たちに料理を出して」ジュリアンが鍋つかみを使ってオーブンからキッシュを出した。「カレーと薬味をおれが引き受ける」

「あなたって最高よ」ためらうことなくティーンエージャー用のトレイを持ち、裏手に階段があることを確認し、固まっていないゼリーのような滑らかな動きでキッチンを出た。

階段をあがり、豪華な絨毯敷きの廊下を進むと、ひとつだけロックスターのポスターが貼られたドアがあった。十代でアヴァンギャルドを気取っていても、大人になると体制べったりという例は多い。わたしがそうだった。ドアに貼ったスターの写真がちがうだけで。それに、来客だからと自室に追い払われても、ケータラーが夕食を運んできてはくれなかった。

「ああ、入って！」中から声がした。歓迎されているとは思えない。片手でトレイのバランスをとりながら、もう一方の手でドアを開けようとしたらすっと開き、思わずつんのめった。必死に堪えなかったらキッシュが宙を舞うところだった。

「こんばんは」礼儀正しく言う。「あたしはゴルディよ」

十四歳ぐらいの女の子二人が、きまり悪そうにこっちを見ている。顔には鮮やかな青緑色のパテみたいなものを塗りたくっている。スキントリートメントの一種なのだろう。青緑色に埋まっていないのは目だけで、丸い穴の奥からこっちを見ている。二人とも頭にタオルを巻き、ずれないように額の真ん中のすぐ上をブローチで留めていた。ドアを開けてくれたほうが背が高いようだが、もう一人はベッドでフラシ天のピンクのキルトをかぶっているのではっきりとは言えない。薄い唇を不満げにすぼませている。その細いこと、脚も腕も小枝のようだ。

「あたしヴィクス・バークレー」ドアを開けてくれた子が言い、白い作りつけのデスクにトレイを置けと身振りで示した。「あっちがシャンタル。あれだけのものを動かしたところ」

ヴィクスが床に置かれた紙の山を指した。「シャンタル、あんたってほんとだらしないわね」

「そんなことない」シャンタルが言い返し、わたしに向かってこう言った。「お料理をありがと。お酒は持ってこなかったの？」

「まあ、こんばんは」わたしは明るく言った。「あなたのご両親のためにケータリングをしているの。お母さまからたのまれて夕食を運んできたわ」

「だから言ったでしょ」シャンタルが横柄な口ぶりで言う。「お酒、は、持って、こなかったの？」

「シャンタル！」ヴィクスが叫んだ。「そもそもここに閉じ込められたのはなんのため？まったくもう！」

「いいえ、アルコール飲料は持ってこなかったわ」わたしはさらっと言い、デスクの空きスペースにトレイを置いた。「でも、おいしいお料理をいろいろ持ってきたわよ――」

「両親は喧嘩をやめた？」シャンタルが言った。「ここまで聞こえるんだから」

「仲良くやってらっしゃるわよ」わたしは明るく答えた。「二人分のテーブルをセットしましょうか？」

「二人ともすっごく怒ってたんだから」シャンタルが疑わしげに言う。わたしの質問に答えていない。ヴィクスのほうが素直なようで、料理をトレイからデスクに移すのを手伝ってくれた。「ママがなんで怒ってるかと言うと、あなたが料理を作ったこのパーティーに、一人余計に来ることになったから」

かしら？」

「一人余計に？」わたしはがっくりきて尋ねた。ニール・サープ以外に？　カレーは足りる

シャンタルがかまわずつづけた。「あたし言ったの。『ママ、パーティーに押しかけられるのがいやなら、警察に電話したらいいじゃない』そしたら、ママはこう言った。『彼は押しかけてくるわけじゃないのよ、ほかの人の代わりに来るんだから。それに、警察を呼んだりして、サイレン鳴らしてパトカーがやってきたりしたら、お父さまが癇癪起こすでしょ』あたしが呼べばよかった。おもしろかっただろうに」

「警察に電話するつもり？」ヴィクスが不安げに言った。「警官がまたここにやってくるの？　ご両親のどっちもそれは望まないと思う」彼女はわたしに向かってにっこりした。青緑色の〝漆喰《しっくい》〟で顔の筋肉を固めているのだから、さぞ大変だろう。「その人、雪のせいで来ないかもよ。うちの両親はハマーを持ってる――」

「代わりのお客さまならいらしてるわよ」わたしは二人に言った。「名前はニール・サープ」

「ああ、彼ね」と、ヴィクス。

「ヴィクス、黙っててくれない？」シャンタルはあきらかに会話の主導権をとりたいようだ。彼女の叱責にもめげることなく、ヴィクスはテーブルのセットをつづけた。でも、わたしは苛立つと同時に好奇心を掻き立てられていた。

「前にも警察を呼んだの？」わたしは尋ねた。

「近所の人が」シャンタルとヴィクスが口を揃えた。

「それでさ」シャンタルがわれ先にと言葉をつづけた。「ママがカリカリしちゃってるわけ。今夜、ママが怒りをあなたにぶつけても、驚かないでね」

「ご心配なく。そういうのには慣れてるから」

「あたしはご免だわ」シャンタルが恨めしそうに言った。

「お父さまも怒ってるの？　とばっちりを食らわないよう用心したほうがいいのかしら？」

シャンタルとヴィクスは目を見交わした。二人とも黙ったままで、壁の時計がカチカチと時を刻んだ。

口を開いたのはヴィクスだった。「ミスター・マッカーサーは、ある人から買った地図のことで怒ってるの。その人はきのう殺されたの。ミスター・マッカーサーだって、亡くなった人を怒鳴りつけるわけにいかないでしょ。その人の名前は——」

「ドリュー・ウェリントンね」わたしは言葉を引き継ぎ、興味深くシャンタルを見た。「でも、お父さまはいま下で、地図を展示してるところよ。地図というか、パノラマを。怒っているというより、得意になっているみたい。彼が地図を買った相手——」

「ドリュー？」今度はシャンタルが後を引き継いだ。鏡の前にゆき、青緑色の〝セメント〟の固まり具合を見た。「さあ、どうだか。ドリューから買ったのがどんな地図か知らないけど、でも、九万ドルもしたのはたしか。それから、取引そのものにケチがついたらしい」

「どんなケチがついたの？」警察の捜査でわかった以上のことを、この二人は知っているのだろうか？　「地図一枚が九万ドル？」

「それがパー！」シャンタルが大声をあげ、二人してゲラゲラ笑い出した。「あのケチクソ親父、あたしにマウンテンバイクも買ってくれないくせに、ドリューおじさんに九万ドルも騙しとられて。皮肉よね」

「ドリューおじさん？　彼を知ってたの？」

二人は目を見交わした。どこまで漏らしていいかわからないのだろう。青緑色のパックのせいで、顔の表情がわからないのが癪の種だ。二人が感じているのは、後ろめたさ、恥ずかしさ、それとも怒り？

「ええ、あたしたち、彼を知ってたわ」ヴィクスが言った。唇を引き結ぶ。青緑色のパックが塗られていないので動くのだ。

「彼はクールだった」シャンタルが言う。うなずくとターバンがずれ、落ちてきた黒とピンクの髪をタオルの下に突っ込んだ。それからわたしのほうに顎を突き出し、ふてぶてしく言い放った。「なんでだと思う？　あたしたちに気前よくお酒を持ってきてくれたからよ」

「なんで？」

「エコーがかかってる？　まっ、いいけど」

「つまり」わたしは穏やかに言い、話を整理してみることにした。「ドリュー・ウェリントンがあなたにアルコール飲料をくれた？」

「あたしたちにお酒をたんまりね」シャンタルが自慢げに言った。「実を言うと多すぎた。ヴィクスとあたしとほかにも友だち何人かいて、みんなランジェリー姿、わかる？　ステレオをかけて、おもてのスピーカーでガンガン流した。すっごくおっきな音で。庭に出て、キャーキャーいって、踊ったりしたの。すっごく楽しかった」

「それで」ヴィクスが言う。「近所の人たちが警察に通報したの」

12

「ゴルディ！」男の声とノックの音に、三人とも飛び上がった。ドアがわずかに開くと、女の子たちは悲鳴をあげた。「あんたに見てもらいたいものがある」ドアをそれ以上開けないまま、ジュリアンが慌てた口調で言った。

「もう行かなくちゃ。食べ終わったらトレイをどうしたらいいか、わかってるわね？」女の子たちがうめき、目をくるっと回すのを肯定のしぐさと受け取った。「それから、キッチンにライム・パイがあるので、よかったらどうぞ」そう言い置き、急いで部屋を出た。下におりてくるとき、まさか……ランジェリー姿ってことはないわよね。

ジュリアンはすでに裏手の階段に向かっていた。急ぎ足で歩きながら頭を振る。「すべてうまくいってた。みんながカレーに舌鼓《したつづみ》を打ち、ミスター・マッカーサーがちょっとした話をして……みんなが彼に注目していて、彼は得意満面で――」

「ちょっとした話って、どんな？」

ジュリアンは階段をおりた。「十六世紀に、オランダ人の盗人がポルトガルから地図をこっそり持ち出したとき、どこに隠したか。クールだったぜ。残って聞いたらどうだ、勉強になるって彼に言われた——」

「まあ、ジュリアン、気の毒に」ジュリアンはエルク・パーク・プレップを優等の成績で卒業し、コーネル大学に進み、その後でコロラド大学に転入した。でも、たいていのクライアントが、わたしたちを無教養な人間と見くだす。

「でも、おもしろかった」ジュリアンは階段をおりきった。「取引の支配力を握れば、大金を手にできる。あの当時のポルトガルの通貨はダブロン金貨だったっけ？　地図を盗むことは死罪に相当する罪だった！」

「ええ、そうみたいね。アーチが話してくれたわ」

「ミスター・マッカーサーの話によると、盗人は地図を本のカバーに差し込んだり、帽子の裏側に縫い込んだりしたんだって。そういう話にみんな熱心に耳を傾けていた。ところが、ニール・サープ、ほら、ドリュー・ウェリントンの気色悪いアシスタント、彼がほかの客と喧嘩をはじめた」

「ニールがほかの客と喧嘩？」二人ともキッチンに着いていた。言い争う声や、人が家具にぶつかる音が聞こえないか、耳を澄ました。「パーティーの最中に？」

「そのとおり。ニールの喧嘩の相手は、ほら、ケータリング・イベント・センターで、おれが殴らざるをえなくなった、あの男さ。名前はなんだっけ、クラドック？　客たちがビュッフェの列に並んでいるところに、ようやく姿を現した」ジュリアンはライム・パイを載せる皿とデザート・フォークを並べた。

「ラリー・クラドックね」名前を聞いてがっくりきたところに、クラドックの例の怒鳴り声が聞こえた。

「あの娘に訊いてみたらどうだ？」クラドックが叫ぶ。彼はどこにいるの？　一階？　それともガレージ？　わからない。「彼女が教えてくれるだろうよ！　それともおれが尋ねてみようか、ニール？」

「灯りをつけろ、もたもたするな！」ニール・サープの甲高い声がそれに応える。「なにも見えないじゃないか！」

二人の声はまちがいなく下のほうから聞こえていた。パーティーはもうお開きになったの？　キッチンのセンターアイランドに目をやると、ジュリアンが皿と銀器をトレイに載せているところだった。マッカーサー夫妻のためのはじめてのケータリングが、最後のケータリングになってしまう？　ハーミーにたのまれている月曜の盛大なランチはどうなるの？

「心配いらないって」ジュリアンがパイを手に冷蔵庫から出て来た。「マッカーサー夫妻は、二人を追っ払えて喜んでいるさ」男たちが怒鳴りあう声に、ジュリアンは顔をしかめた。

「それぞれ車に戻ろうとしているみたいだな。ガレージにいるんだ」

「ヘイ！　サープ！」ラリーのどら声につづいて、自動開閉のガレージドアがギギーッと開く音がした。ラリーがなにか言い、くぐもった声で返事と質問が飛んだ。ラリーの声が急にはっきりしてきた。「それで、なにが言いたいんだ、サープ？　コックに尋ねてみるべきだって？」

ちょっと待ってよ。わたしはドライヴウェイを見渡せる窓のほうに移動した。耳を澄まし、なにか見えないかと目を凝らした。そとは真っ暗だ。キッチンの明かりに、降りつづく雪が浮かびあがる。さらにまた怒鳴り声が聞こえた。顔をしかめる。それぞれの窓から下に向かってワイヤーが這わせてある。窓枠の左側にスイッチが並んでいて、そのひとつはドライヴウェイを照らす灯りのスイッチ……それに、盗難警報機のスイッチもある。間違えて警報ベルを鳴らしたら、パーティーを台無しにするとどめの一発になってしまう。

でも、待って――わたしたちが荷物を運び込むのに使った横手のドアは、少し開けたままにしてあった。カレーの匂いがこもらないようにするため、ハーミーから開けておくよう言われたからだ。彼女は警報機のスイッチを押し、警報ベルをリセットして言った。スミスフィールドは、地図を盗まれるのではないかと「猜疑心《さいぎしん》のかたまり」になっている、と。ドアに走り寄って振り向くと、ジュリアンが、信じられない、という顔をした。

「いったいなにをするつもりだ？　喧嘩のことを教えてやったのは、キッチンから見物できると思ったからだぜ！」ジュリアンが言った。わたしは唇に指を押し当て、ドアをそっと押し開けた。ジュリアンはパイと皿を載せたトレイを手に、舌打ちし、キッチンから出て行った。「なるほどね！」楽しげに言う。「おれがデザートを受け持って、あんたが喧嘩を受け持つ。いい考えだ」

「おれよりあんたのほうがうまくやれるだろう、サープ」ラリー・クラドックの声が雪の中で大きくなった。彼はおもてに立っているのだろう。自分の車を探している？　それともロ論をつづけたいだけ？「彼女はいけ好かない女で、その子どもはクソガキだ。機会があれば、二人に思い知らせてやる、おれは本気だぜ！」

あら、そうなの？　ドアをいっぱいに開けた。男たちの姿を探したが見えない。まだガレージのちかくにいるにちがいない。

深呼吸してから、爪先立ちで階段をおりた。誰もあたしに思い知らせることはできないし、あたしの許可なしにアーチに思い知らせることもできないんだから、いいわね。

「ゴルディ、やめろよ、たのむから」ジュリアンのひそめた声が上のほうからして、わたしは飛び上がり足を滑らせそうになった。「いったいどこに行くつもりだ？」わたしが返事をしないと、彼も忍び足でついてきた。「クライアントの屋敷をこそこそ嗅ぎ回るのか？　これであたらしい依頼が増えるんだろうな。いろんな依頼が。それはそうと、客たちがパイは自分たちで切るって言い張ってる」

「ありがと、ジュリアン。でも、静かにしてくれない？」

彼はおおげさにうめき、かたわらにやってくるとスウェットシャツを差し出した。「さあ、これを着ろよ。あんたに寝込まれて、クリスマスのケータリングを一人でやる羽目に陥りたくない。それで、男たちはどこにいるんだ？」

まるでそれに答えるように、ニール・サープの声が曲がり角の向こうから聞こえた。残念なことに、着古した〝エルク・パーク・プレップ・スイミング〟のスウェットシャツを頭からかぶっていたので、彼の声はよく聞き取れなかった。顔を出したらこんなニールの言葉が耳に飛び込んできた。「おまえが持ってるんだろ！　クソッタレ！　持ってないなんて言わせない！　おまえが持ってるにちがいないんだ！」

「そこまで言うなら」ラリーが怒鳴り返す。「警察に電話して、おれの家を捜索させりゃいいじゃないか」

ニールが叫ぶ。「ふざけるな！　彼から渡されたにちがいないんだ！」

「あのクソ野郎め、おれにはなんにもよこさなかった！」ラリーが叫び返した。「奴の恋人に尋ねてみたらどうだ？　おれならそうする。彼女は……」ニールが哀れっぽく言い返す声は聞き取れなかった。

ラリーがまた怒鳴った。正直に言って、この男はそのうち声を潰す。彼がなにを言ったのかわからないが、ニールは満足しなかったようだ。つぎに聞こえたのが大声の「ギャー！」で、つづいて「手を離せ、コンチクショウ！」

片方がもう一方をガレージの壁に突き飛ばしたらしく、屋敷全体が揺れた。叫び声と喉を詰まらせる声がした。わたしは耐え切れずにジュリアンを見た。「あたしたち、なにかすべきじゃない？」

「ああ！　中に入るべきだ。さあ、ミス・ノーベル平和賞」彼がスウェットシャツを引っ張った。「こんなとこにいないで」曲がり角の向こうから、さらにクソッタレだのバカクソ野郎だの罵声《ばせい》が聞こえてきた。それがちかづいているようだ。どちらか一人が側溝に足をとられたらしく反響音がした。ジュリアンがわたしの袖を引っ張り、歯を剝き出した。君子危うきに近寄らず、だ。慌てて彼のあとから階段をのぼった。キッチンに飛び込むと、ラリー・クラドックの声がちかくから聞こえた。

「クソッ、ニール、娘に尋ねてみたほうがいいかもな。あんた、ボスについて知らないことがあるんじゃないか？　娘の両親も知らないことがあるんじゃないか？」

ジュリアンと二人で窓から覗き込むと、雪をかぶった二人の姿が見えた。ラリーのほうが十五センチは背が高いが、ニールのほうが恰幅《かっぷく》がいい。それに武道の心得がある。「黙れ！」と叫びながら、見事な突きを見せた。ラリーはよろけてドライヴウェイに押し戻された。

「おまえのボスは犯罪者だ！」いまやすっかり掠れたラリーの声が角を曲がって遠ざかってゆく。車のドアが開く音がした。

ニールが叫ぶ。「おまえこそ盗っ人のくせに！　戻って来い。縛り付けて警察を呼んで――」

「コックにたのんでみろ、ウスノロ！　彼女の亭主は警官だ、きっとおまえを助けてくれるぜ」

「ラリー！」ニールがまた叫んだ。ドシドシとドライヴウェイを行く姿が見えた。雪の上で足を滑らせたが、それでも吠えるのをやめない。「うちの会社のものなんだ、返せ！」

「何度言ったらわかるんだ、おれは持ってない！」二人ともそれぞれの主張を変える気はないようだ。ジュリアンは後片付けに戻った。音を立てないでと言おうとすると、彼はただ肩をすくめた。おもてではラリーが吠えていた。「おまえのボスがなにを企んでいたか、地図業界に知れ渡るのも時間の問題だぞ。わからないのか？　何度も言っただろう、奴の恋人に尋ねてみろって」

安全なキッチンに立ってドアをさらに押し開けると、ニールの苦々しい声がした。「へえ、それで、彼女はわたしになんでも話してくれるとでも——なんでも渡してくれるとでも思ってるのか？」

「だったら、行って娘に訊いてみろ！」ラリーが叫ぶ。人が車にぶつかるような、ドサッという音がして、うなり声と蹴とばす音がした。「このボンクラのウスノロのマヌケ野郎め！おれにこの崖から蹴落とされたくなけりゃ、力ずくででも彼女から奪ってこい！」

その瞬間、テニスボールほどの大きさのものが雪の中を飛んできた。まっすぐこっちに向かっている。恐怖に駆られつつ身をかわしたそのとき、窓に激突し、ガラスが割れてキッチンに飛び散った。盗難警報機のベルが鳴り響き、ダイニング・ルームから悲鳴と慌てふためく声がした。ドライヴウェイからは足を踏み鳴らす音と叫び声がして、エンジンをふかす音がつづいた。

そとを見ると車のヘッドライトが瞬《またた》いている。二台のライト？　一台目が轟音をあげ、つづいて二台目も轟音もろとも走り去った。わたしはダイニング・ルームにいるハーミーとスミスフィールドのもとに急いだ。なにをすべきか二人に訊いてみないと。警察に電話する？契約している警備会社に連絡する？

スミスフィールドがこちらに向かって突進してきたので、脇によけた。ジュリアンはどこに行ったんだか――シンクの前に立って、洗い物をしているのかも。何事もなかったように見せるために。

「いったいなにがどうなっているんだ？」スミスフィールドが尋ねた。「最初が二人のディーラーの喧嘩で、つぎが何者かがわたしの家に押し入ろうとした！」

「そういうことでは」わたしの言葉を彼は無視した。ハーミーが彼の後からキッチンに向かったので、わたしもしんがりについた。ジュリアンはせっせとロール式のペーパータオルを一枚ずつ千切っていた。窓ガラスが粉々になるのは、ケータリングのイベントでは日常茶飯事だと言いたげに。

床の上には砕けた雪玉が転がり、中から――ちょっと待って――果物ナイフが出て来た。この家の主《あるじ》夫妻の横をすり抜け、ジュリアンを手伝って片付けをはじめた。野次馬根性丸出しの客が数人、ハーミーとスミスフィールドの肩越しに覗き込んでいる。主夫妻は両手を腰に当て、どうしてこんなことになったのか、誰かなにか耳にしていないかと質問を発するのをやめない。住むのに適さない物騒な場所だとか、この土地はいったいどうなっているのかとか、うるさいことこのうえない。

融けた雪とガラスのかけらを掃除しながら、果物ナイフをしげしげと眺めた。わたしが育ったニュージャージーでは、いたずら好きの男の子たちが道端にうずくまり、通り過ぎる車にこの手のものを投げつけたものだ。あるとき、教会からの帰り道、わが家の古いビュイックに石を仕込んだ雪のミサイルが飛んできたことがあった。後部座席の窓ガラスが砕け、わたしはガラスのシャワーを浴びた。十歳のわたしには、それがトラウマになった。

思い出を追い払い、壁一面の丈高い戸棚のひとつから箒と塵取りを見つけ出した。客たちはガラスの破片を取り囲むようにしていて、いつ怪我をしないともかぎらないから、早く掃き取ってしまうにかぎる。ハーミーとスミスフィールドは、警察に通報すべきかどうかで口論をしていた。決着がついたらすぐにかけられるよう、客の何人かが携帯電話を取り出した。

そうこうするうち電話のベルが鳴り、ハーミーとスミスフィールドが受話器を巡って争った。スミスフィールドが勝利をおさめ、盗難警報機が作動したのが誤報かどうか、警備会社がたしかめてきた、と客たちに告げた。うちのドアや窓も調べたほうがよさそうだ、と客たちがささやき交わした。クラドックとサープがガレージのドアを開けたとき、どうして警報ベルが鳴らなかったのか不思議だが、おそらく内側から開ければ鳴らないようになっているのだろう。スミスフィールドが電話に向かって怒鳴る。いや、誤報なものか、すぐにやって来い！　それから、彼は警察に通報することにし、おなじ命令をくだした。

なにかもっとおもしろいことが起きると期待していた客たちも、リビングやダイニング・ルームに引き揚げ、そろそろお暇《いとま》します、と言い出した。ご馳走さま、雪がもっと積もる前に帰ります。バークレー夫妻だけが後に残り、ヒステリーを起こしたハーミーを宥めた。ほかの客たちが帰ったころには、ガラスの破片と雪をおおかた片付け終わっていた。ジュリアンがゴミ袋とペーパータオルを手にかたわらに現れた。

「てっきりあなたが窓になにかを投げつけたんだと思ったわ」ハーミーがわたしに言った。

「むしゃくしゃして、鍋か大皿を投げたんだと。あら、冗談よ、ゴルディ。うちのパーティーでどうしてこんなことが?」

「ミセス・マッカーサー、あたしにはわかりません」ペーパータオルを切り取り、ナイフをそっと摘み上げた。誰かが蹴ったり、踏んづけたりしたら大変だ。今夜の状況を考えれば、なんだって起こりうる。「見てのとおりです。何者かが窓に雪玉を投げつけた。ナイフを仕込んだのは、重くするため、ガラスを割って警報ベルを鳴らすためでしょう」

「だが、なんでそんなことを?」スミスフィールドが客を送り出して戻ってきて、また主導権を握ろうとした。「ニールとラリーは実際に殴り合ったのか? ナイフを使ったんじゃないのか? 雪玉を投げ合ったんじゃないのか?」

「二人は喧嘩してました」わたしは考えながら答えた。「ナイフと雪玉のことまではわかりません。でも、ただの……口喧嘩だったような。暴力沙汰に発展しそうな雲行きではありましたけど。警備会社の人が来るまで、お休みになっててください。後のことは彼らがうまくやってくれるでしょうから」

「それはどうかしら、ゴルディ」ハーミーが苛立って言うと、キャサリン・バークレーが濡らして絞った布巾《ふきん》を差し出した。ハーミーはそれを額に押し当てた。「ありがとう、キャサリン」

ハーミーがわたしたちに向かって言う。「ストレスに曝《さら》されると、あたくし……こうして体温をさげないと駄目なの」

ハーミーが不安で熱くなった体を冷やすあいだ、気まずい沈黙が流れた。

「ああ、ハーミー」スミスフィールドが言った。「たのむから――」

ハーミーは当てていた布巾をはずし、咳払いしてスミスフィールドにきつい一瞥をくれた。わたしに向かって言う。「あの男たちのどっちかがこれを……窓に投げつけるのを見たの？もしそうなら、弁償してもらわなくちゃ！　防犯ガラスだから、恐ろしく高いのよ。ナイフは捨ててしまってちょうだい――恐ろしいわ。警察にキッチンを荒らされたくないわ。もうたくさん」

スミスフィールドが妻に向かって指を振った。「それは駄目だ、ハーミー！　警察には来てもらわないと。安全を脅かされたんだぞ！」

「でも、ご近所の人たちにご近所の人たちにいろいろ言われるわ。警察がまたやってくるとはどういうことだって」ハーミーが哀れな声を出した。

「ご近所と言ったって、バークレー夫妻はここにいるし、アップショー一家はいまフロリダじゃないか」スミスフィールドがそっけなく言った。

「あたくしもどこかに行きたいわよ」ハーミーは立ち上がり、蛇口をひねって布巾を濡らし、また額に押し当てた。「ねえ、スミティ、あなたにはわからないの？　パトカーがライトを点滅させ、サイレンを鳴らしてやってくるのを見たり聞いたりした人は、この家が犯罪の温床だと思うにきまってるわ」

スミスフィールドは顎を突き出し、眉を吊り上げた。「ご主人に連絡して、パトカーの音を消すようたのんでくれないか?」

「携帯から主人に電話して、パトカーのサイレンを切るようたのんでみます」思いのほか自信のある口調だった。ケータリングのクライアントとしてマッカーサー夫妻を失いたくないので、なんとしても安心させたかった。自宅に電話し、トムに事件のことをかいつまんで説明した。「マッカーサー夫妻が、パトカーのサイレンを切ることができないか知りたがってるんだけど」

「無理だな。現場にできるだけ早く到着するためには、サイレンを鳴らして、通行中のドライバーに道を空けてもらう必要がある。サイレンを鳴らさなきゃ誰もどかないから、現場に着くのに二倍の時間がかかる」

「わかったわ」

「そこでいったいなにがあったのか、詳しく話してくれるよな、ミス・G?」

「家に帰ってからね」誰もいない場所から電話しているのでないことを、それとなく彼に伝えた。

彼はため息をつき、電話を切った。

「ミスター・マッカーサー」わたしはへりくだって言った。「サイレンを切ることはできないそうです」理由を説明したが、スミスフィールド・マッカーサーは聞く耳をもたなかった。

「どうして警察はこっちの要望を聞いてくれないんだ?」彼が声を荒らげた。「危害を蒙ったのはぼくの家なんだぞ!」その怒りようにわたしが目をぱちくりさせると、彼はなんとか落ち着きを取り戻し、バークレー夫妻に顔を向けた。「娘たちを呼びましょうか?」無理にあかるく尋ねる。「美容の時間も終わっただろうしね。さあ、ハーミー、お客さまをお見送りしよう」

「ええ、スミティ」ハーミーはうめき、いやいや額から布巾をはずし、キッチンを見回した。汚れた食器がそのままだ。わたしに目顔で訴える。**さっさと片付けてちょうだい。**

もちろんよ、ハーミー、お望みどおりに。警察の〝パトカーのサイレンとライトにまつわる規定〟に影響力をおよぼせなくても、皿洗いに関しては名人の域に達している。いまの時点で月曜のランチに変更はないから、彼女の機嫌を損ねたくない。パーティーを開きそうな金持ちが大勢住む、リーガル・リッジ・カントリー・クラブ地区のクライアント第一号だ――たとえパトカーの出現で村八分になろうと。

ジュリアンは、〝発射物〟が作ったギザギザの穴からそとを覗いていた。「おれ、高校の物理で習ったことをすべて憶えてるわけじゃない。好きだったけどね。でも、あの二人は建物の角を曲がった向こう側にいた。窓のすぐ下じゃなく。もっとも、あれが窓に命中するような放物線を描かせるのに、それほど遠くに離れる必要はない」――顎で示す――「たとえば、隣りの家の庭とかそこまで離れる必要はね」窓からさがり、腕を体に巻き付けた。「うー寒っ! まるで冷蔵庫の中にいるみたいだ! さっさと片付けて退散して、あんたのうちに帰ろうぜ。警察と警備会社の連中と窓はマッカーサー夫妻にまかせてさ」

「警察が来るまで帰るわけにはいかないわよ」わたしは引き出しから見つけたゴミ袋とダク

トテープを掲げた。「それまで、あの窓をなんとかしておかなきゃ」

二人で窓の穴を塞いだが、ゴミ袋を貼った窓は見た目がますます悪くなった。それでも寒風が吹き込んで蛇口の水が凍りつくことはない。じきにいつものリズムを取り戻し、食器を洗って拭いて箱に詰めた。疲労の波が襲ってくる。

「それで」ジュリアンがしばらくして言った。「だれが雪玉を投げたと思う?」

「隣人」最初の箱を持ってキッチンのドアに向かった。「騒音に耐えかねて」

「隣人一家は南の国で太陽を浴びてるんだぜ、憶えてるだろ?」

「この通りに家はあと一軒だけじゃないわよ」

「隣人の仕業なら、喧嘩してた二人に投げればよかったんだ、ゴルディ」ジュリアンが頑《かたく》なに言い張る。「隣人なら警察を呼べばよかった。それに、ラリーかニールが相手に向かって投げたとも思えない。ようするに、よっぽど狙いを定めなけりゃ、ああはならないってこと」

「ジュリアン、そう言われたって」

「それで、あんたはそれについて話したくない。おもてに出て行って二人をスパイすることに、あんなにご執心だったあんたがね。いったいどうなってるんだ?」

「いったいどうなってるの?」キッチンに入ってきたのがシャンタルだと気づくのに、しばらくかかった。顔に貼っていた青緑色のものを洗い落としているので、幼く無邪気に見えた。カールした黒髪にピンクのハイライトを入れ、足首まであるテリークロスのバスローブのホットピンクに、輝く瞳と艶やかな頬がよく映えている。「いったいここでなにがあったの？　ヴィクスとあたし、警報ベルが鳴り出したのを聞いて、どうしよう、泥棒が入った！　って思ったの。ドアの鍵をかけたんだけど、悪者がやってきてノックしたりしないし。あら、窓、どうしたの？」

「何者かが雪玉を投げつけたのよ」ナイフのことは削除した。「あなたたち、なにか見なかった？」

彼女は頭を振った。「いいえ。雪玉？　ああ、がっかり？　なんにもおもしろいことが起きないって、言ってたでしょ。それで、せっかくおもしろいことが起きても、あたしはその場にいられないの」でも、そこでジュリアンに気づいた。二十三歳の筋肉質で引き締まった体つきの、すばらしくハンサムな男がここにいることに。媚《こ》びた笑みを彼に向ける。「あら、ときにはおもしろいことが起きるわね。ひょっとすると」

ジュリアンはやさしいから笑みを返した。でも、なにも言わなかったので、シャンタルはしぶしぶキッチンを出て行った。

「ジュリアン、ちょっと調べたいことがあるの、いい？」

「どうぞ、〝犯罪と戦う人〟。それに、あんたがいないほうが、洗い物が早くすむ」

それはどうも。階段をおりて、ラリーとニールが口論していた場所に向かった。雪の上に二人の足跡を探した。それに、雪が踏み固められた跡。思ったとおりだ。

ジュリアンにも、ハーミーとスミスフィールドにも言わなかったが、ナイフを仕込んだ雪玉は、ラリーかニールが相手を狙って投げたとは思えない。ジュリアンの言ったとおりだ。ラリーとニールの声が聞こえてきたのはドライヴウェイのほうで、雪玉が投げられたのは、隣家の庭まで行かなくても、ドライヴウェイから五メートルは離れた場所だと考えられることから、ナイフは彼らが投げたものではないと判断できる。それに、彼らを狙ったものでもない。

階段の下からドライヴウェイのその方向に目をやり、それから自分が立っていた窓へと視線を移した。あのときはなにをやっていた？　耳を澄ましていた。はいはい、立ち聞きしてました。それで、何者かがあの窓に顔を向ければ、背後からのあかるい灯りに照らされたジュリアンとわたしの姿が見えたはずだ。

ナイフはラリーかニールを狙ったものではない。ジュリアンを狙ったものでもない。おそらく――ほぼまちがいなく――何者かが、わたしをめがけて幼稚な武器を投げたのだ。

13

いろいろな疑問をじっくり考えている間もなく、パトカーがやってきた。ハーミーの心配をよそに、その到着はあまりにも静かだったので、誰も気づかなかったぐらいだ。警官はまずハーミーとスミスフィールドから話を聞いた。彼らがほとんどなにも知らないとわかると、わたしたちに事情聴取した。年配の恰幅のいいパトロール警官で、名札に〝ヤーバ〟と書いてあった。ラリーとニールのことでいくつか質問し、ナイフを袋にしまい、こう言った。この暗さでは足跡を見つけるのは無理だし、すでに雪が降り積もり、さらに激しく降るだろう。それでもあす、鑑識をよこして調べさせる、と。

いくら雪が降ろうが、ジュリアンとわたしは帰らなければならない。ジュリアンがバックでローバーを裏口の階段の下につけるのに、ぶつかったら大変だから外灯をつけた。しんしんと雪が降っていた。わたしもジュリアンもこれ以上災難に遭遇することはなさそうだ。彼が荷台のドアを開け、二人で荷物を積み込んだ。まだ半分も積まないうちに、警備会社の車が黄色いライトを点滅させ、騒々しくクラクションを鳴らしてドライヴウェイに入ってきて、わたしたちの退路を塞いでしまった。すでに十一時にちかい。敵対する地図ディーラーの小競り合いや、パトカーのライトで、近隣の人たちが目を覚まさなかったとしても、リズミカルに鳴らされるクラクションの音は別格だ。

「あの、質問をするならおれたちに先にやってもらえますか?」〝ロッキー・マウンテン・セキュリティー・システム〟と書かれた車から降りてきた、黒っぽい制服にキャップをかぶった若い男に、ジュリアンが言った。「おれたちはケータラーです。くたくたでいまにも倒れそうだから、早く帰りたいんです」

警備員のシャツの胸には〝アラン〟という名前が刺繍《ししゅう》してあったが、本人は「アルと呼んでください」と言った。冗談かと思ったが、わたしはうなずき、三人で立っていた階段を引き返した。

「この家の主はわたしが来たことをご存じですか?」警備員が言った。帽子を脱ぐとほっそりと青白い顔が現れた。なにか食べさせてあげたいと思ったが、マッカーサー家の冷蔵庫から料理を取り出そうものなら、ジュリアンはその場に崩れ落ちるにきまっている。それぐらい疲労困憊《こんぱい》している。仕事の大半を引き受けてくれたのだから無理もない。だからアイランドを囲んで置かれたスツールを三脚引き出し、二人に座るよう勧めた。アルが結構です、と言うので、ジュリアンとわたしは座って尋問を受けることにした。

「この家の主がどこにいるのかわかりませんけど」わたしはアルに言った。「でも、大きな屋敷だから、あなたの車の音に気づかなかったのかも」

「後で捜します」アルは言い、ポケットから小さな手帳を取り出し、順序立てて質問した。

喧嘩がはじまったのは何時だったか？　二人の男たちが、この家の主のものであるなにかを持ち出すのを目にしなかったか？　窓が破られたのは何時か？　破った人間に心当たりは？　質問に答え終わるころには、あまりにもくたびれ、焼かれる前のクリスマス・プディングになった気分だった。そのせいだろうか、ヤーバ巡査と話していたときには考えなかったことに思い至ったのは。月曜のパーティーのことで、ハーミーに念を押しておいたほうがいい？　それともこれ以上騒ぎは起こさず、黙って帰ったほうがいい？

けっきょく後者になった。スミスフィールド・マッカーサーが大声で、警備会社の人間はまだやって来ないのか、と怒鳴ったからだ。まったく、インターコムはなんのためにあるんだ？　博物館みたいなリビング・ルームに行くと、ハーミーとスミスフィールドは、キラキラ光るクリスマス・ツリーのかたわらで酒を飲んでいた。アルがやってきたことを告げると、スミスフィールドは、なんですぐに知らせない、とぶつぶつ言いながら、わたしを追い越してキッチンに向かった。パノラマを満足に動かせなかったうえ、執事の役も満足にこなせないのか。コース料理を出す合間に、キッチンの床でセックスしようと言われたのでないかぎり、クライアントの言うことをきかなければ——そしてちゃっかり請求書に別途サービス料を計上しなければ。

警察が来る前になぜ駆けつけなかった、とアルをとっちめるあいだに、スミスフィールドの顔はピンクから赤へと変化した。きみの会社にいくら払ってると思ってるんだ、とスミスフィールドが言った。サイレンを鳴らさないことも含めて、とわたしは意地悪なことを考えた。スミスフィールドが息継ぎをする隙をついて、ジュリアンが、帰ってもいいか、と尋ねると、アルはうなずいた。こういう嵩《かさ》にかかった物言いには慣れているのだろう。ジュリアンはすぐにキッチンに引っ込んだ。でも、わたしはきょうのケータリング代をもらわなければ帰れない。

リビング・ルームで、アルが遅れたことをマッカーサー夫妻に謝るあいだ、わたしは無言でかたわらに立っていた。雪で運転が大変だったとか、雪で乗り捨てられた車が道を塞いでいたとか、この十分間はキッチンでわたしたちから話を聞いていたとか、そういった言い訳を彼はいっさい口にせず、低い声で質問をはじめた。

数分後、無言でかたわらに立つわたしを、スミスフィールドが見上げて言った。「なんの用があっていつまでもいるんだ?」

「料金を支払っていただきたくて」わたしは静かに言った。

「まあ、もちろんよ」ハーミーが椅子から立ち上がり、肩をそびやかし、わたしを引き連れてキッチンに向かった。驚いたことに、彼女はすでに小切手を切り、キッチンのデスクにしまっていた。それをわたしに差し出し、礼を口にし、月曜にまた、と言った。

「それじゃ、またね」彼女が悲しげに言った。その口調から、つぎのイベントがうまくいくことを願っているのがわかった。でも、それ以上はなにも言わず、リビング・ルームに戻っていった。

わたしは自分の小切手帳を出し、ジュリアンに宛てて、充分すぎるほどの金額を書き込んだ。大変なパーティーをよく手伝ってくれたお礼だ。

「ボス、なにもいまやらなくても」

「いいえ、やるわ。あなたが受け取ってくれないと、あたしたちここを出られないのよ」

彼は小切手をポケットにしまい、ありがとうと言い、二人で残った荷物を運んだ。一刻も早くこの家から出たかった。最後の箱を摑み、ローバーに向かって雪の積もった階段を駆けおり、ヤッホーと叫びたかった。むろん、しなかったけど。

帰路はゆっくりだった。リーガル・リッジの道は除雪されておらず、警察と警備会社の車以外、マッカーサー家に通じる袋小路をやってきた車はなかった。そのうえ、パーティーが終わってからさらに雪が十センチほど積もっていた。でも、ジュリアンは慎重なドライバーだから安心してまかせられる。

「ナイフ入り雪玉を投げた犯人に心当たりある?」インターステートに入ったところで、彼に尋ねてみた。

「おれはやっぱりあの通りの住人の仕業だと思う。だって、ほかに誰がいる? 二人の男が口論してることにカッとなった誰かが、やめさせるのにいちばん手っ取り早いのはマッカーサー家の警報ベルを鳴らすことだと思った」

わたしは頭を振った。「あたしはそうは思わない」

「だから被害妄想って言うんだ」

「お帰り、ミス・G、ジュリアン」裏手のドアからキッチンに入ったわたしたちを、トムが出迎えてくれた。「心配してたところだ。うまくいったか？」

「いろいろあった」ジュリアンが答えた。「話はゴルディから聞いて。あした、おれたちのどっちかが坊主たちをRRSAに連れていくって約束したんだ。そっちがかまわなけりゃ、役割分担はあとで決めていいかな。ひと眠りしておかないとダウンしちまう」

「坊主たちの部屋におまえの寝袋を用意しといた」トムが言う。「アーチがほかに使い道を考えついてなけりゃ」

ジュリアンはうなずき、おやすみを言い、重い足取りで階段をあがっていった。その顔には大きな笑みが浮かんでいた。ジュリアンの実の両親は亡くなり、兄弟もいない。口に出して言わないけれど、うちの家族の一員になれてほんとうはとても嬉しいのだ――若い男は感情を見せたがらないものだと、わたしにもようやくわかってきた。でも、わたしたちが彼をどんなに大事に思っているか態度で示すことを、彼はひそかに喜んでいる。

「それで、ミス・G」わたしたちはリビング・ルームに移動し、クリスマス・ツリーのかたわらに座った。トムとわたしが、たがいに独身だったころ集めた豆電球をすべて飾ってあるから、そのあかるいこと、向こう三軒両隣りまで照らせそうだ。「マッカーサー宅のパーティーは、大成功だったとは言えないようだな」

「最悪」わたしは立ち上がり、トムが熾しておいた暖炉の火に両手をかざした。「誤解しないでね。お料理は好評だったの。でも、お客の二人――正確に言うとラリー・クラドックとニール・サープ――が喧嘩をはじめて、それでおもてに出て行ったんだけど、口だけでなく手も出し合って。それから、誰かが、二人のうちのどっちかかもしれないけど、雪玉にナイフを仕込んで、それをキッチンの窓ガラスに投げつけて割ったの」

「なんだって?」返事をする前に、彼がつづけて言った。「署には通報したんだろうな」

「マッカーサー夫妻が通報した。ヤーバという名の巡査がやってきた」

トムはうなずいた。「いい奴だ。誰が投げたか心当たりは?」

「まだない。でも、待って、話はまだあるの。マッカーサー夫妻と客たちがカレーを食べているあいだ、あたしは二階にいる娘とその友だちにベジタリアン・ディナーを運んでいったの。十四歳ぐらいの子たち。それが、ドリュー・ウェリントンがお酒をくれたって言うのよ。それから、誰かが警察に通報したんでパーティーがぶち壊しになったことが、少なくとも一度はあったって」

トムが立ち上がってキッチンに向かった。「その話を聞くにはコーヒーが必要だな。きみは、エスプレッソを飲むか?」

「あなたが淹れてくれるなら。でも、エスプレッソぐらいで起きていられるとは思えない。もうくたくただもの」

ところが、起きていられた。トムは頼りになる手帳を取り出し、ドリュー・ウェリントンについて女の子たちが言ったことをすべて書き留め、その住所にパトカーが出動した記憶はないが、調べてみる、と言った。ウェリントンが酒をくれたのがいつのことで、そういうことが何度あったか、その子たちに訊いてみたか？　わたしは頭を振り、トムがホイップクリームを浮かべてくれたコーヒーをすすった。サープがクラドックを盗っ人呼ばわりし、クラドックがそれを激しく否定したことなど、二人の口論について語っているうちに、体内にエネルギーが漲《みなぎ》るのを感じた。ケータラーの友人はこれを〝恐ろしい盛り返し〟と呼んでいる。あらたな活力がわたくしめの血液を駆け巡っているあいだに、ニール・サープが聖ルカ監督教会の八時からの早いほうの礼拝によく顔を出していたことを思い出した。それに、遅いほうの礼拝にもボスと一緒に出席していた。そうやって二人で、できるだけ多くの会衆と言葉を交わそうという魂胆だ。あるいは、自分だけのクライアントを開拓しようとしていたのかもしれない。商売を繁盛させることに、ニールもドリューと同様、一所懸命だった。もっとも、ニールにドリューほどの商才があるかどうかは疑問だ。ニールはそのあたりを変えたいと思っていたのかも。

「料理しなくちゃ」わたしは立ち上がった。

トムがうんざりした顔でエスプレッソのカップを見つめた。「真夜中のカフェインで怪物を創っちまった」

「チェリー・パイなんてどう？」

「やめてくれ」そうは言いながら、トムは手帳と空のカップを持ってキッチンについてきた。

ウォークイン式冷蔵庫の冷凍スペースの暗い深みを覗き込み、考えた。きょうの出来事のうちのどこまで話したっけ？　ああ、そう、なくなったもの。置き忘れた？　置きちがえた？　それとも、単になくした？　「クラドックが繰り返し言ってたことがあるの。なくなったものについて、それがなんだかはわからないけど、ほかの誰かが知っているにちがいないって。ウェリントンの恋人――どの人かわからないけど――か、あるいは〝娘〟が知っているって。わたしが思うに、マッカーサー夫妻の娘じゃないかしら。クラドックが何度も言ったもの。『行って娘に訊いてみろ』って」冷凍しておいたパイの皮を取り出した。雨が降ったときに備えて。というより、雪の夜に備えて。

トムはオーブンを予熱し、キッチン・テーブルに向かって腰をおろした。「それで、ニール・サープは引き返して、なくしたものについてシャンタルに尋ねたのか？」

「いいえ、ちょうどそのときに、雪玉が飛んできて大騒ぎになったから。すさまじい音がしたもんで、クラドックもサープもすたこら逃げ出したわ」わたしはパイ皮を眺めた。コロラドで新鮮なサワーチェリー――パイに最高のチェリー――が手に入るのは七月までだが、缶詰のならいつでも手に入る。食糧貯蔵室を掻き回しているあいだに、トムがエスプレッソ・カップを洗ってくれた。缶詰を二個持って戻ると、トムが冷凍スペースを漁っていた。

「トム？　あなたも料理をするつもり？」

「いや。きみがケータリングで留守にしていたとき作ったコーヒー・ケーキを出そうと思って」彼が持って出たのはファスナー付きフリージングバッグが二個で、それぞれに彼特製サワークリーム・ブント・ケーキが入っていた。「あすの朝の早いほうの礼拝に出るつもりなんだろ？　それで、ニール・サープとおしゃべりするつもりだろ？」

「あなたの読みは当たってる」こうあっさり思っていることを読み取られると不安になる。でも、ラリーがニールに、コックと話をしてみろ、と言っていたし、金曜の夜、図書館の外で、ニールから話があると言われたし、こっちから話に行っても悪いわけがない。パイの形が崩れないよう、皮の内側にクッキングペーパーを敷き、セラミックのパイウェイトを置いた。

「気をつけろよ、ミス・G。サープはすぐ暴力に訴えることがわかってるんだから、雪玉がここにまで飛んできたら堪《たま》らない。ちょっと坊主たちの様子を見てくる」トムが言った。「全員が眠る場所を確保できているか見てみないとな」

トムがいないあいだにパイ皮をオーブンに入れ、大きめのソースパンにチェリー・ジュースとコーンスターチと砂糖を加えて火にかけた。そもそもどうしてドリュー・ウェリントンを巡る騒動に巻き込まれてしまったのだろう？　調べれば調べるほど、いやな人間に思えてくる。はじまりはきのうの午後、ラリー・クラドックが息子に腹をたて、それからわたしに腹をたてて……それから、わたしが朝食会の準備をしている間に、ドリューが図書館で殺された……それから、そう、わたしはサンディーを目撃した。目撃したと思った。元夫を殺した女を。彼女はドリューをこっそりつけているように見えた。ほんとうにそうだったの？　自信がどんどんなくなってゆくのは、きっと疲れているせいだ。

それから、ドリューの恋人で、わたしの元クライアントでいちおう友だちの――たとえ彼女が味気ないダイエットフードにとり憑かれていようと――パトリシア・インガーソルに助けを求められた。彼女によれば、クリスマスにドリューと結婚する予定だった。ドリューにはストーカーがいて、それは新聞で顔を見て知っていたサンディー・ブリスベーンだ、と彼女は言った。ドリューは年若い女の子たちにえらく興味をもっていた――その女の子たちに酒を与えていた。

そういうことを考えると、まったくとんでもなくいやな奴だ。

トムがキッチンに戻ってきたころには、チェリー・ジュースが楽しげにグツグツいっていた。わたしがオーブンからパイの皮を取り出していると、トムがソースパンを覗き込み、匂いを嗅いで片方の眉を吊り上げた。「おれたち家族はこいつを口にできないんだろ?」

「あたしと一緒に八時の礼拝に来れば、食べられるわよ」煮詰まったジュースにチェリーを加えてよく掻き混ぜ、パイ皮に注ぎ込む。表面を格子模様に仕上げるのは得意ではない――普通のケータラーがやるにはあまりにも時間がかかりすぎる――ので、もう一枚のパイ皮を山盛りのチェリーの上からかぶせ、縁を摘んで合わせ、表面に切れ目を入れ、攪拌した卵の白身を塗った。角砂糖二個をビニール袋に入れて料理用の木槌で叩いて粉々にし、パイの表面に振りかけた。天板にパイを載せてオーブンに入れる。それからエスプレッソをもう一杯淹れ――自分でもいけないと思いつつ――トムの隣りに座った。

「それで、一緒に来てニール・サープと話をする?」

トムは眉を吊り上げた。「ミスター・サープの事情聴取は終わってる。そのときにロヒプノールについて説明を聞いた。彼にもっとしゃべらせたいのか?」

「そうよ、わかってるくせに」

「最初に言っておく。きみが捜査に協力してくれることは、ありがたいと思っている」わたしは目をくるっと回した。**ほら、きた。**「ミス・G、たのむから。ニール・サープはすでに一度、ラリー・クラドックと殴り合っている。クラドックだって、いつきみを襲うともかぎらない。いいか、サープはいまも被疑者なんだ。ウェリントン殺しの犯人が誰であれ、人を襲うやり方を心得ている。わかったか？」わたしがうなずくと、トムは指を立て、姿を消した。戻ってきたときには、アンティークの銀のトレイを持っていた。ボトルと小さなクリスタルのグラスが二個載っている。わたしはプッと吹き出した。

「どうしたの。サープが被疑者だという話は、一杯飲まなきゃ聞けないとでも？」

「二人のために買ってきた高価なポートワインを、どうか倒さないでくれ」

「ありがと」彼がワインの栓を抜く儀式を行うのを眺めながら、あらためて彼を愛しいと思った。わたしがポートワインを好きなこと、それも上等のにかぎることを憶えていてくれたのだもの。げす野郎を家から叩き出した後、貧しかったので上等のポートワインはとても手が出なかった。口にするのは、料理の師匠のアンドレの店でだけだった。アンドレが豚の腰肉に下味をつけるのに使うポートワインを、味わわせてくれたのだ。「ぜったいに安いワインは使わないこと」そう言って、彼は灰色のもじゃもじゃ眉毛をひそめた。わたしがいつも安いワインを使っていることをお見通しだと言わんばかりに。むろん使っていた。彼の教えに従い、クライアントのために料理するときには、安物はけっして使わなかった――でも、棚の上のほうに安酒をいつも置いていた。離婚後もわたしを悩ませつづけたげす野郎が、またいつ異様な振る舞いにおよばないともかぎらなかったから。そんなときには、気付けの一杯が必要だった。マーラがワインを飲みたくなったら、道はふたつ。①マーラが食事に招待してくれるのを待つ。②マーラがボトルを携えて訪ねてくるのを待つ。一度、わたしが棚に並べておいたスクリューキャップのベルモントを、ひと口飲んでバスルームに直行し、ゲーゲーやってから、マーラはお酒持参でやってくるようになったのだ。トムと結婚してから、わたしは贅沢をさせてもらっている。二人でする贅沢なんだからいいんだ、と彼は言い、懐《ふところ》があたたかいときに、極上のワインや食材を買ってくる。でも、彼からボーナスや昇給の話は聞いていないので、にわかに心配になった。「あたしをいい気分にさせといて、後から小言を言うんじゃないの?」

トムは舌打ちし、ワインを注いだ。「まったく疑り深いんだから。いや、エスプレッソを飲んじまったし、今夜は眠りたいと思ってね」時計に目をやる。「ああ、もうこんな時間か」わたしにグラスを渡し、腰をおろす。グラスをチリンと合わせ、口に含む。滑らかで、焼けるようで、舌に残る。ほほえんで礼を言うと、トムは満足そうな目で愛しげにわたしを見た。

「話を戻そう。ニール・サープによれば、金曜日、ドリュー・ウェリントンは二枚の地図を買わないかとラリー・クラドックにもちかけた。おいしい値段でな。これはクラドックの話とも一致する。おいしい値段でって部分は、サープがそう思っただけかもしれない。ドリュー・ウェリントンが昔のライバルに和睦《わぼく》を申し出たってことだ。ここまではいいな?」

わたしはうなずき、深く息を吸った。チェリー・パイの焼ける匂いに、ポートワインの芳《ほう》醇《じゅん》な香りが融け合って頭がくらくらした。「アーチやあたしと口論になったときのクラドックは、地図の売買をしている雰囲気には見えなかった。まして和睦なんか」

「おれもそう思ってる」

「それから、ウェリントンの死体から価値のある地図を見つけたのよね」

「そいつは、ええと」――トムは手帳の数ページ前をめくった――「一八六九年に作られた、ネブラスカの測量がすんでいた地域の地図だ。大陸横断鉄道が走っていて、ネイティブ・アメリカンの三部族――オマハ族とオトウ族とポーニー族の居留地が載っている。三千から四千ドルぐらいの価値があるそうだ」

「それで安いの?」

「小売価格で、とサープは言っていた。ウェリントンはそれを千五百ドルでクラドックにもちかけた」

「でも、クラドックは食いついてこなかった。だから殺されたとき、ウェリントンはまだ持っていた」

「そのとおり。われらがサープが言うには、ウェリントンは手に入れていたそうだ。ええと」――また手帳をめくる――「一八四四年のテキサスの地図を」

「たしかテキサスはまだ連邦に編入されていなかった――」

「そうだ。だから地図のディーラーや蒐集家がこの地図にこれほど関心をもつんだ」トムはワインを飲み、手帳をチェックした。「ちょっと待ってくれよ。きちんと理解しておきたいから……この二枚目の地図は、テキサスが州になるべきかどうかの判断材料として、議会が作らせたものだった。当時の地形測量事務所が、州政府の権限のもとで測量を行った。サープによれば、すばらしい地図で、一万ドル以下で売買すべきじゃないそうだ」

「へえ」わたしはオーブンを覗いてパイの焼け具合を見た。焼きあがったしるしのジュースは滲み出ていない。「ウェリントンはそれらの地図をどこで手に入れたの？」

「サープの話ではそのあたりが曖昧なんだ。無理もない。サープが言うところの〝仕入れ品〟を、ドリューがどこで手に入れていたか、サープは知らなかったそうだからな」

「それで仕事のパートナーだったの？」

　トムは肩をすくめた。「サープによれば、ウェリントンはテキサスの地図を四千ドルでクラドックに売りつけるつもりだったらしい」

「クラドックがそれを売れば大儲けできるってわけね。六千ドルの儲け、でしょ？」

「ああ、だが、話はまだ終わっちゃいない」まだあるの？　すでに頭がくらくらしていたが、ワインをもうひと口飲んだ。テキサス？　ネブラスカ？　ドリュー・ウェリントンがカンザスの地図も持っていたとしたら、コロラドにスキーヤーを送り込んでくる州をすべて網羅していたわけだ。

「三枚目の地図があったはずだ、とサープは言っている。いわゆる新世界の地図だそうだ。一六八二年に作られた北アメリカの地図。二十万ドル相当の地図だが、べつのクライアントに十万ドルで持ちかけたと思われる」

「なんですって？　冗談でしょ？　べつのクライアントって？」

「冗談じゃないさ。べつのクライアントが誰かはわからないそうだ。ドリューが話してくれなかった」トムが手帳を開き、サープも詳しいことはわからないそうだ。ドリューが話してくれなかった」トムが手帳を開き、ドリューが持っていたかもしれない新世界の地図について、ニール・サープが語った話の詳細を読んでくれた。困ったことに頭がぼんやりしてきた。夜の仕事の影響が急に出たのだろうか。マッカーサーの屋敷で雪玉を投げつけられたことや、急にパイを焼きたくなったことや、ワインの酔いが一度に襲いかかってきたのだ。「ミス・G、この話に関心があるんだろう？」

「あたし、眠たいだけ。大事な要点だけ教えて。彼が集めた地図のうちの何枚かを買ってもいいというふりで、ニール・サープに話しかけてみるから」

「サープが言うには、紛失したか盗まれた地図が一枚ある。テキサスの地図だ。それに、十七世紀の北アメリカの地図もなくなっている。テキサスの地図に関してはクラドックがボスとなんらかの取引を行ったはずだ、とサープは言っている。あるいは、クラドックが二枚とも盗んだのかもしれない、と言っている。テキサスの地図と北アメリカの地図をな。どちらもウェリントンは身につけていなかったし、所持品の中にもなかった。金もなかった。小切手も約束手形もなにもなかった」

「ラリー・クラドックはなんて言ってるの？　ケータリング・イベント・センターにやってきたとき、なんとしても手に入れたい様子だったわ。その地図を。彼は〝なくなった地図〟

って言ってたけど」

「ウェリントンから見せられた二枚の地図が欲しかったし、手ごろな値段だったが、いますぐ金は用意できない、とウェリントンに言ったそうだ。何本か電話して金の工面をして戻ってくる、と言ったが、そのとおりにはならなかった」

「ケータリング・イベント・センターで、彼はあたしたちに、地図の出所を調べるつもりだったと言ったわ」

トムは片方の眉を吊り上げた。「ああ。閲覧室に行って無線ランでインターネットにつなぎ、地図の盗難届が出ていないか調べた、と言っている。だが運悪く、地図ディーラーと司書が立ち上げようとしている盗難を報告するウェブサイトはまだ運営されていなかった。それで仕方なく、熱心な地図蒐集家の弁護士に電話をした。地図となると目の色を変える連中だ。それはいいとして、弁護士は忙しいからと電話に出なかった。よくあることだ。ラリーは、電話をくれ、と伝言を残し、ドリューと最初に会った場所に戻った。それでどうなったと思う？　ドリューはいなかった」

「ええ」

「すれ違いだ。この話は監視ビデオの映像とも一致する。ドリューはよろよろと貸し出しデスクに向かっていったが、なにも借りなかった。ラリーは二十分ほど待ち、ドリューに裏切られたと思った。地図をべつの人間に売ってしまったんだろうとね。そこでドリューのブリーフケースの中身を調べた。テキサスの地図が入ってた」

「置きっぱなしにするなんて、ドリューはかなり酔ってたのね。ネブラスカと北アメリカの地図はどうなったの?」

トムは頭を振った。「ネブラスカの地図はドリューが身につけていたが、テキサスと北アメリカの地図はなくなったか、盗まれたかしたんだろう。ラリーが盗んだのかもしれない。けっしてそんなことしていない、と本人は言ってるがね。きみがそれを信じるとしたら、コロラド平原にあるすてきな山をきみに売ってやるさ」

わたしの考えはまっすぐサンディーに向かった。前の月に彼女に出会ってからずっとそうだった。彼女はなんのためにコロラドに戻ってきたの? それにドリューの死体を発見したロバータがいる。ほかにも図書館の利用者が大勢いる。あの男、眠ってるようだから、金目のものを持ってないか漁ってみるか、と思ったのかもしれない。それに救急隊員——

「心配するな。ドリューと接触した可能性のある人間はすべて事情聴取しているから。全員が、地図はなかったと言っている」

「それで、あなたの推理は?」

「ニール・サープは、ラリー・クラドックがテキサスと北アメリカの地図を盗んだと思っている。ウェリントンのコーヒーにクスリを仕込んだ後でね。そうそう、もうひとつ。ウェリントンは図書館に行くときは、いつもコーヒーの入った魔法瓶を持っていった。仕事をするあいだしゃっきりしているために。それに、ウィスキー入りのフラスクも持っていた。気分を和らげるために」

「どちらにもクスリが仕込んであった」

「そうだ。だが、ミスター・サープの見地から見て、問題なのはドリューが現金を身につけてなかったことだ。それに、二枚の高価な地図が見つからなかったことだ」

オーブンのブザーが鳴った。パイを取り出して、そっとラックに移した。黄金色のパイ皮が砂糖の冠をかぶってキラキラ輝き、切れ目からは濃い色のチェリー・ジュースが溢れ出していた。

「ゴージャスだ」トムが言った。

「悪くないでしょ」わたしはほほえんだ。

「きみのことだよ、愛しい奥さん」彼が腕をわたしのウェストに回して支え、二人で階段をのぼった――ベッドへと、ようやく。

目覚まし代わりにモーツァルトの『アイネ・クライネ・ナハトムジーク』の旋律がラジオから流れても、すぐには起きなかった。ウィーンにいてやわらかな羽布団に眠る夢を見ていたからだ。トムが寝返りを打ち、言った。「きみがセットしたんだろ、ミス・G。早いほうの礼拝に行くつもりなら、起きたほうがいい」

目を閉じたまま、つぶやいた。「ちがう。ナイトミュージックを聴いてるの」

「もうおしまいだ」トムが言い、ラジオのボタンを叩いた。

現実と向き合えなかった。まぶたに雪が降り積もり、耳の奥でやさしい音楽が響き、コーヒーとザッハー・トルテの香りがちかづいてきて——ちょっと待って、ザッハー・トルテじゃない、チェリー・パイ……

「失礼ですが、奥さん」トムが上のほうから言った。わたしは大きく息を吸い、文句を言おうとしたとき、トムが湯気のあがるラテを持ってきてくれたことに気づいた。

「そんなに甘やかさないで、旦那さま」起き上がると全身の筋肉と骨と腱がいっせいにきしんだ。長い夜だった。四十過ぎてもパーティーを請け負うケータラーっているの？　どうだろう。まだ三十代前半のわたしがこれだもの。「お天気はどう？」

トムがベッドから離れ、窓の外を見た。「わからない。まだ真っ暗だ」腰を屈め、松木立ちの向こうの街灯に照らされたわが家の小道に目を凝《こ》らした。「新雪が三十センチは積もっているみたいだな」もう一度目を凝らす。「夜間に除雪車がやってきた。聞いてるのか？」

わたしは熱々のおいしい飲み物をすすった。「夜間に空襲警報は耳にしなかったと思う。いつベッドに入ったのか憶えていない」

トムが頭を振りながらクスクス笑った。「ああ、おれが服を脱がしてやったんだぞ。ちっともおもしろくなかったけどな」

「とてもおもしろい」コーヒーを飲み干し、時計を見た。六時半。つまり、シャワーを浴びて服を着て、パイとトムのコーヒー・ケーキをヴァンに積み込んで教会に向かうまでに、一時間しかないということだ。それで思い出した。「あたしの服を脱がせて散々楽しんだんだから、あたしのヴァンから雪を脱がせてくれてもいいんじゃない？　メイン・ストリートから入ったあたりにあるから」

トムが大きく息をついた。「コーヒーを運ばせて、世の中と戦えるよう車の準備をさせる以外に、朝の亭主の使い道があるのか?」

彼に、ありがと、と言ってバスルームに向かった。「待って。服を脱ぐと言えばストリッパー。サンディー・ブリスベーンのことでなにかわかった?」

「わかった。ナッシュヴィルのボビー・カルフーンの居所がわかったんだ。あの火事以来、サンディーには会っていないそうだ。だが、妙なんだ。事情聴取で彼は、コンピュータには詳しくないし、サンディーが〝コンピュータをいじる〟ところを見たこともなかった、と言った。ただし、火事の後で、歌の仕事を終えて家に戻ると、彼女のラップトップがなくなっているのに気づいた。サンディーと一緒に借りていた家だ。泥棒に入られたと思って慌てて調べたら、彼の銃もなくなっていた。SIGザウアーがな」

わたしはバスルームのドアの前で、茫然と立っていた。「彼女はあたしの銃を盗み、げす野郎を殺すのに使った。ほかの拳銃も盗んだってこと?」

トムが憂い顔で言う。「たしかだ。それで、ボビーは盗難届を出した。六ヵ月前のことだ。だが、ラップトップもなくなっていたことは報告し忘れた」

「シャワーを浴びる前に聞いておくこと、ほかにあるの?」

「実はあるんだ。きみはドリュー・ウェリントンのことに詳しい。おれたちとおなじぐらいにな。ただし、きみとジュリアンは、パーティーでの彼の姿を見ているから——」

「ジュリアンが彼に会ったのは一度だけ。それもディナーに遅れてやってきて――」トムが片手をあげた。その手に握られているのはDVDだった。「最後まで言わせてくれ。ドリューがパーティー会場で酔っ払うのは見たことがある、そうだな？」

「ええ、まあね。二度ほど見たわ」

「クスリもやってたか？」

「それは気づかなかった」

「ちょっと見て欲しいものがあるんだ」

「いいわよ」

二人でそっと階段をおり、トムがDVDプレーヤーをいじくっているあいだに、わたしはラテのお代わりを作り、リビング・ルームに腰を落ち着けた。

「ミス・G、感謝するぜ。こいつは図書館の防犯ビデオのコピーだ。ドリュー・ウェリントンが三時少し前にやってきてから、ロバータが非常口のちかくで彼を見つけるまで」

「あたしがこれを見たら、署から文句が出るんじゃない？」

トムはテレビを操作した。「きみに見てもらうのは、署の意向だ。ウェリントンの様子が酔っ払ったときのそれとおなじか、クスリをやってるときのそれか、あるいは両方やっているときのそれか、きみに判断して欲しいんだ。それに、彼がロヒプノール入りの酒をいつ飲み、毒入りのコーヒーをいつ飲んだか知りたい。それに、助けも呼ばずに、なぜ図書館の中をうろつき回ったのか、その訳も知りたい」

「図書館にはほんとうに防犯カメラは一台しか設置されていないの?」画面に現れた粒子の粗い画像を見ながら尋ねた。

「ああ。表玄関のドアを監視するのが一台きりだ。電子センサーが設置されてて、貸し出し手続きをすませずに本を持ち出そうとすると引っ掛かるようになっている。カメラはドアから貸し出しデスクの一部までをとらえている」

目を凝らして見ていると、いつもながらハンサムなドリュー・ウェリントンが颯爽《さっそう》とドアを抜けてくる姿が映し出された。貸し出しデスクのスタッフに笑顔を振りまき、挨拶代わりにブリーフケースを掲げてみせた。

「音声はとらえていないの?」

「デンバー造幣局の防犯カメラじゃないからな、ミス・G。音は入ってない」

トムが早送りのボタンを押した。「そこで止めて」わたしはすぐに声をかけた。カメラがとらえていたのは、茶色の髪に黒ずくめの服装の若い女だ。「あたしがサンディーだと思っている女よ」

トムは画面をじっと見つめた。「かもしれない。おれよりきみのほうが彼女を見ているからな。ずっと多くの部分を」

「わかってます。この夏、あたしは彼女のストリップショーを見ました。でも、それは彼女から話を聞くため」

トムはため息をつき、また早送りにした。ラリー・クラドックが現れた。禿げ頭と突進するような歩き方ですぐにわかった。玄関を入ってきたのが三時十五分ごろで、約束があるのか腕時計を気にしていた。パトリシア・インガーソルかニール・サープかエリザベス・ウェリントンが現れないかと、利用者の流れに目を凝らしたが、三人とも地味な服装だったのか、変装していたのか、目に留まらなかった。

「ほら、ここだ」トムが言った。

三時半、千鳥足で貸し出しデスクにちかづいてくるドリューの姿が映っていた。立ち止まってあたりを見回し、司書の姿が見当たらないので左のほうに去っていった。

「彼はどこに行ったのかしら?」

「わからない。本のことで尋ねもしていないし、助けを求めてもいない。トイレを探しているのかと思って調べたところ、男子トイレは反対方向にあった。公衆電話もしかり。携帯電話を忘れて、誰かに助けを求める電話をかけようとしていたのでもない」

画面を食い入るように見つめた。入ってきたときにはブリーフケースを振ってみせた、自信たっぷりの〝検事転じて地図ディーラー〟の姿はそこにはなかった。画面の彼は見るからに具合が悪そうだ。「ブリーフケースを手に持ってないわね。新聞を読みにいったのか、コピー機を使いにいったか。図書館のそっち側に用事があったとして、考えられるのはそのふたつだけ」

トムは頭を振った。「いや。きみがヴァンから荷物を運び込むのに使った廊下があって、そこの出入り口には実は防犯カメラが設置してある。ダンプスター（大型ゴミ容器）を映し出すカメラだ。なぜ設置されたかと言うと、誰かがいたずらしてダンプスターのゴミを駐車場にばらまいたと、図書館のスタッフが考えたからだ。だが、犯人は熊だった。残念ながらそのカメラには、きみのヴァンも、出入りの邪魔になった車も映ってはいない。カメラが駐車スペースではなく、ダンプスターに向けられているからな」

「その廊下には出入り口以外に、ドリューが行きそうなところはないの?」

「あまりないな。貸し出し図書用の作業室に食堂、それに保存書庫があるぐらいだ。古本セールに出す本が保管してある。そのいずれにも、ドリューが出入りした痕跡はなかった。司書たちが言うには、三つの部屋はいずれも、ドアが閉まっていて灯りもついていなかったそうだ」

「彼は道に迷ったのかも」

「彼は地図のディーラーだぜ」トムはビデオを止めた。「さあ、きみにはどんなふうに見える、ミス・G? 彼は酔っ払ってる? クスリでラリってる?」

「ひどく酔っ払ってるみたいね。パーティーでこんなに泥酔している姿は見たことがない。でも、彼には飲酒問題があったとしたら――」

「ああ、たしかにあった。だれもが知ってる飲酒癖。問題は、彼が図書館に来たとき、すでに酒と少量のロヒプノールでハイになっていたのか、それとも、ほろ酔い気分でやってきて、その後で、何者かが彼のフラスクにロヒプノールを、魔法瓶にシアン化物を混入したのか。それがわからない」

「たいして役に立てなくてごめんなさい」

「いいんだ」彼はまたビデオを早送りした。四時ちょっと過ぎに、このわたしが皿を入れるのに使っている箱を持って、元気いっぱい画面に現れた。トムが口笛を吹く。

そのすぐ後に入ってきた人に見覚えがあった。「止めて。この人、スミスフィールド・マッカーサーじゃない？」

「ああ。ドリューから図書館で会おうと言われたそうだ。もっとも、呼び出した理由までは聞いていない。ところが、除雪されていない道路で難儀し、着くのが遅れたそうだ。ドリューはおらず、入れ違いになったんだろうと思った。十分後に出てゆく姿が映っている」

トムはまたビデオを進めた。千鳥足のドリューがまた現れ、去っていった。おそらくもといた場所に戻ったのだろう。つぎにスミスフィールド・マッカーサーが怒りに顔を真っ赤にし、出て行く姿が映し出された。

本を借りて帰る人。なかには急いでコピーをとったり、なにを借りようか思案する人もいた。ニール・サープらしき小柄な男が、カメラから顔をそむけドアを抜けていった。ハンクが、逆らうラリー・クラドックを追い出した。最後に男の子連れの女性が現れた。手に持った袋にはディズニーのビデオが入っているのだろう。腕白坊主は母親の先に立って雪の中に飛び出していった。

「これだけだ」トムが言い、ＤＶＤを取り出した。「ありがとう」

「どういたしまして」

「さっき古本セールの話をしただろ？　きみとジュリアンが、ゆうべ、ケータリングをしていたあいだに、アーチは仲間二人に手伝ってもらって、もう着ない衣類を部屋から片付けた。整理整頓しろって、きみとジュリアンの二人から言われたそうだな。それで、手伝わせるための民兵軍を組織した。ジュリアンのファッジを餌に、着ない衣類の中に欲しいものがあればやるって約束してな」トム・ソーヤが仲間をおだてて、ポリーおばさんの家の柵を白く塗る手伝いをさせる場面を思い出し、わたしは頭を振った。トムが話をつづけた。「小さくなった衣類はすでに袋に詰めてある。本の片付けは途中まで終わった。そっちは箱に入れ、きみのヴァンの荷台に積み込むそうだ。メイン・ストリートからヴァンが戻ってきしだいな。本を図書館の古本セールに、衣類をアスペン・メドウ・クリスチャン・アウトリーチに持ってゆくのは、べつにきょうでなくていい。きみが行きたいときに行けばいい。ただ、車の荷台に荷物がごっそり積んであるのを見て驚かないよう、事前に説明しておこうと思って。おれが持っていってやってもいいし」

「思い立ったが吉日って言うし。あたしたちのどっちかが、月曜のマッカーサー家のランチの前に、その荷物を運んでいってしまったほうがいいと思うわ。それで、ほかにもあたしに話があるんじゃない？」

「きみに頼まれたから、サンディーについて調べてみた。なにも出なかった。きみも知ってのとおり、母親のセシリアもサンディー自身も、好色な父親を告訴していない。リーガル・リッジと図書館で見た女は、やっぱりサンディーだと思うのか？」わたしはうなずいた。

「この夏に、きみが出会ったときの彼女は、美容整形手術を受け、髪の色を変え、実の母親でもわからなかったほどだったんだぜ」

「ええ、ええ、わかってる。そして、その母親は牛乳瓶の底みたいな眼鏡をかけていたのよ」

トムは愛用の手帳を取り出して開いた。「サンディーはアスペン・メドウ高校を卒業した。在学中は、探検クラブのメンバーだったこと以外、目立つ生徒ではなかった」

「彼女は道に迷った」わたしは低い声で言った。「迷える魂。どっちに進むべきか暗中模索していた。文字どおりの意味でね」

トムは肩をすくめた。「彼女の父親が殺された事件は、いまだ未解決で――」

わたしは鼻を鳴らした。「あたしの考えでは、解決済み。サンディーが彼も殺したにちがいない。サンディーにはアリバイがないもの」

「事件当時、おれたちは彼女を疑わなかった。動機がないと思ったからだ。きみが頼むから、おれは彼女の過去を洗ってみた。ゴルディ、おれを見ろ」彼に顔を向けたとき、自分の顔に失望が表れているのだとわかった。トムはつねに犯罪者を相手にしている。それはわかっている。性犯罪を扱うことにわたしより長《た》けていることも、よくわかっている。「ミス・G、これから、パイとコーヒー・ケーキをヴァンに積んでやる。車に積もった雪を掻き落とし、車内をあたためておいてやるよ」

「ありがとう」わたしがシャワーを浴びに行こうとして足を止めると、トムが抱き締めてくれた。彼が去ってゆくと、わたしはお湯の温度を思いきりあげてシャワーを浴びた。火傷《やけど》してもかまわない。サンディー・ブリスベーンが、自分をレイプしたげす野郎に、八年経ってから自らの手を汚して復讐したことを思うと、自分の肌が冷たく汚れているように感じられてならなかった。

最悪のやり方で、その感覚を洗い流したかった。

14

三十分後、わたしはシャワーを浴び着替えをすませ、キッチンで鶏の腿肉を炒めていた――愛するブラッドハウンドのジェイクのために。獣医さんから、鶏と米とニンジンを調味料抜きで調理したものを、犬は喜びますよ、と言われ、作ってやったらそのとおりだった。

「お茶の時間にフライドチキンを持っていくつもりじゃないよな」トムがわたしの肩越しに言った。「夏向きの料理だもの、だろ?」

「とってもおもしろい。これはジェイク用」生米とニンジンを入れ、水を加えて蓋をする。

「ごく弱火にして、すべてに火がとおるまで煮てね。三十分ぐらいかかる。冷まして鶏の骨を抜いてからやってね」

「ハイハイ、マダム。あのブラッドハウンドは生涯きみを愛するだろうな。というより、直接こいつを与えるおれを。坊主たちを起こして、教会に行かせようか?」

「あなた次第」

「賄賂で釣るかな。スノーボードをやりたいなら、神へのお勤めを果たしてからにしろって。そしたら、ジュリアンが約束したとおり、おれたちの一人が車で送ってやるってな」

「それはどうかしら、トム」わたしはからかった。「神聖なる行いをさせるのに、餌で釣ることを、神さまはお認めになるかしら?」

「おれを信用しろ。交渉術には定評があるんだ。おれが話をもちかける連中は、アーチのよりもっとひどい条件を呑んでるんだぜ」

トムの頬にキスし、上着に袖を通した。いざ出発というときに、営業用の電話が鳴った。目を閉じて、いやな想像を打ち消した。まさか、ハーミー・マッカーサーが月曜のランチをキャンセルしてきたのではありませんように。トムが発信者番号をチェックした。

「マーラだ。彼女と話す気か? 礼拝がはじまるまでに四十分しかないぞ」

ため息をついて受話器を取った。「よほど大事な用事なんでしょうね。そうでなきゃ、七時十分に電話してくるはずないもの」

「おはよう、親友」彼女の声はいつもとちがった。なにかに気をとられているのか、疲れているのか、困ったことがあるのか。

「どうかした?」

「あたしなら元気よ」早口にまくしたてる。「ねえ、きょうの午後、ブロンコスの今シーズン最後の試合があるのよ。あたしのためにパーティーを開いてくれない? 大画面のテレビを買ったし、みんなが見たがってるし……奇抜な料理でなくていいのよ。八人前用意してくれれば……」

「マーラ、あなた変よ。フットボールのファンでもないくせに。それに、きょうは貴重なお休みの日だから、いろいろとやることが――」

「おっと、携帯が鳴ってる。教会で会ったときにメニューを渡すから。早いほうの礼拝に来て、いいわね？」

「いまから出るところよ！」つい大声になった。

「叫ばなくたって」マーラは言い、電話を切った。わたしは受話器を叩きつけ、声に出さずに新奇の悪態を並べた。不埒な行いについて。

「どうかしたか？」トムが尋ねた。

「マーラがね、きょうのブロンコスの試合を自宅で観戦するから、八人分の料理を用意してくれって。ミセス・マッカーサーのランチの準備があるし、アーチの面倒もみてやりたいし、それに、教会でニール・サープから話を聞くつもりだから、マーラが思いついたメニューの検討会なんてしてる暇ないの」

　トムがちかづいてきて腕を開いた。しぶしぶ立ち止まり、彼の腕にすっぽり包まれた。

「ちょっと考えたんだが。犬の餌のために料理の意欲を掻き立てられるのとはべつに、マーラの金持ち仲間八人のために、料理の実験をやってみてもかまわないんだぜ。牛の挽き肉でなにか作れば、満足するんじゃないのか？」わたしがうめくと、トムが言った。「ミス・G、教会に行ってこい。気分が楽になるって」

　裏のドアを出てガレージに向かった。真冬の粉雪がしんしんと降っていた。天上人がシュガーボウルを逆さにして振っているかのように、無数の結晶が空を舞っている。寒さはきびしく、松の木立ちを寒風が吹き抜ける。気温は前日より五、六度はさがっていた。こんな日にスノーボードをやりたいなんて、アーチたちの気が知れない。

トムはヴァンから雪をおろして車内をあたためておいてくれたばかりか、メイン・ストリートからうちのドライヴウェイまで動かしておいてくれた。それでも体が震える。上着の下にセーターを着てくるべきだった。ヴァンの閉じた窓から寒風が吹き込んでくるような気がした。ゆっくりと車を進め、メイン・ストリートを左折して教会に向かった。路面は雪と氷に覆われている。右手のコットンウッド・クリークの土手を伝って水蒸気があがってきている。これまでが比較的あたたかだったので、川の水温のほうが大気より高いせいだ。

教会の駐車場に入って最初に目についたのが、マーラの買い換えたばかりのレクサスLCだった。インキーブルーのスポーティモデルだ。まったくあの女ときたら、わたしがミキサーを買い換えるように車を買い換える。頭の先から爪先までミンクずくめのマーラが、五時間待ったと言いたげに腕を組み、ミンクの縁取りのブーツの爪先をトントンと地面に打ちつけていた。文句を言いたい気持ちを抑え、彼女になにがあったのか探り出すことにした。大画面のテレビを買ったのは、セレブの最新ファッションをチェックするためじゃないの?

「ねえ、聞いてよ、マーラ――」

「そっちこそ聞いてよ」彼女が暗い表情で言った。「ボールダーからやってきた〝女シャーロック・ホームズ〟の様子がおかしいのよ。ほら、ジュリアンの大家で、きのうのガーデン・クラブのランチを手伝ったあの人。グレース・マンハイムだっけ?」

わたしは降る雪に目を細めた。「いったいなんの話?」

マーラは急いで周囲を見回した。白髪のグレースが、トウヒの木陰から斧を振り回しながら飛び出してくるかもしれないと言いたげに。「中に入りましょ。ドアの閉まる部屋で話がしたいの」

「礼拝の後で配るのに、チェリー・パイとコーヒー・ケーキを持ってきたの。運び込むのを手伝って」

「もう、人使い荒いんだから」マーラはぶつぶつ言いながらヴァンまでついてきた。

「文句言わないの。きょうの午後、パーティーをやって欲しいんでしょ——八人だったわよね?」スライド・ドアを開き、紙皿とナプキンとプラスチックのフォークが入ったバスケットを引っ張り出した。

「ああ、あれは口実。ああ言わないと、あなたを朝早く引っ張り出せないと思ったから」彼女は右手にバスケットをさげ、ようやく明るくなってきた空を見上げた。「いったいいま何時? 見た目も、気分も朝の四時って感じ」

「七時半よ」わたしは彼女にチェリー・パイを手渡した。「気をつけて持っていってね。そうそう、トムがいまうちで、牛の挽き肉を使った料理を作ってるわ。八人分。あなたとあなたのあたらしい大画面テレビを祝うために」

「あら、嬉しい!」彼女が振り向いて言い、しゃなりしゃなりと教会の入り口に向かった。

「だったら人を呼ぶわ」

チェリー・パイをミンクにぶちまけたらどんなふうになるかしら？　そんな罰当たりな考えを払いのけ、トムがサワークリーム・コーヒー・ケーキをふたつ並べておいてくれたトレイを掲げ、聖ルカ監督教会の重たい木のドアを潜った。

教会の厨房に無事到着すると、お菓子をセンターアイランドに置き、ドアを閉め、食器渡し口の竹のカーテンをきっちり閉めた。マーラは芝居がかった仕草で毛皮のコートを脱ぎ、わたしに顔を向けた。

「うちに寄ってシャワーでも浴びてゆっくりしてって、グレースを誘ったでしょ、ゴルディ。ガーデン・クラブのランチでくたびれ果てた顔してたから、お役に立てればと思ったし」

「そうさせてもらうって、彼女も言ってたわ。あなた、偉いわよ」

「そうね。でも、聞いてよ。グレースが言ってたこと、憶えてる？　警察の疑惑の雲から、パトリシア・インガーソルを救い出してあげたいって」わたしがうなずくと、マーラはつづけた。「きのう、彼女はやってきて、ケータリングを手伝いたいと申し出た、そうよね？」

話がどっちの方向に向かうのか見当がつかない。「ケータリングと言えば、手を洗ってお菓子を並べるの手伝ってくれない？」

マーラはうめいた。話の腰を折られるのが大嫌いなのだ。手を洗いながら話をつづける。

「うちのあたりは、携帯がうまくつながらないって知ってるでしょ？」

「山間の地へようこそ」

「そういうこと。それでグレースはうちの電話を使わざるをえなかった。それはべつにかまわないのよ」

「まさか、彼女の通話を盗み聞きしたんじゃないでしょうね」

「いちいち茶々を入れないで。あたしがなにをしたか話してあげるから」マーラは眉を吊り上げ、ため息をついた。「着信記録をチェックしてみたの。アーチが教えてくれた方法でね。すると出てきたのが〝インガーソル〟の番号だったの」

「パトリシアがあなたに電話してきた？　というか、彼女があなたの家にいるグレースに電話してきた？」戸棚を覗き、コーヒー・ケーキを並べる皿を探した。

「あたしの話、最後まで聞く気あるの？」

皿をアイランドに置き、彼女を睨んだ。「お茶の支度をさせてよ。けさ、どうしても話を聞きたい人がいるのよ。早いほうの礼拝に来たのはそのため。彼が来るかもしれないから」

「誰が来るかもしれないの？」

「マーラ！」

「オーケー、まずこっちの話を聞いてよ。あたしの電話に残っていたインガーソルの番号は、アスペン・メドウの局番じゃなかった。それでおかしいと思ったの。だって、あたしの知るかぎり、パトリシアは、フランクが病気になる前にフリッカー・リッジ地区に建てた家に住んでいるはずだもの。あたしの知らないべつの家を持っているってこと？　たしかめるには、リダイヤルすればいいんだって思った。女が出たわ。『パトリシア？』って言ったら、相手の女が敵意剝き出しで答えた。『こちらはパトリシアではありません』だから、あたし、言ったわよ。『あら、ごめんなさい、でも、うちの電話の記録では、おたくの番号からかかったことになってるの。あたしはアスペン・メドウに住んでいて、パトリシア・インガーソルは友だちなのよ』そしたらその女が言うじゃない。『それはご愁傷《しゅうしょう》さま』」

「なんですって？」銀器の入っている抽斗からパイ・サーバーを出す手をとめた。

マーラはアイランドに身を乗り出し、ムムムと言いながらトムのコーヒー・ケーキのラップをはずした。「あたしの反応もそのとおりだった。ひとついただいていい？　お腹ぺこぺこなの。けさは食べてる時間がなくて。あなたと話をするためここに来るのがせいいっぱい」

なまくらなバターナイフを探し出し、大きなひとかけを切り分けて紙皿に載せた。マーラはフォークを待たず手づかみで食べた。

「あたしのこと自慢してよね、ゴルディ。この女と話をするあいだ、なんとか冷静さを保ったんだから」もぐもぐとケーキを食べる。「おいしい！　あなたが作ったの？」

「トムよ。電話の相手の女性、名前を名乗った？」

「いいえ、こっちから尋ねた。ホイットニー・インガーソルですって。フランク・インガーソルは彼女の父親で、母親が亡くなった後、あのクソ女、パトリシアのことを彼女はそう呼んだのよ、それで、クソ女が父親と結婚した。だったら、どうしてあたしに電話してきたの？　あたしは尋ねた。あなたに電話したんじゃない、グレース・マンハイムに電話したんだ、なにか進展があったかどうか訊くために、そう彼女は言った。そこであたし、へまやっちゃったのよ。『進展って、なんの？』って尋ねちゃったのよ。そしたら、ホイットニー・インガーソルは慌てたふうを装って言ったわ。『あら、まあ、もう切らなくちゃ』あたしが文句を言う前に、彼女は電話を切った」

「それだけ？」

「それだけって、これで充分なんじゃない？」

わたしは時計を見た。八時二十分前。ニール・サープはもう来ているだろうか？　そもそも彼はやってくるのだろうか？「ねえ、ホイットニー・インガーソルなら憶えてるわ。フランクとパトリシアの結婚式に来ていた。ねえ、あたし、目当ての男性が来てるかどうか見てこなくちゃ」

マーラはまたケーキを頬張った。「誰よ？」

「わかった、わかった、ニール・サープよ。ゆうべ、マッカーサー夫妻のパーティーに来てて、彼の言ってたことがひっかかったの。だから、もっと話を聞こうと思って」

「まあ！　マッカーサー夫妻のパーティー！　誰かがあのフレンチドアを拳銃で撃ち抜いたんですって？」

わたしはため息をついた。まったく、この町ではなんでも針小棒大《しんしょうぼうだい》になる。おもちゃのピストルが核軍事力の対決になるんだから。「銃弾じゃなくて雪の玉よ。それに、穴があいたのはキッチンの窓」

「ただの雪玉じゃないでしょ」

「ナイフが仕込んであった」

マーラは勝手にケーキのお代わりをした。「まったく、客あしらいが悪いんだから。ホイットニー・インガーソルのことをグレースに尋ねて欲しいんでしょ？　秘密裡《ひみつり》に嗅ぎまわって欲しいんでしょ？」

〝秘密裡に〟という言葉は、マーラのどんな行動にもあてはまらないので、わたしは言った。「彼女に尋ねてくれればいいわよ。どんな答が返ってくるか。たしかにグレースは、ドリュー・ウェリントンの事件に大いに関心をもっていた」マーラがうなずいたので、わたしはセンターアイランドを恨めしげに見た。「パイを切るのに、もっと切れるナイフを探しておいてくれない？　それで、切ったパイをコーヒー・ケーキと一緒に紙皿に並べておいてね。ニール・サープが来てるかどうか見てきたいの」

マーラはさっとナイフブロックに手を伸ばした。どうしていままで気づかなかったの？　彼女がパイの最初のひときれを切り分けるのに、ものの五秒とかからなかった。「あら、まあ、チェリー！　あたしの大好物！」マーラの叫び声を背に、わたしはキッチンを後にした。

雪は降りつづいており、外に出て三秒で引き返して、ミンクを貸して、とマーラにたのんだ。パイの盗み食いの現場をおさえられては仕方ないという顔で、彼女はうなずいた。豪華な毛皮を羽織ったとたん、忌まわしきものの重さに驚いた。アーミンの白い毛皮をまとった王族が、戴冠式で祭壇まで辿り着くのにあれだけの時間がかかるのも無理はない。

ゆっくりと駐車場に入ってきたニール・サープが、車を停めたのはミンクのせいだろう。

きっと金持ちの夫人に見えたにちがいない。車をおりた彼は、足を引き摺りながらまっすぐこっちにやってきた。図書館では足を引き摺っていた？　マッカーサー夫妻のパーティーでは、エビ団子のスープと格闘していたから、彼の姿はちらっと見かけただけだった。ちかづいてくるにつれ、目のまわりにあざができ、左頬が腫れているのがわかった。ゆうべはこんなではなかった。細く黒い髪はシャワーを浴びたてみたいに濡れている。ひげを剃っていないのは、腫れた顔に剃刀を当てるのが痛かったからだろう。彼が喧嘩したことを知らなければ、酒場で暴れたのかと思うところだ。

「失礼します」彼があかるく楽しげな声で言った。降る雪に目を細めてわたしを見る。「どこかでお目にかかってませんか？　ニール・サープです」そこでポケットから名刺を取り出した。名刺には「ニール・サープ、希少なアンティークの地図を扱う個人ディーラー」とあり、電話番号と私書箱の番号が記されていた。

彼をがっかりさせたくなかった。それを言うなら、自分をがっかりさせたくなかった。くるぶしまであるミンクのコートがある種のパワーを与えてくれていたから。名刺を受け取り、彼にうなずいた。「お目にかかってます。ニール」

「ゴルディ？」そう尋ねる彼の声はあいかわらずあかるく、楽観的だった。少しちかづいてきた。「どうしてミンクなんか着てるの？」

「どうしてって、寒いから。でも、きのうほど寒くはないわ。マッカーサー家のそとで、あなたがラリー・クラドックと争っているのを見ていたときほどは」

「なんてこった《オー・クライスト》」

彼に向かって指を振る。「ゆうべの喧嘩で足を痛めたのね、お気の毒に、ニール。だからって、主の家の外で、いたずらに主の名を口にしてよいってことにはならないわ」

「中に入らせてもらうよ。話をしなければならない人たちがいるだろうから」

「ニール、あなたが話をしなければならないのは、このあたしよ。ゆうべ、マッカーサー家のキッチンの窓にナイフを仕込んだ雪玉を投げたのはあなた？」

彼がぽかんと口を開けた。「まさか、ちがう」

「投げた犯人を見なかった？」

彼は足踏みをはじめた。「どうかな……わからない」

「だったら、なにを見たの？　はっきりとわかるものを、なにか見たの？」

彼は雪をかぶった地面に視線を落とし、それからわたしを見た。顎の筋肉が強張っている。

「隣りの家の庭に誰かいたみたい。はっきりとはわからなかったけど。暗かったから」

「雪玉を投げたのはラリー・クラドックだったんじゃない？」

ニールの表情がますます暗くなった。「かもしれない。わからない。あの野郎はあちこち動き回って、暗闇を出たり入ったりして、それから不意に襲い掛かってきて、叫んでいた……わけのわからないことを」

「ニール、いったいなにがどうなってるの？　金曜日、あたしが図書館で朝食会の準備をしていたときに、あなたのボスが殺された。おそらく地図の取引をしていたあいだに。ゆうべは、あなたとラリー・クラドックが大喧嘩をしてた。地図の売買って、パイプをくゆらしながらやるような、優雅なものだと思ってたけど」

ニールは肩をすくめた。「昔はね」

「いつごろからそうじゃなくなったの？」

彼は肩をすくめ目を逸らした。「わからない。ねえ、中に入らない？　こんなところにいつまでもいたら凍えてしまう」

そうね、そうしましょう、とわたしは言い、邪魔が入らずに話ができるからと厨房に誘った。ニールの腫れあがった顔と痛そうに引き摺る足を見て、マーラは心配そうに眉をひそめただけで、厳しく問い質さなかったのだからたいしたものだ。それでも、**どんな話をしたか詳しく教えてよね**、の視線をよこし、わたしからミンクを受け取り、黙ってしゃなりしゃなりと出て行った。

ニールはアイランドに寄り掛かった。「なんでそんなにドリュー・ウェリントンにこだわるんだ？」

わたしは大きく息をついた。「ラリー・クラドックが地図のことで怒鳴りこんできたことや、金曜の夜にドリューが発見されたとき身につけていたものについて、あなたにしつこく尋ねられたせいもある。あなたは地図を探していたんでしょ。でも、いちばんの理由は、図書館にいたあいだに、ある女性を見かけたから。以前にアスペン・メドウに住んでいた女性。彼女は書架のあいだをうろつき回っていて……それから、窓辺に立った。ドリューがいた場所のすぐちかくの」ニールが怪訝な顔をするので、わたしは言葉を切り、大きく息をついた。

「そうね、おかしな話に聞こえるでしょ。彼女はドリューを見張っていたように見えたの。そのときドリューは非常口にちかいところに座っていた。この女性が先月、ドリューに電子メールで脅迫状を送っていたと信じるだけの理由があるの。そのことについて、彼はあなたになにか言ってなかった？　それから、彼女の正体をあたしは知ってるの」

ニールがぽかんと口を開けた。「なんだって？　どこかのおかしな女が？　ドリューを見張ってた？　きみはその女の正体を知っている？　彼女の写真かなにか持ってない？」

「いいえ、残念ながら写真は持ってないわ」口を引き結び、それからまた話をつづけた。「思い違いかもしれない。でも、彼女だとあたしは思ってるの。名前はサンディー・ブリスベーン。六ヵ月前、彼女はあたしの元夫を殺したと告白した」

「ジーザス・H・クライスト」

「ニール、また言った」彼の顔をじっくり眺めたけれど、サンディーの名前に心当たりはないようだ。「サンディーは……アスペン・メドウ野生生物保護区を知り尽くしていた。この夏の大火事のさなか、彼女はあそこで姿を消した。警察は、焼け死んだと判断した。でも、遺体も骨も見つからなかった。だから、あたし、考えたの」顕微鏡でしか見えないような藁《わら》を摑もうとしているような、ばかばかしさを感じた。「彼女はおたくの客の一人だったんじゃないかしら。彼女は高校時代にアスペン・メドウ探検クラブに所属していたの。彼女がおたくから地図を買っていたってことはないかしら？　ドリューを知っていたってことは？」

頭を振るニールの顔が、不意に火の中に落ちたマシュマロみたいになった。「彼女の歳はいくつ？」

「二十二か二十三だと思うわ。ストリッパーをやってたの。とてもかわいい子よ」

「ストリッパー？　サンディーという名の？　その名を聞いても頭の中でピンポンと音がしないな。それに、ぼくたちは扱っていない——扱っていなかったからね、A地点からB地点まで行くのに役立つような地図は。つまり、現代の地図は。おなじ野生生物保護区の地図でも、ジェファーソン大統領が派遣したルイス＝クラーク探検隊が使っていた地図だとしたら、話はべつだけど」

ため息が出た。さりげなく尋ねてみた。「それで……ゆうべのラリーとの大喧嘩はなんだったの？　つまりその、あすもマッカーサー夫妻のパーティーを請け負っているので、ぶち壊されたくないというか」

ニールはまるで大さじ一杯の酢を飲み込んだみたいな顔でわたしを見た。「誰もきみのパーティーをぶち壊したりしないさ。かんたんに言うと、ドリュー・ウェリントンは亡くなったとき、ある地図を持っていた。とても価値のある地図だ。ドリューは金曜の午後に図書館で、それをラリーに安い値段で売るつもりだった。だが、ドリューは殺された。それで遺留品に地図があったのかどうか、なんとしても警察から聞き出したかった。殺人のあった夜にきみに尋ねようとしたのもそのことだった。エリザベス——ミセス・ウェリントン、ドリューの元奥さん——が、あのときたまたま一緒にいて——駐車場で出くわしたんだ。ぼくは、警察にも言ったけど、図書館にいた。もっともドリューとは話をしなかったけどね。車に乗り込もうとしたとき、警報ベルが鳴った」がっかりした表情を浮かべた。「警察が見つけたのは、ドリューがラリーに売ろうとしていた、二枚の地図のうちのあまり高くない一枚だけだった。それで、禿げの石頭のラリー・クラドックがドリューを殺し、二枚の地図を奪ったと思ったんだ。一枚は数千ドル、もう一枚はひと財産分の価値がある」

「警察が当初、パトリシア・インガーソルを殺人罪で逮捕したことは知ってる」

「へえ、そうなの?」ニールの眉毛が広くて青白い額をのぼっていった。「どうしてそのまま捕まえておかなかったのかな?」わたしが肩をすくめると、彼は言った。「去年まで、彼女は地図に興味のあるふりをしてたって、知ってる? 自宅のリビング・ルームにミシシッピ川から西の地図を飾りたいって言ってた。思わず言いそうになったよ。『そうなの? 通販のカタログででも見たの?』でも、言わなかった。彼女がドリューに紹介してくれって言うので紹介した。それからすぐに二人は付き合うようになった。地図を買う気なんてまったくなかったんだ。なんていやな女だ。あんな女の話はしないでくれないか」

「つまり、あなたはパトリシアのことも好きじゃないのね?」

厨房の閉じたドア越しにオルガンの音が聞こえてきた。ニールはブリーフケースを手にドアに向かった。「礼拝が終わったら、見込みのありそうな人たちに声をかけなくちゃ」

「お茶の時間にあなたが商売をやると、ファーザー・ピートはいい顔をしないでしょうね」

「かまうもんか」ニールは言い、足を引き摺りながら厨房を後にした。つぎに姿を見たとき、彼はブリーフケースから料金表を取り出し、メレディス夫妻に渡していた。フリッカー・リッジ地区に住む年配のご夫婦だ。ニールはつぎに、ミルドレッド・スタブルフィールドにちかづいていった。六十代の女性でご主人は癌を患っている。夫婦には子どもがいないので、ミルドレッドが八時の礼拝に出席する間、十時十五分の礼拝に出席する人のうちのだれかがジョン・スタブルフィールドに付き添っている。ジョンが亡くなったら、ミルドレッドが五百万ドルの遺産を受け取ることは、みんなが――それにもちろんニール・サープも――知っている。でも、みんなが――おそらくニールを除いて――ミルドレッドの前ではお金の話は控えるようにしていた。彼の行く手を遮ろうと急いで向かったが、遅かった。

「ミセス・スタブルフィールド」ニールが声をかけた。「十八世紀のニューイングランドの地図が、ご主人の病室にあったらさぞ気が紛れて――」

「ミスター・サープ！」わたしはかたわらで大声をあげた。「とても大事なお話があるんですけど」

相手がケータラーだとわかると、彼はがっかりした顔をした。ミルドレッド・スタブルフィールドは、助かったわ、と言うようにわたしにほほえみ、週報が並ぶテーブルへ歩み去った。

「珍しい地図が欲しかったことを、急に思い出したんじゃないよね」ニールが苦々しげに言った。

「そのとおり」顎に指をあて、考え込むふりをした。「でも、礼儀の欠如に関する本を扱ってないかと思って。礼儀正しさはそれほど珍しいものでもないと思うんだけど」

「いったいなにが言いたいんだ?」

でも、そのときオルガニストがバッハのプレリュードを演奏しはじめたので、説明せずにすんだ。週報を摑み、信徒席に滑り込むと、すぐにマーラが横にやってきた。

「どうだった?」彼女が声に出さずに尋ねた。

「ニールは礼儀を知らない」

「あたしの知らないことを話して」

「彼はパトリシア・インガーソルを嫌っている。彼女の義理の娘のホイットニーが彼女を嫌っているのとおなじぐらい」

マーラはうなった。身廊の向こうからスキージャケットが擦れる音がして、気を逸らされた。アーチとその〝パジャマパーティー〟仲間を率いて信徒席につくトムの姿に、一瞬気が遠くなるかと思った。男の子たちはまだ半分眠っている。聖句が読み上げられる間、しきりに目を擦り、あくびしていた。それでも礼拝に出席しているのだから、トムには脱帽だ。これで、どんなもんだい、という顔さえしなければいいのだけれど。

「きょう」ファーザー・ピートが説教をはじめた。「わたくしは異端の羊飼いとして、七つの大罪についての話をさらに進めようと思います」かたわらでマーラがさっと顔をあげた。

「降臨節の最後の日曜を翌週にひかえたきょうこの日、わたくしたちは〝貪欲〟に辿り着きました」ファーザー・ピートの話にマーラはうめいた。

「勘弁してよ！」彼女がささやく。「もう六週間もこれよ！　クリスマスまでに〝色欲〟までいくつもりね？」

「わたくしたちはみな迷える魂です」ファーザー・ピートが首を傾げ、マーラのほうに半笑いを送った。

かたわらでマーラがミンクの前を掻き合わせ、目を瞑《つむ》った。彼女は気前がいい。教区牧師の機密資金にレクサスが買えるぐらいの寄付をしているにちがいない。でも、彼女が説教にうっとりしているのでないことは、傍目《はため》にもわかる——それもこんなに朝早くから。たっぷり摂取した炭水化物が、催眠作用を発揮しはじめたのだ。

ファーザー・ピートは物質偏重主義について話し、それから問いかけた。「さて、イエスはなぜエルサレムの神殿の中で、両替する者のテーブルを倒したのでしょうか？　怒っていたからでしょうか？　ついていなくてむしゃくしゃしていたからでしょうか？」

信徒たちは答を待った。ファーザー・ピートの問いかけは、ときによってたんなる修辞疑問ではない。彼は答を期待している。沈黙が長引くにつれ、背後からみながもじもじと体を動かす音がしてきた。

「それとも、人びとは先見の明をもち、最初から献金箱に入れるのにふさわしい種類のコインを持ってくるべきだと思ったからでしょうか？　あるいは、人びとが貪欲に衝き動かされていることを嘆いたからでしょうか？」

信徒席の後ろのほうからドンドンと音がして、慌しい動きがあった。マーラがぱっと目を開けた。女が、やめなさい！　というように咳払いした。

「もう、いい！」背後から男の叫び声がして、ムスクの匂いが漂ってきた。振り向くと、ニール・サープが、隣りの婦人のぽってりした膝をブリーフケースで押していた。婦人が怒りの視線を彼に投げ、ファーザー・ピートが説教を途中でやめて妨害行為がおさまるのを待った。ニール・サープは婦人もファーザー・ピートも無視し、信徒席から逃げ出していった。

もうたくさんだ、と思ったにちがいない。

15

「そうとう頭にきてたわね」マーラがささやいた。「映画の台詞に『貪欲は善だ』ってなかった？」

「眠っているんだと思ってた」

「集中していたの」

背後から大きな「シーッ！」が聞こえた。振り向くと声の主の婦人が、トムに席を譲るため横にずれるところだった。今度はトムが唇に指を当てた。マーラとわたしがプッと吹き出すと、婦人にじろりと睨まれた。

「ママ！」身廊をへだてて、アーチがわたしたちを叱る。「子どもじゃないんだから！」

聴衆の興味を失いつつあると感じたファーザー・ピートが、貪欲は寛容の対極にあるものだ、と説教の締め括りに入った。「自己の利益のために行動することは、他者のために行動することの対極にあります」彼がゆっくりと語る。「そのことをどうかしっかりと心に留め……」言葉が途切れた。会衆は不安な沈黙の中でじっと待った。また問いかけ？　沈黙が長引くにつれ、みなが考えはじめた。いったいどこへ向かうつもりだ？　まさか「これで終わります」じゃないよね？

ファーザー・ピートはテントみたいな濃く黒い眉を吊り上げ、声を響きわたらせた。「……来《きた》る年に誓いをあらたにするときには、思い出してください！　そうでないと、サンタ・クロースが大いに憤慨するでしょう！」ほっとした笑いが会衆に広がり、ファーザー・ピートもほほえんだ。「重ねて申し上げます。受けるよりは与えるほうが幸いである」「マーラ」トムが身を乗り出し、彼女の肩を叩いた。「午後のゲームの前に、これだけは知っておいたほうがいい。受けるより蹴《け》るほうが幸いである」

お茶の時間はおおむねうまくいった。ニール・サープと話したことをトムに言っておきたかったので、お菓子を配るのはマーラにまかせた。パイとコーヒー・ケーキを載せたトレイを手に、彼女は会衆の間を飛び回り、耳を傾けてくれる人には誰彼かまわず、わが家に伝わる伝統のレシピで自分が焼いた、と吹聴した。かならずしも嘘八百ではない。彼女とわたしは家族なのだから。〝嘘〟は七つの大罪に含まれていたっけ？　さあ、忘れた。

「パトリシア・インガーソルを憎んでいる、とサープが言ったのか？」まずマーラのフットボール・パーティーのケータリングはしなくていいことを伝え、それから本題に入ると、トムが尋ねた。「それで話が見えてくる、そうだろ？　ニールはドリューとうまくいっていなかった。ドリューの恋人のパトリシアによると、ドリューはニールを信用しなくなっていた。二人がたがいを嫌っていたのも無理はないってことだ。あの連中ときたら」そこで彼の携帯電話が鳴った。外で電話を受けるため木のドアを抜けてゆく彼の後を追って、わたしも出た。立ち聞きするためではなく、会話を再開したかったから。まあ、たしかにわたしは好奇心の塊だけれど。

寒風に頬を叩かれた。トムはびくともせず、携帯電話を耳に押し当てていた。その顔が不意に厳しくなった。「どこだ?」返事を聞くとすぐに携帯電話を閉じ、頭を振り、大股でクライスラーに向かった。

「トム!」わたしは呼びかけた。「なにかあったの?」

「坊主たちを連れて帰ってくれ!」彼はそれだけ言って駐車場を飛び出すと、コットンウッド・クリーク沿いに町へと向かった。

ぶるっと震え、腕を体に回した。「なんかおかしい」教会の外で一人きりだったが、声に出して言った。背後で木のドアがギギーッと開いた。

「こんな寒いところに出て、なにやってるの?」マーラの声がした。「パイの作り方を知りたがってる人がいてさ。わが家に伝わる伝統のレシピだって言ったら、彼女、こうきたわよ。『それでゴルディの――』」

「待って」わたしは叫んだ。視線の先を、グリーンのステーションワゴンがすごいスピードで去ってゆく。トムが向かった方向からやってきて、谷へとくだっていったのだ。その車に見覚えがあった。それより大事なのは、運転手に見覚えがあるということだ。今度こそ、なんとしてもたしかめたかった。くるっと振り向いてマーラに言った。「あなたの車を貸して！　おねがい！　早く！」

「なんですって？」マーラはぽかんと突っ立っていた。片手で木のドアを押さえ、もう一方の手にはコーヒー・ケーキがひとかけ載っただけのトレイを摑んで。「いったいなに言ってるの？　なにを見たの？」

「サンディーよ、サンディー、サンディーを見たの」彼女のかたわらをすり抜けて厨房に急いだ。マーラとわたしのバッグが置いてある場所だ。あたりを見回してコートを探したが、日曜学校の子どもたちが、スノーパンツやコートやブーツを積み上げているもんだから……わたしがコートを放っておいた牛乳パックのコンテナの上に。せめてバッグはないかとあたりを見回した。

マーラはそのあいだに、疑うことを知らぬ教区民の一人にトレイを渡してきたにちがいない。すぐ後ろに控えていて、わたしがルイ・ヴィトンのバッグに飛びつこうとすると、さっと取った。

「教えて」マーラがバッグを引っ掻き回しながら言う。「あたしはどうやって家に帰ればいいの？」

「ぐずぐずしてないで。ねえ、あたしのヴァンで、アーチと仲間たちをリーガル・リッジ・スノー・スポーツ・エリアに連れていってくれない？　鍵を渡すから。バッグは持っていかなくちゃ。運転免許証が入ってるもの。急いで！」早くしゃべりすぎているし、早く動きすぎているのはわかっていた。でも、あれがサンディーだとして、彼女がどこに向かったのかどうしても知りたかった。彼女がなぜ舞い戻ってきたのか、やっとこれで突き止められる気がしていた。

マーラがキーホルダーを渡してくれた。「最初があたしの毛皮、つぎがあたしの車。ついでにあたしの家も欲しい？　ほんの数ブロックと離れて――」

「子どもたちのこと、たのんだわよ」わたしは叫び、厨房を飛び出した。

「わかってる」マーラが頭を振った。「ほら、これも持っていったら。必要でしょ」ミンクを投げてよこした。

レクサスのエンジンをかけた後で気づいた。寛大なる友は、あの荷物の山の中からわたしのコートを見つけ出せるだろうか。あたたまるのにえらく時間がかかるヴァンの中で、寒さに震えないために。でも、マーラのことだからなんとかするだろう。レクサスを駐車場から出したときには、サンディー・ブリスベーンに追いつくことだけを考えていた。

マーラのスポーティなレクサスのような、加速のいい車はあまり運転したことがない。アクセルを踏むたびブワンと前に出る。サンディーに追いつくかどうかより、路面に積もった雪と氷のほうがよほど心配になってきた。スピードが出たままでコットンウッド・クリークに沿ったカーブのひとつを曲がったら、後輪がスピンして対向車線に飛び出してしまった。心臓が喉までせりあがってきたけれど、ありがたいことに二車線のハイウェイに車の往来はなかった。気を取り直し、今度は慎重にアクセルを踏んだ。グリーンのステーションワゴンが向かった東を目指し、ひたすら車を走らせた。

コットンウッド・クリークを下って一・六キロのところで、車の流れがぴたりと止まった。理由は想像がついた。トラブルサム・ガルチ・ロードハウスが、ファーマン郡で一番人気の日曜のブランチを提供するのが午前九時からなのだ。狭すぎる駐車場に空きスペースを見つけるのは、つねに至難の業だ。

ボタンを押して窓をさげた。着ている時間がなかったので、ミンクのコートは膝に掛けてあり、寒風に目がしょぼしょぼした。それでも窓から首を伸ばすと、四台前にサンディーのグリーンのステーションワゴンが見えた。

対向車線に車の姿は見えなかったが、そこまでの危険は冒したくない。大きく息を吸い込み、ハンドルにのしかかるようにして、砂利敷きの路肩に車を出した。横をすり抜けるたび、運転手がぎょっとした顔でこっちを見る。むろん違法行為だ。一台、二台、三台、そして、ほら……サンディーがいた。車を停め、片手でクラクションを鳴らしつつ、もう一方の手で助手席側の窓のボタンを押した。

「サンディー！　路肩に車を寄せて！　話があるの！」

名前を呼ばれると、人は無意識に反応してしまうのだろう。彼女は首を回し、わたしを見た。でも、ほんの一瞬だった。彼女はステーションワゴンに乗り、わたしは車体の低いスポーツカーに乗っているから、彼女のほうが見下ろす形だ。それでも、サンディー・ブリスベーンだとわかった。ブルネットに染めて長く伸ばした髪をポニーテールにし、化粧っ気はいっさいない。彼女の口元がへの字になった。

サンディーには、ステーションワゴンを対向車線に出すだけの度胸があった。でもその瞬間、サイレンが寒気を切り裂いた。車をもとの位置に戻しながら、彼女が悪態をつくのが聞こえた。背後には駐車場を探す車が列を作っている。

「こんちくしょう」叫んでみたものの、それでどうにかなるものでもない。一台、また一台と、パトカーが西のアスペン・メドウを目指して坂をのぼってゆく。合図をしても停まるわけがない。わたしは必死にレクサスの中を見回した。マーラが携帯電話を置きっぱなしにしていたとしても、目につくところにはなかった。

パトカーの流れが途絶えるのを見計らい、サンディーがステーションワゴンを対向車線に出し、決死の覚悟でアクセルを踏んだ。負けてなるかとわたしもハンドルを左に切り、後を追った。もし対向車がサンディーの車に正面衝突したら、すぐに左の路肩に車をつけて事故を避けよう。

ほんとうを言うと、そこまで冷静に考えていたわけではない。パトカーのサイレンがまた寒気を切り裂いた。サンディーは車のスピードをゆるめた。合法である走行車線に車を戻すつもりだろうか。だが、ちがった。逆にスピードをあげ、ガソリンスタンドとカフェと〝ウェスタン・アンティーク〟という看板を掲げた店を通り過ぎ、ドンズ・ディテール・ショップの脇の道に突っ込んだ。こんなところに道があることさえ気づかないほど狭い道だ。残念なことに、後につづいたわたしは目測とハンドル操作を誤り、マーラのまあたらしいレクサスを、ドンズ・ディテール・ショップの外壁にぶち当てる結果となった。

エアバッグが膨らむときの問題は、それがスローモーションで起きないことだと、そのときわかった。運転していたつぎの瞬間、胸が潰れるほどの衝撃を受ける。胃になにか入っていたら、ぜったいに戻していた。

「いったいあたしになにをするつもり?」サンディー・ブリスベーンが怒りに体を震わせ、かたわらに聳《そび》え立っていた。

わたしは、マーラの、煙を吹き無惨に壊れたレクサスに座ったままだ。エアバッグのパンチを受けて体は痛み、ダッシュボードとフロントシートにはガラスの破片が飛び散っている。それでも、サンディーになにをするつもりか、気のきいた答をいくつか考えついた。窓のガラスは割れていたから、会話をしようと思えばできた。でも、口がうまく動かない。それに、脳裏には、ボビー・カルフーンが盗まれたというSIGザウアーが浮かんでいた。サンディーは銃を持っているの?

「あたしの邪魔しないで、ゴルディ、わかった?」サンディーの顎の筋肉が盛り上がった。わたしが返事をしないと、彼女はわたしの髪を摑んでぐいっと引っ張った。痛さに涙が溢れた。

「やめて!」出てきた声は弱々しかった。

「聴いてんの?」髪を摑む手に力が入った。「あたしのことはほっといて!」

「あたしの髪から手を離してもらえない? おねがい。さあ、離して」

彼女は髪を摑んだままわたしの頭を自分のほうに引いた。わたしはできるだけ顔を逸らした。

「ゴルディ!」彼女が叫ぶ。「人がしゃべってるときは、顔を見なさいよ」

「あなたがちょっとその……ゆっくりとあたしの頭をそっちに向けてくれれば。首の筋肉が千切れたみたいなの」

彼女がわたしの言うとおりにしたので、ようやく彼女の車、古い、オリーブグリーンの、ボルボのステーションワゴンが見えた。目をしばたたき、ナンバーを見ようとしたが、埃をかぶっていて読み取れない。わざとそうしているのだろう。でも、リアバンパーに青い駐車許可ステッカーが貼ってあった。フムム。サンディーが、またわたしの顔を自分のほうに向けさせた。わたしは痛みに息を呑んだ。

「サンディー」声が枯れていた。「あなたがドリュー・ウェリントンを殺したの?」

サンディーはゲラゲラ笑った。

「でも、彼のことは知ってるのね。知っていた」「笑わせないでよ」

サンディーは片方の眉を吊り上げただけで、答えなかった。

「サンディー。どうしてここにいるの?」

彼女が腰を屈め、顔と顔を合わせた。その笑みは残酷なものに思えた。それとも、すべてをお見通しの笑み。「大事なものを守るため」

「いずれ捕まるわ」喘《あえ》ぎ、咳き込んだ。

「いいえ、捕まるもんですか」強張った笑みを浮かべたまま、彼女が言った。「道に迷いさえしなければ、捕まらない」

頭に浮かんだのはファーザー・ピートの言葉だった。「わたくしたちはみな迷える魂です」わたしは馬鹿みたいに繰り返した。「あなたがドリュー・ウェリントンを殺したの？　どうしてここにいるの？」

気がつくと、サンディーの左手に長いナイフが握られていた。「あたしを捜そうとしないでよね」彼女はそのナイフを——これって、猟で使うあれ？——わたしの顔に向けた。

「あたしには子どもがいるのよ」懇願した。恐怖で皮膚がざわざわした。

サンディーは眉を吊り上げた。「あたしには子どもがいるのよ」高い声で歌うように真似をする。それから、わたしの顔をのけぞらせた。やめてと叫ぶまで。左手に握ったナイフで、わたしの髪をスパッと切った。手に握ったその髪を地面にばらまいた。抵抗する間もなにもなかった。彼女は踵を返し、去った。

自分が不甲斐なかった。シクシク泣くばかりだ。あっという間の出来事だった。坂をくだってゆくステーションワゴンを見送るしかなかった。正しいことをしているつもりで、マーラの車を借り、サンディーの後を追った。その結果、レクサスをぶつけて壊し、サンディーからとても個人的な脅しをうけ——それから、頭の皮を剝がれそうになった。

事態はこれ以上悪くなりようがない、と思っていると、またパトカーが何台も連なってやってきた。そのうちの一台がちかづいてきたので、友人の高価なスポーツカーをぶっ潰すとどんな罰を受けるのだろう、と考えた。警官にサンディーのことを言うべき？　わからない。

パトロール巡査に、トムを呼んでくれとたのんだが、それはできないと言われた。代わりにボイド巡査部長とアームストロング巡査部長を呼びましょうか、ちょうどいまこっちに向かっているところですから。思わず尋ねそうになった。いったいどこに向かう途中なんですか？　五分もしないうちに、二人の捜査官がパトカーから降りてくるのを見て、安堵のあまりまた泣き出しそうになった。二人とも頭を振っているように見えるけど、目の錯覚？

「ミセス・シュルツ、あんた、大丈夫なのか？」

喘ぎながら言った。「これ以上、ない、ぐらい」

ボイドが眉を寄せ、窓に体を屈めた。「なにがあったんだ？」

「なにが……あったと……思う？　自分の車を……ぶつけたのよ」

アームストロングが口をぽかんと開けた。「これがあんたの車？　それはちがうだろう」

「こいつは誰の車だ、ミセス・シュルツ？」ボイドが尋ねた。

アームストロングが呆れ声で言った。「あんたのその髪、いったいどうしちまったんだ？」

「どうか……あたしをここから出してくれる？」

二人がかりでレクサスからわたしを出すのに、思いのほか時間がかかった。そのあいだも、二人は質問と意見を連発した。

「マーラの車、ええ？　これじゃ当分、彼女はあんたに車を貸しちゃくれないな」

「サンディー・ブリスベーンを追ってきた？　またか？　最後に目の検査をしたのはいつだ

った？」

　やっとのことでマーラの車から出て、彼女のミンクにくるまると、二人はがぜん真面目な顔になった。「よし、ミセス・シュルツ、これから救急車を呼ぶ」

「救急車？　あたしならなんともないわよ！　さんざん冗談飛ばしてた、あれはなに？」

「気持ちが悪くなって戻したりしないためさ。気をしっかりもってもらいたかった」ボイドがわたしの後頭部に目をやる。「それで、その髪はいったいどうしたのか、話してもらえるかな？」

「サンディー・ブリスベーンが切ったの」

「どうしてまた？」

「彼女に訊いたら？　あたしにわかるわけないでしょ。立ち話もなんだから車に乗りましょうよ。寒くて凍えそう」二人とも疑いの眼差しを向けるので、言い添えた。「自分の背筋の具合ぐらいわかるわよ、いい？　あたしはケータラーなんだから、背中の痛みがどんなものかわかってます。首は折れてないし、ヘッドレストのおかげで鞭打ち症にもならなかった。出血もしていないし、骨も折れていない」

「ほう」ボイドが言う。「どこの医学校に通ったんだ？」

　わたしは顎を突き出した。「医者の女房の心得百一箇条よ、ご参考までに」

「なんだ、それ？」アームストロングが尋ねた。でも、答を期待しているわけではないことはわかっているから、雪を踏みしめ、排気ガスを盛んに吐き出すパトカーまで行き、ドアを開けてくれるのを待った。

「ええ、いちおうきまりなんで、運転免許証と車検証を見せてくれないか?」

わたしは踵を返し、マーラの車に戻ってバッグを引っ張り出した。毎日ヨガをやっているおかげで、窓から上体を押し込んで伸ばし、グローブボックスを開けることができた。溢れ出した書類をなんとか掴む。上体をレクサスから出し、背中と胸の痛みは無視し、書類を選り分けて車検証を二人に差し出した。それから運転免許証も取り出して渡した。

パトカーに戻ると、また質問を受けた。わたしの答を二人は手帳に書き留めた。二人が質問するのをやめたので、今度はこっちが質問していいかどうか様子を窺った。

「パトカーがゾロゾロやってきたけど、なにかあったの? トムは連絡を受けると教会を飛び出していった。みんなどこに向かったの?」

二人は目を見交わした。ようやくボイドが口を開いた。「コットンウッド・クリークの流れの真ん中の岩に、人が横たわっているのを見た人間がいる。滝のすぐ下のあたりだ。じっと横たわったまま、水をかぶっていた」

「誰なの?」

アームストロングが左腕をシートに添わせた。「あんたが喧嘩した相手だ。地図のディーラー。名前はラリー・クラドック」

ボイドが言った。「死んでいた」

16

「ボイド巡査部長、彼は殺されたの？」

「まさか、泳ぎに行ったとは思えない」

「自殺？」

アームストロングが頭を振った。「おれたちはまだ現場に辿り着いていないんだ、オーケー？」

なんてこと、サンディーがラリー・クラドックも殺したんだわ。でも、誰もわたしを信じてはくれない。そんな思いが頭を駆け巡った。「ねえ、お二人さん？　トムは現場にいるの？」

「最初に駆け付けたうちの一人だった」アームストロングが答えた。

「現場に連れていってくれない？　おねがい。トムに会いたいの」**あなたたちが見落としているいることを、わたしなら見つけられるかもしれないから。**そう思ったけれど、三十分前にサンディーに笑い飛ばされたばかりだし、楽しい経験とは言えなかった。おなじ危険は冒したくない。

「もしもし？　あたしを滝の下まで連れていってくれない？」

二人して笑った。「雪が降りつづいていて、あんた、ラッキーだったよ」ボイドが言った。

「どうしてあたしがラッキーなの？」

「どうしてって、交通規制が行われている。つまり、ドンズ・ディテール・ショップにぶつかったことを、あすまで報告する必要はないってことだ。いまからドンに電話して、彼が現れるまで待っているって言うならべつだが――」

「するわけないでしょ」雪の帳の向こうにノロノロ運転の車のライトが見えた。メイン・ストリートを走る車はみなスピードを落としている。サンディーの力強く乾いた手に髪を引っ張られた感触や、ナイフが髪を切断する恐ろしい音をまざまざと思い出す。「ラリー・クラドックはどうして死んだの？　撃たれたの、溺れ死んだの、死因はなんなの？」

「いや」ボイドが言った。「いや、話そうにも話せない。おれたちだって知らないんだから、オーケー？」

皮肉を込めて言いたかった。なんとまあ頼もしい。でも、うちまで送ってくれてありがとう、と言うだけにした。急に車の流れが止まった。わが家のある道はまだ先だ。首を伸ばしてみたが、警察が交差点で道路を封鎖したらしいということしかわからなかった。

「ここでおろされても困るわ。トムがいるところまで連れていってもらえない？」下心がみえみえだったようだ。

「滝にはちかづけないぜ」アームストロングが警告した。「遺体にちかづくことは許されない。強行突破しようなんて思うなよ、オーケー？」

「そんなこと思いません。考えてみたら、ここからならうちまで歩けるわ。ほんの一ブロック半だもの」車からおりた。「送ってくれてありがとう。それに、助け出してくれてありがとう」

どういたしまして、と二人は言い、サイレンを鳴らして空っぽの対向車線に出ると、停まっている車の列を追い越していった。

うちに帰るつもりだったのはたしかだ。ラリー・クラドックがどうなったって、こっちの知ったことじゃない、でしょ？　だって、あの男はわたしに襲いかかり、アーチを脅したんだから。それに、いまとなっては彼にしてあげられることはないし。でも、なにかが引っ掛かっていて、まっすぐうちに帰る気になれなかった。なにが引っ掛かってるの？

わが家のある道に曲がる代わりに、グリズリー・サルーンの雪をかぶった階段をのぼり、ポーチに置かれたベンチに腰をおろした。かたわらには色とりどりの豆電球で飾られたクリスマス・ツリーが並んでいた。店の中からカントリー・ミュージックが聞こえる。落ち着いて考え事なんてできない。それに髪を刈られて剝き出しになった頭皮が冷たい。そのうえ、空腹に襲われた。コーヒーを飲んでいないし、食べ物を口にしていないし、寒いし……これじゃ、事故に見舞われ混乱した脳味噌に引っ掛かっているものがなんなのか、とても考えられない。

サンディー。脳味噌を機能不全にした原因はそれだ。サンディー、サンディー、サンディー。

彼女はほんとうに舞い戻ってきていた。トムとその仲間たちにさんざんからかわれたが、わたしの思い違いではなかった。そして彼女は、大事なものを守っている？　いったいどういう意味？　この週末、地元の地図蒐集家たちが面倒と暴力を蒙った――ガラスを割った雪玉から不意の死まで――けれど、サンディーが地図を蒐集するタイプだとはどうしても思えない。

せめて少しでもあたたまろうと破れた毛皮を体に巻き付けた。結局のところ、わたしはサンディー・ブリスベーンのなにを知っているのだろう？

彼女を餌食にした父親から身を守ってくれなかったから、母親を溺死させた。その父親も、おそらく彼女が殺したのだろう。十代のころにレイプされたから、げす野郎を撃ち殺した。わたしと息子を脅した。それから、犯罪現場から猛然と逃げ出してきた。三日のあいだに二度も、彼女は殺人現場のちかくにいた。彼女はドリュー・ウェリントンと、ラリー・クラドックも殺したの？　もしそうなら、いったいなぜ？

呼び交わす警官たちの声が聞こえた。メイン・ストリートより一段上にいるので、犯罪現場を示す黄色のテープを渡している様子が見えた。道路はたしかに封鎖されていた。右車線で渋滞の列にはまり苛立った運転手たちが、つぎつぎにUターンして坂をくだってゆく。

ラリー・クラドックの姿は見えなかった。

見えたところでなんになるの？　ほんとうに犯罪が行われたのだとして、現場をどうしても見てみたいと思う理由はなんだろう？

確証が欲しいからだ。サンディーがラリー・クラドックを殺していないことを、信じたいのだ。あれだけのことがあっても、わたしは元ストリッパーに同情している。六ヵ月前、彼女は二人殺した。復讐を正義とみなす考え方を認めるわけではない。でも、どちらの暴力行為も考え抜いた末の復讐だったことは理解できる。

それなら、地図ディーラー二人に復讐した彼女の動機はなんだったのか、だれか教えてくれない？

わたしには見当もつかない。メイン・ストリートの向かいの駐車場に目をやる。その向こうにコットンウッド・クリークが流れている。川面から立ち昇る水蒸気が降る雪と混ざり合う。考えるの、考えなさい。自分に言い聞かせた。

犯罪現場を見ることで動機を推し量ることができる場合もある、とトムが言っていた。独身女性が殺され、車のタイヤが切られていたら、おそらく夫を彼女に奪われ嫉妬した妻の犯行だろう。逆の場合は、嫉妬した夫の犯行。拷問《ごうもん》の形跡があれば、犯人は変質者。ラリー・クラドックが殺されたのだとして、現場を見れば動機がわかるだろうか？

オーケー。メイン・ストリートを足早に渡りながら自分に言い聞かせた。ボイドとアームストロングにした約束を破るつもりはない。強行突破して犯罪現場に向かうつもりはないもの。アーチがカブスカウトに入っていたころ、コットンウッド・クリーク沿いの細道を散々歩き回ったものだ。巨礫《きょれき》を回り込んでいけば、ラリー・クラドックが横たわっている場所の上の道に出られる。そこからなら、捜査の邪魔をすることなく川や、それにたぶん遺体をじっくり見ることができるだろう。

雪はしんしんと降っていた。駐車場にまばらに駐まる車は、分厚く白い帽子をかぶっていた。川のほとりに着いたので、アーチと二人でカブスカウトのメンバーたちにお手本を示したとき踏み石にした石がどれだったか、思い出そうとした。あいにくなことに、石はどれも雪をかぶり、冷たい水の流れはあまりにも速すぎるように思えた。ようやく、蛇行《だこう》しながら対岸へとつづく石の道が見つかった。

水は冷たすぎるんじゃない？

行くのよ、行きなさい。自分を鼓舞する。あなたは敏捷なのよ、と自分に言い聞かせ、〝滑る〟という言葉を頭から追い出した。無事に渡り終えたとき、神と考えつくすべての聖人に感謝の言葉を唱えた。監督教会員派の聖人はあまり多くない。もっと増やすべきなんじゃない？　滝に通じる道は雪がたいらに積もっていて、歩きやすかった。

前方から、また警官たちの声が聞こえた。ビデオがどうのと言っている。なるほど、鑑識課員が現場をビデオにおさめているのだ。ということは、現場はまだそのままで、なにも動かしていない。このまま行けば現場から二十メートルほど上に出られるはずだ。

たしかにそうだった。

左側は切り立った崖だ。水際は砂地になっておらず、大きな岩がごろごろしている――川の中にも岸辺にも。釣りには最適の場所だ。マスは岩陰に隠れ、捕まえるのが大変だからこそおもしろい。いま来た道沿いには落葉樹やハコヤナギが密生しており、姿を隠すのは容易だった。川を見下ろす場所に辿り着くには、姿を曝さなければならない。大急ぎで崖をのぼり、葉を茂らせた常緑樹の陰に隠れなければ、現場にいる警官たちに見つかってしまう。

覚悟をきめ、松木立ちを抜けた。落ちた松葉に雪が積もり足元が滑る。枝が顔を打っても声をあげないよう必死で我慢した。雪が頭皮に当たって冷たい。サンディーを呪った。彼女がやったのではない確証をえようと頑張っているのだ……あんなひどい仕打ちをされても。

ようやく狭い空き地に出た。警官たちがうろつく現場から二十メートルほど上だった。誰にも見られていないはずだ。ラリー・クラドックの遺体を見分けようと目を凝らした。すぐに見つかった。流れのちょうど中ほどに、卵形の頭とずんぐりした体があった。遺体のちかくの岩を覆う雪が血で黒ずんで見える。何者かが彼を殴ったか、あるいは銃かナイフで襲い、それから川の中ほどまで遺体を引き摺っていった。だったらおかしい。

サンディーの両手は完全に乾いていた。たとえ手袋をしていたとしても、ラリーを川の中に捨てたのなら袖口が濡れたはずだ。片手でわたしの髪を摑んだとき、その腕は湿ってすらいなかった。

彼女が殺したはずがない。わたしの非科学的推理ではそうだ。

川にもう一度目を凝らし、それから顔を右に向けた。ラリー・クラドックの遺体より川下の、警官が黄色のテープを岩に巻いて囲った場所の向こうに、赤いしみのついた四角い紙が置いてある。おそらく血のしみだ。新聞とは形がちがう。もっとよく見ようと首を伸ばした。

地図？

興奮して携帯に手を伸ばしたのが間違いだった。バランスを失い、常緑樹やハコヤナギの木立ちの間を転がり落ちた。足を滑らせ枝を摑み、悲鳴をあげた。手掛かりを摑もうと必死になったが、手が滑るばかりだ。

川に向かって滑り落ちながら、警官の叫びを耳にした。「止まれ！」「動くな！」それができたらどんなにいいか。大声で悪態をつきながら、岩にぶつかり、木々にぶつかり、雪をかぶった松葉の分厚い毛布の上を転がり落ちていった。

「逃げ出そうとしてるぞ！」警官が叫んだ。「頭から川に突っ込むつもりだ！」つづいて水を跳ね飛ばす音がした。

体が砂利の上を滑り、足を踏ん張る間もなく川に落っこちた。血の味がしたから、歯が折れてませんようにと祈った。半分水に浸かった体に、バッグの紐が巻きついていた。首が痛い。水を吐き、悪態をつきながら無様に両手を突き上げた。拳銃を抜いた警官三人に取り囲まれていた。

「なんてこった」警官の一人が言った。目に入った水を必死に拭っていたので、顔は見えなかった。「警戒態勢、解除」その警官に命じられ、ほかの二人がぶつぶつ言いながら拳銃をホルスターにしまった。

ようやく目を開けると、目の前に呆れ顔のアームストロングがいた。無線でしゃべっている。

「誰かシュルツに言ってきてくれないか。奥さんがここにいるって」つづいて雑音が聞こえた。「どこにって？　ここにおれと一緒にいる」アームストロングがわたしを見て、片方の眉を吊り上げた。「水の中に」頭を振る。「どうやって水に浸かったかって？　知るもんか」無線に耳を傾ける。「いや、理由もわからない。彼女が川に落ちたと彼に伝えてくれ」

担架《たんか》が必要か、とアームストロングが尋ねた。さらに川の水を吐き出し、いらない、と言った。助け起こしてくれるだけでいい。冷たい水は臭くて、ごみためめに寝転がっているような気がした。マーラの美しい毛皮のコートは泥で汚れ、半分水に浸かり、鉛のおもりをまとっているみたいに重かった。背中が痛い。顔の半面を砂利で擦ってしまったようだ。ほかはどうもないから大丈夫、きまりが悪いだけよ、とアームストロングに言った。**そりゃそうだろう**、と彼の顔が言っていた。

トムがすぐに現れて、立ち上がるのに手を貸してくれた。足元のしっかりしている場所まで連れてゆき、転がり落ちる間についた汚れを払ってくれた。それからわたしの肩を摑む腕を伸ばし、じっくりと観察した。その目は険しく、恐怖が浮かんでいて、それがわたしを竦《すく》みあがらせた。

「ゴルディ、うちまで送る」

「いいえ、あたしなら大丈夫だから、ほんとうに」冷たい水が脚を伝い、体が震えた。トムはほかの警官から毛布を受け取り、わたしを包み込んだ。「誰かほかの人に送ってもらって。

あなたはここにいて、仕事をしてちょうだい」

「きみが本気でそう思っているのはわかる」彼が耳元で言った。「だが、きみはおれの立場をものすごく難しくしてくれた」

「ごめんなさい。ほんとうに、ごめんなさい。でも、あなたに言っておきたいことがあるの」彼が口を挟もうとするので、慌ててつづけた。「下流のほうで見たのよ。流れていってしまう。捜査の手はそこまでおよんでいない。現場を区切るテープのその先なの。たぶん地図だと思う」その場所を指差した。「二、三十メートル先。血がついているように見えた」

「わかった、行こう」

彼が言ったのは「地図を探しに行こう」という意味だと最初は思ったが、むろんちがった。川の反対岸に沿った道へと、足をもつれさせながら向かった。ラリーの遺体の周囲はオレンジ色の防水シートで囲われていた。もう一度見る気もしなかった。

帰りの車の中で、トムに事情を説明した。サンディーと思われる女が、アスペン・メドウの方角から車でやってきたこと。彼女を追いかけてマーラのレクサスをぶつけたこと。女が戻ってきて、あまり楽しいとは言えないやりとりをしたこと。彼女がほんとうにサンディー・ブリスベーンだったこと。

「サンディー・ブリスベーンだと、彼女がきみに言ったんだな」わが家の前で車を停め、話をつづけた。周囲の家々は雪の帳にすっぽりと包まれていた。「その〝やっぱりそうだったサンディー〟は、もしかしてどこに滞在しているか話してくれたのか？　住所がわかれば調べられる」

「いいえ、でも、あたしの髪をこんなにしたわ」

「ああ、気づいていた。それで、きみたちは友好的とは言えない話し合いをもった。それで、彼女はなんて言ったんだ？」

「ほっといてくれって」

「ああ、多くの人間がそう思っている」

「冗談はよして。ドリュー・ウェリントンを殺したのか、彼女に尋ねてみた」

「それについて、彼女はなんて言った？」

「答えなかったわよ。どうしてここにいるのって尋ねてもみた。ここにってアスペン・メドウにってこと」

「それには答えたのか？」

「大事なものを守るためだって」

「大事なものって？」彼が眉をひそめた。「いや、そのことも答えなかったんだろ」

わたしは頭を振った。「いずれ捕まるって言ったら、道に迷いさえしなければ捕まらないって。捜さないでくれとも言っていた」

「彼女の車の車種と年式はわかるか？　ナンバーは？」

「グリーンのボルボのステーションワゴン。ごめんなさい、雪が降ってたからナンバーは読み取れなかった。泥をかぶっていたしね」

「オーケー、ゴルディ、レクサスをぶつけて、サンディーと対決した後、どうしてうちに帰らなかった？　ボイドとアームストロングから、きみに会ったことは聞いた。ひどい有様だったこともな。渋滞だったからうちまで送っていかなかった。きみが歩いて帰ると言ったからだそうだな」

「テープで囲われた場所を強行突破しないと約束したわ。その約束は破っていない。あたしは通りを渡り、駐車場を突き切って川におり——」

「きみはなんなんだ？　弁護士か？　犯罪現場を仕切るテープを潜《くぐ》り抜けはしなかった。回り込んだだけだって？」

「ちょっと待ってよ。あたしは川を見下ろす場所まで登っていって、見たかっただけ。ラリーの……遺体を……だって、サンディーがやったんでないと信じたかったから」

トムがフロントガラス越しに降る雪を見つめた。「フムフム。女の直感ってやつか。理屈もへったくれもない。それできみは、ラリーの遺体を調べるつもりだったのか？　爪の間にサンディーの皮膚でも挟まっていないか。おれたちもまだ見つけていない凶器に、彼女の指紋がついていないか調べるつもりだった？」

「血痕が目に入った」わたしはきっぱりと言った。「彼は流れの真ん中に横たわっていた。サンディーの両手は乾いていた。袖口も濡れていなかった。それに」思い出すと気持ちが萎えた。「あたしの髪を切るのに使ったナイフには血がついていなかった」トムが疑いの眼差しでわたしを見るので、哀れっぽく付け加えた。「彼女を気の毒に思ってる」

「彼女は母親を殺し、おそらく父親も殺し、きみの元夫を確実に殺した。きみを脅し、髪の毛を切った。それでもきみは、ラリー・クラドック殺しの疑いを晴らしてやろうと躍起《やっき》になっている。ますます理屈にあわない」

「トム、おねがい。彼はどんなふうに殺されたの?」

トムはため息をつき、わが家のほうを見上げた。「きみがまっすぐうちに帰ってシャワーを浴び、おれが連絡するまでうちから出ないと約束してくれるなら、話してやってもいい」

「わかった。でも、おねがい。地図のことは話したわよね。というか、あたしは地図だと思っている。情報が欲しいの、いいでしょ?」

「棍棒《こんぼう》かなにかで殴られ、溺れ死んだようだ。無理やり水に浸けられた。頭を殴られて意識を失っていたと思われる。両手は水に浸かっているので、爪に挟まった皮膚のサンプルは採取できなかった。そもそもそういうものがあったとして。凶器はまだ特定されていない。さあ、うちに入って」

ありがとうと言い、とぼとぼと歩いて玄関のベルを鳴らした。

「あたしがちゃんとやってるかどうか心配だったんでしょ」ドアを開けたマーラが、開口一番そう言った。「あなたの息子の面倒はちゃんとみたわよ。まだスノーボーディングには連れていってない。彼の支度が——」わたしを上から下まで眺め回した。「まあ、いったいどうしたの? あたしのコート、どうしちゃったの?」

「あなたのコートを台無しにした。あなたの車をぶつけた」マーラはわたしを見て瞬きし、それからもう一度瞬きした。「ほんとうにごめんなさい」

「アーチ?」彼女が階段に向かって叫んだ。「おりてきてちょうだい。あなたの頭を一発殴りたいから。ここにいるあなたのママがしたことの代償《クイド・プロウ・クオウ》としてね。ラテン語の試験を受けたばっかりだから、クイド・プロウ・クオウの意味はわかるでしょ?」アーチがなにか叫んだが聞き取れなかった。「彼女はあたしのミンクを台無しにして、あたしのレクサスを破壊してくれたのよ!」

「もうそのぐらいにして」うんざりして言った。「おねがいだから。もうほんとにひどい目に遭ったんだから、いい? 車のことは申し訳ないと思ってる。毛皮の修繕費とクリーニング代は払うから。それに、車の保険の控除金額も払うわよ。それでいいでしょ? 約束する」

「控除金額ですって。冗談じゃない。あたらしいコートとあたらしい車を買うわよ」マーラはわたしの肩に腕を回して、体の向きを変えさせた。「ああ、これでわかった。あたしのミンクとあたしのレクサスを壊したのは、クレージーなヘアドレッサーから必死で逃げ出したためね」

「まずシャワーを浴びさせて。それからすっかり話してあげる」バッグを床に落とし、毛皮のコートを脱いだ。

「心配しなくていいわよ」階段をあがるわたしの背中にマーラが声をかけた。「車はどこにあるのか教えて。レッカー車を手配するから」

ドンズ・ディテール・ショップの場所を教え、もう一度謝ってからバスルームに向かった。服を脱ぎ、シャワーの湯を思いきり熱くした。頭皮にもろにお湯が当たったけれど、気持ちよかった。首の痛みは鈍痛にまでおさまっていた。

一回目のシャンプーをしているときに、マーラがドアを叩いた。「髪をブローしちゃだめよ！　頭にタオルを巻いて、なにか着ておりてきて」

五千ドルのミンクのコートと六万ドルのスポーツカーをオシャカにしたばかりだから、文句を言える立場にはない。

キッチンにおりてゆくと、マーラは床にシートを広げ、その真ん中に椅子を置いていた。テーブルの上にはちぐはぐなものが三つあった。タオルの山とハサミ、それに湯気をあげる黒い液体の入ったワイングラス。

「座って」彼女が命令する。

「なにするつもり？」

マーラは両手を腰に当てた。「第一に、あなたにグリューヴァイン（スパイス入りのホットワイン）を飲ませる。あたしのオリジナル。体を内からあたためないと風邪ひくにきまってるから。第二に、あなたの髪を切る。全体の長さを揃えてあげるわよ」

「冗談よしてよ！　あなたは一回のカットに二千ドルかけてるくせに。いったいなに考えて――」

「ゴルディ。髪を切るのは、あたしの知られざる才能のひとつなの。おとなしく座りなさい。さもないと、警察呼ぶわよ。あたしの車を壊した廉《かど》で訴えてやる」

むろん彼女がそんなことするわけがない。でも、彼女はわたしをさんざん宥めすかして、思いどおりにした。ため息をついて腰をおろす。

マーラがわたしの髪を梳かし、チョキチョキやりはじめた。「あたしの車を盗んで壊した後、いったいなにをやってたの？」

「盗んだりしてない——」わたしが言いかけると、ハサミの動きがぴたりと止まったので、それ以上文句を言うのはやめた。代わりにサンディーがナイフを振り回し、後をつけるな、と警告した話をした。それに、警察に捕まる心配をしていなかったことや、ドリューを殺したのかどうか尋ねたら、返事をせず、大事なものを守るため、としか言わなかったことも。

「彼女の大事なもの？　いったいなに？」

「いい質問ね」

「それだけなら、ほんの三十分しかかからないはずじゃない」櫛《くし》を入れてチョキチョキやりながら、彼女があたりまえの口調で言った。「でも、あなたが出掛けて二時間ちかく経っている。それに、どうしてトムが家まで送ってきたの？　ドンズ・ディテール・ショップで、たまたま出くわすわけないでしょ」

「ええ、出くわしてない。さかんにサイレンが鳴ってたの、耳にしなかった？」

彼女が手を止めた。「原因はあなただなんて、言わないでよ」

「ちがうわよ」ラリー・クラドックのことを彼女に話した。「殺人か事故かまだわかってないの。でも、彼が自分で頭を殴って、ロウワー・コットンウッド・クリークに飛び込んだとは考えられない」

「どうしてわかるの?」

ため息をついた。「どうしてって、彼の遺体を見たから。おかしな話に聞こえるかもしれないけど、サンディーの犯行のはずがないという証拠を見つけ出したかったの」

「なんですって? サンディーが無理な左折をしたせいで、あなたはあたしの車をぶつけたのよね。髪をこんなにしたのは、サンディーよね。あなたの言ってること、理解できない」

「サンディーがげす野郎を殺したことはわかっている。でも、それは彼がレイプしたからでしょ。それに母親を殺したのは、幼かったころに守ってくれなかったから」ブロンドの房が床に落ちてゆくのを、目の端で捉えた。シャーリー・テンプルそっくりの、すてきな髪が。

「彼女は理由があって殺した。復讐のために。彼女にはドリューやラリーを殺す理由がない。はっきりとした理由はね。彼女が舞い戻ってきたのは、そのためだとは思えないの」

「サンディーも地図を蒐集してたんじゃないの。ドリューとラリーが、うまい儲け話に一枚嚙ませてくれなかったから、復讐するために舞い戻ってきた」マーラが言うので、わたしは肩をすくめ頭を振った。「ちょっと、ゴルディ、頭を振ったらだめじゃない」

三十分後、わたしの髪はまずまずのレイヤーカットになっていた。ティンカー・ベルとピーター・パンの中間みたいな髪形で、頭頂部のダメージはうまく隠れている。バスルームの鏡の前で、マーラが肩越しに覗き込み、わたしの賞賛の言葉を待っていた。「すばらしいわ」わたしは本心から言った。「ほんとうにありがとう」

「まあね。それに、アスペン・メドウで日曜日に開いてる美容院はないし」

「あったとしても、こんなに上手にはやってくれないわ」

マーラはウィンクし、グレース・マンハイムに電話して迎えにきてくれるようたのんだ。

「こうすれば、二人で彼女に尋問できるじゃない。こっちに来てフランクの娘のために嗅ぎ回ってるのはなんのためか」

「オーケー。あとひとつ。トムに尋ねられたら、なんというカットだって言えばいい？」

マーラはほほえんだ。「これだけは言っちゃいけない呼び方がある。十五年前、オックスフォードで一学期を過ごしたことがあった。髪の毛が伸びて収拾がつかなくなったので、パーティーで女の子たちに尋ねたの。いい美容院を紹介してってね。シャギーにしたいからって。そしたらその場にいた男の子六人が、〝シャグ〟しようって即座に申し出たわよ」

「シャグがなんのことか知ってるよ」アーチがキッチンに飛び込んできた。「それって、セック――」

「アーチ、部屋の片付けはどうなってるの？」

「ジュリアンが休憩しようって。あれ、ママ、髪の毛どうしたの？」警告の眼差しを向けると、アーチは冷蔵庫を開けて覗き込んだ。「ああ、ラクロスの仲間に坊主にされた《ケイヴ・ミー・ア・ビック》とき、そのことについてしゃべりたくなかったもの。頭を剃っただけなのに、なんで質問攻めにされなきゃならないのか」冷蔵庫のドアをバタンと閉める。「食べるものが見つからない」

「なにかみつくろってあげるわよ。それで、ゴミの山を切り崩す作業、どれぐらいはかどってるの？」

「そうとうね。ゴミ箱ゆきの袋が五つ、古着屋に持って行くやつが三つ、図書館の古本セールに出す本はもう仕分けが終わった」いたずらっ子の笑みを浮かべる。「イギリスの本もあるから、図書館で古本セールをやる人たちは〝シャグ〟の意味を調べられる――」

「アーチ！　きみたちが食べたいのはスナックなの、それとももっとお腹にたまるもの？」

「ランチを食べたい。たのむよ。腹へって死にそう。エンチラーダを冷凍してない？」

「なにか掘り出してくるわよ」つぎにマーラに向かって言った。「コートと車のことで、怒鳴らずにいてくれてありがとう。ほんとうに申し訳なく思ってる。あたしの保険で――」

「いいから、忘れて――」

玄関のベルが鳴った。グレース・マンハイムの到来。

「やけに早いわね」マーラが言う。「彼女はここに来たことないんでしょ？　アスペン・メドウの道はわかりにくいのにね。たとえ地図を持ってたとしても」

わたしは頭を振った。「並みの人間じゃないもの。彼女を入れてあげて、インガーソルについて尋問しましょ」

グレースは颯爽と入ってきて、毛糸の帽子を脱いだ。頬はバラ色に染まり、静電気のせいで白髪が突っ立った。わたしの髪形を目にしても、礼儀正しいからなにも言わない。なにか召し上がりますか、と尋ねたら、いりません、という返事。リビング・ルームに案内し、キッチンに取って返して冷凍庫を引っ掻き回し、エンチラーダ入りのガラス容器を発見した。アルミホイルを剝がし、中身を調べる。十二個入っている。よかった。わたしも飢え死にしそうだ。パラフィン紙をかぶせ、解凍するため電子レンジに入れ、リビング・ルームに急ぐ。

「あなたの車が壊れた？」グレースがマーラに尋ねていた。「どうしてそんなことに？　尋ねてもいいことかしら？」

「話せば長くなるから」マーラが言う。「一緒にうちに帰って、スコッチの大きなグラスをあなたの前に置いて、それから語ってきかせてあげる」

グレースはわたしに視線を移し、問いかけるような目で髪の毛を見た。「ここにも長い話がありそうね」

「礼拝の後で、マーラがあたらしいカットを施してくれたの。ところで、あたしたち、あなたに尋ねたいことがあるの」

「わたしだけ質問に答えなければならないの？　あなたたちははぐらかしたくせに」

歯軋りし、真剣な目で彼女を見た。「こっちはしゃべりだしたら止まらなくなるけど、それでいいのなら」

「それは困るわ」グレースが諦めの顔で言った。「なにを尋ねたいのか見当はついてるわよ」

「だったら話してください」

グレースは顔をしかめた。「おたくで携帯電話が使えないとわかったときにね、マーラ、発信者番号から誰と話したかどうせばれると思ってた」

「そのとおり。インガーソルという名前の人物とどういう関係にあるのか、話していただけますか。パトリシアではないほうのインガーソル」

グレースはフーッと息を吐いた。「彼女の名前はホイットニー・インガーソル、フランク・インガーソルの一人娘よ。ちょっと込み入った話なんだけど」

マーラもわたしも無言で話のつづきを待った。わたしたちにとって、これが並大抵の努力ではなかった。

「込み入った話ね」ついにしびれを切らした。

グレースは両手を揉みしだいた。「フランク・インガーソルは、たいへんな資産家だったの。彼の魂よ安らかに」

「資産家?」マーラが尋ねた。お金のこととなると黙っていられないのだ。「たいへんな資産家ってどの程度の?」

「現金や株券や債券だけじゃなく、不動産に美術品やらなんやかやで、四千万から五千万ドル相当の資産」

わたしは思った。**差額の一千万ドルがあちこちに散らばってるわけ?** マーラはうなずいただけだ。

グレースが口ごもったままなので、わたしから言った。「ホイットニーのことは憶えているわ。パトリシアの新婦付き添い役だった。披露宴で乾杯の音頭をとったとき、彼女は言ってたわ。父が心の友をえられてとても嬉しいって。みんな幸せそうだった」

「ええ、はじめのころは和気藹々《あいあい》だったのよ」グレースが言う。「フランクは夢見心地だったわ。少なくとも癌が見つかるまではね。あれですべてがおかしくなった。フランクにとってばかりでなく」グレースは思い出して口を閉じた。

先を促すことにうんざりしてきた。「グレース！　あなたが話してくれるのを待っているあいだに、あたしの髪は踵に届くぐらい伸びてしまいそう」

「わかったわ。とても難しい話なの。だから辛抱して聞いてね。フランクはパトリシアと結婚前の取り決めを行っていたの。彼としては、遺産の四千万ドルはホイットニーに遺したかった。遺言を作ったとき、彼女は二十八歳だった。でも、自分が急死して、パトリシアが貧困にあえぐのは忍びなかった。ほんとうに急死してしまったわけだけれど。そこで遺言に但し書きを付けたの。結婚している間、毎年五十万ドルをパトリシアが受け取れるように、という但し書き。それに、百万ドルの生命保険の受取人をパトリシアにしたの。パトリシアはこの取り決めに同意した。ところが彼は癌に罹《かか》り、結婚生活はほんの二年で終わってしまった」

「しめて二百万ドルね」マーラが言う。「まあまあの額だけれど、ひと財産というほどではない」

「パトリシアもそう思ってたんでしょうね。あたらしい遺言とあたらしい弁護士を連れて、病院に乗り込んできたときには。化学療法を受け、死の床にあったフランクを説得し、結婚前の取り決めを無効にした。それに、あたらしい遺言に署名させた。それによると、パトリシアは現金で三千万ドルを受け取り、しめて一千万ドル相当の屋敷と家財道具も受け取る。残った一千万ドルがホイットニーのもとにいくというわけ。パトリシアはあたらしい遺言をホイットニーに郵送した。ホイットニーがそれを受け取ったとき、父親はすでに亡くなっていたの。彼女は激怒し、パトリシアの目の玉を抉《えぐ》り出す決意をかためた」

まったく、金持ち連中ときたら。

「お葬式の後で、ホイットニーはパトリシアと対決した。わたしもその場にいたけれど、見ていて気持ちのいいものじゃなかったわ。ホイットニーはパトリシアに面と向かって叫んだ。『あばずれ！　ガリガリ亡者！　あんたを死刑にしてやる！』」

「いつも言ってるでしょ」と、マーラ。「お葬式はおもしろくないって」

「ほんとうにそう」グレースが言った。「ホイットニーはむろん遺言書無効の申し立てを行ったわ。その裁判が長引いていてね。わたしがアスペン・メドウに来たのもそのせいなの」

これでやっとわかる。

「ホイットニーはパトリシアの動静に目を光らせていた。アスペン・メドウで起きたことは、残らず彼女の耳に入っていたわ。それで、ドリュー・ウェリントンが図書館で亡くなったという知らせを受け、わたしに電話をしてきたの。父親の資産のなかでもっとも価値あるもののひとつが、ロダンのデッサンだった」

「ロダン？」信じられない。「あのロダン？」

グレースは憂い顔でうなずいた。「二番目の遺言の無効の申し立てを行ったときに、ホイットニーと彼女の弁護士は、パトリシアにロダンのデッサンを見せろと要求したの。でも、パトリシアは言葉を濁し、盗まれたと言い出した。フランクの病気が重かったので、保険金を請求している余裕がなかった、というのが彼女の言い分だったの。でも、フランクは二人が住んでいた屋敷に、連邦金塊貯蔵所も真っ青というほどの防犯装置を設置していた。あそこからロダンのデッサンを盗み出すのは至難の業よ」

「つまり、ロダンが盗まれたという話を、ホイットニーは信じなかったのね」わたしは言った。ようやく光が見えてきた。「パトリシアがどこかに隠したと思った……たとえば、恋人の家に移したのかもしれない。彼女の恋人は、ドリュー・ウェリントン？」

「そのとおり。ドリューが殺されたと聞いて、ホイットニーはわたしにたのんだの。ご主人が警官をしている友人、つまりあなたよ、ゴルディ、あなたにたのんで、ウェリントンの家に入れてもらい、調べてみて欲しいってね」

わたしは鼻を鳴らした。「そんなことできるわけないでしょ」

「ドリューが殺されたと聞いて」マーラが言う。「パトリシアはなぜドリューの家に入って、デッサンを取り戻そうとしなかったのかしら？　彼女がもしそこに隠していたのなら」

「なぜなら」グレースが辛抱強く言った。「匿名の情報源によると、ドリューの死体が発見されて一時間もしないうちに、パトリシアは逮捕されてしまったから。ドリューの家が警察によって封鎖されていたころ、パトリシアはファーマン郡拘置所に向かう途中だった」

「パトリシアを密告する匿名の電話をかけたのは、ホイットニーじゃないの？」わたしは尋ねた。「彼女にしばらく足止めを食わすために」

グレースが言った。「ええ、実を言うと……そうなの」

17

「どちらの側にもつかないようにしていたのよ」グレースが言った。「パトリシアのことも好きだったから、ダイエットの集まりにわが家を提供してあげていたもの。ドリューとラリー・クラドックの諍いも目にした。そのことについて、嘘はついていないわ、ゴルディ。でも、パトリシアの態度には首を傾げざるをえなかった。彼女がドリューと付き合うようになったので、彼女とホイットニーが双方に公平な形で和解して、あらたなスタートが切れることを願ったわ。そんなときに、ロダンのことで、パトリシアが嘘八百を並べたと聞かされたの。あのデッサンを、フランクはそりゃあ大事にしていた。だから、ホイットニーに協力することにして、誰にも言わないと彼女に約束した。あなたを騙して悪かったわ、ゴルディ、それにあなたもよ、マーラ。でも、わたしは正しいことをしようとしただけ」

グレースは長い話にくたびれて大きく息をつき、知っていることはこれですべてだ、と言った。ウェリントン事件について聞き知ったことを、彼女はホイットニーに毎日報告している。情報源はもっぱらわたしだ。ホイットニーがこの事件に関心をもつ理由について、弁護士にドリュー・ウェリントンの家からロダンのデッサンを探し出してもらうためだ、とグレースは説明した。

「それに、パトリシアを憎んでいるから」グレースが言い添えた。

「あら、あなたはそう思っているのね?」

　マーラもわたしもグレースに利用されていたのだと思うと、なんだか裏切られた気がした。それで体の痛みがぶり返したのかも。わたしの目から痛みを読み取ったグレースが、床に散らばった髪の毛を掃除すると言い出した。髪を切った理由も、顔や腕に引っ掻き傷を作った理由も尋ねなかった。マーラから聞き出すつもりなのだろう。だから、わたしからはなにも言わなかった。彼女が掃除をするあいだに、エンチラーダを電子レンジからオーブンに移した。グレースとマーラは、途中のどこかでランチを食べるそうだ。お大事に、と言い、マーラは哀れな有様の毛皮のコートを取り上げた。

「ちょっと待って、マーラ。あしたのハーミー・マッカーサーのランチには来る予定なんでしょ?　足はどうするの?」

　マーラは片方の眉を吊り上げた。「アーチがなにか食べたいと言ったとき、あなた、言ったでしょ。なにかみつくろうって」

　二人が引き揚げると、わたしは教会に電話をいれた。日曜で事務所には誰もおらず、自動的に留守番電話につながったので、2を押して緊急の伝言を残した。ファーザー・ピートと至急連絡をとりたいのです。襲われて川に突き落とされたので、精神的にまいっています。なるべく早く自宅に来ていただけませんか。ひどい気分なんです。そう言って、電話番号を伝えた。

電子レンジが空いたので、冷蔵庫からキッシュの残りを取り出してあたため、とりあえずそれで空腹を満たし、二階に着替えにいった。ファーザー・ピートは仕事熱心な牧師だ……携帯電話は大嫌いだけれど、留守電はまめにチェックする。ありがたいことだ。彼にどうしても訊きたい重要な質問があるから。

アーチの部屋から熱心にしゃべり交わす声が聞こえた。楽しくやっているのだろう。息子のことだから、部屋にチップスやキャンディを溜め込んでいるにちがいない。エンチラーダに火が通るまでの一時しのぎに、友人たちと分け合っているのだろう。

着替えている最中に、アーチがベッドルームのドアを叩いてわたしをぎょっとさせた。お菓子を食べ尽くしてしまった？

「ママ！　ファーザー・ピートから電話」

「いつごろこっちに来られるか、訊いてみてくれる？」

アーチの足音が遠ざかったかと思ったら戻ってきた。「こっちに向かう途中だって。ママ、襲われて川に突き落とされたの？　牧師さまが心配してたよ」ちょっと間があった。「川に落ちたこと、どうして言ってくれなかったの？」

着替えを終え、ドアを開けた。「そうじゃないの。坂を転がり落ちたの。襲われたというのもちょっとちがう。そんなにたいしたことじゃないのよ」

「だったらかけなおそうか。襲われてません、川に落ちてもいません、来てもらう必要ありませんって、言ったほうがいい？」

「いいえ、その必要はないわ」

「よかった。だって、ママは昼食の支度をしてるところだから、一緒にどうぞって言っちゃったもの」

　わたしはうなった。

「なに？　そう伝えて欲しかったんだと思った。つぎに誰かが電話してきたら、折り返しかけてくれって言うよ。ママが直接話してよね、わかった？　文句をつけられたくないもの」

「ごめんなさい、べつに文句を――」

「へえ、そう、一時間のうちに来るってさ」

「それはよかった――」わたしがしゃべり終わらないうちに、アーチは行ってしまった。

　それより計算をしなければ。十二個のエンチラーダを三人のお腹をすかせた十代の少年と、わたしの四人で分ける……フムム。言うまでもないことだけど、エンチラーダには豚肉が使われていて、ジュリアンはベジタリアンだ。それに、ギリシャ料理が好みのファーザー・ピートがやってくる。スブラキ（子羊の串焼き料理）もブドウの葉もギロ（牛や羊の挽肉の炙り焼き）もない。彼のためになにか一品考えなければ。それに、トムもいつ帰ってくるかもしれず……

　キッチンに戻り、冷蔵庫を覗いた。トムが〝家族用〟の食材をしまっておく棚に、牛の挽き肉とセロリがあった。食料貯蔵室にはオリーブ油とハーブとタマネギ、それにジャガイモがある。冷凍庫から自家製のチキンストックのいちばん小さな容器と、ベビー・ピーとベビー・コーンを取り出す。

「フムム」食材をすべてカウンターに並べ、じっくり眺めた。残念ながら、ラムチョップはすべてマッカーサー家のランチ用だ。でも、待ってよ。ファーザー・ピートは自分をなんて呼んだ？〝異端の羊飼い《シェパード》〟。だったら、〝異端のシェパード・パイ〟も食べてくれるだろう。子羊の挽き肉の代わりに牛の挽き肉を使ったパイ。正確に言えばカテージ・パイなのだろうが、細かいことは言いっこなし。それに、この名前の響きが気に入った。あなたにちなんで名付けました、とファーザー・ピートに言ってあげよう。

鍋に湧水を張る。それこそなんにでも、野菜を茹でるのにも湧水を使うのが、最近覚えたケータラーのマル秘テクニックだ。粗塩を加え、強火にかける。

忙しくしていること。そうでないと、サンディーに髪を引っ張られたときの記憶が甦って……

ジャガイモの皮を剥いて湯に入れ、エンチラーダの焼け具合を見た。グツグツいいはじめている。つぎにチキンストックを解凍した。セロリをみじん切りにし、タマネギを刻んだ。そのころだった。岩についた血と、川を流れてゆく地図が頭に浮かんだのは。

「もうどうだっていい」そうつぶやく。ラリー・クラドックは怒っており、喧嘩をした。コットンウッド・クリークに突き落とされたとき、彼は相手に文句をつけたのだろうか？　その諍いは、川に浮かんでいた地図を巡ってのこと？　ドリューが亡くなったいま、だれがそこまでやる？　ニール・サープ？　スミスフィールド・マッカーサー？　ほかにも、地図を手に入れるためなら人殺しも辞さない蒐集家がいるの？

　フライパンで挽き肉とタマネギとセロリを炒める。またサンディーのことを考えた。彼女にも暴力癖がある。それにむろん、彼女がすごいスピードで町から離れようとしていたという事実がある。でも、彼女の服の袖は乾いていた。彼女がラリーを殺したとして、その動機は？

　おそらく彼女はやっていない。わたしはいまもそう思っている。サンディーはドリューをつけ回し、脅迫状を電子メールで送った。ロバータがドリューの遺体に出くわす少し前に、わたしは彼女のちかくにいた彼女の姿を見ている。でも、サンディーがドリューを殺したとして、やはり動機がわからない。

　炒めあがったところに小麦粉を振り入れて煮詰めた。ジュリア・チャイルドの料理番組の再放送を観て、最初に覚えた料理のコツがこれだった。融けたバターに、この場合なら融けた牛の脂肪に小麦粉を振り入れ、グツグツと煮詰める。こうすると、小麦粉がダマにならない。料理を習うまで、わたしは気が短いほうだった。ルーが変化するのを気長に待てなければ、最初からやり直しということになる。

　ここにチキンストックと砕いたタイムとローズマリーを加え、弱火に落として考え事に戻った。

　ドリュー・ウェリントンやサンディー・ブリスベーンのパズルに、ラリー・クラドックはどんなふうに嵌《はま》るの？　松葉が積もる崖を転がり落ちたときに頭を打ったせいか、三人をひと括りにして思い描くことがどうしてもできなかった。頭にきたので、グラスを摑んでキッチンの窓に投げつけようかと……

それで思い出した。答の出ていない疑問がもうひとつあった。ナイフを仕込んだ雪玉を投げたのは誰？　標的はわたしだったと思っている。それとも、べつの理由があった？

ソースの中でグッグツいう挽き肉を眺めながら、ドリュー・ウェリントンの取り巻きについて知っていることを思い出してみた。パトリシアはドリューの恋人だった。彼女によれば、二人は結婚する予定だった。ドリューの元妻のエリザベスは、彼に夢中だったけれど、やがて憎むようになった。それから、ドリューにはロリコン趣味があった。そのせいで離婚し、クライアントの娘と友だちを酒で釣ろうとした。ドリューには、地図を盗んでクライアントに売った嫌疑がかけられている。もっとも、たしかな証拠はあがっていない。

ドリューのアシスタントのニール・サープは、謎が多い……忠実なアシスタントだった？　それともちがった？　もしちがうなら、どうして？　ラリー・クラドックはドリューの師匠だったが、袂《たもと》をわかった。それから、関係を修復しようとした。おそらく。

あれこれ考えていたら頭痛がしてきた。ドリュー・ウェリントンのことは、後回しにしよう。というか、ひとまず奥の火口《ひぐち》にかけておこう。

タイマーが鳴って、ジャガイモの茹で上がりを教えてくれた。ジャガイモの水切りをし、フライパンにベビー・コーンとベビー・ピーを加える。ジャガイモを潰し、そこにすりおろしたグリュイエール・チーズとパルミジャーノ・レッジャーノを加えた。これのせいで、はなはだしく異端のシェパード・パイになる。

エンチラーダをオーブンから出し、アルミホイルをかぶせた。代わりにパイをオーブンに入れた。ジュリアンのために、冷蔵庫からチーズソースのパスタの入ったキャセロールを取り出した。ファーザー・ピートが玄関のベルを鳴らすのと同時に、アーチが部屋から飛び出してきて、ランチはできた？　と叫んだ。あと二十分、でも、部屋の片付けが早くすめばそれだけ早く食べられるわよ、と返事をした。アーチはうめきながらも、片付けを終えるための部隊を召集した。

「ファーザー・ピート、わざわざお越しいただき感謝します」わたしは牧師を出迎え、雪の積もった通りに目をやって、わざと心配そうに眉をひそめた。「あら、車を移動しておいたほうがいいですよ。住人たちが、吹雪の最中に通りに車を駐められないと憤慨しますから。車をうちのドライヴウェイに入れていただけます？　歩道を塞がないように誘導しますから」

ファーザー・ピートが言う。「ええ、もちろん。車を動かしましょう」太った体の向きを変え、慎重な足取りで車へと引き返した。わたしはブーツを履き、上着を羽織って後につづき、雪をかぶったドライヴウェイに彼が四輪駆動車を入れるのを見守った。

「もう少し進んで！」背後から声をかけると、ファーザー・ピートはおとなしく車を進めた。これでリアバンパーをよく見ることができる。

「ゴルディ、伝言を聞いて飛んで来ました」車を降り、深い雪を足で掻き分けながら、ファァーザー・ピートが言った。「その後でべつの教区民から電話があり、あなたが川で死体を見つけたと知らせてくれました」

わたしはため息をついた。「あたしが見つけたんじゃないんです」

「ああ、それは。亡くなったのは誰なんですか？」

「ラリー・クラドックという男性です」

家に入ると、ファーザー・ピートは分厚いニットのグレーのマフラーを取った。穴だらけだ。無理もない。身なりには無頓着な人だもの。大きな手でカールした黒髪を掻きあげ、わたしを見つめた。浅黒い顔に心配そうな表情を浮かべて。「ラリー・クラドック、地図ディーラーの？　以前にお会いしたことはあるが、知り合いというほどではありません。教区民ではなかったし、たしか家族もいなかったと……でも、わたしには、あなたのことのほうが心配だ。襲われて川に突き落とされたとか？　ラリー・クラドックを助けようとして？」

「いいえ」罠の仕掛けを撥《は》ね上げるのはまだ早い。〝ドリューのファイル〟に掲げた疑問について、彼がなにか知っているか尋ねてみなければ。

「でも、怪我をされたようですね」彼の深い声は気遣いに溢れているので、嘘を言って彼を呼んだことに、罪の意識を覚えそうになった。「顔が引っ掻き傷だらけだ」

「あたしなら大丈夫です。ありがとう。それで、ラリー・クラドックにお会いになったことがあるんですね。ドリュー・ウェリントンと一緒に仕事をしていたころですか？」

「いいえ、ラリー・クラドックが一年ほど前に、教会にやってきましてね」ファーザー・ピートはクスクス笑った。「ドリュー・ウェリントンを破門にしろと言うのです」

「彼を破門に？　どうして？」

ファーザー・ピートの顔が暗くなった。「いやはや、つねづねみなさんに、噂話は慎めとお説教しているのに、そのわたしが噂話をするとは。まことによい匂いだが、なんですか？」

「食べていただこうと思って作ったんですよ」噂話をもっとしてくれ、と願いながら、異端のシェパード・パイについて話した。破門は重大な罰だが、教会から叩き出されないように注意すればいいだけの話だ。ドリューは、聖ルカ監督教会で金持ちのクライアントを開拓するのに成功した。ラリーはそのことを嗅ぎつけて腹を立て、教区牧師にドリューを追い出せとたのんだのだろう。

ファーザー・ピートと自分用に、大きなグラスにシェリーを注いだ。これで彼の舌が少しでも滑らかになるといいのだけれど。テーブルがセットされていないことに気づくと、牧師は進んで手を洗い、皿や銀器を並べはじめた。わたしはエンチラーダとパスタとパイのでき具合に気を配りつつ、たっぷりのサラダを作り、つぎになにを尋ねようか考えた。

「いまさらですが」ファーザー・ピートがにこやかに言い、椅子に腰をおろした。「人が作ってくれる料理は、どうしていつもおいしいと感じるのでしょう？　ほんとうは口にすべきでないような、高級な材料が使われているから、それでおいしく感じるのでしょうか？　きょうはあんな説教をしましたが、わたしは食い意地の張った、その、なにですよ」

「クソ野郎《サン・オブ・ア・ビッチ》って言っても、あたしはかまいませんよ」

「あなたはかまわなくても、わたしの母親はかまいますからね」

「ファーザー・ピート」彼のグラスにシェリーを注ぎ足し、言った。「噂話をしないと自分を戒めてらっしゃるってことは、パトリシア・インガーソルやエリザベス・ウェリントンやニール・サープについて、否定的なことはいっさい口にしないってことですか?」

彼はシェリーを飲み、ほほえんだ。「そういうことです。ですが、なにか摘むものをいただければありがたいですね。詮索好きな教区民から酒を勧められ、それもすきっ腹にね、それで秘密をぽろっと洩らしてしまう牧師は、なにもわたしが最初ではない」

「あたしってそんなにわかりやすいですか?」戸棚から塩味のナッツの缶を取り出し、ガラスのボウルに出した。

「そういうことですな」

彼はナッツをひとつかみ取り、首を傾げた。「あなたが後ろ向きになったときに見えてしまったのだが……その髪はどうされたんです?」

「ああ。サンディー・ブリスベーンに切られました。脅されて」

ファーザー・ピートの顔が引き攣《つ》った。「サンディーって?」

「サンディー・ブリスベーンです。彼女を知らないなんて言わないですよね?」

浅黒い肌が赤くなった。「むろん知っています。あなたの元夫にあんなことをしたのだから。ですが……彼女は死んだはずでは。ブリスベーン一家は教区民でした。わたしが教会に赴任する少し前のことで――」

「ファーザー・ピート、あたしの頭のことはどうでもいいんです。あなたはサンディー・ブリスベーンが生きていることをよくご存じです。それに、彼女は二人殺しています。彼女を匿《かくま》っているのですか?」

彼は憤慨した。「ゴルディ、どうしてそんなことを? 匿ってなどいません」

「だったら、彼女はどうして聖職者用の駐車許可ステッカーが貼られた車を運転しているのですか?」

ファーザー・ピートは大きなため息をつき、目を擦った。

「犯罪者を匿うのは犯罪ですよ」

「ゴルディ?」

「ファーザー・ピート?」

「いいですか、わたしはだれも匿っていません。だが、牧師としてここに伺ったことを、後悔しはじめています」

「彼女はどこですか、ファーザー・ピート?」

「わたしは知らない。あなたのご主人にもおなじことを言うのに吝かではない」

「でも、あなたは彼女に会った。車を貸したんでしょ? それにお金を渡した。ちがいますか?」

「いいえ、ゴルディ、渡していない。その女性に襲われたと聞き、心苦しく思います。だが、わたしはその時点で最善と思ったことをしたまでです。ご存じのように、彼女は辛い人生を送ってきた」

「だから人を殺してもいいと？」

「いいえ、むろんちがう。一月ほど前、サンディー・ブリスベーンが連絡してきました。彼女が生きていると知り驚いた。彼女は数人の教区民について情報を欲しがった。わたしは断りました。それに、なぜ情報が欲しいのか、彼女はわけを言わなかった。わたしは自首を勧めました。自分のしたことに責任をとれと勧めた。彼女は聞く耳をもたなかった。彼女は去り、それ以来連絡はありません」

わたしは頭を振った。「だったら、聖職者用の駐車許可ステッカーが貼られた車を、彼女が乗り回しているのはどうしてですか？」

「それは、わたしにとってもショックなことです。二週間前、教区民から与えられ、われわれの家の脇の小屋に入れてある——入れてあった——車がなくなりました。そう頻繁には乗っていない車で、鍵はシートの下に置いてあった。教会の仕事で車を必要とする人に、貸し出していたのです。車を見かけないので、教区民に貸し出したのだろうと思い、そのことは忘れていました。事務の者が貸し出したことを記録につけるのを忘れたのだろうと、そう思っていました。しばらくして、サンディーが乗っていったんだろうと思いました。話し合いの後で」

「彼女が教会の車を盗んだ？　どうして盗難届を出さなかったんですか？　それに彼女のこ

とを、どうして警察に言わなかったんですか？」

ブザーが鳴り、ファーザー・ピートが怪訝な顔をした。わたしはオーブンのスイッチを切り、腕を組んだ。

「ほんとうに申し訳ない、ゴルディ。いまにして思えば、盗難届を出しておくべきでした。彼女があなたを脅すとわかっていたら、出していました。しかし、何人《なにびと》も償いをする機会をもつべきだと思っています。サンディーが車を返し、わたしの助言を受け入れ、警察に出頭してくれることをねがっています。実を言えば、彼女がまだアスペン・メドウにいるとは思っていなかったので、その可能性は低いと思っていた。でも、これで希望がもてます。わたしは間違っていた。あなたはシェリーでわたしを釣ろうとしたが、わたしは善意をもってそうした」

わたしは目をくるっと回した。「ええ、地獄への道は善意で敷き詰められているんでしたよね」

ファーザー・ピートはボウルの中のナッツを指でいじくった。「ええ、そう言いますね。ステーションワゴンのことや、ほかのこともすべて警察に話したほうがいいのでしょうね？」

「トムに連絡して、誰かを教会に事情聴取に行かせるよう言います」わたしはほほえんだ。「でもその前に、ランチをどうぞ。ひとつだけ質問に答えていただけますか？　サンディーが情報を知りたがった人間のうちの一人は、ドリュー・ウェリントンでしたか？」

「ええ、そうです。あなた、まさか……？　彼女には動機がない――」

「彼女は殺人者ですよ、ファーザー・ピート。それに、彼女なりの動機があったのかもしれない。彼女がドリュー・ウェリントンをつけ回し、電子メールで脅迫状を送ったことはわかっています」

「なるほど」彼が厳しい表情を浮かべた。

「でも、ほかにはなにもわかっていません。いまはまだ」

彼は椅子の背にもたれかかった。「サンディーと話をしたとき、ここで過ごしたころをとても懐かしがっていました――聖ルカ監督教会に通っていたころをね。彼女が十二のときに、叔母さん、母親の妹が大病を患ったそうです。それで、四歳のいとこの面倒をみて、教会付属の託児所でほかの子どもたちの世話をするボランティアもやっていた。過保護なぐらいよく面倒をみたそうです。ファーザー・ビーズブロークから、その当時のサンディーの話を聞いたことがあります。その家族のことを彼はよく憶えていた。託児所でスティーヴィーという名の子が腕に赤いあざを作ってきたことがあった。母親が煙草の火を押し付けた、と彼はサンディーに言ったそうです。問題は、母親が煙草を吸わないことです。スティーヴィーはブランコから落ちて、砂利で腕を擦った。だが、それでは関心をひけないから煙草の話をでっちあげたのです。十二歳のサンディーは彼の話を信じ、ソーシャル・サービスに連絡した」

「スティーヴィーの両親は、警察に連行されて嬉しくなかったでしょうね」

ファーザー・ピートは頭を振った。「ええ、まったく。そのうえ、スティーヴィーの父親はブロンコスの試合を見逃した。えらい騒ぎになりました」

「でしょうね。サンディーが託児所を手伝っていたところに起きた、それが最悪なことだったんですか?」

「つまり、スティーヴィーの金持ちの家族が長老派に鞍替えしたこと以外にですか?」

アーチとジュリアンとトッドとガスの声がキッチンのドアから聞こえてきたと思ったら、本人たちが現れた。

「お腹すいた!」

「死にそう!」

「そのナッツ、食べてもいい?」

ファーザー・ピートとのおしゃべりが中断された苛立ちに、わたしはため息をつき、オーブンから保温しておいたパイとパスタとエンチラーダを取り出した。数分後、みんなで熱々の料理とサラダに舌鼓を打っていた。なるようにしかならない。ファーザー・ピートは平静を取り戻したようで、異端のシェパード・パイを褒めちぎった。トムと警察から厳しい事情聴取をうけることを思えば、せめてこれぐらいはしてあげなければ。

食事が終わると、ジュリアンが皿洗いを買ってでてくれた。アーチと仲間たちが、それを聞いたら知らん顔はできない、と言い出したのでびっくりした。彼らが皿洗いを手伝うのは、ジュリアンが〝めちゃクール〟だからだ。

わたしはファーザー・ピートを玄関へと送り出した。彼はランチの礼を言い、ぼろぼろのコートとマフラーを身につけた。彼がドアを出たとき、わたしはさっき聞いたことを思い出した。

「ファーザー・ピート、サンディーには叔母さんがいたと言ってらっしゃいましたよね。幼いとこも」

「ええ、だが、わたしは当時まだこちらにいなかった。たしか叔母さんは病気が治り、家族でコロラド・スプリングズに引っ越したはずですよ」

「名前はご存じですか？　サンディーが言ってませんでしたか？　ファーザー・ビーズブロークは？」

「叔母さんの名前はキャロラインだかキャサリンだったと思います。だが、苗字を聞いた覚えはありません」

「ほかになにか憶えてませんか？　サンディーの親戚がそのあたりにいるなら、彼女を見つける手掛かりになるかもしれません」

ファーザー・ピートはとても悲しそうな顔をした。「協力したいのはやまやまですが、ゴルディ。わたしは知らない——ああ、待ってください。家族のことでなにか聞いていたような」

ドアから入り込む冷気に腕を体に回した。「なにかご存じなんですか？」

ファーザー・ピートは太い眉をひそめた。「たしか叔母さんのご亭主は銀行に勤めていた」

18

　ファーザー・ピートが帰ると、わたしはキッチンの電話を摑んだ。男の子たちはわたしを無視した。楽しそうに食器を洗いながら、クリスマス・キャロルの『グッド・キング・ウェンセスラス』のロックバージョンを歌っていた。ビデオカメラがあったら録画しておくのに。それができないから、受話器を持ってリビング・ルームに退散した。

「トム」彼のボイスメールに伝言を残した。「ファーザー・ピートがうちに来てたの」聖職者用駐車許可ステッカーのことを話した。サンディーが借りていった車のステッカーがそれなのかどうか確認するために、ファーザー・ピートの四輪駆動車を調べ、疑いを口にする前に彼から話を聞きだそうとしたことも言い添えた。「だからあたしのこと、怒らないでね。彼が車の車種や年式やナンバーを教えてくれるから、緊急手配できるでしょ」ほかにもわかったことを伝え、ファーザー・ピートに事情聴取するならいまがいいわ、たらふく食べて飲んだ後だから、お昼寝以外にやることないだろうから、と結んだ。

「ママ！」アーチがリビング・ルームに飛び込んできた。「取引しようよ」

ほら、きた。そう思ったけれど、交渉の準備ならできてるわよ、と言った。

アーチの期待に満ちた顔や、その横のトッドとガスの楽しげな顔を見たら、取引なんて抜きで、思いどおりにさせてやりたくなった。でも、いやというほどわかっている。この年頃の子は、たやすく手に入ったものは大事にしない。それに、三人が欲しいものは値が張るか、時間がかかるか、その両方かだから、手伝ってくれたお駄賃を用意する必要がある。

「一時までには雪がやみそうなんだ」アーチが言った。「それで、ぼくたち、スノーボードをやりに行きたい。ものすごっくね。あしたのパーティーの支度があるって、ジュリアンが言ってる。でもさ、二人のうちのどっちかが、ぼくたちをRRSAまで送ってくれないかな?」

「取引はほかにもあるんじゃない?」

アーチが顔を輝かせた。「ぼくたち三人で、図書館の古本セールに出す本を箱に詰めて、ヴァンに積み込んでおく」

「すごい量になるんでしょ、アーチ」

「ああ、ミセス・シュルツ」トッドが叫ぶ。「ぼくたちで手伝うもん。スノボーを載せるスペースはちゃんと空けておくつもり」

「ぼくたちでちゃんとやるから、約束する」ガスが言う。

「そうさ」と、アーチ。「それから、ブロンコスの試合を録画しておいてあげる。見逃した場合に備えてね」

わたしはちょっと考えた。「その取引に乗った。試合のほうはラジオで聴くから大丈夫」

「ありがと、ママ！」

「ありがとう、ミセス・シュルツ！」

三人は階段を駆けあがっていった。この数ヵ月、クロゼットと机と本棚を片付けなさい、とアーチに口を酸っぱくして言ってきた。これからの一時間で、あれだけの量の本をいったいどうやって箱詰めするのか想像もつかない。でも、新雪の上をスノーボードで滑る楽しさは、三人にとって充分な動機付けなのだろう。目を覚ましてよ、ママ。

ジュリアンと二人で下ごしらえにかかろうとしたとき、営業用の電話が鳴った。発信者番号を見て、気持ちがぐんと落ち込んだ。新雪を理由に、ハーミー・マッカーサーがキャンセルしてきたんじゃありませんように。アーチの予報がただしければ、雪はじきにやむ。でも、彼女の用件はまったく逆だった。

「ゴルディ、ダーリン、連絡がとれてよかった。あすのささやかなランチに、もう一組追加していただきたいの。さっきニール・サープから電話があって、スミスフィールドに見せたいものがあるそうなのよ。うちのスミティったら大喜びで。ニールは、おもしろいものがあるから見せたいって、こないだ押しかけてきたわけだけど。それで、ニールともう一人の地図ディーラーの間で、ちょっとした口論になってしまって、けっきょく話がまとまらなかったの。もう一人の地図ディーラーが誰かは、おわかりよね？」

「ラリー・クラドックですね」クラドックがあんなことになったのを、ハーミーは知ってるの？　どうだか。

「スミスフィールドがニールを呼びたいって言い出して。それで、わたし、主人に言ったの。椅子の関係で奇数は困るわって。そこでニールに電話して、女性のお友だちをお連れしてってたのんだのよ。ところが、そんな友だちはいないって」

「ロヒプノール中毒が治りきっていないんじゃないですか」

「なんですって？」

「なんでもありません」

「それでね、ニール・サープったら、エリザベス・ウェリントンを誘いたいんですって。ご主人が亡くなって気落ちしていて――」

「元のご主人ですよね？」

「ええ、ええ、元のご主人。でも、困ったことにね、パトリシア・インガーソルも招待しているの。彼女はフリッカー・リッジ地区に住んでいるし、おちかづきになりたいと思っていたから。それに、こちらに越してきたばかりのときに、クッキーを持ってきてくだすって、そのお礼もしたいしね。低脂肪のクッキーだったけど、それなりにおいしいと思ったわ。スミティは、そんなもの捨てちまえって言ったけど。パトリシアとドリューが付き合っているという話は聞いていたから、エリザベスにいやな思いをさせたくないし、わかるでしょ――」

「ハーミー」彼女の言葉を遮った。「それで、けっきょく何人になるんですか？」

「あら、十六人よ、ダーリン、そういうことになったの。ごめんなさいね、あまり時間がなくて」

崖を転がり落ちて川に突っ込んだせいで体がまた痛み出したけれど、努めてうれしそうに言った。「問題ありませんよ。ただ、きょうひどい落ち方をして――」

「まあ、ダーリン、なにをしたんですって?」

「なんでもありません。ただ、ちょっと……氷の上で転んで」

「氷の上って、どこでなの、ダーリン?」

しまった! よけいなことを。「たいしたことないんです。ハーミー、それで、二人追加になったこと以外に、なにか話があったんじゃないんですか?」

「それがね、二人の女性を招待すること、あなたはどう思う? こないだの晩みたいな騒動はもうごめんなのよ」

「大丈夫だと思いますよ」嘘ばっかり。パトリシアとエリザベスが口論になったら、キッチンのべつの窓を割って食い止めればいい。

「そうかしら、わたしには大丈夫だとは思えないのよ」ハーミーが言った。

「どうしてですか?」

「だって、ほら、ニールとラリーがここでもめて以来、スミスフィールドは集めた地図のことでひどく動揺してしまってて。それで、ラリーも招待したら、ニールと仲直りできるんじゃないかって思って。もしかして、ラリー・クラドックの電話番号をご存じない、ダーリン? スミスフィールドに尋ねたくても、朝から出掛けたきりで……」

「朝から出掛けた?」ついきつい口調になっていた。彼はいったいなにをしてたの? ラリー・クラドックと会って諍いになった? スミスフィールドはわたしが思っている以上に壮健なのかも。彼がクラドックをやったのかも。

「ええ、いったいどこに行ったのかしらね――」

「ラリー・クラドックの電話番号は知りません」相手の話を遮って、言った。

「まあいいわ。それでね、スミスフィールドの顔を立てて、二人が仲直りしてくれるかもって思ったのよ。人とうまくやっていくことは、なにものにも替えられない、たとえお金を払ってでも――」

「ハーミー――」

「そりゃなかには、自分の思いどおりにしなきゃいやだって人はいるわよ、そうでしょ? スミスフィールドに言ったのよ。パトリシアとエリザベスがうまくやって行けない理由はもうないって。だって、ドリューが亡くなってしまった以上……」

リビング・ルームの椅子に体を埋め、目を閉じた。ハーミーには勝手におしゃべりさせておいて、南部人と北部人のちがいについて、昔から言われていることをしみじみ思い返した。北部人に、一ダイムはどれぐらいの価値があるか尋ねると、冷ややかな顔で答える。「十セント」南部人に尋ねると、こんな答が返ってくる。「そうね、昔ほどの価値はなくなってるわよね、だってほら、あたしがほんの子どものころには、それでレッド・ホッツ一袋にチャールストン・チューにシュガー・ダディーズが買えたもの。山盛りのお菓子を持って帰ると、母がそれを見て言ったものだわ――」

うつらうつらしていたらしい。手から受話器が落ちていた。ハーミーは気づいてもいなかった。受話器を持ってキッチンに急ぎ、ラジオのボリュームをさげ、ジュリアンにメモを書いた。大文字で。『あたしの名を呼んで。大声で』

彼はそうした。

「怒鳴ってるのは誰?」ハーミーが尋ねた。

「実はあたしのアシスタントが――」

「やめるように言ってもらえないかしら? 大事な話があるのよ。実はパトリシア・インガーソルに電話して、エリザベスも招待していることを伝えたの。ニールがそうしてくれってたのんだからって言ってね。そしたら、彼女、叫びだしたのよ。よくもそんな真似ができたもんだ、人を傷つけるのもいいかげんにしろ。人の気持ちのわからない不人情な人だって、みんなに言いふらしてやる。そんなことを言うのよ。それで、あたくし、仕方ないから言ったのよ。あなたがなんとかしてくれるってね」

「なんですって?」

「ねえ、ダーリン、ひとっ走りパトリシアの家に行って、話し合ってくれるだけでいいの。そうしたら、すべて丸くおさまるから」

「わかりました」食いしばった歯のあいだから言った。彼女のおしゃべりに付き合うより、パトリシアを訪ねるほうが時間が短くてすみそうだ。リーガル・リッジ・スノー・スポーツ・エリアに子どもたちを送っていってから、パトリシアの家に寄ってみます、と言って電話を切ろうとした。学校がお休みだから、子どもたちったら遊ばなきゃ損だと思っているみたいで、と情けない声で言うと、わかるわ、とハーミーが相槌を打った。シャンタルもあそこに連れていけってうるさいもの。そうなると、スキーはどこだ、手袋はどこにいったって大変……わたしはすかさず、あすの朝お目にかかります、と早口に言い、失礼にならない程度に急いで電話を切った。

「あんたが送っていく？」ジュリアンがおもてに目をやって言った。「何時ごろ？」

「一時間ほどしたら出るわ。アーチが言うには、それまでに本を箱に詰め終わるし、雪もやんでいるだろうから。それから、ハーミーが二人追加してきたので、ラムチョップを買い足してこないと。それからパトリシアを訪ねて、あすのランチの招待客リストのことで、彼女を宥めないといけないの」意味深な顔でジュリアンを見る。「ハーミーがドリューの婚約者のパトリシアと、別れた妻のエリザベスの両方を招待してしまったの。こないだのパーティーみたいな修羅場はごめんだから、あたしに丸くおさめておいてくれって」

「冗談だろ……いや、冗談じゃなさそうだ」

「さあ、下ごしらえを終わらせてしまいましょ。そしたら男の子たちに招集をかけて出掛けるわ」

「本はどうするんだ？　おれがあいつらをRRSSAに送っていくから、あんたは本を届けたらどうかな？」

「それは助かる、ありがとう。図書館にはほかにも用事があるし」サンディー・ブリスベーンの写真を持っているか、とニール・サープに尋ねられ、いいえ、と答えた。でも、図書館には大手新聞のコンピュータ・アーカイブがあるから、サンディーが自白して炎に身を投じた後の新聞記事や写真を見られる。それをコピーしてニールに見せればいい。パトリシアを訪ねるのだから、ついでに彼女にも写真を見せて、ドリューをつけ回していたのが彼女だったかどうか確認しよう。サンディーを追い詰める助けになるような情報を、ほかにも思い出してくれるかもしれない。

「坊主たちのおやつにクッキーを持っていく」ジュリアンが言った。「パトリシアにも手土産に持っていったらどうだ?」わたしがうなずくと、彼は手早く手土産を用意した。優秀なアシスタントに恵まれた幸運に感謝。

まだ下ごしらえが残っていた。マッカーサー家のランチのメニューは、スパイスを効かせた自家製トマト・スープに、豪華なラムチョップのペルシヤード、クリーミーなポテト・オ・グラタン、それに茹でた冬野菜だ。レモンの皮と新鮮なパセリ、やわらかなパン粉、潰したニンニクに融かしバターが材料のペルシヤードは、出す直前に作るのがコツだ。でも、ジュリアンもわたしも便利なフードプロセッサーの扱いには慣れているから、ラムチョップに添えるソース作りの時間を大幅に短縮できる。ジュリアンが冬野菜を取り出し、洗って刻む間に、わたしはポテト・オ・グラタン作りにかかった。

この料理の決め手は、スライスしたポテトとグリュイエール・チーズとパルメザン・チーズ、それにこってりしたホイップクリームが層をなしていることではない。むろんそれも大事だ。でも、いちばんの決め手は、ポテトのあいだに挟むタマネギを、じっくりと飴色になるまで炒めることだ。食べた人はかならずこう言う。「これほどいいコクが出るのはどうして?」わたしが種明かしをしても、信じられない、という顔をする。タマネギが実は〝隠し味〟だということを、誰も信じない。わたしにとってはありがたいことだ。エレガントな食事をわたしにたのむ人は、かならずこう言うもの。「あのチーズたっぷりのポテト料理をおねがいね」

アーチなら言うだろう。「QEDだね、ママ」われ証明せり《クオード・エラート・デモンストランダム》、たしかに。

ふたつのフライパンのバターの溜まりの中でタマネギがグツグツいいはじめたので弱火にし、ジャガイモの皮を剝く作業に取り掛かった。根菜の中でもいちばんほっとさせてくれるのがジャガイモだと思う。作業なかばで、驚いたことにトムが裏口から入ってきた。シープスキンのコートの前をはだけ、髪についた雪を払おうともしない。げっそりしている。ジュリアンとわたしが口を揃え、食べるものを用意する、と言うと、しばらくジェイクと過ごしたい、と彼は言った。血なまぐさい殺人事件の捜査に奔走しているとき、彼はよくそうする。現実世界に戻る前に、犬の無償の愛が必要になるのだ。その後でシャワーを浴び、食事をする、とトムは疲れた顔で言った。手間のかからない料理ならなんでもいいから、と。

わたしはため息をつき、ジュリアンは頭を振った。トムがリビング・ルームで愛犬とたわむれる音が聞こえると、ジュリアンが言った。「様子を見てこようか?」

「彼なら大丈夫。ああすることが必要なのよ」

十五分後、ポテト・オ・グラタンのひと皿目を作り終えるころに、トムが戻ってきた。エンチラーダがひとつと、異端のシェパード・パイが三分の一残っていた。トムはそれを平げた。口を拭い、大きな笑みをくれた。「ありがとう、ミス・G。おれがなにを必要としているか、きみはちゃんとわかってくれる」わたしをじろじろと見る。「それで、きみのほうはどうなんだ？　ひどい落ち方をしたんだろ」

「あたしは大丈夫」

察しのいいジュリアンが背後で言った。「よく言うぜ。体が痛むことは、トムもおれもわかってる。あしたのマッカーサー家のランチはおれにまかせろ。あんたの言葉を借りれば、お茶の子さいさいさ」

「あすの朝、起きたときの感じで決めるわ、いいでしょ、お二人さん？」トムの隣りに腰をおろす。「あたしの伝言、聞いた？」

トムがうなずいた。「サンディーが働いていたストリップ・クラブに行ってきた。日曜だから休みだったが、スタッフとストリッパーが集まってミーティングをやってた。それで、いろいろ訊いてみた。いまいるストリッパーの誰もサンディーを知らなかった。スタッフのなかには憶えている連中もいたが、彼女はあまり好かれていなかったようだ。あの中に、彼女を匿ってる人間がいるとは思えない。うちの連中が、ファーザー・ピートの事情聴取に向かっている。車のことや、サンディーとどんな話をしたか尋ねるためにな。きみに追われた以上、しばらくはどこかに身を潜めるだろう。だが、かならず見つける。美容師の資格もないのに、断りなく人の髪を切るなんて許せない」

「トム！」わたしは大きなため息をついた。「ラリー・クラドックのことを話して」

「岩で頭を殴られたか、転んで岩に頭をぶつけたかして、流れに引き摺りこまれた。ひどい出血だった。頭の怪我のせいだ」

「どうしてそういうことになったの？」

トムは頭を振った。「事故には見えないし、自殺でもなさそうだ」

「川を流れていった紙はどうなった？　地図だった？」

「お手柄だ、ミス・G。地図だった。むろん川の水を吸っちまっていた。最初に見つかった地図を、部下の一人に徹底的に調べさせた。そいつは方々の地図ディーラーに電話をかけて、ボルティモアの図書館からネブラスカの地図が盗まれていたことを突き止めた。テキサスの地図も一枚盗まれていたそうだ。この水に浮かんでいたやつは、図書館から盗まれた二枚目の地図じゃないかと、そいつは言っている」トムがグリーンの目でわたしを見つめた。「ボルティモアの図書館の司書が言うには、どちらの地図も、おなじ地図帳から切り取られたそうだ……エクサクトのナイフでな」

「おやまあ。まだ指紋照合の結果は出てないのね」

「ああ、まだだ。水に浸かっても指紋が残っている場合もある。あまり期待はできないがな。教会に持っていったチェリー・パイは残ってないかな？」

ジュリアンが、行って見てくる、と言ってヴァンに向かった。

「サンディーの叔母さんは見つかると思う?」

トムは肩をすくめた。「いま調べてる。娘がいて、夫が銀行に勤めていて、スプリングズに住んでいるという教区牧師の記憶だけじゃ、そう簡単にはいかない。悪いな」

「いいのよ。アーチの本の箱を図書館に届けるついでに、サンディーの写真をコピーして、ニール・サープとパトリシアに見てもらおうと思うの。なにか思い出してくれるかもしれないから」

トムがきっぱりと頭を振った。「やめとけ。パトリシアを助けたくてはじめたのはわかっている。だが、ラリーが殺され、サンディー・ブリスベーンがナイフを持ってうろつきまわっているいま、そんなことをするのは無謀でしかない。パトリシアとニールはともに、ドリュー・ウェリントン殺しの容疑者なんだぜ。警官の立会いがなければ、彼らの家を訪ねることはできない」

「あしたのマッカーサー家のランチに、あなたが立ち会ってくれるの? ニールもパトリシアも招待されているのよ。エリザベス・ウェリントンもね。ニール・サープの連れとして来ることになってるの」

ジュリアンがパイの残りを持って戻ってきた。わたしが受け取ると、彼が言った。「坊主たちが本をヴァンに積んでて、そろそろ終わる。おれがRRSSAに連れていくと言ったら、ものすごく感謝された」

「人に感謝されるって嬉しいものよね」

ジュリアンがキッチンを出て行った。わたしはトムのためにパイをたっぷり切り分けた。電子レンジでチンするあいだに、脂肪分たっぷりのフレンチ・バニラ・アイスクリームを取り出し、山盛りに掬った。トムの前に置いたあったかなチェリー・パイ・ア・ラ・モードのおいしそうなこと、雑誌の表紙を飾れるぐらいだ。

トムはフォークを手に、サイダー色の眉を吊り上げた。「なにか魂胆がありそうだな」

「お祭しのとおり」トムがうなったので、わたしはつづけた。「どうしてもパトリシアを訪ねなきゃならないの。彼女とハーミー・マッカーサーが、あしたのランチの招待客リストのことで衝突しちゃって」

トムはパイを口いっぱいに頬張り、呑み込んでから言った。「勝手に衝突させとけ。それで、厄介な金持ち女二人のもめごとに、どうしてきみが出張っていかなきゃならないのか、理由を説明してくれないか」

パトリシアが四千万から五千万ドルの遺産を巡って、義理の娘と争っていることと、なくなったロダンのデッサンのことをトムに話した。「とても有名な十九世紀の芸術家で、そのデッサンはたいへんな価値があるの」

トムは皿に残ったパイのかけらとチェリー・ジュースをきれいにフォークで掬った。「どうも。ロダンぐらいおれだって知っている」

「パトリシアの家を訪ねて、サンディーの写真を見せて、ハーミーとの諍いを仲裁をするついでに、ロダンのデッサンを探してみようと思うの」

トムが笑った。「リビング・ルームの壁に掛けてるとでも思ってるのか？　たいへんな価値のあるデッサンを？」

「トム、あたしと一緒にパトリシア・インガーソルとニール・サープを訪ねてくれない？　おねがい。銃を携帯していいから」

彼はため息をついた。「ラジオでブロンコスの試合を聴いていてもいいか？」


三十分後、ひと皿目のポテト・オ・グラタンが焼き上がり、ジュリアンと男の子たちはスノーボードと装具をジュリアンのレンジローバーに積み終えた。雪はほんとうにやんでいたが、いつまた降り出してもおかしくない雲行きだった。有頂天のアーチは、パトリシアとニールを訪ねた後で、彼のジャンプ――スノーボード用語で〝空気を捉える《キャッチ・サム・エア》〟と言うらしい――を見物に行くことをわたしに約束させた。

彼らを送り出し、トムとわたしはヴァンに乗り込んだ。本を詰めた箱が十一個も積んであった。運転はトムにまかせ、わたしはコロラド・スプリングズに住む知り合いのケータラーに電話して、クライアントに奥さんと十五ぐらいの娘のいる金持ちの銀行家がいないか尋ねた。今夜はフットボール・パーティーを請け負ってるので大忙しだけど、手がすいたらファイルを見てみる。でも、心当たりはないわね、と彼女は言った。わたしは、よろしくね、とたのみ、ふと思いつき、もしかしたらファーマン郡に引っ越してるかもしれない、と付け加えた。

そのあいだに、トムは部下から電話を受けていた。ファーザー・ピートからグリーンのボルボ・ステーションワゴンのナンバーと年式を教えてもらい、緊急手配をすませたそうだ。だが、あまり期待はできない。

「つまり、サンディーをふたたび告訴するってこと?」わたしはトムに尋ねた。

彼はヴァンを図書館の裏手の入り口につけた。「彼女を見つけ出すことが先決だ。司書にたのんで裏手のドアを開けてもらってくれないか? そのほうが楽だから」

再開したばかりの図書館に飛び込み、最初に出会ったのがロバータ・クレピンスキだった。体のほうは元気そうだが、浮かぬ顔をしていた。

「駐車場の車の数、見た? いっぱいよ! 誰も彼も、ドリュー・ウェリントンが殺された場所を見たがるの。警察のテープで囲われて立ち入り禁止なのに、恐ろしいほどの好奇心はそんなことじゃおさまらない。自分がこんなこと言うなんて信じられないけれど、郡が日曜日も開館する予算をとってくれたことを恨めしく思いはじめてるわ」

「気の毒に、ロバータ」同情を声に滲ませた。でも、ほんとうのところは、図書館にいることに不安を感じていた。「ここの古本セールに出す本を車に積んできたの。裏手のドアを開けてもらえないかしら」

「また死体が発見されたって聞いたわ。滝のそばで。それも地図ディーラーのラリー・クラドックですってね?」裏口に向かって廊下を進むあいだに、ロバータが言った。「この町はどうなってるの?」

「さあ、わからない」

トムは箱をすべて自分でおろすと言って聞かなかった。きみになにかあったら大変だ、と。

「自分を痛めつけるのはそれぐらいにしておけ」

「どうもありがと」

彼が最初の箱を持ち上げた。「きみは写真をコピーしてこい」

わたしが〈マウンテン・ジャーナル〉のアーカイブからサンディーの写真を見つけるのを、ロバータが喜んで手を貸してくれ、コピーまでしてくれた。

「ロバータ、この騒ぎ、警察がなんとかしてくれるわよ」

「ううん。それはどうかしら」そう言いながらも、彼女はなんとか笑みを浮かべた。「司書らしい仕事をやらせてくれてありがとう。ドリュー・ウェリントンを刺すのに使われたのはどんな種類の刃物か、なんていう質問に答えるのはもううんざり」

木造の小さな家にニール・サープを訪ねると、肌の色に合ったベージュのスウェットスーツ姿で玄関に現れた。左手には重いウェイトを持っている。二十ポンドはあるだろう。どうやらワークアウトの最中だったらしい。

「ああ、ミンクを着たケータラー」彼はにべもなく言い、顎を突き出してトムを睨んだ。

「おたくの刑事たちがいま帰ったところですよ。あなたがたはどうしてここに?」

「お邪魔してもいいかしら、ニール？」わたしはジュリアンが用意してくれたクッキーの袋と、サンディーの写真のコピーを持っていた。「これはあなたにお土産よ。それから、教会で話した女性の写真をあなたに見てもらおうと思って」

「いいですよ」彼はまだ足を引き摺っていたが、数時間前ほどは目立たない。ウェイトをラックに置き、がらんとしたリビング・ルームのふたつあるソファーのひとつを勧めた。ソファーはふたつともシーツがかぶせてあった。ニールの室内装飾の手本は、イギリスの避暑地の使われていない別荘らしい。

「ラリー・クラドックのことは知ってるでしょ」腰をおろすとすぐに尋ねた。質問というより事実を述べただけだ。

「むろん知っている」ニールが苛立って言った。「刑事たちに、ゆうべの諍いのことを訊かれたからね」そこで頭を振る。「ラリーはすぐ暴力を振るったけど、だからって死んでいいわけじゃない」

「われわれも、彼が死んでいいとは思ってません」訪ねてきてはじめて、トムが口をきいた。「容疑者はあがってるんですか？」ニールが片方の眉を吊り上げ、尋ねた。「わたし以外にって意味だけど」

「あがっていたとして」トムが穏やかに切り返した。「あなたに言うと思いますか？」

ニールはうなった。「最初がドリューで、今度はラリー。いったいいつになったら終わるんですか？」

シーツが掛かったテーブルにクッキーを置き、サンディーの写真のコピーを〝もてなしのよいとは言えない〟この家の主に渡した。

「見たことない」彼はつっけんどんに言い、写真を返した。あきらかに嘘をついている。

「彼女がなにをしたんです？」

「前に言ったでしょ。彼女はドリューをつけ回し、電子メールで脅迫状を送った。ラリーが殺された直後に、あたしは彼女を見かけたの」

「だったら、シュルツ捜査官」ニールが皮肉たっぷりに言った。「どうして彼女をしょっぴかないんです？」

「彼女の滞在先をご存じですか？」トムが尋ねた。

ニールが返事をしないと、トムがわたしに目顔でもっと質問しろと促した……質問があるなら。ドリュー・ウェリントンやラリー・クラドックのことで、彼に尋ねたいと思ってたことがあったかしら。

「あなたが言ってた、なくなった地図のことで、ほかになにか知ってるんじゃないですか？」

「いや、残念ながら。でも、ここにいるご主人にたのんで、わたしをドリュー・ウェリントンの家に入らせてくれないかな？　そうしたら探せるのに。ほかの人が探したってわかりゃしない」相手を萎《しお》れさせるような視線をトムに向ける。「ウェリントンの家に入る許可をもらえませんか？　もっとも鍵を持ってるから、好きなときに入れるんですけどね」

「どうぞご勝手に」トムがあいかわらず穏やかな口調で言った。「あなたが〝世界地図〟と言うより早く逮捕するだけのこと」

「そんなことだろうと思った」ニールがため息をついた。

「部下の一人に地図について徹底的に調べさせました」トムがようやく本題に入った。「あなたが言っていたネブラスカの地図は、ドリューの死体から発見したものであると――」

「それそれ！」ニールが顔を輝かせた。「ほかに見つかったんですか？」

トムは顎を突き出した。「ラリーの死体が発見された場所より下流で、テキサスの古い地図が見つかりました」

「ほかには？」ニールが尋ねた。目の玉が飛び出しそうだ。息も荒くなっていた。

「ええ」トムは天井を見上げた。ニールにもっと汗をかかせて楽しんでいるようだ。「部下の話では、どちらの地図もボルティモアの図書館から盗まれたものだそうです。ある晩、清掃員が地図帳の棚のちかくでエクサクトのナイフを見つけた。それで地図帳をすべて調べた」

「なんてこった」ニールががっくりして言った。

「あなたのボスは地図を盗んで売っていたのですね？」

ニールが答えるまでずいぶん時間がかかった。「犯罪に直接加担していなくても、知っていたら逮捕されるんですか？」

「あなたがなにを話してくれるかによります。場合によっては地区検事にとりなすこともできる」

「地区検事とはね、いやはや」ニールが吐き捨てるように言った。「前地区検事のドリュー・ウェリントンは、地図帳から地図を切り取っていた。わたしが知り合う前からです。ラリーは知っていたと思います。少なくとも疑ってはいた」そこで頭を振った。「ドリューはエクサクトのナイフを使っていた。どうかやめてくれってたのんだのに、彼はいつもこう言ってましたよ。『もう一度大勝負をしたい』ってね。まるで銀行強盗みたいに。それとも、目当ての女を」——ニールは申し訳なさそうな顔でわたしを見た——「ものにするときみたいに。むろん彼はそういう言い方はしなかったけど」

「それで、彼は大勝負をしたんですか?」トムが尋ねた。「女のほうじゃなく、地図の分野で」

「しました」ニールが沈んだ顔で言った。トムは手帳を取り出し、ニールが先をつづけるのを待った。「ドリューは盗んだんです」陰鬱な声で言った。「あなたに話した新世界の地図。一六八二年に作成された」額を擦る。「彼はそれをスタンフォード大学の特別収蔵図書から盗みだした。六ヵ月ほど前のことです。ぼくが知っているのはそれだけです。ドリューみたいな計算高いナルシシストにはこれまで会ったことがなかった」告白をしてがっくりしたのか、ソファーにもたれかかった。トムはメモをとっていた。

二人とも会話をつづける気がなさそうなので、わたしが思いついたことを口にした。「シャンタル・マッカーサーをご存じ? ゆうべパーティーが開かれた家の娘」思ったとおり、ニールは顔を赤らめ、そわそわしはじめた。トムが何事かと眉を吊り上げた。

「よくは知らない」ニールがためらいがちに言った。

「どういう意味ですか?」と、トム。「よくは知らないというのは」

ニールはすっかりしょげ返り、トムとわたしを交互に見た。「弁護士を呼んだほうがいいですか?」

「必要なんですか?」トムが尋ねる。「逮捕されるようなことをしているなら、そちらで弁護士の手配がつかない場合は、こちらで用意することを申し上げておきます」リビング・ルームを見回した。「この様子では手配がつかないようだ。それに、あなたには黙秘する権利がある。妻の質問は、あなたの逮捕につながるようなものなんですか?」

ニールは不安そうに息を吐き、両手を擦り合わせた。「わたしが告白したら、逮捕しますか?」

「もう、ニール」苛立って言った。「あなたがドリュー・ウェリントンを殺したの? ラリー・クラドックをやったの?」

彼はぎょっとした。「まさか、そんな、わたしはやってない!」ワークアウトでかいた汗の匂いが不意に顕著なものになった。それとも恐怖の汗?

「だったらなんなの?」わたしは尋ねた。まったくなんてじれったい男なの。

「ドリューは……ああ、実際にはドリューとラリーとわたしは……シャンタル・マッカーサーとその友だち二人にバーボンを飲ませた」不安そうな目でトムを見る。「彼女たちはそれをジンジャーエールで割って飲んで、クスクス笑いだしてとまらなくなった」

「いつのことです？　場所は？」トムが尋ねた。

ニールは詳細を告げたくなくて、ソファーの上で身悶えした。顔に血が昇り、ますます豚に似てきた。

「心配いりません」トムが言う。「未成年者に酒を飲ませた罪で逮捕しませんから。でも、ほかにもなにかあったのなら、知っておく必要がある」

ニールは口を引き結んだ。しばらくして、苦々しい声で言った。「スミスフィールドが悪いんだ。いや、実際にはドリューのせいです。スミスフィールドの帰りが遅れたので、ドリューがかっかしてきて。ランジェリーを着せたのは彼のアイディアだったんです」

もう、勘弁してよ。わたしにはこう言うだけの冷静さは残っていた。「はじめから話してくれない？」

ニールは両手を腋《わき》に挟んだ。「スミスフィールド・マッカーサーは、ラスベガスの地図展示会から戻ってくる予定だった。それでわたしたち三人に会いたいと言った——ドリューとラリーとわたしに。展示会の様子をぜひ話したいからって。ドリューのボイスメールにそういう伝言が残ってたんです。ハーミーは買い物に出掛けて留守だったけど、娘に玄関を開けるよう言っておいた。スミスフィールドとしては、ドリューに待ちぼうけを食わせたかったんでしょう。だって、ほら、ドリューはいつだって遅れてやってきて、スミスフィールドはもう待つことにうんざりしていて——」

「酒とランジェリーの話をしてください」トムがきつい口調で言った。

「シャンタルが招き入れてくれて、彼女とその友だちがわたしたちにいろいろ質問したり、学校のことをおしゃべりしたり、わかるでしょ。とてもかわいくて、ほら、あの年頃の女の子は」目から溢れ出た涙を、腕の下から出した手で拭った。「まったく恥ずかしい話です。わたしは前に一度しくじってるから。その……女性にクスリを呑ませて。そのことはご存じでしょう。それで、ドリューはシャンタルといちゃつきはじめた。ボーイフレンドはいるの、とかそんなこと訊いたりして。彼女が、いない、って答えると、ドリューが言ったんです。スミスフィールドは酒を揃えていないのかって。シャンタルは最初のうちこそ面食らっていたけど、大丈夫、わたしたちはお父さんの古くからの友人なんだからってドリューに説得されて、バーボンを出してきたんです。それで、ドリューがわたしたちに酒を作ってくれた。そしたら、シャンタルも真似して、それで女の子たち、もっともっとって言い出した。バーボンのジンジャーエール割りなんて、いかにも女の子の飲み物だよね。シャンタルと友だちはすっかり陽気になって、クスクス笑いっぱなしで、そしたらドリューが、もっと楽なものに着替えてきたらどうかって、彼女たちに言った。いつものようにモーションをかけてね。まさにミスター・誘惑。いつだって人になにかを求めるんだ、わかるでしょ？　まわりは彼のことを、ハンサムで言葉が達者で、切れる男だと思っている。彼のほうは、**この馬鹿どもからどんなうまい汁が吸えるかな？**　そう思ってるんですよ」

トムが咳払いした。「それで、ニール。女の子たちはどうしたんです？　ドリューが着替えたらどうだって言ったんでしょ?」」

「ええ、まあ」ニールの口調にはためらいがあった。「女の子たちのなかには、怯えている子もいた。でも、おもしろがっている子もいたんです」

トムはまた手帳を開いた。「おわかりですね? その場にいた全員の名前を教えてください」

「名前は知らない」ニールが泣き声をあげた。「知らないんです。ぼくが知ってるのは、彼女たちが薄物のちっちゃなランジェリーに着替えたことだけ」顔がまた赤くなった。「ドリューは大喜びで、音楽を流して踊らないかって言い出した。収拾がつかなくなってきたことに、ラリーが気づいたんです。引き揚げるべきだって彼は言った。そしたらシャンタルが叫んだ。『行かないで! すてきな音楽をかけるから!』それで彼女がステレオをかけて、大音量でね。おもてにも流れていることを、彼女は知らなかったみたいです。マッカーサー家には最新の装置が設置してあって——」トムの警告の表情に気づき、そこで言葉を切った。

「とにかく、鼓膜が破れるかってほどの大音量だった。近所の人がそれを耳にして、わたしたちの車が駐まっているのも目にした。警察に通報したんです。後からそう聞きました。あのすさまじい音楽が流れたんで、わたしはとにかくここから出なくちゃと思った。車に急いで——」

「それはいつのことですか?」彼の話がまた脱線するのを、トムが遮った。

「警察の調書に書いてあるでしょ」ニールが惨めな顔で言った。「十一月初旬だったと思います。それで、わたしは慌てて退散しました。リーガル・リッジ・スノー・スポーツ・エリアのあたりでパトカーとすれ違った」

「ラリー・クラドックも警察が来る前に逃げ出したんですか？」

「ええ、そうだと思います。わたしたち……それほど親密だったわけじゃ。あまりしゃべらなかった。まあ、一緒に酒は飲んだけど」息を詰まらせる。「女の子たちと。ドリューが後から笑って言ってましたよ。警察がやってくる前に、どうやって逃げ出したか。収拾がつかなくなるって、彼はちゃんとわかっていたんです。それに、スミスフィールドがわざと彼を待たせているんだってこともね。だから、娘に恥さらしなことをさせて報復したんですよ」

ニールがまた息を詰まらせた。「つまり、そういうことです。でも、ドリューはなぜ危険を冒してまでそうしたんだろう？　酔っ払い運転で捕まったときに、おなじような事件を起こしているのにね」

「十代の娘と同乗していたことですね」トムが言う。「自分にはなんだって許されるとでも思っていたんでしょうか？」

「どうでしょう。わたしが彼のもとで仕事をはじめるずっと前のことですからね。でも、ドリューから話は聞いてました。彼が言うには、その子の親が金持ちなんだが、彼が期待していたほど選挙資金を出してくれなかったとか」ニールは言葉を切り、唇を舐めた。「それで、未成年者にアルコールを与えることは、その子の自宅であっても……違法なんでしょうか？」

「むろんです」トムが目を細めて彼を見た。「肝に銘じておいたほうがいい。いいですか、二度とふたたびそういうことをやってはならない。未成年者の犯罪に加担したら、その場で逮捕しますからね。雪玉をぶつけられるぐらいじゃすまない。隕石に当たるのとおなじですから。いいですね?」

「ええ、むろん、やるもんですか」ニールが叫んだ。「ボスについて行っただけなんだから、わかるでしょう?」

ついロを挟まずにいられなかった。「あなたは命令に従っただけ。そうなのね、ニール?」

ニールはうなり、肉づきのいい手に顔を埋めた。「もう身の破滅だ」彼は泣き出した。

「あなたなら生き延びられる」言葉とは裏腹に、トムの口調は厳しかった。

わたしの携帯電話が鳴り出し、ニールもわたしもぎょっとした。トムは動じない。「おもてで電話してくるわ」

「おれはもう少しミスター・サープと話がある。いくつか警告しておくことがあるからな」

ニールはおいおい泣き出した。自業自得だ。

19

ニール・サープの家の玄関を出て、携帯電話の〝通話〟を押した。

「ゴルディ！」雑音がひどくて、相手の声が聞き分けられない。「あなたの友だちのイヴォンヌよ。イヴォンヌズ・ヤミーズの。コロラド・スプリングズからアスペン・メドウに引っ越した人を知らないかって、あなた尋ねたでしょ？」

「ごめんなさい」ニールと会った後だけに、ちょっとぼうっとしていた。「どういうこと？」

「あなたに知らせたい情報があるのよ」

「助かるわ。ありがとう」

「この秋に、大規模な送別パーティーを請け負ったの。アスペン・メドウに戻る家族を送り出すパーティー。勤めていた企業グループからデンバーのオフィスへ転勤命令が出たの。それも急な話でね。住んでいた家を売りに出す時間もなかったぐらい。いま、ほかの人が住んでいるはずよ。たぶん借りてるんだと思う。でも、こないだ家の前を通ったら、まだ〝売り家〟の看板が出ていたわ。それはそれとして、ご主人はやり手のお医者さんなの。銀行家じゃなくね。でも、奥さんの名前はキャサリンだし、十五になる娘がいるの。花にちなんだ名らしい子で、よく手伝ってくれたわ。それでね、ご主人は銀行家じゃないけど、苗字が銀行の名前と一緒なの。バークレー、でしょ？　バークレー銀行のバークレー」

「娘の名前はヴァイオレット？」

「そうよ！　ヴァイオレット。母親はちがう呼び方をしてたけど」

「ヴィクス？」

当惑の沈黙があった。「あなたの知り合い？　パーティーを請け負ったことあるの？」

「いいえ、でも、これで謎が解けたわ。ありがとう」今度会いましょうと約束し、電話を切った。つまり……サンディーが十二歳のころに世話を焼いていたいとこの女の子。悪夢のような家族生活を送っていたサンディーは、幼い子どもたちを世話することに慰めを見出した。そのいとこがいま十五歳。ヴァイオレット、ヴィクス・バークレー。十一月に、リーガル・リッジですれ違った車にサンディーと一緒に乗っていた少女は、彼女に間違いない。そして彼女は、シャンタル・マッカーサーの親友だ。前に会ったときには、顔に青緑色のパックを塗っていたからわからなかった。

ドリューが少女たちにカクテルを飲ませたとき、彼女はその場にいた。

上着を通して染み込んでくる寒さのせいか、いま聞いた話のせいか、体が震えた。ヴァンの鍵を持っているトムはまだ家の中にいて、ニール・サープに厳しく警告している。体に腕を回し、コロラド・スプリングズの友人から聞いた話を思い返した。

サンディー自身、十代のころに性的いたずらを受けている。それに、わたしの元夫からレイプされた。そして彼を殺した。

数年前、ドリュー・ウェリントンは酔っ払い運転で捕まり、そのとき十代の少女が同乗していた。その後の選挙で落選した。先月、ドリュー・ウェリントンとその一味は、ヴィクス・バークレーに酒を飲ませ、もっと楽なものに着替えろと促した。

ドリュー・ウェリントンはまったく懲《こ》りていなかった。

〝大事なものを守るため〟、サンディー・ブリスベーンはドリュー・ウェリントンに制裁を与えた。死の制裁を？

ラリー・クラドックもおなじ目に遭わせた？

ニール・サープも懲らしめるつもりなの？

トムがようやく出てきたので、ヴァンに乗り込んだ。トムが言った。「きみはサープの話を信じるか？」

「もちろん」問いかけるようにちらっと見たら、彼はフロントガラスの先を見つめていた。

「なぜ？　あなたは信じないの？」

「どうかな。彼にはウェリントンを消すたしかな動機がある。それに、ドリュー・ウェリントンの家に入る許可が欲しいとおれに言った。なにを探したいのか尋ねても言葉を濁した。〝ただのファイル〟と言うだけだ」

「へえ。ロダンのデッサンか新世界の地図があるかもしれないと思う？」

「家中くまなく調べた。もしあれば気づいていたはずだ」

わたしは顔をしかめた。「ハーミー・マッカーサーが言うには、ニールのほうから電話してきたそうよ。あすのランチに伺いたいって。彼女のご主人に見せたいものがあるとかで」

トムがようやく海の色の目をこっちに向けた。「ボスの家から持ち出すつもりの地図なんじゃないか……どこかに隠してある地図。神のみぞ知る場所に」トムはイグニッションに鍵を差し込んで回した。「ニール・サープが無実だとはどうしても思えない。自分は不当に扱われていると思っている人間、道徳観念が欠如している人間、そいつが容疑者だ」彼はでこぼこのドライヴウェイからバックでヴァンを出した。「ニール・サープのボスは盗みを働いていた。彼のボスは若い娘を弄《もてあそ》んでいた。だったらニールが考えても不思議はない。ボスとボスの商売敵《がたき》を消してしまえば、ここのクライアントを独り占めにできる」

通りに出てから、トムはニールのつましい住居に顎をしゃくった。「そうすれば、もっと大きな家を買うこともできる。ドリュー・ウェリントンが住んでいた借家の豪邸に匹敵するような家を」

「でも……もしそうなら、どうしてニールは、貴重な地図をドリューの上着の内ポケットに入れたり、コットンウッド・クリークに流したりしたの?」

「捜査を混乱させるためだろう。ほかの奴の仕業に見せかけるため」

「そうかしら」自信をもって言った。「あたしは納得できない。それから、サンディーが舞い戻ってきたわけがわかったわ」友人から得た情報と、ヴィクス・バークレーについて立てた推理を話した。サンディーが舞い戻ってきて守ろうとした〝大事なもの〟は、年下のいとこだという説を。

「かもしれない」疑ってかかる口調だ。

「完璧に筋が通ってるじゃない、トム。ドリューとラリーとニールに、ヴィクスがお酒を飲まされたことを、サンディーはキャサリン・バークレーから聞いた。そこでサンディーは、捕まる危険を冒してまでアスペン・メドウに戻ってきた。セックスに餓《う》えた狼たちからいとこを守るために。ドリューについて情報を集め、彼をつけ回し、電子メールで脅迫状を送った。彼を怖じ気づかせて町から出て行くよう仕向けるために。どれも効果がないとわかると、彼女は図書館までドリューを追ってゆき、酒にクスリを混ぜて抵抗できないようにし、シアン化物をコーヒーに混ぜ、念のためにエクサクトのナイフで刺した。たぶん彼のナイフね。それから、ラリーの後をつけ回した」

「いずれも確証はないんだぜ、ミス・G。ドリュー・ウェリントンを刺した刃は見つかったが、柄《え》のほうは見つかっちゃいない。その柄にはドリューの血が付着していると期待しているんだがね」

「頭が痛くなってきた」

「ゴルディ、きみは疲れてるんだ。燃え尽きたのさ」

「あたしは元気よ。ただ、苛立ってるだけ」

「きみの推理を部下たちと検討してみる、オーケー？　ヴィクスの線からニールに光を当ててくれて感謝してる」

「その線で捜査してちょうだい、いいでしょ?」

「むろんだ。パトリシア・インガーソルを訪ねる気はまだあるのか?」

「訪ねなきゃならないの。エリザベスが同席しようと、パーティーに来てくれるようパトリシアを説得するって、ハーミーに約束したんだもの。それに、サンディーがドリューをつけ回していたことで、彼女からほかにも情報が得られるかもしれないもの」

「署に電話するあいだ、待っててくれ」トムはニール・サープの小さな家のある区域を出ると、携帯電話から部下に電話をいれ、サンディーに関するわたしの推理の概要を伝えた。ありそうもない話かもしれないけど、あのサンディーならなんでもやりかねない。

ヴァンは新雪を踏んでフリッカー・リッジ地区に向かった。パトリシア・インガーソルとエリザベス・ウェリントンが住む街、ドリュー・ウェリントンが借りていて、いまは空き家になった豪邸がある街だ。

「トム」不意に思いついて言った。「パトリシアを逮捕したいきさつについて、詳しく話してくれない?」

「垂れ込みがあった。ボールダーの公衆電話からかけてきた」

「ホイットニー・インガーソルの仕業よ。彼女はアスペン・メドウのゴシップに通じていた」

「つまり、フランク・インガーソルと最初の妻との間にできた娘は、パトリシアに恨みを抱いているんだな？　いや、自明の理だな。二人は憎み合っている。ただし、警察に垂れ込んだと思われるという理由で、そいつに事情聴取するわけにはいかない。通報者の身元をあかさないのがきまりだ」

「だから言ってるでしょ。ホイットニー・インガーソルの仕業だって。グレース・マンハイムが教えてくれた――」

「待ってくれ。部下をホイットニー・インガーソルのところにやって、こう言わせろって言うのか？『ところで、あなたが義母を憎んでいて、彼女に殺人の罪をきせようとしていると小耳に挟んだもので』」

「わかった、わかった」あらたに雪をかぶったブンゲンストウヒの木立ちを過ぎるとアスペン・メドウ図書館が視界に入ってきた。「通報者はエクサクトのナイフについて、なにか言ったの？」

「いや。彼女はそのことについてはなにも知らないようだった。通報者が言ったのは、シルバーのＢＭＷのＸ‐５が猛スピードで図書館から出てくるのを見たということだけだ。パトリシアはたしかにＸ‐５を運転している。だが、図書館から車が出てくるのを見た人間が、一時間かそこらで、しかも雪の中、ボールダーまで行って公衆電話から通報できるわけがない。つまり、通報者は憶測でものを言っていたということだ。ホイットニーはパトリシアを憎んでおり、パトリシアがドリュー・ウェリントンの情人だったことを知っていた――」

「トム。いまどき〝情人〟はないんじゃない」

「わかった。ドリュー・ウェリントンのガールフレンド。彼のセックス友だち。もうなんとでも言えばいい」湖にちかづくにつれ車の流れが悪くなった。「うちの連中がまだ交通規制をしているらしいな」

わたしは道の右手に目をやった。アスペン・メドウ湖からコットンウッド・クリークに注ぎ込む滝は凍り付いている。その幅広の白い帳のせいで、目を凝らしても犯罪現場は見えなかった。のろのろと進む車の列が向かう道を東に折れるとフリッカー・リッジ地区だ。野生生物保護地区が遠くに見える。火事で丸裸になり、あたらしく植林された部分に雪が積もってまるで白いクロスステッチのようだ。

湖を通り過ぎるころに、遅い午後の日が射してきた。ハイウェイの脇に広がる草原は、輝くシートのようだ。山から吹き下ろす風が雪を舞い上がらせて竜巻を作る。ヴァンのフロントガラスにも雪の帳がおりた。

「行く先はわかってるのか?」フリッカー・リッジ地区の石塀の入り口を入ると、トムが言った。

「まずドリュー・ウェリントンの屋敷に向かってくれる? まだ警察が居残っているか見てみたいの」

トムはしぶしぶ車を進めた。道は除雪してあった。それが逆効果で、路面に残った雪が日射しで融けて黒いかき氷のようになっている。トムはスピードを落とし、雪を戴く豪邸が並ぶメイン・ストリートをフリッカー・リッジ地区のはずれまで行き、右に曲がってドリュー・ウェリントンのかつての住まいに向かった。堂々たる佇まいの平屋で、外壁は人目を惹く銀灰色の川石と黒っぽい厚板で縁取りがしてある。ドライヴウェイも玄関に通じる小道も雪掻きがなされていない。

「いい住まいだ」トムが言った。「一人で住むには広すぎるけどな」

「エリザベスの家はここからそう遠くないのよ」ドリュー・ウェリントンの豪邸を見ながら、わたしは言った。これみよがしな豪邸を借りても、商取引をする場として使えなかったのだから宝の持ち腐れだ。「エリザベスの家はもっと小さいわ」

「ああ、知ってる。事情聴取で訪ねたからな。おれはもう一度行くつもりはない」

トムはヴァンを停め、運転手席の窓をさげてパトカーに手を振った。巡査がライトをつけて合図をよこした。

わたしはドリュー・ウェリントンの家をまた見た。「こんな贅沢な生活をつづけられるだけのお金を稼いでいたとは、とても思えない」

「ああ、稼いでなかった。だが、それがこの事件のもうひとつの鍵なんだ。誰にも言うなよ」トムは大きく息をついた。「エリザベスを訪ねたとき、元夫の経済状態について訊いてみた。彼女が言うには、ドリューにうまく丸め込まれて遺産の半分を渡すことになったそうだ」

「なんの半分？」

「エリザベスの父親は、彼女がドリューと結婚してすぐに亡くなり、母親も後を追うように数ヵ月後に亡くなった。一人っ子のエリザベスが、数千万ドル相当の両親の資産をそっくり受け継いだ。女性遺言執行者として、シアトルに何ヵ月も滞在して書類仕事を片付けたそうだ。終わったころにはくたびれ果てていた。自宅に戻ると、夫は愛情いっぱいに腕を広げて歓迎してくれる代わりにこう言ったそうだ。『もしぼくを大切に思うなら、遺産の半分をよこせ』ってね」

わたしは鼻梁《びりょう》を揉んだ。「その話は聞いてるわ。でも、細かなことまでは。彼女のお金の半分を取り上げることを、どう正当化したの？」

「きみのものはすべてぼくのもの、とか言ったんじゃないか」トムは頭を振った。「それも一度や二度じゃなかったそうだ。ついに彼女は遺産の半分を渡した。彼はそれでアスペンに小さな家を買った。アスペン・メドウではなくアスペンだ。自分の名義にしてずっと持っていた。八年後に離婚したとき、彼はそいつを売った。エリザベスによれば、不動産の転売で彼の金――もともとは彼女の金――を増やしていったそうだ。あの女は恨みを抱いている」

「抱きたくもなるんじゃない。でも、誰かが、誰とは言わないけど、誰かがドリュー・ウェリントンを殺したいと思ったのなら、なぜフリッカー・リッジ地区のはずれのここでやらなかったの？　この大邸宅にどうにかして忍び込み、彼を殺せばいい。図書館の防犯カメラに写る危険を冒し、人に見られる危険やしくじる危険を冒すことなかったのに」

トムは仲間の警官に手を振ってヴァンをメイン・ストリートに戻し、パトリシアの家に向かった。「そのことについてはなにもわかっていない……ドリューの家の向かいに住む詮索好きなレディを除いてな。彼女なら、出入りした人間すべての記録ぐらいつけてるだろう。それに、ウェリントンがいつも図書館でクライアントと会っていたことはわかっている。非常口のそばの奥まった場所でな。殺害を計画した人間は、彼の日課を知っていた。それにどういうわけか、あの大きな屋敷に入ることはできないと思っていた。もっとも、警報システムはローテクだった。これまでにわかったところでは、ドリュー・ウェリントンは貴重品をすべて地下の金庫にしまっていた。床にボルトで留められた金庫に」

「おやまあ。それで、中から重要なものは出てきたの?」

トムは頭を振った。「ふたつばかりな。財務報告書と遺言――」

「彼は財産をだれに遺したの?」

ヴァンはパトリシア・インガーソルの家のある脇道に曲がった。両側には雪が高く積んである。除雪車の運転手がいいかげんうんざりして、車が一台通るだけの幅しか除雪しなかったみたいだ。トムは慎重にヴァンを進めた。「知ったときには笑ったね。おれだってそこまで皮肉屋にはなれない。ニールの話を聞いてるあいだ、そのことをつい考えてしまったよ」

「ドリューはニールに遺産を遺したの?」

「いや。スタンフォード大学に遺した」

「なんですって?」

「ニールによれば、ドリューはあそこから地図を一枚かそれ以上盗んでおいて、こう言ってるわけだ。『死んだら返すよ』」

「財産はどれぐらいあるの?」

「いま試算中だ。おそらく五十万ドルぐらい、多く見積もって五百万ドルってところだな。現金や地図の隠し場所を見つけるのに時間がかかりそうだから」トムはラジオのダイヤルに手を伸ばした。「試合を聴いてもかまわないだろ?」

「トム! 気をつけて!」

トムはハンドルを右に切り、ゴールドのメルセデスと正面衝突するのを回避した。地元の不動産会社のロゴをつけたメルセデスだ。女性運転手ったら、自分がうたた寝したのはそっちの責任だと言わんばかりにクラクションを鳴らした。トムは突っ込んだ雪溜まりから慎重にヴァンを出した。

「いったいどういう料簡だ?」彼が怒って言う。「一台分のスペースしか除雪していないのに、真ん中を偉そうに走ってきやがって。この星の主は自分だとでも思ってるのか?」

パトリシア・インガーソルの家のある袋小路に着いた。やはり周囲を威圧する石と木の豪邸だ——しかも一人暮らし。

「オーケー、いいか」トムは方向転換するためのスペースに車を駐め、エンジンを切った。「忘れるなよ。彼女の車が図書館から出てゆくのを見たと垂れ込んだ人間の正体を、パトリシアは知らないんだからな」

「彼女だって見当はついてるわよ、トム」

「勝手につけさせておけ。だが、逮捕の決め手となったのは、血のついたエクサクトのナイフが自宅から見つかったことだ」

「軽率だったわね」わたしは助手席のドアを開けながら言った。「動機があるかどうかもわからないうちに逮捕するなんて」わたしはそこでためらった。「ロダンのデッサンを探してみていいかしら？」

「家宅捜索令状を持ってないぞ。きみの言いたいのがそのことなら」

「トム、おねがい。あたしを信用してよ。壁になにか掛かってるか調べて、いくつか質問するだけだから」

　サンディーの写真の入ったバッグと、〝袖の下〟のクッキーの袋を手にすると、妙な違和感を覚えた。玄関に通じる下りの小道を慎重におりてゆく。ドリューの事件を調べて汚名を雪《そそ》いでくれ、とパトリシアからたのまれ、わたしは進んでそうしてきた。でも、いまは、かつてのクライアントの家に、盗まれた美術品がないか探しにいこうとしている。あまりいい気持ちのものではなかった。

　トムと二人でポーチに立つ前に、パトリシアが巨大な玄関ドアを開けた。ニールとおなじようにワークアウトの格好をしていた。きょうってもしかして、ナショナル・フィットネス・サンデー？　ニールとちがい、パトリシアは長身でほっそりしている。目は充血し、「こんにちは？」と鼻声で言う。どれぐらい泣きつづけていたのだろう。

「お土産があるのよ」クッキーの袋を手渡した。「ダイエット向きのクッキーじゃないけど、休みの日ぐらいは自分を甘やかしてやらないと、でしょ？」

彼女はわたしの肩越しにトムにきつい視線を送った。「また逮捕されるの?」

「いいえ」トムはそこで立ち止まった。招き入れてもらえるかわからない。

「わかったわ。お二人ともどうぞ入って」

彼女は洞窟のような家に引っ込んだ。わたしとトムが後につづいた。小さなエンド・テーブルの上には、銀の写真立てに入ったパトリシアとフランク・インガーソルの写真が並んでいた。左手は赤く彩色されたダイニング・ルームで、白木の長いダイニング・テーブルの上にも写真やスクラップブックがたくさん置かれている。彼女はここでエクサクトのナイフを振るっているのだろう。逮捕され拘置所で過ごした夜はどんなに惨めだったか、考えると辛くなる。彼女が鼻をかむ音が聞こえた。

パトリシアが案内してくれたリビング・ルームは三階まで吹き抜けで、窓がいっぱいとってある。ここからは見えないインターステートが走る谷を見下ろす眺めはすばらしい。松の森は雪を戴き、広大なデッキを縁取る木立ちの間をステラーカラスが飛び交っていた。

石造りの暖炉わきの革張りの椅子に、彼女は腰をおろした。暖炉に火の気はない。トムとわたしはどぎまぎしながら、彼女と向かい合わせに茶色の革張りのソファーに座った。この位置からだとデッキしか見えないことに、座ってから気づいた。フランクの娘から返還要求されているロダンのデッサンが掛かっているとしても、三階分の壁は目に入らない。リタリンはどこに隠しているのだろう? 警察の捜索で見つかったの?

「パトリシア、あなたに訊きたいことがあるの」わたしはバッグから写真を取り出し、彼女に渡した。「サンディー・ブリスベーンの写真よ。ドリューをつけ回していた女はサンディーだと思うって、あなた、言ってたでしょ。あなたが見たのは、その写真の女と同一人物かしら……最近どこかで彼女を見かけなかった？　ドリューがストーカーについてあなたに言ったことで、なにか思い出したことがあったら教えてちょうだい」

パトリシアはじっと写真を見つめた。「ええ、わたしが見たのはこの女よ。彼女が……ドリューのストーカーだったと思う。彼の家の玄関に〝施し物〟が置いてあったことは話したでしょ。それに、ドリューとランチやディナーに出掛けた先で、彼女を見かけたことが何回かあったわ。ドリューになにか言いたそうにしているのに、ぎりぎりで気が変わったというふうに立ち去った」

「彼女が武器を持っているのを見たことは？　ナイフとか銃とか」

パトリシアは頭を振り、写真をわたしに返した。「そこまでちかづいてきたことなかったから。少なくともわたしが一緒のときはね。でも、あの顔。忘れられない。ドリューを見る彼女の表情には、憎しみと、それに……恐怖が入り混じっていた。この女、わたしをつけ狙ってるんじゃない？」

「それはないと思います」トムが言った。「だが、用心にこしたことはない」

「なんだか胃がもたれて」わたしは言い、リビング・ルームからつながっているキッチンに目をやった。「お水を一杯いただいていいかしら？」

パトリシアはきょとんとした。「もちろん。ハーブティーかなにか淹れましょうか？　ソーダ水にする?」

「お気遣いなく」グラスを探し出して水道の水を汲み、リビング・ルームに体を向け、さらに体をひねった――できるだけさりげなく――右手のほうに。思ったとおり美術品が掛かっていた。目を凝らす。どうやらメキシコの刺繍のようだ。美術は素人だからといって、ロダンが作品に紫やオレンジの糸を使わないことぐらいわかるし、彼の作品はここには似合わない。トイレを拝借するついでに、向精神薬を探してみる? いいえ、やめておこう。

「なにか探してるの、ゴルディ?」パトリシアが声を張り上げた。

わたしは水をぐっと飲んだ。「壁掛けを眺めていたの。美しい刺繍ね」

「地図ならないわよ」

正直に言ったほうがいい。「実はあとふたつほど、あなたに訊きたいことがあるの。あなたの義理の娘のことで、まあ、あなたがどう呼んでいるかは――」

「性悪のはすっぱ。あなたはなんて呼ぶのかしら?」

トムが言った。「まあまあ、ミセス・インガーソル、なにもいま――」

「彼女を知りもしないくせに」

「そろそろお暇したほうが」

「だめ!」パトリシアが叫ぶ。「ホイットニーのばか女がなにをしたか教えてちょうだい。父親が亡くなったとたん、その財産にがぜん興味を示しはじめたのよ。父親本人には見向きもしなかったくせに。フランクを毎日見舞ったのはいったい誰? わたしよ。最期は自宅で過ごすことになった彼の世話をしたのは誰？　わたしよ。ホイットニーのばか女にたのまれて、高価なロダンのデッサンを探しにきたのなら、お生憎さま。どこにあるのか、わたしはまったく知らない。ホイットニーは保険会社に賠償金を請求して、よそに移ればいい」彼女は不機嫌にわたしたちを見た。「〝よそに移る〟のは、このわたしもよね。夫も恋人も失ったんですもの。でも、着るものがなけりゃ移るに移れない。シュルツ捜査官、わたしがドリューの家に入る許可をとっていただけないかしら？　わたしのいちばん上等なドレスが何着か、あの家のクロゼットに入ってるの。あれがいつの間にか警官の妻のクロゼットに移っていたなんてことになったら、大変ですものね」

「必要な証拠をすべて集め終えたら、ミスター・ウェリントンの家から引き揚げますよ。だが、これだけは言っておく。この郡に住む警官の妻で、サイズ2が着られるのはおそらく一人もいないでしょう」

パトリシアがはじめてほほえんだ。「サイズ2ですって。嬉しいわ。服と化粧品を取ってこられないのね。残念だわ」

わたしはすかさず言った。「ねえ、ほかにもあなたに話したいことがあるの。あの、ハーミーから聞いてるだろうけど、あすのランチにエリザベス・ウェリントンも招待されることになって。ニール・サープが連れてきたいって言い出してね」

パトリシアはうめいた。「よっ、ご両人」

「あなたが気まずい思いをするだろうって、ハーミーは心配しているの。それで、事情を説明しておいてくれって、わたしをよこしたってわけ。ハーミーとしては、あなたにぜひ来てもらいたいの」

「あのいやらしい二人に狙い撃ちされるなんてまっぴら。それに、いまも言ったように、着てゆくものがないの。上等なドレスはドリューの家に置いたままだから」

「彼女が服を取りにいくのを許可してもらえない?」わたしからトムにたのんだ。パトリシアがパーティーをボイコットしたら、ハーミーはヒステリーを起こすにきまってる。

「うちのチームが捜索を終えるまで、誰もあの家には入れない」トムが言った。

「チームが引き揚げた後なら、入ってもいいってことよね?」トムにじろりと睨まれたが、無視した。パトリシアに向かって言う。「服を取ってこられたら、来てくれる?」

パトリシアが顔を輝かせた。「ええ、特別に気に入ってるグリーンのドレスがあるの。あれなら完璧だわ。エリザベスの資金集めのランチに着ていったことがあるのよ。アメリカ心臓協会のためのね」

「アメリカ心臓協会のための資金集めランチ?」怒りで心臓がギュッと縮まったような気がした。「だれがケータリングしたの?」

パトリシアはじれったそうに手を振った。「憶えてないわ。レイク・ハウスで開かれたのよ」顔をしかめる。「そうそう、たしかツー・ペティグルーだった。デンバーのケータラー。そんなことより、エリザベスはわたしを完全に無視したのよ」辛辣に口を歪めた。「でも、盛大なパーティーだった。あしたのランチでは、彼女、なにをやるつもりかしらね」

「あたしは、あなたを助けるためならなんだってやるわよ」わたしは約束した……もっとも、これまでは口約束ばかりだったけれど。

「ありがとう、ゴルディ。あのグリーンのドレスをどうしても着たいの」

「オーケー」トムが立ち上がった。「ゴルディの写真を見てくれてありがとう」

「もう帰るの?」パトリシアが言った。下唇が震えはじめた。「わたしを一人にして、行ってしまうの?」

「ごめんなさい」心からそう思った。「かならずあなたの力になるわ」

わたしたちが出て玄関のドアが閉じられると、くぐもった泣き声が聞こえた。

20

「なんだか申し訳ない気持ち」ヴァンに戻り、パトリシアの家を後にした。

「ああ、だが、そのうちあたらしい恋人を見つけるさ」フリッカー・リッジ地区を囲むように走るメイン・ストリートに戻ると、また不動産会社のメルセデスとぶつかりそうになった。路面の氷にタイヤがとられ、雪溜まりに再度突っ込む羽目に陥った。「あの女に交通違反のチケットを切ってやる」通り過ぎてゆくメルセデスに向かって、彼が言った。バックミラー越しにメルセデスを見送る。「だが、きみのヴァンじゃ追いつけるはずがない。それに、きみはサイレンを持っていない」

「もう、トムったら」

彼は慎重にヴァンを雪溜まりから出し、方向転換して正しい方向に向けた。ところが、フリッカー・リッジ地区を出ると、左に曲がらず右に曲がった。

「どうしてこっちの道を行くのか説明して、トム」

「きみの息子が見にきてくれとたのんだことを忘れたのか？　いずれにしても、迎えに行くと約束してるんだ」

「あら、忘れてるわけないじゃない」携帯電話からジュリアンにかけた。パトリシアが来ても来なくても、ハーミーのランチの出席者全員に料理を行き渡らせるには、ラムチョップを買い足さなければならない。パトリシアはあまり食べないにしても、ニールとエリザベスが加わったのだからやはり足りない。圏外を知らせるベルが鳴ったので、インターステートに乗ってからかけることにした。やはり圏外だ。リーガル・リッジに向かう道におりてから、もう一度試してみる。やはりだめ。車の床に携帯電話を投げつけた。

「カリカリするなよ、ミス・G。少し距離を置いたらどうだ。きみはこの事件のことで頭がいっぱいだ。心配事がぎゅうぎゅうに詰まってたんじゃ、思考力も鈍るってものさ」

「詰めるのは七面鳥のお腹」前方のカーブした道に目をやる。「ジュリアンに電話したいから、障害物のない場所を探してくれない?」トムが同意のうなり声を発したので、わたしは言った。「心配事って言えば、サンディーがそこらをうろついていることが心配でならないわ。あなたの部下は、バークレー一家に事情聴取に行ったの?」

「ゴルディ、その家族のことを部下に伝えたのはほんの二時間前だぜ。捜査官を二人、彼らのもとに出向かせて話を聞くのに――」

「そのあいだも、殺人者は野放し状態。そのうえ、あたしはあした、ランチのケータリングに行かなきゃならない。でも、やきもきしてもはじまらない。スノーボードで〝空気を捉える〟のを見物するとしましょう」

三十分後、リーガル・リッジ・スノー・スポーツ・エリアに着いた。駐車場に車を入れながら、トムが言った。「いやはや、きみにつきあうのはくたびれる。さあ、携帯が通じるかどうか試してみろ。床に叩きつけたときに壊れていなければだけどな。たいした勢いだったからな。ロッキーズのピッチング・コーチに電話して、春季キャンプにピッチング・スタッフが必要なら――」

彼の御託《ごたく》は無視し、ジュリアンの番号を押した。

「ゴルディ、よかった、ずっと電話してたんだぜ！」ジュリアンの声が響きわたった。「エリザベス・ウェリントンから六回も電話があった。そうとうお冠だ」

わたしは目を閉じ、携帯電話を耳から離した。彼の声がほんとうにめちゃくちゃでかいのか、それとも、彼の話を聞きたくないだけなの？　別れた妻が、別れた夫の恋人を憎むのは宿命なの？　それとも、自分より金持ちで若くてかわいい恋人を憎むのは、金持ちの元妻の専売特許？　それにしても、なんであたしが文句を言われなきゃならないの？　大学で心理学を専攻したからって、いちいち聞いてらんない。でも、どうよ！　当たって砕けろが信条でしょ。

「ゴルディ、聞いてる？」ジュリアンが叫んだ。「おれ、彼女に言ったんだ。あんたはリーガル・リッジ・スノー・スポーツ・エリアにアーチを迎えに行ったって。そしたら、そっちで待ってるって。ところで、アーチが言ってたぜ。あんたとトムがジャンプするところを見に来てくれるのがすっごく楽しみだって」

「あたしもすっごく楽しみ。それで、エリザベスはハーミー・マッカーサーのパーティーに来るって言ってた？」

「おれの感触だと来ると思う。でも、パトリシア・インガーソルの招待が取り消されることを望んでいるみたいだった」

「でしょうね。ひとつお願いがあるんだけど。ラムチョップを買ってきてもらえないかしら」

ジュリアンが快諾してくれたので電話を切り、トムに言った。「ジュリアンが言うには、エリザベス・ウェリントンが――」

「聞こえてた。ラムチョップのこともな。それで思い出したのが古い童謡だ。

メアリーは食べました。ラムにロブスターにスモモパイにケーキ、それにマカロン！

メアリーが注文したとき、意地悪なウェイターたちはにやにやしました。

案の定、運び出されたメアリーの顔は、雪のようにまっ白でした」

まったくもう。オーケー、ヴァンを降りながら気づいた。彼はわたしを元気づけようとしてくれたんだって。効き目はなかったけれど。だってそのとき、エリザベス・ウェリントンの声が空気を切り裂いたのだから。「ゴルディ・シュルツ！　あなたに話があるの！」……

そして、駐車場にいた十六人ほどの人がいっせいにこのわたし、ゴルディ・シュルツを見たわけで、気分はさらに落ち込んだ。

雪が踏み固められた駐車場を、できるだけ急いで横切った。スキー場の入り口ちかくで、ミンクの縁取りの深紅のケープをまとったエリザベスが、見るからに高そうな革のブーツの爪先を地面に打ち付けていた。そんな靴を履いてスキー場にやってくるつもりのなかったことに、疑問の余地はない。

「ママ！」どこからともなくアーチの声がした。「いまの、見てくれた？」

わたしは必死であたりを見回した。エリザベスも、その足元も見たくない一心で。ようやくアーチを見つけた。スノーボーダーがやるように、片足はスノーボードを履いたまま、もう片足で地面を蹴って駐車場をこちらにやってくる。

「いまの、見てくれたの、どうなの？」アーチがかたわらに来て尋ねた。ニットのスキー帽の下の顔は汗が光り、エリザベスのケープ以上に赤かった。

「ゴルディ・シュルツ！」エリザベスがまた叫んだ。トムが彼女に向かってゆっくりと歩いてゆくのを、目の端で捉えた。助かった。これで二分ぐらいは静かになるだろう。

「見られなかったの」正直に言った。「どこにいたの？」

「ママったら！　スロープにきまってるじゃん！」ミトンをはめた手が山の右側を指す。

「最高のジャンプがきめられる場所なんだ。今度はいちばん端でやるから、いい？」

「わかった、わかった」彼が指したほうに目をやると、傾斜がやけにきついことがわかった。

「すごく危険そうじゃない。なにも無理して——」

「ママ、やめてよ」彼は向きを変え、スノーボードを滑らせていった。その格好を記憶に叩き込む。明るいブルーのスキージャケット、黒っぽいスキーパンツ、グレーの毛糸の帽子。スキー場では大声で叫んでも聞こえない。アーチがキルディアのスキー教室に通っていたときに、苦労して学んだことがある。山の麓でわが子を見守ろうと思っても無駄だ。みんなおなじに見える。

「あなたと話がしたくて、ずっと待ってたのよ」エリザベスがかたわらにやってきて言った。「フリッカー・リッジ地区からわざわざこんなところまでやってきて、それから——」

「電話が二本入っていたので受けてくる」トムが携帯電話を掲げて言った。「きみの疑問の答がえられるかもしれない」それを聞いて、エリザベスが興味津々の顔で彼を見た。トムはそれを無視してヴァンに戻っていった。

「エリザベス、話をする前に、スロープの麓まで移動していいかしら？　息子に見ていてあげるって約束したの」

エリザベスは舌打ちしたものの、ずんぐりした体を動かしてついてきた。子どもがスロープを滑り降りてくるのを不安そうに見守る親たちが、あたりに群れをなしている。わたしは雪の上をとぼとぼと、スロープの右側の着地地点と思われるあたりに向かっていった。エリザベスはハイヒールのブーツだから、足元がいかにもおぼつかない。

「ハーミー・マッカーサーから電話があったわ」見物の場所を確保すると、さっそくエリザベスが言った。「自宅でやる空騒ぎにパトリシア・インガーソルを招いたんですって。それで、かまわないかってわたしに訊くのよ。むろんかまうわよって言ってやったわ。そしたら、あなたと話をしてくれって。招待客との折衝はすべてあなたがやってるそうじゃない。ハーミーは自分で開くパーティーも取り仕切らないの?」わたしをじろっと睨んだ。「わたしの亡くなった元夫のガールフレンドをランチに招待したのは、あなたなの、どうなの?」

スロープに目を凝らしたがアーチの姿はなかった。「エリザベス、あたしじゃないわ。ハーミーが招待したんです」

「なにがいやって」エリザベスがぷりぷりして言った。わたしの言ったことはまるで聞いていない。「クソッタレの元夫が付き合ってた女が、わがもの顔に振る舞うのを見せつけられることほどいやなことはないわ!　おわかり?」

「わかりました」彼女に向かってほほえんだ。「それなら、とっておきの知らせがあるわ。パトリシアは来ないかもしれない。着てゆくものがないんですって」

エリザベスの黒い目は怒りに満ちていた。「あなたの言うことを、なんでわたしが信じなきゃならないの。あなたとパトリシアは友だちだもの。彼女の結婚披露宴のケータリングをやったじゃない。彼女がドリューと結婚していたら、そのケータリングもやるつもりだったんでしょ。あなたは彼女を助けようとしているって、みんなが言ってるわよ。彼女がドリューを殺したのかもしれないのにね」

「心臓協会のランチのケータリングをあたしにたのまなかったのは、そのせいなの?　パトリシアが出席することがわかっていたから、彼女の仲間だとあなたが思っているケータラーエリザベスの頬がケープとおなじ深紅に染まった。「いったいなんの話をしてるのかしら」

彼女が横柄《おうへい》に言う。

「忘れて。でも、これだけは言っておくわ。エリザベス、そういう怒りとは決別して、あなたらしく出直すべきだわ。それで痛い思いをしたあたしが言ってるんだから——」

「今度はなに、身の上相談でもはじめるつもり？　わたしには必要ないから」彼女は言い、くるっと向きを変えて去っていった。

わたしはスロープに視線を戻し、親たちの群れから離れ、アーチが言っていた右端の峰にちかいほうへと移動した。ほかに人がいないから、思いっきり手を振ればアーチは気づくだろう。スノーボードの妙技を母親が賞賛していることが、彼に伝わるだろう。

でも、明るいブルーのジャケットに黒っぽいパンツはどこにも見当たらなかった。心配してない、と自分に言い聞かせる。リフトに並ぶ列の長さを計算に入れていなかったのだから。足踏みして暖をとりながら思った。スロープの右端を滑りおりてくるスキーヤーもスノーボーダーもほとんどいないのはどうして？　やがてそのわけに気づいた。斜面がこぶこぶだから、子どももボードも永遠とも思えるほど長く空を舞うことになるからだ。

必死になって見ていたせいで、背後から人がちかづいてきたのに気づかなかった。不意に背中を強打された。あまりの衝撃に息ができなくなった。

「ちょっと！」必死で叫んだ。「やめて！」

むろんやめるわけがない。襲撃者はわたしの肩を掴み、右手の木立ちの中へ押し込んだ。スキーヤーからもスノーボーダーからも見えない。眼下にはスキー場とつぎの山を隔てる狭い谷間が見えた。足を踏みはずせば一巻の終わりだ。必死に足を踏ん張り膝を突き、顔から雪に突っ伏した。襲撃者は意味不明のことをわめき、わたしの背中の真ん中に膝をあてがって強く押した。顔が雪に埋まって息ができない。

両手を突き、ありったけの力で体をのけぞらせ、背骨を押さえる膝を押しのけようとした。そうすれば仰向けになれる。腕を背中に回して肘を掴もうとしても、膝の押しが強くなるばかりで、手袋をはめた手が後頭部を押さえつける。頭がくらくらし、雪の中で目を閉じようとした。酸素不足で胸が破裂するような痛みを覚えた。耳元に熱い息がかかり、掠《かす》れた声が聞こえた。

「ケータリングだけしてればこんなことにはならなかったんだよ、クソ女!」

敵は最後にもうひと押しして、わたしをさらに雪に埋めた。目の前に星が見え、氷を吸い込んだ。

どれぐらいの時間が経ったのだろう、意識が戻った。酸素を思い切り吸い込む。生きている。いつのまにか顔を横に向けていた。雪の上に突っ伏したままだ。動こうとするのだが、筋肉がうまく反応してくれない。ものすごく寒いことに気づいた。あたりはすでに暗くなっていた。でも、そんなに長く気を失っていたわけがない。アーチはどこ? トムは? わたしがここにいることを、だれも知らないの？

「ママ！」アーチの声がはるか遠くから聞こえる。「大丈夫？　こんなとこでなにをしてるの？」わたしがただうめくと、もっとちかくから息子の声がした。「待って。携帯からトムにかけてみる。彼はここに来てるの？　911にかけたほうがいい？　ねえ、みんな！　トッド！　ガス！　ママを助けるの手伝って！」

「ミセス・シュルツ」トッドの声だ。「雪の中でなにしてるの？　仰向けにしたほうがいい？」

「待って、トッド。ゴルディおばさん？」これはガスだ。みんなで考えた、彼がわたしを呼ぶときの呼び名だ。「骨が折れてないか調べるから、いいでしょ？」

わたしは言った。「ムムフ」

ガスがやさしく順序だってわたしの四肢を調べるあいだ、アーチが携帯電話に向かって早口でしゃべっていた。「そう、そうなんだ、ママはここにいる。ぼくたちが見えない？　ほら、トッドが手を振ってるでしょ！」スロープを駆けあがりながら、腕を大きく振り回すトッドの姿が見えた。胸と喉が焼け付くようで、筋肉に力が入らない。

ガスが診察を終えた。なんと言っても彼の実の父親はげす野郎だ。ジョン・リチャードのほうは、彼の存在も知らず、気にしたこともなかったが、男の子が生まれていた。そして、ガスはジョン・リチャードの分析的思考と医学的資質を受け継いでいる。やったね。

「これから体を仰向けにするからね、ゴルディおばさん」ガスの声に力づけられた。「それから、アーチとぼくとで上着を脱がせて上から掛ける。一、二の三で素早くやるんだ、アーチ。一、二、三」

アーチは指示どおりに動き、じきに息子の手袋をはめていない手を目の前に見た。顔の片側にこびりついた雪を、彼が払い落としてくれた。「ぼくのミトンをはめてあげるからね、ママ」

頬に当たる息子の手の感触がほとんど伝わってこない。感覚が麻痺しているのだ。肉体が脳の命令を受けるやりかたを忘れてしまったかのようだ。

「なんてこった」トムが遠くで叫んだ。じきに彼の体を身近に感じた。「きみを抱き上げる」彼がやさしく言った。目をしばたたき、上から覗き込む彼の顔に焦点を合わせた。「ガス、彼女をヴァンに運ぶあいだ、ジャケットを押さえててくれるか？　アーチ、さあ、鍵を持って先にいってヴァンのエンジンをかけておけ。トッド、三人分のスノーボードを運んできてくれ」

トムに抱えられヴァンへと運ばれるあいだに、顔の感覚が戻ってきて、手足も動くようになった。肺の痛みはあいかわらずだったけれど。

「ルーテラン病院の緊急救命室に直行する」トムが言い、わたしを後部座席に座らせてシートベルトを締めた。

「冗談じゃないわ」声が掠れておろしチーズみたいだ。

「トッド、助手席に座ってアーチの道案内をしてやってくれ。ガス、ゴルディの横に座り両手を握っててくれ。おれは頭を受け持つ」

あたしなら大丈夫、アーチは仮免しか持ってないんだから、トムが運転すべきよ、と抗議した。ちょっと寒くて弱ってるだけ。緊急救命室に運び込まれて、数時間、足止めを食らうなんていやよ、血を流した人たちが運び込まれて――

「なにがあった？」トムがわたしの言葉を遮り、顔をやさしく撫でながら言った。「転がり落ちたのか？　携帯に電話したのにきみは出ないし、どこにも姿が見えなかった」

「ぼくきっと気づかずに通りすぎてたんだ」アーチが運転席で声をあげた。「木立ちに隠れて姿が見えなかった――」

「運転に集中しててくれない、いいわね？」

「よく言うよ、ママ」アーチが頭を振る。運転席に座っているのを見ると、いつもよりずっと小さく見える。「いっつもぼくに気をつけろって言うくせに、なにかにぶつかるのはかならずママのほうなんだから――」

「あたしはぶつかってなんかいないわよ。何者かがあたしに襲い掛かって、崖から突き落そうとしたの。あたしが抵抗すると、雪に顔を埋めて窒息させようとした」

「なんだって？」トムとアーチとトッドとガスが、いっせいに叫んだ。

そこで事件の顚末《てんまつ》を話した。いいえ、襲ってきたのが男か女かわからない。いいえ、顔は見ていないし、声に聞き覚えもなかった。

「ああ、ああ！」わたしは叫んだ。数千のハチに指や頬を刺されたような気がした。いいえ、待って、剝き出しになっていた部分の皮膚の感覚が戻ってきたのだ。「痛っ！」ガスに握られていた両手を引き抜き、頭を左右に振った。けさ痛めた首が抗議の声をあげた。またまいの波に襲われ、胸と背中が猛烈に痛いことに気づいた。

「ゴルディおばさん」ガスがやさしく言った。「二日ほどゆっくり休めるといいんだけどね。ケータリングは休んで――」

「できるわけないでしょ！」思いのほかきつい言い方になった。「ごめんなさい、ガス、でも、それはできないの」

「するつもりないんでしょ」アーチが運転席でつぶやいた。トムは呆れた顔をした。

彼らに言わなかったことがある。ほんとうを言えば、無理にケータリングをする必要はない。ジュリアンにまかせればすむことだ。彼ならマッカーサー家のランチを一人で完璧にやりこなすだろう。わたしがこのケータリングをするのは、お金のためでも、クライアントを喜ばせたいからでもない。

いいえ――わたしが仕事をつづけるのは、ドリュー・ウェリントンとラリー・クラドックを殺した犯人を突き止められるかもしれないからだ。いま、わたしは本気で怒っている。

一時間後、ルーテラン病院――いまはちがう名称になっているが、思い出せない――に着き、インド人のすてきなドクターがトムとわたしのいる個室にやってきて、押したり、突いたりして診療した。

「雪の中にどれぐらいいたかわかりますか?」彼が尋ねた。

「それほど長くありません。せいぜい二十分ぐらい。でも、頭がぼうっとしてて、気を失っていたせいだと思います。何者かがあたしを窒息させようとしたんです」

ドクターは舌打ちした。「肺が損傷を負っていなくて運がよかった。凍傷にも罹らず、それも運がよかった」

「あたしなら大丈夫です」そうは言ったものの、きょうこれで三度目の災難で全身が痛かった。だんだんひどくなっている。最初がマーラの車をぶつけ、二度目が崖を転げ落ちて川に突っ込み、三度目がスキー場で襲われる?　真剣に考えたほうがいい。

「二度とスキーはしたくないでしょ、ね?」ドクターが膝を叩いて反応を見ながら言った。

「とても危険なスポーツですからね」膝が正常な反応をみせたことに満足し、彼は立ち上がった。「腕や脚を使う激しい運動はしないこと、いいですね?　これから二日間はだめです。わかりましたか?」

わたしは息を吐き出し、膝に目をやって頭を振った。

「ミセス……」カルテに目をやる。「ミセス・シュルツ?　わかりましたか?　あすはもっと痛みますよ」

「ドク」わたしが診療台からおりるのに手を貸してくれながら、トムが言った。「言っても無駄ですよ」

21

翌朝、ドクターの言ったとおりになった。息を大きく吸うのが辛い。筋肉の痛みはひどいものだ。ベッドから出るのに大声でうなり、トムを起こしてしまった。

「ゴルディ、なにやってるんだ？」

「起きてるのよ」

「おい、やめろ、だめだ」

おもての暗闇で街灯がぽつんと光っていた。ヒーターが作動しはじめてカタカタという音がしているにもかかわらず、部屋は寒かった。デジタル時計のグリーンの数字が六時を告げている。早く冬至がすぎればいい。そうすれば、夏に向かって少しずつ日が長くなる。

「おれが目覚ましをとめた」トムの声はあたたかく、心を和ませてくれる。「きみに眠って欲しかったから。医者にもらった鎮痛薬は呑まなかったのか？　もう一錠呑んだほうがいい」

ナイトテーブルには、水の入ったグラスと茶色の薬瓶が置いてある。トムが用意してくれたのだ。一錠出して呑んだ。「オーケー、薬は呑んだ。これからシャワーを浴びます」そこでためらった。「ごめんね、あまり機嫌がよくなくて」

「きみが謝ることじゃない、ミス・G」

「実を言うと、午前中に崖を転がり落ちたことのほうが、午後に雪に顔を埋めたことより堪《こた》えてるの」

　トムが起き上がってベッドの縁に腰掛けた。「そうか、カラミティ・ジェーン、おれは驚かないけどな。きみを餌として目の前にぶら下げたら、どんな犯人も捕まるような気がする。それはそうと、おれはきょうもう一日、きみに付き合うことにしたからな」

「なにを言い出すの？　だめよ、そんなことしないで。それに、トム、あなたには署に出てもらわないと。捜査の進捗状況を知るためにもね。あなた、というかわたしたちは、ちかづいている。だから犯人はわざわざあたしたちを尾行し、あたしを雪に埋めたのよ。それに、ジュリアンと一緒にランチはやるつもり。ハーミー・マッカーサーにヒステリーを起こされたらかなわないもの」

「ジュリアンが心配してたぜ。グレース・マンハイムに電話して、助っ人をたのんだ。行きたいのはやまやまだけど、行けるかどうかわからないって、彼女は言ってるとか」トムがクスクス笑う。「口先だけにきまってるけどね。おれに話があるっていうから電話を替わったら、こんなことを言い出した――聞いて驚くなよ――いつになったらドリュー・ウェリントンの家に入れるのか教えてくれ！」

　わたしはよろよろとバスルームに向かった。「勝手に入られないように罠を仕掛けておいたほうがいいんじゃない」

「そうする。ただし、①それほど危険でない罠であること、それから、②間違ってべつの人間が掛かるおそれのないこと。ちょっと待て」彼がバスルームまで追いかけてきた。「シャンプーはおれがやってやる。きみは両手を頭より上にあげる必要がないし、気を失ってもおれの上に倒れられる」

疲れすぎていて抗議する気になれなかった。熱いお湯は思っていたほど気持ちよくなかった。深く息をするのがまだ辛かった。でも、トムの大きな手で頭皮をマッサージされると、気持ちがほぐれていった――ずっとよくなった。とくに気に入ったのが、あたたかな体でわたしを包み込むようにして、シャンプーを洗い流してくれたこと。

「すごく気持ちいい」わたしはささやき、彼のあたたかくて筋肉質の胴体にしがみついた。

「うちにいさせてくれたら」お湯を流しながら、彼が言った。「ジュリアンにランチはまかせて、一日中ベッドで過ごせるんだぜ」

「楽しむならここでだってできるじゃない？」

「きみが大丈夫ならな」

「バスルームのドアの鍵、かけた？」

そんなわけで、シャワーを浴びながら愛を交わした。シャワー室のドアの外のマットに、息を喘がせ笑いながら崩れ落ちたときにも、わたしの肺はまだ痛んでいた。

でも、癒された気分。

「きみに大好きって言われるような朝食を作ってやる」トムがタオルで体を拭きながら言った。

「あなたって最高」もう一度深く息を吸い込んだら、なんとかうまくいった。胸を締め付けている痛みの帯が少し弛《ゆる》んだようだ。

「ジュリアンがエスプレッソ・マシーンのスイッチを入れてくれてるはずだ」トムは仕事着に袖を通した。黒っぽいズボンに白いシャツ、オートミール色のセーター。「そうそう、ビッグ・Jに言っておかなきゃな。きみを目の届かないところに行かせるなって」

「アーチはどこ?」

「ヴィカリオスの家だ。ゆうべ、ガスを迎えにきたときに、トッドとアーチも連れていってくれた。きみがベッドに倒れ込んだ後のことだ。学校が休みになって、三人は離れがたい気持ちなんだろう。うちに帰りたくなったら電話するって、アーチは言ってた」トムがそこでためらった。「これだけは言っておくよ、ミス・G。きのう、きみはあの子にちょっと辛くあたりすぎた。あの子はきみのことが心配で、なんとか力になろうとしていた」

「あたしも怪我していたから。でも、わかった、彼に電話するわ」不意に疚《やま》しさが込み上げてきた。「クリスマスのプレゼント、なにか特別なものを用意しようかしら」トムと二人で買い物にゆき、アーチへのプレゼントは買ってあった……十月のはじめにすでに。ケータリングの仕事が書き入れ時だから、十一月から年末までは、ゆっくり買い物にいく時間がないのがわかっていたからだ。

トムは頭を振った。「その必要はない。あの子にすれば、きみの愛情を再確認できればそれでいいんだ」

「あら、愛情ならたっぷり与えているわ」

「おれはわかっている。きみもわかっている。だが、子どもからすると、口に出して言って欲しいものなんだ。きみが抱き締めようとすると、すっと身を引きはしても」彼がほほえんだ。海の色の瞳で見つめられると、心臓がバクバクいいはじめた。さっきあんなシャワーを浴びたばかりなのに。


「彼女が現れた！」わたしがキッチンに入ると、ジュリアンが叫んだ。

「よしてよ、まだエスプレッソを飲んでないんだから」

「すぐに用意してやる」レモンの皮を剝くのに使っていた器具を置き、エスプレッソ・マシーンにデミタスカップをセットした。いま彼がやっているのは、ラムチョップにまぶすペルシヤード作りだ。計算どおりにいけば、ラムチョップは〝倹約家のポテト・オ・グラタン〟と同時に焼きあがるはずだ。

そこで思い出した。「グラタンの二皿目を作らなくちゃ。あたしのマンドリン・カッターはどこ？」トムとジュリアンがぶつぶつ言うのは無視した。「ごくかんたんな作業だもの」

「まずこれを飲めよ」ジュリアンが命じ、クリームを載せたダブルのエスプレッソをテーブルに置いた。わたしはおとなしく腰をおろし、体が必要としていたカフェインをひと口含んだ。おいしい！　パーティーをふたつ掛け持ちだってできそう！

トムがマッシュルームを使った料理の手を止め、戸棚をごそごそやってわたしのマンドリン・カッターを取り出した。ジュリアンはペルシヤード作りを中断し、ジャガイモの皮を剝きはじめた。マンドリン・カッターでスライスするのはわたしの仕事だ。

「あなたたち！」エスプレッソをもうひと口飲んで、言った。「下ごしらえぐらいできます！」二人からまたぶつぶつと文句がでたが、聞き流した。トムの言ったことが頭から離れない。母親の心配をするアーチに、辛くあたったということ。

もうじき朝食ができるからじっと座ってろ、とトムが言い……わたしはそうした。しばらくして、彼はジュリアンにも座れと命じた。わたしたちの前に出されたのは、浅い皿に卵を割り落として焼いた上に、ワイルド・マッシュルームと新鮮なチャイブのソテーが載った熱々の一品だった。食べ終わるころには、前日の忌まわしい出来事は忘れかけていた。

「さて、なにか進展はあったかな」トムが言い、コートを着た。「電話するよ。ところで、きょう一日、面倒に巻き込まれないようにしていられるか？」

「もちろん」

「ジュリアン、彼女にヴァンの鍵を持たすな」

「わかった」ジュリアンが怖い顔をした。彼もわたしを気遣っているのだと知らなければ、気に入りの比喩《ひゆ》でやり返しているところだ。なによ、そんなラズベリー・タルトみたいな顔をして。

トムが出掛けると、マンドリン・カッターでジャガイモをスライスする仕事を手早く片付けた。

「ほんとうに大丈夫なのか？」ジュリアンが尋ねた。

「実を言うとね、まだ指の感覚がないの。一、二本切り落としたとしても、気づかないかも」

「ボス！」

「はい、はい」彼はすでにペルシヤードを作り終え、容器に移し替えていた。「セージを刻んでくれない？　あたしははグリュイエール・チーズをおろすから」

「トムから、どっちもやるよう言われてる」

「あなたは自分の仕事をしてちょうだい。あたしを甘やかさないで」冷蔵庫からチーズとクリームを取り出した。

ジュリアンはうなったが、文句は言わなかった。自分の立場をよくわきまえている。


十時前にマッカーサー家に着いた。それまでにエスプレッソを三杯飲んでいた。カフェインと鎮痛剤のダブル効果で、なんでもござれの気分だった。でも、さすがにエリザベス・ウェリントンとファーザー・ピートの二人を同時に相手にするだけの覚悟はできていなかった。ジュリアンがヴァンをマッカーサー家のドライヴウェイに入れたら、そこに二人がいたのだ。

「あの二人、ここでなにをしてるのかしら？」わたしはジュリアンに尋ねた。

「おれに考え付くのは、二時間前に来て、あとから来る客を駐車スペースに誘導することぐらいだな」

エリザベスは悔い改めたように見えた。ジュリアンとわたしがヴァンから降りても、顔を合わせようとすらしない。いつもの怒れる赤ずくめではなく、地味なグレーのウールのパンツスーツで、メークも口紅も淡いピンク――それに真珠。悔悛の情を示すいでたち？　まさか。ファーザー・ピートがわたしに挨拶した。はたして彼は、エリザベスの精神的支えとして同行したのだろうか。まったく！　ケータリングという商売、複雑で困る。

「荷物を運び込む」ジュリアンがささやいた。「あんたが歓迎委員会の相手をしてくれ」

「ありがと」

「ゴルディ」二人にちかづいてゆくと、ファーザー・ピートが声をかけてきた。「エリザベスがあなたにお話があるそうです。感情的支えになって欲しいと、わたしを呼んだのです。わたしはあなたたち二人とも助けたい」

ほんと？　エリザベスが元夫を毒殺し刺殺し、ラリー・クラドックの頭を殴って溺死させたことを告白するつもりなら、牧師とケータラーだけでは心もとないような気がするけど。できれば、警察官に同席して欲しい。まさかの場合に備え、武器を携帯した警察官に。

「ファーザー・ピートに電話をしたの」エリザベスが言った。「きのうのことで、すごく動揺してしまって」

「あら、そう。だったら、ルーテラン病院の支払いをおまかせするわ。緊急救命室で治療を受けたものだから。二千ドルぐらいよ」

一瞬のうちに、敵はいつものエリザベスに戻った。黒い目を光らせ、両手を握り締める。

「いったいなにが言いたいの?」わたしの背筋を冷たいものが伝いおりていった。

「まあまあ、エリザベス」ファーザー・ピートが戒《いまし》める。

彼女は唾をぐっと呑み込んだ。「あなたがなにを言いたいのか、わたしにはまったくわからないわ」

「仕事がありますから」わたしは言った。誰が怯《ひる》むものか。「こんなところにいたら凍えてしまうわ。きのうの午後、あたしを雪に埋めたのがあなただったら、教会に逃げ込むより警察に出頭したほうがいいと思いますけど。たとえ主教に泣きついたって、暴行罪を免れることはできませんから」

エリザベスはファーザー・ピートに顔を向けた。「きのうのことを言ってるみたいだけど。彼女がなにを言ってるのか、わたしにはまったくわかりませんわ。さっさと帰りませんこと」

ファーザー・ピートの口調はいつもよりやさしかった。「だったら、わたしたちがなにを話していたか、彼女に言ったらどうですか? ゴルディは知らないようだから」

エリザベスがわたしに顔を向けた。その顔も体も強張っていた。「きのうは失礼なことを言ってごめんなさいね。パトリシア・インガーソルのことで動揺していたものだから。彼女を見ると、ドリューと過ごした辛い日々のことを思い出してしまうものだから。あなたに八つ当たりして、申し訳なく思っているの」

「ちょっと、みんな」ジュリアンがキッチンのドアから顔を覗かせた。「話をするなら中でしたらどうかな？　シャンタルがバナナ・カップケーキを作ったんで、試食して欲しいって。マーラもいる。ミセス・マッカーサーの承諾ももらってるから」わたしたちが動かずにいると、彼は言った。「中のほうがずっとあたたかいぜ！」

「ゴルディ、どうかエリザベスに五分ほど時間をあげてください」ファーザー・ピートが両手を擦り合わせた。誰もすぐには凍りつかないと言いたげに。「ちゃんと耳を傾ければ、あなたの疑問のいくつかに答がえられると思いますよ」

いったいどういう意味？

「ハーイ！」上のほうからシャンタルの声がした。「誰か、あたしのカップケーキを試食してみない？」

ファーザー・ピートが、試食しましょう、と答えた。五分後には、わたしたちがカップケーキを食べたくなると思ったのだろう。でもそのとき、あるものが目に留まった。それは、ジュリアンが言うところの歓迎委員会とは関係のないものだった。隣家に関係のあるものだ。マッカーサー家と同様に、敷地いっぱいに建てられた大邸宅だ。でも、住人はフロリダに行っていて誰もいないはずだ。でも、窓に人影が見えた。

心臓が胸の中ででんぐり返った。サンディー。サンディーにちがいない。あたしって、被害妄想？　もう一度見るつもりはなかった。彼女を警戒させたくない。いまはまだ。マッカーサー家のキッチンに通じるドアに向かって歩くあいだ、窓のほうを見ないようにするために意志の力を総動員する必要があった。

あの人影がサンディーかどうか、なんとしても突き止めたかった。でも、隣りの家にこっそり忍び込んだりしたら、トムは二度と口をきいてくれないだろう。

キッチンではジュリアンがせっせと働いていた。ラムチョップのラップをはがし、ポテト・オ・グラタンをセンターアイランドに並べる。あとは時間がきたらオーブンに入れればいい。シャンタルが賛辞の集中砲火を浴びていた。ジュリアンったら、うまいものだ。マーラはどんな車を運転してきたのだろう。それでも、わたしの姿を見るなりちかづいてきて抱き締めてくれた。わたしは修繕されたキッチンの窓のかたわらに立ち、隣家に目をやった。

「ああ、会えてよかった！」マーラが言い、腕を伸ばしてわたしをしげしげと見た。きょうの装いは赤いカシミアのセーターとスカート、二連のエメラルドのネックレス、まぶしいくらいだ。「ここでゆっくりおしゃべりしましょ」

「それより、ここから様子を窺ってなくちゃ。それにしても、きょうのあなた、すてきよ」

「ゆうべ電話をしたら、あなたはもう眠ってるってトムに言われた。災難に遭ったそうじゃない」

「正確に言うと、いくつかの災難」

「あたしの車をぶつけた以外に？　話して」

「話すわよ。でも、いまはだめ」

シャンタルがカップケーキを載せた皿を持って、わたしたちのところにきた。

「あたしが作ったの」できそこないの塊を指して言う。糖衣はゆうに一センチの厚みがある。

「ひとつ食べてみなさいよ」マーラが勧めた。「あたしは二個もいただいたの。ランチが始まるまでに高血糖になりそう」

ジュリアンが作業を中断して手を洗った。「オーケー、コーヒーと紅茶、何杯ずつ用意したらいい？」

彼が飲み物を用意するあいだ、わたしはカップケーキを食べながら隣家の玄関に目を配った。カップケーキは湿った粘土みたいだった。粘土が胃に達すると鉛に変化した。キッチンのあたたかさもあいまって、深く息を吸うのが困難になってきた。コーヒーのカップ二個を手に、マーラがちかづいてきて耳元でささやいた。大丈夫？　わたしはうなずいた。でも、大丈夫なわけがない。痛かった。それに、いくつも疑問がある。サンディーは隣家にいるの？　エリザベス・ウェリントンがわたしを雪に埋めたのでなければ、誰がやったの？　それはそうと、グレース・マンハイムはどこ？　彼女の助けが必要になるとしたら、いまがそうなのに。

エリザベスが指をしゃぶり、シャンタルに礼を言った。そのことは褒めてあげてもいい。三個目に挑戦したマーラも礼を言い、ファーザー・ピートとわたしも礼を言った。気をよくしたシャンタルは、料理の話をしてジュリアンの気を惹こうとしたが、カップケーキほどの成功はおさめなかった。

マーラがコーヒーを飲みながら、心配そうにこっちを見ている。そうこうするうちに、エリザベスが身の上話をはじめた。ファーザー・ピートがなんて言ってた？　ちゃんと耳を傾ければ、あなたの疑問のいくつかに答がえられると思いますよ。それはどうかしら。でも、耳を傾けた。肺はヒーヒーいっていたけれど。いつもながら好奇心の塊のマーラが、わたしに擦り寄ってきた。ハーミーはどこ？　身支度の最中でしょ、たぶん。

「パトリシアのことを考えると」エリザベスは低い声で話していた。「むしゃくしゃしてたまらなくなる。ドリューが亡くなって気の毒よね、気の毒だと思ってるわ。でも、わたしにとって、あの人はもうずっと昔に死んでいた。残酷に聞こえるでしょうけど」――彼女は大きく息をつき、支えを求めてファーザー・ピートを見た――「でも、それが現実なの」

わたしは手を振って彼女の話を遮った。「エリザベス、スキー場であなたと話をした直後に、何者かがあたしに襲い掛かってきたの。あたしを傷つけて、脅そうとしたのよ。相手の顔は見ていない。もしあなたじゃないとしたら、いまはそうじゃないと思ってるけど、なにも無理に話してくれなくてもいいのよ」

「あなた、襲われたの？」マーラが叫んだ。

「マーラ、ゴルディ、おねがいですから」ファーザー・ピートが言った。

「わたしはあなたを襲ってない」エリザベスが話をつづけた。「誰がドリューを殺したのか知らない。でも、彼がなぜ殺されたのか、わかる気がするわ。そのことを警察に話したけれど、耳を傾けてくれなかった。わたしが言いたいのは、なぜ犯人は彼を殺さざるをえなかったかってこと。一般的な意味でね」自分を励ますように息をついた。「彼のことは抜け目のないドリューって呼んでた。彼はけっして関わり合いにならないの——担当する事件でも、商売上の取引でも、人間関係でも——自分が勝てる見込みのないことには。わたしの遺産の半分を、彼がよこせとしつこく言ったことは、きっと耳にしてるでしょ」

「聞いた覚えがあるわ。人の噂でね」無表情に努めた。トムが話してくれた詳しい話は、本来、わたしが聞いてはまずいことだもの。

背後でジュリアンの声がした。「ほんとうに、シャンタル、きみの部屋を見に行くわけにはいかないんだ」おや、まあ。「でも、ラムチョップの下ごしらえの仕方を教えてあげるのはかまわないぜ。きみが習いたいなら」シャンタルがなにかささやき、ジュリアンが応えた。「おれもベジタリアンなんだ。でも、仕事は仕事だからな」シャンタルがまた明るく無意味なおしゃべりをはじめたが、それは耳から締め出してエリザベスの話に意識を集中した。

「わたしが遺産の半分を渡さないと、彼はしきりに言ったわ。自分は悪者から世界を救おうと思っている。それで、きみはなにをしてる?」彼女はそこで涙を拭った。「わたしだって、世界を救おうとしていた。価値ある運動のための資金集めをすることでね。でも、ドリューったら、遺産の半分を渡すと、それでアスペンにバンガローを買ったの——いまはきっと億万長者が住んでるんでしょうけど——自分がやりたかったことをやったってわけ。残念ながら、それはわたしがやりたいことじゃなかった。あのころは、彼が変わってくれることを望んでいたわ。ずっとねがっていた。わかってるわ。たしかに否定的なことばかり言ってるわよね。そう、悪い面ばかりじゃなかった。たしかに認めるわ」――彼女は支えを求めファーザー・ピートを見た――「地区検事の妻という立場は、社会的に有利だった。どこに行っても優遇されたわ。だから、彼が独身者みたいに振る舞うことにも目を瞑《つむ》った……ふたつのことが起きるまでは。彼は若い娘を乗せて、酔っ払い運転で捕まった」

エリザベスはとめどなく涙を流し、マーラからティッシュをもらって鼻をかんだ。わたしはパーティーの準備に戻りたかった。エリザベスの話すことはすでに知っていることばかりだ。

「彼はそのことで嘘をついたの」彼女が泣きながら言う。「再選を控えているから、揉み消そうとしたの。わたしは事実を知るとすぐに離婚訴訟を起こした。でも、どういうわけか、すぐには受理されなかった。審理がはじまったのは彼が落選した後だったので、まるでわたしが落ち目の彼を叩き出したみたいに思われた。でも、そうじゃないの！　後から思い出すと、彼は結婚した当時、わたしの母親に気分はどうかって、しつこいぐらい尋ねていた。母は喫煙者で、父はすでに亡くなっていたの。それで気づいたのよ。そもそも彼がわたしと付き合って、結婚したのも、わたしが多額の遺産のただ一人の相続人だってことを知っていたから。それに、母がそう長く生きないということも知っていたのよ。ああ……」そこで彼女はまた涙の発作に襲われた。ファーザー・ピートがその背中をやさしく叩き、マーラとわたしは顔を見合わせた。**いつまでつづくの？　勘弁してよ。**

ハーミーがわたしたちを救ってくれた。「エリザベス！　席順をどうするか相談にのってくださらない、ダーリン？　マーラ、あなたもご一緒に、ね？　だめなの？　あら、エリザベス、そちらの牧師さまはあなたのお友だち？　パーティーに出席なさるの？」彼女の声が鋭くなった。「シャンタル、キッチンから出なさい、仕事の邪魔をしちゃだめよ」

「邪魔はしてません――」ジュリアンが言いかけた。彼の爽やかさも、女主人の冷たい視線の前ではひとたまりもなかった。まるで北極圏から飛んできたような一瞥だった。

彼女たちが去ってすぐに、エリザベスにもっとやさしくすればよかったと後悔した。冷たい態度をとったら、どうしてその場で疚しい気持ちになれないのだろう？　後からではなく。最近のわたしの思いやりのなさときたら、自分がケータリングする意地悪な金持ち人種と変わりがないじゃない。

それで思い出した。マーラがジュリアンとおしゃべりしているあいだに、携帯電話を取り出してアーチにかけたが、ボイスメールにつながった。すでにリーガル・リッジへ〝空気を捉えに〟出掛けたのだろう。伝言を残した。きのうは不機嫌な態度をとってごめんなさい。あなたはよくやってくれたわ。心配してくれて感謝しているの。その気持ちをうまく伝えられなかったけど。あのときあなたが見つけてくれなかったら、もっとひどいことになっていたわ。いつだってあなたのことをいちばんに思ってるのよ。そこで〝終了〟のボタンを押し、嗚咽《おえつ》を呑み込んだ――アーチが嫌うから。ああ、もう。

「ゴルディ！」またハーミーだ。彼女のために二度とケータリングはしたくないと思いたくなる限界すれすれまできていた。

「ハーミー」マーラが割って入ってくれた。「ゴルディは忙しいの――」

「ええ、ミセス・マッカーサー?」

「娘があなたのアシスタントと映画に行きたいんですって!」ハーミーはジュリアンに責めるような一瞥をくれた。

ジュリアンを選んだシャンタルは目が高いわね。そう思ったけれど、口には出さなかった。

「あら、わたしたち、クライアントとは親しくしないことにしているので。厳しく禁じられているから。けっしてやらないんですよ」

「けっして」ジュリアンが言った。努めて真顔で。

「ほんとうにそう願いたいわ。シャンタルはほんの子どもだし、もっといい人生を歩ませたいもの」

「ミセス・マッカーサー」ジュリアンが笑い出したら困るから、慌てて言った。「お隣りには誰が住んでるんですか?」ガラスを入れ替えた窓の外を指差す。

「アップショー一家よ。冬のあいだはウェスト・パーム・スプリングズで過ごすのよ。どうしてそんなこと知りたがるの?」

「あたし、混乱しちゃって。この前の晩、お客さまがこぞって、あなたたちのもてなしぶりを絶賛して、この界隈で一番だって。そう言ったのはたしかバークレー夫妻だったような――」

ハーミーは誇らしげに顎を突き出した。これほどお世辞に弱い人もいない。「まあ、あのご夫婦なら言うでしょうね。バークレーのお宅はアップショー家の向こう隣りよ」そう言うと彼女は出て行った。助かった。

不意にまためまいに襲われた。センターアイランドにもたれかかると、マーラがギャーギャーいってわたしを抱き留めようとした。倒れる前に床に座らせろ、とジュリアンが叫んだ。マーラが支えてくれたので、わたしはゆっくり床に腰をおろし、彼女に礼を言った。

「寝てなきゃいけないのに」ジュリアンが上のほうから言った。「パーティーの準備なら終わっている。あんなたわ言を聞きにわざわざ来ることなかったんだ」

「彼女、あなたを侮辱したのよ」

「おれの問題だろ！」

彼の口癖。わたしは言った。「しばらく座っていれば大丈夫」

マーラがスツールを持ってきてくれた。ジュリアンにたのんで、ガラスを入れ替えた窓辺に置いてもらった。

「さて、テーブルのほうを見てくる」ジュリアンが言う。「たのむからじっとしててくれ。料理はできている。マーラと二人きりで大丈夫か？」

「大丈夫ですとも」わたしは窓の外を注視したまま言った。

マーラが尋ねた。「さっきからなにを見てるの？　それとも、なにを探してるの？」

「隣りの家を見張っててくれない？　窓辺に人影が映らないかどうか」

わたしたちはおしゃべりをやめ、アップショー家の屋敷をじっと見張った。沈黙の中で、エリザベスやトムやニールやマーラが、ドリュー・ウェリントンについて語ったことを反芻《はんすう》してみた。

彼が無情で、他人をうまく操る盗っ人だったのはたしかだ。それに、彼は法律家だった。まったく、どうなってるの。

言い方はちがったけれど、みんなが口を揃えて言っていたことが頭にひっかかっていた。ドリューは地図を盗んで当然だと思っていた。ラリーを裏切って当然だと思っていた。なぜなら、ラリーはすぐにカッとなるし、商売がうまくない——たしかに、ドリューほど口がうまくなかった。ドリューは、スミスフィールド・マッカーサーを騙して当然だと思っていた。なぜなら、マッカーサーはすごい金持ちだけれど、蒐集家としては優秀とは言えないから。ドリューは、エリザベスの遺産を半分もらって当然だと思っていた。

なにかがひっかかっているのに、それがなんだかわからない。この二日で耳にした冗漫な話の中に、とりわけエリザベスの話の中に、これまで知らなかった情報が隠れている。

大脳の奥深くからその情報を抽出する前に、マッカーサー家のドライヴウェイに車が入ってきた。招待客がやってきたのだ。でも、わたしはそっちを見ていなかった。車が停まったそのとき、向かいの家の窓におなじ顔が現れ、わたしの背筋がぞくっとした。

探している疑問の答が手に入りそうです、ファーザー・ピート。

この手に。

22

矢も盾もたまらず上着を摑み、キッチンのドアを抜けて外に出た。背後でマーラがなにか言ったが無視した。

ラリー・クラドックとニール・サープがここのドライヴウェイで言い争った晩、ラリーが最後に言った言葉はなんだった？　それをいま思い出した。

だったら、行って娘に訊いてみろ！　このボンクラのウスノロのマヌケ野郎め！　おれにこの崖から蹴落とされたくなけりゃ、力ずくででも彼女から奪ってこい！

行って娘に訊いてみろ、たしかに。ただし、娘に訊いて欲しくない人物がいた。

警察はアップショーの屋敷から足跡を採取できなかったにちがいない。大雪だったから。でも、ナイフを仕込んだ雪玉が飛んできたのは、こっちの方向からに間違いない。ナイフはアップショー家のものだ。賭けてもいい。ラリーとニールを追い払おうと、その場の思いつきで仕込んだにちがいない。それは功を奏した。

雪を踏みしめてアップショー家のガレージに向かい、爪先立ってガレージのドアの窓から中を覗いた。思っていたとおりだ。トムの怒りを買ってまで、家に忍び込むつもりはなかった。

　堂々と玄関まで行き、ドアを叩いた。「ヘイ、サンディー！」大声を張り上げた。「あなたのヘアーカットのお客よ！」

　むろん返事はない。期待もしていなかった。でも、わたしが大騒ぎすれば、彼女は出てこざるをえない。防犯に神経を尖らす隣人たちが、警察に通報しないともかぎらないから。もし彼女が、ファーザー・ピートのグリーンのボルボ・ステーションワゴン——ガレージの中にあるのをいま確認した——で逃亡を図れば、警察は年式もナンバーもわかっているから、捕まるのは時間の問題だ。

「サンディー！」もう一度叫んだ。玄関の横の波形ガラスが嵌った窓を覗きこんでみたが、なにも見えない。「外に出て来る必要はないから！　玄関口まで来なさいよ！」

「ショットガンで頭を狙ってるのよ」中から氷のような声がした。サンディー・ブリスベーン。

　はったりをかまして……でも、念のため数歩右にずれた。

「役に立つわよ、防犯カメラって」おなじ声がした。「狙いをずらせる」

　わたしはしゃべりながら、右に左に移動した。マッカーサーの屋敷に到着した招待客たちは思っているだろう。ケータラーがなにを血迷ったか、エプロンと上着姿で隣りに砂糖を借りに行った。

「あなたが戻ってきた理由がわかったわ。ヴィクスの母親のキャサリンから連絡があった、そうなんでしょ？　酒とランジェリーと警察を巻き込んだ事件の後でね。親戚には生きていることを伝えてあった、そうでしょ？　なにかあったときの連絡先を教えておいた。キャサリンはすっかり動揺し、娘をそれは大事にしてくれた若い女に相談せずにいられなかった。キャサリンはさぞ話すことで安心したかった。でも、あなたが隠れ場所から出てきたので、キャサリンはさぞびっくりしたでしょうね。それも、いとこを守るためだったんだから。ここまであたしの推理は合ってるかしら？」

返事はない。

「あなたはドリュー・ウェリントンに電子メールで脅迫状を送った、そうでしょ？　イチモツをポケットにしまって、出て行け。でも、彼は出て行かなかった。彼は脅迫に怯まず、警察に通報した。そこで、あなたは大事なものを守るために、もっと大胆な行動に出た。あなたがヴィクスと呼んでいる、大事なもの。ちがう？」

「あのクズ野郎を傷つけていない。ただ警告したかっただけ」

「それで、うまくいった？　彼を殺した犯人を見たんじゃないの？」

「いろんな人間を見た。でも、ウェリントンがぐったりしちゃったから、あそこにいたらヤバイと思って、非常口から逃げ出した。誰かが使ったらしくて開いてた。それだけよ」

「ラリー・クラドックにも警告したかっただけ？」

「もう、ゴルディ、しゃべるのやめてくれない？」

それどころか、声をさらに張り上げた。「ラリー・クラドックに警告しようとしたの？

ヴィクスにかまうなって?」

「そうよ!　でも、彼はすでに死んでた。ねえ、とっとと消えてよ!」

口調を和らげて言った。「ねえ、サンディー、あなたが警察に出頭するなら——」

「なにが望みなの、ゴルディ?」

「ニール・サープには手を出さないで欲しいの。ラリーとドリューが女の子たちにあんなことしたとき、彼も一緒にいたことはわかってる——」

「バイ、ゴルディ」

「サンディー」再度説得を試みた。「あなたは道に迷っている。助けを必要としている」

「あたしはヴァイオレットを守るのよ!」

「彼女のことは両親にまかせればいいじゃない」

「あたしの知り合いに十代の男の子がいる。母親がヴァンに戻って立ち去らなきゃ、いったい彼を誰が守ってくれるのかしらね?　ショットガンはあなたの頭を狙ってる。三つ数えるわよ。一」

「サンディー、やめて!」

「二!」

くそったれ。アップショー家のポーチの階段を慌てて駆けおりたら足がもつれ、顔から雪に突っ込んだ。全身に激痛が走った。でも、少なくともサンディー・ブリスベーンは撃たなかった。

痛む体に鞭打って起き上がり、とぼとぼとマッカーサーの屋敷に戻った。そのとき、探していたエリザベス・ウェリントンの言葉が、脳裏に甦った。どういうわけか、すぐには受理されなかった。彼女がドリュー・ウェリントンとの離婚訴訟について言った言葉だ。その線で考えを進めてみる。

受理させないようにする力をもっているのは誰？　法廷で審理された結果を知りえる立場にいるのは誰？　むろんそういうことをするのは、厳格に言って合法ではないし、倫理にもとるけれど、ドリュー・ウェリントンがやってきたことは、合法でも倫理的でもなかったし、立派でもなかった。

自分なら、して当然と思ってやってきた。

サンディーのことでトムに電話しなければ。でも、警察がやってくるころには、アップショーの屋敷はもぬけの殻だろう。わたしの推測が正しいかどうか、なにがなんでもファーマン郡裁判所に行って調べてみなくちゃ。待つべきだ、トムに対処してもらうべきだ。でも、雪に埋められ窒息しかかったのはわたしだ。誰がびびるものか。ランチはジュリアンにまかせればいい。本人がそう言っていたし。困ったことに、ヴァンに乗ることができない。鍵はジュリアンが持っていて、たのんでも渡してくれるはずがない。自分の車を使わずに、ファーマン郡裁判所へ行く手立てを考えなければ。

頭の中でトムに語りかけていた。心配しないで……殺人鬼と関わり合いになるつもりはないから。でも、車を盗むことになるかも。

「ミセス・マンシンガー！」シルバーのキャデラック・ドゥヴィルでマッカーサー家のドライヴウェイに乗り付けたルイーズ・マンシンガーに声をかけた。「マッカーサー夫妻から、車の出し入れをするよう言われてまして。玄関に通じる小道まで、あたしが運転していきますわ」

「あいにく小銭の持ち合わせがないから、チップをお渡しできないわよ」そうは言いながら、彼女はおとなしく助手席に移った。

「マッカーサー夫妻がもってくださることになってますから」わたしは請け合い、運転席におさまった。「ただし、携帯電話をあたしに預けていただけますか。みなさんそうしてらっしゃいます。家の中から携帯に電話してくだされば、あたしが車を玄関まで回します」

ルイーズが言った。「そうなの、わかったわ」バッグから携帯電話を取り出し、わたしに差し出す。小道に着くと車から飛び降り、助手席のドアを開けてルイーズを降ろし、彼女が歩み去るのをにこやかに見送った。

わたしのつぎの行動を、ルイーズ・マンシンガーがどう思ったかわからない。ドライヴウェイをバックでさがって方向転換し、走り去ったことを、彼女がなんと思ったかたしかめている暇はなかった。

ファーマン郡裁判所に向かう途中で、ルイーズ・マンシンガーの携帯からトムに電話した。

ボイスメールにつながったので、サンディー・ブリスベーンが、リーガル・リッジのマッカーサー家の隣りのアップショーの家に隠れていることを告げた。彼女とちょっと話をしたんだけど、ドリュー・ウェリントンは殺していないと言い張っていたわ。でも、彼をつけ回したことは認めた。話せば長くなるからこのへんにしとくわね。トムの呆れ顔が目に浮かぶ。

裁判所では、まず事務官に話をしなければならなかった。ハリエット・タウブは親切な年配女性で、グレーの髪にウィンターホワイトのスーツ姿、安物のコサージュは事務職員からの贈り物だそうだ。袖の下はお菓子ばかりとはかぎらないってことね。

ミセス・タウブと呼んでください、と彼女は言い、調べ物をするには名前か訴訟番号が必要だと教えてくれた。訴訟番号はわからないが、名前ならわかる。

ミセス・タウブはコンピュータのキーを叩き、調べだしてくれた。思っていたとおり、インガーソル対インガーソルの裁判は四日前、十二月十四日木曜日に結審していた。判決の言い渡しについて知りたければ、管轄の課の事務官に尋ねろ、とミセス・タウブは言った。つまり、第一課。

第一課の事務官、ミス・ジニー・キグリーは、三十の坂は越したまああの美人だった。笑うと黄色い味噌っ歯が見える。さえない茶色の髪を長く伸ばし、細く見せようと黒いスーツを着ているが、体の上に青白い顔が浮き上がっているように見えて逆効果だ。コサージュはつけていない。でも、ドリューはきっと彼女に、きみは美しい、とか、きみは特別な人だ、とか言ったにちがいない。彼女がその言葉を信じたのもまずまちがいない。

自己紹介すると、「まあ」と、ジニー・キグリーは満面の笑みを浮かべた。「トムの奥さん！　彼ってやさしいわよね」

「あなたとドリュー・ウェリントンとの関係を知ったら、彼がやさしくするかどうか」

笑みが消えた。ジニー・キグリーは唾を呑み込み、薄い唇を舐めた。「でも、ドリューは亡くなったわ」

「知ってます。ところで、インガーソル訴訟の判決をいつ彼に教えたか言ってくれないと、いまここにトムを呼ぶわよ」

ジニー・キグリーはためらうことなく教えてくれた。判決が下されるとすぐに、ドリューに電話で知らせた、と。つまり十二月十四日。それにもちろん、判決の内容も。

ケータラーの制服に厚手のジャケットを羽織った女が、裁判所からおなじ建物に入っている郡警察まで猛ダッシュする姿など、なかなか見られるものではない。なにしろ非常事態だから。それとも、誰かがすでにトムのオフィスのあるフロアに、うんざりした声で知らせていたのかもしれない。**女房が来ているとシュルツに言っとけ**。

「いや、彼ならいませんよ」息せき切って駆け付けたわたしに、巡査が言った。

「いまどこにいるか知りたいんです。彼が担当する事件と関係あることで、緊急事態なんです」

巡査は、緊急事態だろうが知ったこっちゃない、という態度で、いちいち上司にお伺いをたてた後、やっとのことで教えてくれた。

「二時間前にドリュー・ウェリントンの家の捜索を終わらせました。シュルツ捜査官はチームとともにアスペン・メドウに引き返し、さらに捜査を行っています」
「アスペン・メドウのどこにいるんですか？」
「携帯電話を持ってます？　ご自分でかけてみたらどうです？」

だからそうした。でも、わざと電話に出ないのか、電波の届かないところにいるのか、いずれにしてもつながらなかった。よけいなことはなにもしないこと。自分に言い聞かす。パトリシアがいまいると思われるところに行ってみるだけ。彼女の目的はわかっている。中に入れるまで、彼女は待っているだろう。彼女は自分がもらって当然と思っているものを、手に入れようとしている。

エリザベス・ウェリントンが心の疚しさを清算するため打ち明け話をしてくれなかったら、謎を解くことはできなかっただろう。わたしは自分の説が正しいと信じている。そう願っている。ルイーズ・マンシンガーのキャデラックを走らせながら、当時の夫が落選するまで、離婚訴訟が受理されなかった、と語ったときの、当惑したエリザベスの表情を思い出していた。

ドリュー・ウェリントンは人を操る方法を知っていた。ジニー・キグリーかほかの下っ端事務官を操り、エリザベスの離婚訴訟を握り潰させた。でも、ファーマン郡警察はそこまで御しやすくないので、酔っ払い運転で逮捕されたというニュースは、彼が揉み消そうとしたにもかかわらず世間に広まった。怒った有権者は彼を選挙で落とした。

そんなことでは挫けない彼は、アスペンの屋敷を売って金を作り、フリッカー・リッジ地区の豪邸を借りた。残った金で地図売買の会社を興した。ラリー・クラドックを商売の上での師匠に選んだのは、クライアントを横取りするのがかんたんにできる相手と踏んだからだ。彼はただラリーがつけるのより低い値をつければよかった……地図を盗んできて売っていたのだから造作もなかった。

自分の世界がいつか崩壊することは、ドリューにはわかっていたはずだ。彼にとって最悪の事態は、クライアントが払い戻しを要求してくることだったろう。それとも、そこまで考えていなかったか。インターステートをアスペン・メドウで降りながら考えた。それでも、なんらかの保険は必要だったろう。

その保険が転がりこんできた。パトリシア・インガーソルのほうから、人を介して声をかけてきたのだ。ドリューは、自分がハンサムで魅力的だとわかっていた……ただし、パトリシアもおなじように、自分は美人で魅力的だとわかっていて、安全を保障してくれる金持ち男という保険を求めていたことまでは、彼もわからなかったのだろう。

パトリシアは、亡き夫の娘ホイットニーと争う裁判が、一年以上にわたり泥沼化していた。もし敗訴したら、と彼女は不安になった。フランクの保険以外、すべてを失うことになる。経済力のある人が必要だ。ドリュー・ウェリントンを調べたのはそのためだ。彼にはどっさり金があると思った。そういう暮らしぶりだったからだ。

しばらくは順調だった……アスペン・メドウのとんでもなくゴージャスで、大金持ちのカップルは愛し合っているように見えた。

だが、インガーソル対インガーソルの裁判の判決がおりた。パトリシアは負けた。負けて当然だ。ジニー・キグリーからそのことを聞いたドリューは、〝さよなら!〟を言うよりも早くパトリシアを捨てた。

さてさて。欲しいものをすべて――二軒の屋敷に大金にゴージャスな男――手に入れたかに見えたパトリシアは、すべてを失った。でも、ひとつだけ残ったものがあった。復讐。しかも、完璧で申し分《スウィート》のない復讐でなければならない。そこで彼女は考えた――そういう復讐をどうすればやり遂げられる?

彼女はドリューと最後の夜を過ごした。きっといつもより鷹揚《おうよう》に振る舞ったのだろう……最後ですもの羽目をはずしましょ。二人の思い出のために。シアン化物とロヒプノールをどうやって手に入れたのかはわからない。事態が悪いほうに転んだときのために、常日頃から備えていたのかもしれない。入手経路は警察が突き止めてくれるだろう。それが仕事だもの。ドリューが地図帳から地図を切り取っていたことを、パトリシアは知っていた……自惚れ屋の彼のことだから、切り取るところを彼女に見せたのかもしれない。そのことをばらすと脅すぐらいでは、復讐したりない。

考え事を中断してトムに電話したが、またしてもボイスメールにつながった。緊急事態よ、ドリュー・ウェリントンの屋敷で待ってる。

フリッカー・リッジに車を向けながら、パトリシアの計画について考えた。ドリューのフラスクにごく少量のロヒプノールを入れる。彼はやけに酔っ払った気分になり、コーヒーを飲まなければと思う。図書館に魔法瓶を携帯することを、彼女は知っていた。そこで、魔法瓶のコーヒーにシアン化物を混入する。あの日の朝、コーヒーは彼女が淹れたのだろう。ドリューの屋敷から出てくる彼女を、おせっかいな隣人が見ていた。アリバイ作りのため、減量グループの一人と図書館で待ち合わせし、古本セールのための本も持参する。エクサクトのナイフを持って早めに図書館に出かける。ナイフは家で使っているのとおなじものだが、家から持ってきたのではない。彼女はじっと機会を待った。ロヒプノールが効いてきてドリューが抵抗できなくなり、毒入りコーヒーを飲んでぐったりしたところを、エクサクトのナイフで一突き。これなら、不満を抱くディーラーか怒った蒐集家が、地図帳から地図を切り取るのに彼が使っていた刃物で彼を殺したと警察は思うにちがいない。

それから、彼女は非常口からそっと逃げ出す。彼女が玄関の防犯カメラに映っていなかったのはそのせいだ。

自分以外の全員が犯人に見えるよう、パトリシアは必死で細工をした。わたしにニールやエリザベスやスミスフィールドの話を聞かせ……わたしがラリーに疑いを抱くだろうとわかっていたのだ。ほかにもドリューに恨みをもつクライアントがいたことを、わたしが突き止めることも。これでうまくいかなかった場合に備え、とっておきの容疑者を警察に差し出した。この一ヵ月ちかく、ドリュー・ウェリントンは電子メールで脅迫状を受け取っていた。

警察に捜査を依頼した電子メール、公立図書館から発信された電子メールだ。サンディーがドリューをつけ回しているのを見て、パトリシアはぴんときた。警察がサンディーを取り逃がしたことを、ドリューがおおっぴらに批判していたことは、パトリシアも知っていた。サンディー本人が警察に捕まらなかったとしても、ドリューに恨みを抱く謎のストーカーのほうが、悲しみにくれる婚約者よりよほど殺人者にふさわしい。

でも、そのあたりから彼女は計算ちがいをしはじめる。たとえば、ホイットニーを見くびっていた。父の未亡人との費用のかかる法廷闘争に勝利しただけで、彼女は満足しなかった。アスペン・メドウに配したスパイから、パトリシアの恋人のドリュー・ウェリントンが図書館で死体で発見されたと聞くと、警察に嘘の密告電話をした。憎い敵が墓穴を掘ることを願って。

これが功を奏した。なぜなら、パトリシアはほんとうにドリューを殺していたのだから。ホイットニーが匿名で通報したように、彼女は図書館からBMWのX-5で逃げ去ったし、パトリシアの家から血のついたエクサクトのナイフが見つかった。ただし、そのナイフに付着していたのはドリューの血ではなく、パトリシアの血だった。アスペン・メドウの金持ちの半分が乗っている車を見たという通報だけでは……人を刑務所につないでおくのに充分ではなかった。

おまけの保険として、パトリシアはブルースター・モトリーに電話し、わたしの家で会おうと言った。それでわが家を訪ねる言い訳がたつ。そしてわたしに、事件を解決してくれとたのみ、わたしが刑務所に面会に行くと、そこでもまた懇願した。げす野郎を殺した犯人が野放しになっていて、息子を脅迫するかもしれない、とわたしが怯え、どんなことをしてもサンディーを追い詰めるだろうと、彼女は予測していたのだ。

これで警察は彼女にたいする捜査を打ち切り、パトリシアは晴れて自由の身だ。彼女はロダンのデッサンを持っているにちがいない。ドリューが教えてくれた隠し場所に隠したのだ。デッサンをブラックマーケットにこっそり流せば、大金を手に入れることができる。ホイットニーは裁判で勝ったいま、通常の法的措置でパトリシアからロダンを取り戻すことはできない。だからグレースを送り込み、ドリューの家に入り込んで探してもらおうとした。でも、グレースはその機会を掴むことができなかった。警察がほんの二時間前まで、家宅捜索をつづけていたからだ。

パトリシアはなぜラリー・クラドックを殺したんだろう？　ルイーズのキャデラックでインターステートを突っ走りながら考えた。強欲と恐怖。十二月十六日金曜日、ドリューは三枚の地図を持って図書館に出掛けた。価値の低い二枚、ネブラスカとテキサスの地図を和解の贈り物としてラリーに差し出したが、ラリーはどうも臭いと思い……盗難届が出ている品ではないか調べようとした。ドリューはすでに酔っ払っていたか、ロヒプノールの影響が出てきたせいで、ネブラスカの地図を上着のポケットに隠した。パトリシアは慌てて図書館の非常口から逃げ出したので、それに気づかなかった。でも、テキサスの地図と、非常に価値のある新世界の地図――ドリューはスミスフィールドに見せるつもりだった――の二枚は、彼女が持ち去った。おそらく彼女はテキサスの地図をラリーに売ろうとしたのだろう。ラリーはすぐに気づいた。ドリューが殺される直前に彼に売りつけようとした地図の一枚だと。それでラリーは、パトリシアの毒牙にかかる羽目に陥った。コットンウッド・クリークに浮かんでいた地図は、その遭遇劇のいわば犠牲者だ。

パトリシアはどうしてきのう、わたしたちの後をつけてきて、わたしを雪に埋めたのだろう？　わたしがトムと一緒に訪ねていったことや、かなりおおっぴらにロダンのデッサンを探したことで、パトリシアは気づいたのだろう。わたしが彼女の話をもう信じていないことに。それから、わたしがエリザベスと立ち話をするのを見た。心臓協会の資金集めのランチのことで、エリザベスに文句を言ってるのではないかと恐ろしくなった。わたしはたしかに文句を言った、そしてエリザベス・ウェリントンは面食らった顔をして、言った。「いったいなんの話をしてるのかしら」エリザベス・ウェリントンは、心臓協会のための資金集めのランチなど開いていなかったからだ。パトリシアがあの場で思いついたでたらめだった。ドリューの家からグリーンのドレスを取ってくる言い訳にあんなことを言ったのだ。彼女は車を飛ばしてRRSAに先回りし、駐車場でわたしを待っていた。わたしに嘘を見抜かれたと知り……わたしを脅かして追い払うころあいだと思ったのだろう。

彼女がどうしてグリーンのドレスにこだわったか、理由はわかっている。少なくとも推測はできる。ドリュー・ウェリントンの屋敷に車をちかづけると、トムがパトリシア・ウェリントンに手錠をかけ、連行していくところだった。彼女はほんとうに、美しいダークグリーンの流れるようなドレスを着ていた。

キャデラックの窓をさげた。「彼女がそのドレスを着ているあいだ、ぜったいに目を離しちゃだめよ！」わたしはトムに叫んだ。「ロダンのデッサンが裾の折り返しに縫い込んであるから！」

「お黙り！」パトリシアが絶叫した。「このドレスに縫い込んであるものを、あんたに呑ませてやりたい！」

トムが部下にパトリシアを預け、こっちにやってきた。事件を解決してお手柄だ、と言ってくれるのかと思ったら、ちがった。「ミス・G？　そのキャデラックは誰のだ？」

ルイーズ・マンシンガーの車は、トムが運転してマッカーサー家に戻し——パトカーの護衛つきで——ドライヴウェイに駐め、ルイーズの携帯電話をジュリアンに渡した。ありがたいことに、ランチはまだつづいており、グレース・マンハイムが手伝いに来てくれていた。わたしがなにをしていたかトムから話を聞くと、ジュリアンはただ頭を振った。

思っていたとおり、サンディーは姿をくらましていた。ファーザー・ピートのボルボを、鍵をつけたまま残していくだけの礼儀はわきまえていた。

すべてがわたしの推理どおりだったと、トムが後から話してくれた。ウェリントンの家の家宅捜索を終えて引き揚げたように見せかけ、トムは部下たちとともに家の中に隠れ、犯人が現れるのを待っていた。わたしが現れるのが十分早かったら、黙らせるために発砲せざるをえなかったかもしれない、と彼は言った。

ロダンのデッサンは、ほんとうにパトリシアのドレスの裾に縫い込んであった。自宅に隠しておいたのでは、ホイットニーか誰かに見つかる恐れがあると思ったのだ。デッサンの写真を見せてもらった。それは『地獄の門』の下絵の一枚だった。ファーザー・ピートなら、きっとその皮肉が気に入るだろう。

ドレスの裾からは、リタリンの他人名義の処方箋が入った小さな瓶と――驚き！――ロヒプノールの入ったビニール袋も出てきた。ドリューがシャワーを浴びている間に、パトリシアはフラスクにほんの少量を入れ、残りは粗く縫ったドレスの裾の折り返しに突っ込んでおいた。警官がそこまで調べるわけはないと踏んだ彼女の読みは当たっていた……かっとなって、あんたに呑ませてやりたい、と口走りさえしなければ。

日曜の朝、ラリー・クラドックが殺された場所のちかくで、パトリシアの車を見たという証人が現れた。ナンバーも一致した。警察は警察犬を使った捜索を行い、パトリシアの家の庭の片隅の、散り積もった松葉と雪の下から、ドリュー・ウェリントンの血のついたエクサクトのナイフの柄と、シアン化物の小さな瓶を発見した。

だが、彼女の家からも庭からも、どのドレスの裾からも、新世界の地図は見つからなかった。

八日後、ロバータ・クレピンスキから電話があり、アスペン・メドウ図書館でもう一度スタッフとボランティアのための朝食会をするから来てください、と言われた。ただし、今回、トムとアーチとわたしをゲストとしてお招きする、と。ロバータやハンクやほかの〝働きバチたち〟が料理を持ち寄り、わたしたちを王族のようにもてなしてくれた。ニール・サープとエリザベス・ウェリントンも一緒にやってきた。その前にニールが電話をしてきて、恥ずかしそうに告げた。図書館の朝食会が二人の二度目のデートになるので、なにか特別なものを作ってくれませんか？ そこで、タフィーとナツメヤシの実《デーツ》とレーズンとペカンを材料にチョコレートチップ・バーを作り、〝ホットなデートをするためのバー〟と名付けた。

「このデートにロヒプノールは必要ないわよね」わたしはニールにバーの包みを手渡して言った。

「そのジョークは笑えない、ゴルディ」彼は言ったが、ほほえんでいた。

マッカーサー夫妻もやってきて、うちのお抱えのケータラーが殺人犯逮捕に多大なる貢献をした、とスミスフィールドが誇らしげに挨拶した。ジュリアンとわたしは目を見交わした。トムは廊下に出てから大声で笑った。

でも、幸せに影を落とすことがひとつだけあった。スタンフォード大学のグリーン図書館の特別収蔵図書からなくなった一六八二年の新世界地図は、いまだに見つかっていなかった。警察は手を変え品を変えしてパトリシアからありかを聞き出そうとしたが、そんなものは見たことがないの一点張りだ。スタンフォード大学が雇った私立探偵たちも警察に協力して、両方の屋敷を捜索したが、地図は出てこなかった。パトリシアの家からもドリューの家からも見つからないのなら、ドリューが金曜に図書館にいるあいだにどこかに隠したにちがいない、とニール・サープは主張した。

地図密輸業者は地図を服に隠しただけでなく、本の表紙の裏にも隠したというスミスフィールド・マッカーサーとニール・サープの意見に従い、司書と捜査官とボランティアが地図帳からはじまり、図書館の収蔵図書の表紙の裏やページのあいだをくまなく調べたが、成果はあがらなかった。週末に貸し出された本が戻ってくると、それらも調べた――だが、やはり出てこなかった。司書たちは憂鬱な顔で、見つからなかった、と報告した。

図書館の朝食会は何時間もつづき、料理を堪能し少々疲れたわたしは、閲覧室の暖炉の前で休憩することにした。アーチがクリスチャン・ブラザーズ・ハイスクールの友人たちとそこにいたので、ほほえみかけると、笑いを返してくれた。彼はわたしの謝罪を受け入れ、年がら年中、気をつけろと言うのはやめてよね、と言った。ママこそもっと気をつけるべきなんだよ。あなたがあんなに散らかさなければ、わたしも気をつけるわよ。すると彼が言った。

「それできまり」

「アーチ」わたしは炉辺から立ち上がり、言った。「ちょっと手伝ってくれない?」

彼が言う。「もう、ママったら」それでもついてきた。

「あたしのわがままを聞いてくれてもいいでしょ」

玄関の受付デスクまで行き、アーチにたのんだ。防犯カメラの前を歩いて通り過ぎて、でも、貸し出しデスクで止まらないで。

「ぼくはどこに行くわけ?」

「半分酔っ払ってるみたいに動いてみて」ロヒプノールの影響を感じはじめたドリュー・ウェリントンの、防犯ビデオに映っていた動きを思い出してみる。「あなたはよろよろと動き回るけど、実はなにかを隠したいと思ってるの」

「ママ、なんだか馬鹿みたいじゃん」

「まわりに女の子はいないから大丈夫よ。あなただったらどこへ行く? 歩きつづけて」千鳥足でわたしの前を通り過ぎる彼に言った。

「このドアを抜ける」彼は廊下に通じるドアを指差した。廊下の先には裏手の出入り口がある。運命の金曜の夕方、ケータリングの荷物を運び込んだ出入り口だ。

「ええ、そうね。行って」ドアを抜け、廊下を進む。司書たちが料理を運び込むために出入り口を使ったので、廊下の空気はまだひんやりしていた。

「いったいなにを探してるの?」アーチが尋ねた。

最初の部屋は倉庫として使われていて、夏に使う扇風機以外なにも置いてなかった。廊下の端の部屋はスタッフ用の厨房とランチルームだ。真ん中の部屋には古本セールに出す本がしまってあった。十二月に入って持ち寄られた本が百冊ほど棚に並んでいた。

「アーチ、この本を調べるの、手伝ってくれない?」

「これ全部?」彼が信じられないという声を出した。「だって、中身がなにか知ってるよ。ぼくの本、というかぼくの本だった本もいっぱいあるもん」

「それは調べなくていい。図書館に運び込んだのは日曜日だったから。でも、それ以外は調べるのよ。地図を探すの、貴重な地図」わたしは最初の一冊を棚から丁寧に抜き出し、表紙の裏かページのあいだに、ドリュー・ウェリントンが隠したものを探した。彼は酔っ払ったと思っていただろう。あるいは、何者かが地図を盗むために薬を呑ました、と。こう考えたかもしれない。**こいつを隠しておいて、後から取りに来よう。**

探しはじめて十分ほど経ったころ、トムが心配してジュリアンと一緒にわたしたちを探しにきた。熱心な探し手が四人になった。

「マレ・アクサデンタリス」アーチが誇らしげに言い、大書を掲げて見せた。「ラテン語で大西洋のことだよ。ワオ、こいつを見て」

クリスマスは静かだった。わたしたちの気持ちに合っていた。マーラも一緒で、ジュリアンはどうしてもと言ってグレースを伴った。だから、まあ、それほど静かではなかった。それぞれがどんな贈り物を受け取ったかよく憶えていない。でも、これだけは忘れない。スタンフォード大学が、わたしたち全員にロゴ入りのシャツを送ってくれて、いつでも好きなときに訪ねてください、と招待してくれたのだ。費用は大学もちで。

トムが言った。「そいつはありがたいけど、でも、おれはうちで過ごしたいな」みんなおなじ意見だった。

あたらしい年になって一ヵ月ほどして、絵葉書が届いた。ブラジルの地図の絵葉書だ。インターネットで調べたところ、手書きのポルトガル語の意味はこうだ。書いたのは――おそらく――二十二歳の元ストリッパー。

「ノ・ハオ・ペルディーダ」

「わたしは道に迷っていない」

名前は書かれていなかった。

ブラジルは殺人犯を合衆国に引き渡さない。

クッキング・ママのクリスマスレシピ

チキン・ディヴァイン

（5人分）

バターミルク	カップ2
ホイップクリーム	カップ1
粗塩	大さじ1
グラニュー糖	大さじ1
鶏の皮と骨付き胸肉	5切れ
粗塩と挽きたての黒コショウ	適宜
乾燥したタラゴンの葉	カップ¼

①大きめのボウルに最初の4つの材料を入れ、よく攪拌する。
②鶏の胸肉を流水で洗ってペーパータオルで水気を取り、①に漬け込み、ラップをして冷蔵庫で一晩寝かせる。

オーブンを200度に予熱しておく。

③鶏肉を漬け汁から取り出し、流水で洗ってからペーパータオルで包んで水気を取る。ガラス製の焼き皿に油を引き、鶏肉を皮を上にして、たがいにくっつかないよう並べる。塩コショウをし、タラゴンの葉を指で砕いて振りかける。
④オーブンに入れて35〜40分、肉のいちばん厚い部分に温度計を刺して80度になったら出来上がり。オーブンから出して熱々を供する。

（このカップは米国サイズ。1カップ＝240cc）

本文84頁

※レシピの順序は原書に従っています。

『マーティン・チャズルウィット』チーズ・パイ

（8人分）

ハーフアンドハーフ（牛乳とクリームを半々に混ぜたもの）	カップ2
無塩バター（スティック1本）	120グラム
万能小麦粉	カップ½
ベーキングパウダー	小さじ1
海塩	小さじ½
粉トウガラシ	小さじ¼
ディジョン・マスタード	小さじ2
大きめの卵	8個
味のきついチェダー・チーズ（おろしておく）	225グラム
グリュイエール・チーズ（おろしておく）	225グラム

①小さめのソースパンにハーフアンドハーフを入れ中火にかけ、沸騰寸前で火からおろす。
②大きめのソースパンにバターを入れて中火にかけ、小麦粉を加え掻き混ぜ、グツグツいいだしたらゆっくりと①を加える。さらに掻き混ぜて煮詰め、滑らかなクリームソースが出来たら火からおろす。さらに掻き混ぜ、指で触れられるぐらいまで冷ます。

オーブンを175度に予熱し、ガラス製の焼き皿に油を引いておく。

—（1）—

③ベーキングパウダーと海塩と粉トウガラシを混ぜ合わせたものを、マスタードと一緒に②のクリームソースに加え、滑らかになるまで掻き混ぜる（再加熱はしないこと）。

④ミキサーで卵を泡立つまでよく攪拌する。ここに③をゆっくりと加え、ゆっくりのスピードで攪拌する。2種類のチーズを加えてさらに攪拌する。これを焼き皿に注ぐ。オーブンに入れて40〜45分、パイが膨らんで黄金色になるまで焼く。スフレのように萎《しぼ》みやすいので、オーブンから出したらすぐに供する。

— (2) —

（このカップは米国サイズ。1カップ＝240cc）

倹約家のポテト・オ・グラタン

（8～12人分）

無塩バター	大さじ½
オリーブ油	大さじ1
大きめのタマネギ	1個
薄くスライスする（約2カップ）	
ラセットポテト（メークイン）	1.6キロ
グリュイエール・チーズ	225グラム
おろしておく	
コンテ・チーズかフォンティーナ・チーズ	
225グラム　おろしておく	
おろしたてのパルメザン・チーズ	カップ½
セージ　みじんに切ったもの	大さじ1
海塩か粗塩	小さじ1
挽きたての黒コショウ	小さじ½
ヘビークリーム（乳脂を多く含むクリーム）	カップ2

—（1）—

本文390頁

ガラス製の焼き皿にバターを塗っておく。

大きめのフライパンにバターとオリーブ油を入れて弱火にかけ、タマネギを加え、15〜25分、焦げないように掻き混ぜながらしんなりして飴色になるまで炒める。

オーブンを190度に予熱しておく。

①ラセットポテトを流水で洗い、皮を剝き薄くスライスする。チーズ3種を混ぜ合わせておく。焼き皿にポテトを敷き詰め、炒めたタマネギをその上に敷き、チーズを振りかけセージを散らす。これを繰り返して何層かにし、最後はチーズで終える。

ヘビークリームに塩とコショウを加えて混ぜ合わせ、これを①の上からチーズが流れ落ちないようにゆっくりと注ぐ。オーブンの中段に入れて1時間から1時間半、ポテトがやわらかくなり、表面が黄金色になるまで焼く。

（このカップは米国サイズ。1カップ＝240cc）

— (2) —

スタイリッシュ・ストロベリー・サラダ

（4人分）

ロメインレタス　1株
　洗って水気をよく切ってから葉を1枚ずつにほぐす
イチゴ　カップ2
　洗ってへたを取り、半分に切る
最高級のシェリービネガー　大さじ3
ディジョン・マスタード　小さじ1と½
シャロット　みじん切りにしたものを小さじ1と½
グラニュー糖　大さじ2
海塩か粗塩　小さじ¼～½
挽きたての黒コショウ　小さじ¼
最高級のエクストラバージン・オリーブ油　大さじ6
アボカド　2個
　食卓に出す直前に皮を剥きスライスする
海塩か粗塩　適宜
挽きたての黒コショウ　適宜

—（1）—

本文84頁

レタスは布巾で包んで冷蔵庫で冷やしておく。

①シェリービネガーとマスタード、シャロット、砂糖、塩、コショウ、エクストラバージン・オリーブ油を混ぜ合わせ、乳化するまでよく攪拌する。
②食卓に出す直前にアボカドをスライスし、レタスを皿に敷いてイチゴとアボカドを並べる。①をよく振ってからこれにかける。お好みで上から塩コショウを振りかけて供する。

— (2) —

(このカップは米国サイズ。1カップ=240cc)

『荒涼館』バー

（32本分）

ペカン　カップ¾
無塩バター　240グラム（スティック2本）　常温でやわらかくしておく
ブラウンシュガー　カップ½
万能小麦粉　カップ2
塩　小さじ¾
加糖コンデンスミルク　カップ1と¼
セミスイート・チョコレート・チップ　カップ3
クリーム・チーズ　240グラム
　常温でやわらかくしておく
グラニュー糖　カップ⅓
大きめの卵　1個
バニラエッセンス　小さじ½
種なしのラズベリー・ジャム　カップ½

大きめのフライパンでペカンを10分ほど、茶色くなって香りが立つまで炒める。火からおろして冷まし、粗みじんに切る。

オーブンを175度に予熱しておく。焼き皿にバターを塗っておく。

— (1) —

本文71頁

①ミキサーでバターをやわらかくクリーミーになるまで攪拌し、ブラウンシュガーを加えてさらに攪拌する。これをボウルに移し、小麦粉と塩小さじ½とペカンを加えよく掻き混ぜる。ここからカップ2と¼分を取り分けておく。
②取り分けておいた分を焼き皿に敷き、10分ほど、縁が黄金色になるまで焼く。
③ソースパンにコンデンスミルクを入れ、チョコレート・チップ、カップ2を加えて弱火にかけ、チョコレートを融かす。焼きあがった①をオーブンから出したらすぐにこれを注ぎ込む。
④ミキサーでクリーム・チーズを滑らかになるまで攪拌し、グラニュー糖を加えてさらに攪拌する。最後に卵とバニラエッセンス、塩小さじ¼を加えて攪拌する。
⑤小さめのボウルにジャムを入れてよく掻き混ぜる。
⑥③の上から①の残りを注ぎ込む。この上に⑤を均等に敷く。このジャムの層に④を注ぎ込み、残りのチョコレート・チップを上から散らす。
⑦これをオーブンに入れて30〜35分、クリーム・チーズの層が固まるまで焼く。ラックにあけて冷まし、切り分ける。

— (2) —

(このカップは米国サイズ。1カップ=240cc)

異端のシェパード・パイ
（8人分）

牛の挽き肉　900グラム
タマネギのみじん切り　カップ2
セロリのみじん切り　カップ2
オリーブ油　大さじ2
万能小麦粉　カップ¼と大さじ1
チキンストック（できれば自家製）　カップ2
乾燥タイム　小さじ2
乾燥ローズマリー　小さじ½
海塩か粗塩　小さじ1
挽きたての黒コショウ　小さじ¼から½
冷凍のグリーンピース　カップ1
冷凍のベビー・コーン　カップ1
ラセットポテト　2キロ
ハーフアンドハーフ　カップ1と½
グリュイエール・チーズ　おろしたもの　カップ1
おろしたてのパルメザン・チーズ　カップ½
海塩　適宜
挽きたての黒コショウ　適宜
無塩バター　60グラム（スティック½本）さいの目に切っておく
パプリカ

—（1）—

本文369頁

①大きめのフライパンにオリーブ油を入れ、挽き肉とタマネギ、セロリを加え、中火で挽き肉が茶色くなり野菜がしんなりするまで炒める。小麦粉を加えてさらに2～3分、グツグツいうまで炒める。チキンストックをゆっくりと加えてよく掻き混ぜ、タイムとローズマリーを加え、塩コショウをして煮詰める。グリーンピースとベビー・コーンを加え、火からおろす。
②大きめの鍋で塩を加えたお湯を煮立たせ、ポテトの皮を剝いたものを入れて40～45分ほど茹でる。小さめのソースパンにハーフアンドハーフを入れ、弱火にかけ、沸騰寸前で火からおろす。
③オーブンを175度に予熱しておく。深いパイ焼き皿に油を塗るか、クッキーシートを敷いておく。
④茹であがったポテトを水切りして、ミキサーにかける。低回転で攪拌しながらハーフアンドハーフと2種のチーズを加え、塩コショウをする。
⑤パイ焼き皿に①を敷き、その上に④を敷き、さいの目に切った無塩バターを散らし、パプリカをたっぷり振りかける。オーブンに入れて45分、ポテトが茶色くなるまで焼く。フルーツサラダによく合う。

— (2) —

(このカップは米国サイズ。1カップ＝240cc)

深皿で作るチェリー・パイ

(12人分)

パイ皮

万能小麦粉　カップ3と½

粉砂糖　大さじ1　プラス　小さじ1

粗塩　小さじ1

無塩バター　カップ1と½（スティック3本）大さじ1の分量ずつに分けて冷やしておく

ラードか植物性ショートニング　カップ¼プラス　大さじ2　大さじ1の分量ずつに分けて冷やしておく

冷たくした湧水　カップ½ほかに大さじ2

卵白2個分　1個分ずつボウルに入れて軽く攪拌

グラニュー糖か角砂糖を潰したもの

フィリング

グラニュー糖　カップ2

コーンスターチ　カップ¼ほかに大さじ1

缶詰の種抜きチェリー　カップ4（缶詰2個分、汁はべつにしておく）

缶詰の種抜きチェリーの汁　カップ1

無塩バター　融かしたもの大さじ1

レモン果汁　小さじ1

— (1) —

本文285頁

パイ皮作り
大きめのボウルに小麦粉と砂糖と塩を入れ、よく掻き混ぜる（フードプロセッサーを使ってもよい）。ここに小分けして冷やしたバター8個を加え、鋭いナイフ（フードプロセッサーを使ってもよい）を使って切るようにざっくり混ぜ合わせる（フードプロセッサーを使う場合は1分もかからない）。おなじことを、残りのバターとラードあるいは植物性ショートニングを冷たいまま加えて繰り返す。
冷たくした湧水をこれに振りかけ、全体がひとつの塊になるまでスプーンで掻き混ぜる。これをファスナー付きのビニール袋2枚に分けて入れ、上から押さえ、おおまかに丸くなるようまとめ、冷蔵庫で冷やす。

オーブンを200度に予熱しておく。パイの下に敷くクッキーシートを用意しておく。

パイ皮の片方を冷蔵庫から取り出し、ビニール袋のファスナーを開いた状態で中身を直径25センチの円形にする。ビニール袋をパイ皮に沿って切り、上側のビニールを剥ぎ、下側のビニールごとパイ皮を深いパイ皿に入れ、ビニールをそっと引っ張って取り去る。パイ皮の上にパーチメント紙をかぶせ、米か乾燥大豆かパイウェイトを載せる。

オーブンで10分ほど焼く。オーブンから出し、パイウェイトとパーチメント紙を取り去る。焼きあがったパイ皮の底と側面に卵白1個分を塗り、オーブンに戻してさらに10分ほど焼く。側面がすぐに茶色くなるようなら、アルミホイルをかぶせて焼くとよい。オーブンから出して冷ましておく。

フィリング作り
砂糖にコーンスターチを加えてよく掻き混ぜ、チェリーの汁を加える。これを中くらいのソースパンに入れて中火にかけ、掻き混ぜながらグツグツいうまで煮る。さらに1〜2分煮詰めると中身が透明になるので火からおろし、チェリーと融かしバターとレモン果汁を加える。これを焼きあがったパイ皮に注ぎ込む。

もうひとつのパイ皮を冷蔵庫から取り出し、ビニール袋を切って上側のビニールを剝ぎ、ひっくり返して焼きあがったパイ皮に重ね、残ったビニール袋も剝ぐ。2枚の皮がぴったりくっつくように押し付ける。上側のパイ皮に空気抜きの切れ目を入れる。残りの卵白1個分をこれに塗り、上から砂糖を軽く振りかける。この2段重ねのパイ皮をクッキーシートに載せ、オーブンに入れて40〜45分、パイ皮が茶色くなりフィリングがグツグツいってパイ皮から染み出すまで焼く。オーブンから出してラックに載せ、最低でも2時間、パイが落ち着くまで冷ます。バニラ・アイスクリームを添えてもおいしい。

(このカップは米国サイズ。1カップ =240cc)

ホットなデートをするためのバー

（24本分）

ペカン　カップ1
ナツメヤシの実　カップ½
レーズン　カップ½
バターミルク　大さじ2
万能小麦粉　カップ2
ベーキングパウダー　小さじ¾
ベーキングソーダ　小さじ½
塩　小さじ½
無塩バター　240グラム（スティック2本）常温でやわらかくしておく
ブラウンシュガー　カップ2
大きめの卵　2個
バニラエッセンス　小さじ1
セミスイート・チョコレートチップ　カップ1
アーモンド入りトフィー　カップ1

オーブンを165度に予熱しておく。焼き皿にバターを塗っておく。

①広めのフライパンにペカンを入れて中火にかけ、濃い茶色になり芳ばしい香りが出るまで10分ほど炒り、ペーパータオルに空ける。粗熱がとれたらざっくりと切っておく。

―（1）―

本文478頁

②小さめのソースパンにナツメヤシの実とレーズンとバターミルクを入れて中火にかけ、煮立ったら浅いボウルに空けて冷ます。
③小麦粉とベーキングパウダー、ベーキングソーダ、塩を合わせてふるいにかける。ミキサーにバターを入れてクリーミーになるまで攪拌する。ブラウンシュガーを加えて3分ほど、ふわふわになるまで攪拌する。卵を1個ずつ加え、さらに攪拌する。バニラエッセンスを加える。
④木製のスプーンを使い、①と②と③を混ぜ合わせ、チョコレートチップとアーモンド入りトフィーも加えて混ぜ、焼き皿に入れ、表面を平らに伸ばす。

オーブンの中段に入れて35〜40分、真ん中に楊枝を刺して中身がくっつかなくなるまで焼く。ラックに空けて冷ます。完全に冷めたら24本のバーに切り分ける。

— (2) —

（このカップは米国サイズ。1カップ =240cc）

ピニャコラーダ・マフィン

（12個分）

乾燥パイナップル　カップ1
上に飾るための乾燥パイナップル　12粒（トータルで200グラム）
ジャマイカ産のラム酒　カップ1
お好みで
万能小麦粉　カップ2
ベーキングパウダー　小さじ1
ベーキングソーダ　小さじ½
塩　小さじ¼
無塩バター　180グラム（スティック1と½本）　常温でやわらかくしておく
グラニュー糖　カップ1
大きめの卵　2個
サワークリーム　カップ1
バニラエッセンス　小さじ1
オレンジの皮のみじん切り　小さじ¾
加糖の薄く削ったココナッツ　カップ¾

小さめのソースパンにパイナップルを入れ、ラムをかける。ラムを使わない場合は水をかける。沸騰したら火からおろし、そのまま30分ほど冷まし、水気を切る。12粒を残し、残りはざっくり切っておく。

本文87頁

オーブンを175度に予熱しておく。12個分のマフィン・パンにバターを塗り（焼きあがったときに剝がしやすいように）、ペーパーライナーを敷いておく。

①小麦粉とベーキングパウダー、ベーキングソーダ、塩を合わせてふるいにかける。
②バターをミキサーにかけ、中ぐらいのスピードでクリーミーになるまで攪拌する。砂糖を少しずつ加え、軽くなるまで攪拌する。卵を1個ずつ加え攪拌する。サワークリームとバニラエッセンス、オレンジの皮を加え、低スピードで凝乳のようになるまで攪拌する。
③①とパイナップルとココナッツを②に加え、よく掻き混ぜる。固めのマフィン生地ができあがる。これをマフィン・パンに流し込み、パイナップルを飾る。オーブンに入れて15～20分、マフィンが膨らんで黄金色になり、真ん中に楊枝を刺しても中身がつかなくなるまで焼く。熱々のうちか常温で供する。

— (2) —

（このカップは米国サイズ。1カップ=240cc）

賞品のジンジャーブレッド

（城形のが３個分、それぞれが４～６人分）

ベーキング・スプレー（焼き型に油を塗るとき使う、油と小麦粉が一緒になってスプレーできるもの）

万能小麦粉	カップ4と⅔
ほかに　大さじ2	
ベーキング・ソーダ	小さじ2
おろした乾燥ショウガ	小さじ2
おろしたシナモン	小さじ½
おろしたナツメグ	小さじ¼
おろしたクローブ	小さじ⅛
塩	小さじ¼
挽きたての黒コショウ	小さじ½
無塩バター	450グラム（スティック４本）
糖蜜	カップ2
大きめの卵	2個
砂糖	カップ2
沸騰させた湧水	カップ1と½
サワークリーム	カップ1と⅓
おろしたての根ショウガ	小さじ1
オレンジジュース	大さじ3

オーブンを175度に予熱しておく。城形のケーキ型8～9個分にベーキング·スプレーをかける。ただし、オーブンに入れる直前にかけること。

本文104頁

①小麦粉とベーキング・ソーダ、スパイス類と塩、コショウをふるいにかける。
②バターを融かし、糖蜜を混ぜ合わせ、冷ましておく。
③ミキサーに卵と砂糖を入れ、白くなるまで攪拌する。ここに②を加え、低スピードで攪拌する。①をくわえ、低スピードで充分に攪拌する。沸騰させた湧水とサワークリーム、根ショウガ、オレンジジュースを加えて攪拌する。

城形のケーキ型にベーキング・スプレーをまんべんなくかけ、③を流し込み、オーブンに入れて25～30分、楊枝を刺して中身がくっつかなくなるまで焼く。

ラックに載せて20分ほど冷まし、そっと型から抜く。完全に冷めたらそっと皿に移す。お好みで飾り付けをし、最高級のバニラ・アイスクリームを添えて供する。

— (2) —

（このカップは米国サイズ。1カップ =240cc）

訳者あとがき

クッキング・ママ・シリーズも回を重ねて十四冊になりました。

前作『クッキング・ママの遺言書』からカバーのデザインが変わり、それまでに出た十二冊も衣替えしました。作品の中に出てくるレシピから一品を選び、若くてチャーミングな料理コーディネーターの星谷菜々さんが実際に作って、それをフォトグラファーの中島伸浩さんが写真に撮ったものが使われています。撮影用に多少アレンジしたものもありますが、大部分はレシピ通り。この料理はあそこに出てきたあれね！　とすぐにわかったらすごい！　わたしも撮影を覗きにいって味見させてもらいましたが、見た目も味も最高でした。そして本書のカバーは、クリスマスにちなんだ飾り付けをしたケーキです！

毎回十種類ものレシピを考える作者はさぞ大変だろうな、と訳しながら思いますが、ダイアンさん、一九六九年に結婚した当初は料理はからしき駄目だったそうです。はじめて焼いたステーキは、なんとオーブンに一時間も入れっぱなしにしたので炭と化していたとか。これじゃいけないと一念発起し、ジュリア・チャイルドの料理ショーや本を参考に研鑽を重ね、いまではプロ顔負けの腕前です。ジュリア・チャイルドの名は料理好きなら（でなくても）

耳にしたことがあるのでは？　一九六〇年代にフランス料理をアメリカに広めた功労者で、二〇〇一年に引退するまで、テレビの料理ショーを何本も持つ人気者でした。ワシントンD.C.のスミソニアン博物館には、彼女の料理ショーで使われたキッチンがそのまま展示されているそうです。

いまさらの感はありますが、ここで作者の略歴をご紹介しておきます。子ども時代を過ごしたのは、ゴルディとおなじアメリカ東部のヴァージニア州で、大学はマサチューセッツ州の由緒ある全寮制女子大ウェルズリー・カレッジに進み、政治学を学びました。寮で廊下をはさんだ向かいの部屋に住んでいたのが、ヒラリー・ラダム、のちのヒラリー・クリントン！　当時は共和党支持だった彼女の勧めで、ダイアンは共和党員になりました！

スタンフォード大学に転校し、一九七〇年、芸術史で学士号を取得、一九七四年から七六年までボルティモアのジョン・ホプキンズ大学で学び、芸術史の修士号を取得しました。

コロラド州に移ってからは、子育てとボランティア活動に打ち込みます。レイプ・カウンセラーや少年院の指導教師を勤め、監督教会の日曜学校で教えるかたわら、神学校にも通い、説教をする資格をとりました。

ダイアン自身は一九六九年に結婚した旦那さまと幸せな結婚生活を送っていますが、ボランティア活動を通じて、夫に暴力をふるわれている〝アッパー・ミドル・クラス〟の女性が驚くほどたくさんいることを知りました。当時（一九八〇年のはじめのころ）は、家庭内暴力の恐怖が小説で取り上げられることはめったになかったので、〝げす野郎〟の言いなりの悲惨な結婚生活から立ち直る女性を主人公にした小説を書こう、と決心したそうです。
　本シリーズで語られる暴力亭主の恐怖は、ダイアンが実際に耳にした被害者たちの生の声なのですね。たとえば本書のなかで、ゴルディはこんなふうに語っています。

「考えてみれば、〝げす野郎〟を思い出しながらものを切るときには、鋭くてよく切れる道具を使いたくなる。わかってる、わかってるってば。乗り越えなくちゃ。でも、それには時間がかかるときもある。正直に言うと、〝げす野郎〟に繰り返し殴られた経験を乗り越えられるとは思えない。アウディの車内で撃ち殺された彼を見つけたときの衝撃を、乗り越えられないのとおなじぐらいに」

　話は変わって、本書には伝統料理をアレンジしたレシピがふたつ登場します。〝チキン・ディヴァイン〟と〝異端のシェパード・パイ〟です。〝チキン・ディヴァイン〟の元の料理〝チキン・ディヴァン〟は、アメリカがまだ元気溌剌だった五〇年代に、〝ビーフ・ストロガノフ〟や〝ロブスター・テルミドール〟と並ぶ三代人気グルメ料理だったそうで、ニューヨークのフレンチ・レストラン、ディヴァン・パリジャンの創作料理だとか。平たく叩いた鶏の薄切り肉にブロッコリーとチーズ入りのクリームソースを加え、蒸し焼きにしたもの。これにも元ネタというか、元祖の料理があり、鶏肉ではなく七面鳥を使ったもので、イスタンブールのホテルのフランス人シェフの創作だそうです。ちなみに〝ディヴァン〟はフランス語で〝背もたれや袖のない低い長椅子〟の意味です。〝ディヴァイン〟は〝神からの授かり物〟の意味ですから、クリスマスにぴったりの命名ですね。

〝シェパード・パイ〟はイギリスの伝統料理です。〝シェパード〟は犬のシェパードではなく〝羊飼い〟の意味なので、これもクリスマスにぴったり。パイといってもパイ皮は使わずに、羊の挽き肉を煮込んだものにマッシュポテトを重ねて焼いたもの。寒い季節にもってこいの熱々の一品です。

おいしい料理満載の本書をお供に、よいクリスマスをお過ごしください。

今年は初雪がもうちらついた、二〇〇八年十一月

加藤　洋子

集英社文庫

クッキング・ママのクリスマス

2008年12月20日　第1刷　　定価はカバーに表示してあります。
2010年11月13日　第3刷

著　者　ダイアン・デヴィッドソン
訳　者　加藤洋子《かとうようこ》
発行者　加藤　潤
発行所　株式会社 集英社
東京都千代田区一ツ橋2-5-10　〒101-8050
電話　03-3230-6094（編集）
03-3230-6393（販売）
03-3230-6080（読者係）
印　刷　中央精版印刷株式会社　株式会社美松堂
製　本　中央精版印刷株式会社

フォーマットデザイン　アリヤマデザインストア　　マークデザイン　居山浩二

ISBN978-4-08-760565-5 C0197